rororo

Nora Luttmer, geboren 1973 in Köln, lebt in Hamburg und arbeitet als Autorin und freie Journalistin. Sie hat Südostasienkunde in Passau, Hanoi und Paris studiert. Ihr Roman «Schwarze Schiffe» wurde für den Glauserpreis in der Sparte Debüt nominiert. Nach «Hinterland» und «Tiefergrund» folgt nun mit «Schwarzacker» Band 3 der Spannungsserie mit der eigenwilligen Ermittlerin Bette Hansen aus Hamburg-Ochsenwerder. Mehr Informationen zur Autorin unter: www.noraluttmer.de

Stimmen zur Bette-Hansen-Serie:
«Ich lese gerade ganz begeistert ‹Hinterland› von Nora Luttmer! Die ehemalige Kriminalkommissarin Bette Hansen ist eine spannende neue Figur, der Fall baut schnell Spannung auf, und das Setting in Hamburg-Ochsenwerder, malerisch an der Elbe gelegen, passt einfach perfekt!»
Romy Fölck zu «Hinterland»

«Nora Luttmer (...) beweist erneut, wie fein sie beobachten und beschreiben kann.» *Brigitte* (Die besten Bücher des Jahres) zu «Hinterland»

«Ein wirklich spannender Fall (...). Ein eiskalter Großstadtkiller, der mit der Ruhe und Beständigkeit des Ländlichen zur Strecke gebracht wird.» *NDR Radio* zu «Hinterland»

«Eine fühlbare Spannung von der ersten bis zur letzten Seite.» *Frankfurter Rundschau Online* zu «Tiefergrund»

NORA LUTTMER

SCHWARZ ACKER

KRIMINALROMAN

ROWOHLT TASCHENBUCH VERLAG

Originalausgabe
Veröffentlicht im Rowohlt Taschenbuch Verlag,
Hamburg, Dezember 2023

Redaktion Carla Felgentreff
Covergestaltung und -abbildung Hafen Werbeagentur, Hamburg
Satz aus der Karmina
bei Pinkuin Satz und Datentechnik, Berlin
Druck und Bindung GGP Media GmbH, Pößneck
ISBN 978-3-499-01070-5

Die Rowohlt Verlage haben sich zu einer nachhaltigen Buchproduktion verpflichtet. Gemeinsam mit unseren Partnern und Lieferanten setzen wir uns für eine klimaneutrale Buchproduktion ein, die den Erwerb von Klimazertifikaten zur Kompensation des CO_2-Ausstoßes einschließt.
www.klimaneutralerverlag.de

FSC
www.fsc.org
MIX
Papier | Fördert gute Waldnutzung
FSC® C014496

Für meinen Vater

JANUAR 2021

1. MARCU

Weiter draußen trug das Eis schon, aber entlang des Flussufers war es stellenweise noch so dünn, dass er es mit einem dicken Stock hatte aufschlagen können. Wenn es länger so kalt blieb, bräuchte er einen Eisbohrer, um durch die Schicht zu kommen. Vorsichtig ließ Marcu die Angelschnur mit dem Köder in das Loch gleiten, darauf bedacht, dass sie nicht an den scharfen Eiskanten hängen blieb und riss. Dann trat er mit der Angel in der Hand einen Schritt zurück und wartete.

Es war eine mondhelle Nacht. Bis Mitternacht hatte es geschneit, aber jetzt war der Himmel klar, was die Temperatur noch weiter absinken ließ.

Unaufhörlich bewegte Marcu seine Zehen in den ausgetretenen Turnschuhen und verlagerte sein Gewicht von einem Bein auf das andere, aber jeder Versuch, sich zumindest etwas warm zu halten, war vergeblich. Die Kälte kroch durch seine Kleidung, und die eisige Luft brannte in seiner Lunge. Er sollte zurückgehen, aber noch hatte kein Fisch angebissen. Dabei war das hier sonst immer ein guter Ort zum Angeln, der Fluss war hier schmal und seicht.

Er fingerte eine Zigarette aus der Jackentasche und steckte sie sich zwischen die rissigen Lippen. Eigentlich war es nur noch ein Stummel, aber zwei, drei Züge würde er schon noch hergeben. Hastig zog er an der Zigarette, hielt den Rauch lange in der Lunge, spürte, wie sich das Nikotin und das angenehme Gefühl, das damit einherging, in seinem Körper ausbreiteten.

Er sah zu den beiden Häusern auf der anderen Flussseite hinüber. Hinter den Fenstern brannte kein Licht. Die Bewohner schliefen. Es waren die einzigen Häuser hier draußen, dahinter kamen erst einmal nur noch Wiesen, Weiden und Äcker – die jetzt zu einer einzigen großen weißen Fläche verschmolzen waren. Auf den kahlen Ästen einer Eiche, die wie Krallen in den Himmel ragten, saßen Dutzende Krähen, ein ganzer Schwarm.

Marcu rauchte den Stummel bis auf den Filter runter, was einen fies bitteren Geschmack auf seiner Zunge hinterließ. Vom Deich her streifte das matte Scheinwerferlicht eines Autos über die schneebedeckte Landschaft, und der Krähenbaum wanderte als verzerrter Schatten über den Boden.

Den Motor hörte Marcu nicht. Der Schnee dämpfte jegliche Geräusche, und die dumpfe Tonlosigkeit gab ihm das Gefühl, ganz alleine auf der Welt zu sein, als gäbe es nur ihn und keine Welt außerhalb.

Er stand einfach da, ganz auf sich selbst reduziert, als plötzlich etwas seine Aufmerksamkeit bannte. Ein Geräusch? Eine Bewegung? Er wusste es nicht. Aber das unruhige Gefühl, das er empfand, sagte ihm, dass er nicht mehr alleine war. Irgendetwas oder irgendjemand war da draußen. Und sei es nur ein Reh oder ein Fuchs.

Er scannte seine nächste Umgebung ab. Das abgeknickte überschneite Schilf, das das Flussufer säumte, die dichten, unter der Schneelast immergrünen Brombeeren.

Er dehnte den Radius aus, schaute zu der kleinen Brücke hinüber, die links von ihm in einiger Entfernung über den Fluss führte. Und da sah er sie. Drei Gestalten, die über das Eis auf ihn zu kamen. Der Mond war hell genug, dass er ihre

Silhouetten gut erkennen konnte, ihre Gesichter allerdings lagen im Schatten. Den Bewegungen nach waren es Männer, gedrungen und bullig. Die Art von Typen, denen er schon im Hellen lieber aus dem Weg ging.

Er wagte nicht, sich zu rühren, hielt die Angel weiterhin ins Wasser, aus Angst, die kleinste Bewegung würde die Männer auf ihn aufmerksam machen. Was immer sie hier draußen wollten, es war nichts Gutes. Das sagte ihm sein Instinkt, und auf den war Verlass.

Was allerdings sollten sie von ihm wollen? Einem 15-jährigen Ausreißer, der zufällig hier angelte. Er hatte ja nicht mal ein Smartphone, das sie ihm abziehen könnten. Und Geld sowieso nicht.

Trotzdem, er schwitzte, ein unangenehm klebriger Film breitete sich über seinen Körper aus.

Noch hatten sie ihn nicht entdeckt, aber sie würden ihn sehen, sobald sie näher kamen. In seiner dunklen Jacke und der blauen Jeans war er nicht getarnt, nicht bei dem Wetter.

Sie waren kaum noch 100 Meter entfernt. 80 Meter. 70 Meter. Er spannte alle seine Muskeln an, machte sich bereit zur Flucht.

Den schmalen Pfad, den er gekommen war, konnte er nicht zurück. Er führte über die Brücke zum Deich, wo sicher der Wagen der Männer stand – wie sonst hätten sie herkommen sollen. Und er konnte nicht ausschließen, dass dort noch mehr Männer waren. Er würde ihnen direkt in die Arme laufen.

Nein. Er musste in die andere Richtung, durch das sumpfige Gebiet in seinem Rücken. Das sollte jetzt, wo der Boden gefroren war, kein Problem sein.

Er hörte schon das harschige Knirschen des Schnees unter ihren Schuhen. So nah waren sie. 40 Meter entfernt noch, vielleicht 30.

Los, sagte er sich. Er durfte nicht mehr zögern. Jetzt! Doch genau in dem Moment knackte das Eis, und die drei hechteten ans gegenüberliegende Ufer. Weg von ihm. Fast hätte Marcu aufgelacht. Vor Erleichterung und weil diese selbst so bedrohlich wirkenden Typen sich so leicht hatten erschrecken lassen. Sie kannten sich nicht aus. Das Eis war nicht ihr Element. Sonst wüssten sie, dass das Knacken keine Gefahr bedeutete. Jedenfalls nicht diese Art von Knacken.

Er machte einen Schritt zurück in die Deckung der Brombeeren, ohne seinen Blick von den Männern abzulassen, kauerte sich hin und beobachtete weiter gebannt, was sie taten.

Sie standen am Ufer und schienen sich zu beratschlagen. Jetzt konnte er auch sehen, dass sie Rucksäcke bei sich trugen. Sie zeigten immer wieder auf das eine der beiden Häuser. Das große aus Backsteinen, in dem, wie Marcu wusste, ein alter Mann lebte. Alleine. In dem anderen Haus wohnte eine Frau, auch alt, auch alleine. Von seiner Angelstelle sah er in ihr Wohnzimmer, und da sie nie die Vorhänge zuzog und er immer nur im Dunkeln hierherkam, konnte er sie beobachten, sobald sie das Licht einschaltete.

Jetzt bewegten die Männer sich, gingen über die Wiese in Richtung des Hauses, auf das sie eben gezeigt hatten. Das des Mannes.

Marcu war erleichtert, dass diese Typen nicht zum Haus der Frau gingen. Er mochte sie. Es sah gemütlich bei ihr aus, einladend.

Zu dem Mann im Backsteinhaus hatte er keine Meinung. Ihn sah er nur manchmal über den Hof gehen, eine große, hagere Gestalt. Die Fensterläden zum Fluss raus hielt er meist geschlossen, was sein Haus wie eine abweisende Festung wirken ließ. Auf seinem Hof standen Dutzende Kühlschränke und Rasenmäher, dazwischen türmten sich kaputte Fahrräder und haufenweise Metallrohre. Sogar ein Truck lag dort ohne Räder auf seinen Achsen.

Die Männer gingen jetzt auf dieses Schrottlager zu und verschwanden hinter dem Truck. Einen Hund, der hätte anschlagen können, hatte der alte Mann nicht. Marcu sah den Lichtkegel einer Taschenlampe über den Schrott schwenken.

Und dann zerriss plötzlich ein Schuss die Stille.

Marcu fuhr zusammen, die Angel glitt ihm aus den Händen.

Die Krähen stoben kreischend aus ihrem Baum, der ganze Schwarm. Sie stiegen explosionsartig auf, hingen wie schwarze Fetzen in der Luft. Irgendwo wieherte ein Pferd. Aus dem Stall auf dem Grundstück der alten Frau drang das panische Quieken von Schweinen. Männerstimmen schrien durcheinander, aggressiv und drohend, ohne dass Marcu mehr als einzelne Silben verstehen konnte. Er versuchte zu erkennen, was dort drüben vor sich ging. Aber was es auch war, es spielte sich außerhalb seines Sichtfeldes ab, auf der anderen Seite der Schrotthalde. Noch ein Schuss fiel. Jemand brüllte. Die Krähen hörten nicht auf zu kreischen, flatterten wild durcheinander.

Weitere Schüsse folgten. Dicht hintereinander. *Bambambam. Bambambam.*

Dann fielen sie leblos vom Himmel, die Krähen. Dunkle Federsäcke, die für einen Moment wie in Zeitlupe durch die Luft wirbelten, bevor sie auf den Boden aufschlugen.

Was ihm erst jetzt auffiel, machte ihm die größte Angst: Trotz des Lärms ging weder im Backsteinhaus noch bei der alten Frau Licht an. Alles blieb dunkel, wie tot.

2. BETTE

Zwölf Grad unter null. Die Hände tief in den Taschen vergraben, stapfte Bette über den dick verschneiten Pfad, der rüber zum Ochsenwerder Norderdeich führte. Anton, ihr schwarzweißer Border Collie, sprang ungestüm um sie herum und jagte die Schneeflocken, die er selbst aufwirbelte.

Es war noch früh, die Sonne ging gerade erst auf und tauchte den Himmel in ein fast pinkes Rot. *Morgenrot, Schlechtwetter droht.* Wenn man der alten Bauernregel Glauben schenkte, bedeutete das nichts Gutes. Vielleicht hieß es aber auch nur, dass sie noch mehr Schnee bekommen würden. Bette hätte nichts dagegen, sie fand es herrlich. Wie lange hatten sie nicht mehr so ein Wetter gehabt.

Beim letzten Mal hatte sie noch in der Stadt gewohnt – im eng bebauten Hamburg-Barmbek –, wo aus dem schönsten Schnee sofort grauer Matsch geworden war. Den hatte sie weniger genossen.

Erst vor knapp zwei Jahren war sie zurück hierher in die Vier- und Marschlande im ländlichen Südosten Hamburgs gezogen, wo sie aufgewachsen war. Sie wohnte nun wieder in ihrem Elternhaus, einer kleinen, aber gemütlichen Reetkate unweit der St.-Pankratius-Kirche im Ortskern von Ochsenwerder. Nach dem Tod ihres Vaters hatte das Haus eine Zeit lang leer gestanden – sie hatte es nicht über sich gebracht, es zu verkaufen. Und als sie dann aus gesundheitlichen Gründen mit gerade mal 53 Jahren bei der Mordkommission ausgeschieden war, war sie schließlich selbst dort eingezogen. Es war ihr nicht ganz leichtgefallen, hatte sie doch ihr Leben lang versucht, der dörflichen Enge zu entfliehen, aber mittlerweile lebte sie zu ihrer eigenen Überraschung gerne hier.

Manchmal vermisste sie immer noch das Stadtleben, wo sie aus der Haustür treten und im Gewusel der Menschen hatte untertauchen können, aber nur noch selten und nicht heute, nicht bei diesem Wetter.

Sie bückte sich, griff mit den nackten Händen in den Schnee, der ganz pudrig war, und formte, so gut es ging, einen Ball. Anton bellte aufgeregt und jagte los, noch bevor sie überhaupt zum Wurf ausgeholt hatte.

Später würde sie nach ihren alten Schlittschuhen suchen, die ganz sicher noch irgendwo versteckt waren. Ihr Vater hatte niemals etwas weggeworfen. Jetzt musste sie aber erst mal nach Tante Lore sehen, die krank im Bett lag.

Zum Glück hatte sie kein Covid, das hatte der Hausarzt getestet, sondern nur einen grippalen Infekt, aber mit über 80 Jahren steckte man auch das nicht so leicht weg. Bette hatte gestern Abend noch eine fette Hühnersuppe gekocht, damit Tante Lore wieder etwas zu Kräften kam.

Lore war nicht wirklich ihre Tante. Die Anrede war einfach eine alte Angewohnheit aus Kindertagen. Sie war für Bette immer eher so etwas wie eine ältere Freundin gewesen, eine, der sie sich hatte anvertrauen können. Als Jugendliche hatte Bette viel Zeit bei ihr verbracht. Und bis heute fühlte sie sich ihr eng verbunden.

In Höhe des Landhauses Voigt stieß Bette auf den Deich. Das Rot war mittlerweile aus dem Himmel verschwunden und einem weißlichen Grau gewichen.

Bette hoffte, dass ihnen kein Wagen entgegenrutschte, der außer Kontrolle geraten war. Auf dem Deich fuhren immer alle viel zu schnell. Anton leinte sie sicherheitshalber an und machte ihn erst wieder los, als sie ein paar Minuten später in die Stichstraße zu Lores Hof einbogen. Er lag am Zusammenfluss von Dove-Elbe und Gose-Elbe, beides abgedeichte Elbarme, die sich in weiten Bögen durch die Vier- und Marschlande wanden. Draußen auf der Dove-Elbe, die hier seeartig gestaut war, entdeckte Bette tatsächlich einen einsamen Schlittschuhläufer, der sich auf die offene Eisfläche gewagt hatte. Mutig, dachte sie. Sie selbst würde es eher auf der schmalen Gose-Elbe versuchen. Das mochte nicht unbedingt sicherer sein, aber es gab ihr ein sichereres Gefühl. Obwohl, vielleicht würde sie doch lieber nicht fahren. Beim letzten Mal, und das war schon Jahre her, hatte sie sich böse das Knie verdreht.

Anstatt bei Lore zu klingeln, ging sie um das weiß getünchte Wohnhaus herum zur Hintertür, die immer offen war, und betrat das Haus. Sie stellte den Rucksack mit der Hühnersuppe in die Küche, zog sich Jacke und Mütze aus und fuhr sich durch die kurzen Haare.

Als sie nach oben ins Schlafzimmer kam, schlief Lore. Unter der pludrigen Daunendecke sah sie winzig aus und erschreckend blass. Einen Moment stand Bette unschlüssig da, dann schlich sie wieder aus dem Zimmer. Sie würde sich jetzt erst mal um die Tiere kümmern. Lore hielt ein gutes Dutzend Hühner und drei Bunte Deutsche Schweine, die Überbleibsel ihrer einstigen Viehzucht.

In der Abseite füllte Bette einen Eimer mit Trockenfutter und Kohlköpfen, dann in der Küche einen zweiten mit Wasser. Der Trog im Stall war zugefroren und die Wasserzufuhr abgestellt.

Draußen hörte Bette vom Stall her schon das Gegrunze. Die Schweine waren es gewohnt, pünktlich gefüttert zu werden, und beschwerten sich über die Verspätung. Als hätten sie eine innere Uhr.

«Jaja, ich komm ja schon», murmelte Bette.

Der Stall befand sich gut 100 Meter vom Wohnhaus entfernt an der Grenze zum Nachbargrundstück. Bette ging quer über die Wiese. Zwar gab es einen gepflasterten Weg, aber der war unter dem Schnee nicht auszumachen.

«Anton, weg da!» Sie zog ihren Fuß unter seinen Pfoten heraus. Wenn er weiter so um sie herumsprang, würde sie noch stürzen mitsamt den Eimern. Das Wasser schwappte so schon ständig über und hinterließ eine vereiste Schneise hinter ihr.

Als sie um die Ecke des Stalls bog, sah sie, dass vor dem Tor drei Krähen auf und ab hüpften und mit ihren Schnäbeln auf etwas herumhackten. Verdammt. Bitte nicht wieder eines von Lores Hühnern. Sie hatten sich erst vorgestern eins geschnappt, das aus dem Stall entwischt war. Bette selbst hatte auch bis vor Kurzem Hühner gehabt, sie aber weggegeben. Ständig war der Fuchs um den Stall geschlichen oder – noch schlimmer – der Marder. Drang er bei den Hühnern ein, tötete er alles, was sich bewegte.

Anton bellte und scheuchte die Krähen auf. Laut schimpfend, aber in sicherem Abstand flatterten sie in der Luft über ihrer Beute. Bette sah auf den Boden und atmete auf. Das tote Tier war kein Huhn, die waren alle weiß, sondern eine weitere Krähe oder zumindest ein schwarzer Vogel. So zerfleddert und zerfressen, wie er war, konnte sie das nicht genau sagen.

Bette stellte die Eimer ab, um das Tor zu öffnen, als Anton plötzlich davonschoss. Rüber auf das Grundstück nebenan, zu Walter. Ausgerechnet.

«Anton, komm zurück», rief Bette und pfiff einmal laut, aber Anton hörte nicht. Notgedrungen eilte sie ihm hinterher. «Anton!»

Walter mochte keine Hunde. Er mochte überhaupt grundsätzlich keine Tiere und Menschen genau genommen auch nicht. Kauziger Griesgram, der er war. Bette beneidete Lore nicht um die Nachbarschaft und wollte Anton jetzt lieber zurückholen. Sie hatte keine Lust auf eine Auseinandersetzung mit dem Alten.

«Anton, bei Fuß, komm schon!»

Aber der Hund ließ sich nicht blicken. Ihr blieb nichts anderes übrig, als der Spur im Schnee und seinem aufgeregten Bellen zu folgen, was sie zu Walters chaotischem Schrottlager auf dem großen Hofplatz führte. Elektrogeräte, Rohre, aber auch Holzlatten, Bootstonnen, Bananenkisten ... Alles morsch, faulig, rostig und rott von Wind und Wetter. Früher hatte Walter mit Schrott gehandelt, heute hortete er die Dinge einfach nur noch. Sogar ein ausgeweideter IFA-Truck aus DDR-Produktion stand dort, zu erkennen an der abgerundeten Kühlerhaube.

Bette ging um die Halde herum und blieb irritiert stehen. Noch mehr tote Krähen. Drei Kadaver lagen in einem Umkreis von nur ein paar Metern.

Ihre Flügel waren seltsam verdreht, als seien sie mitten im Flug abgestürzt. Der Schnee um sie herum war rot verfärbt. Aber anders als die Krähe vor dem Stall waren diese hier von ihren Artgenossen unversehrt gelassen worden. Vielleicht weil sie zu nah am Wohnhaus lagen.

Anton rannte zwischen den toten Vögeln hin und her, die Nase auf dem Boden, als sei da eine Fährte, die ihn in die Irre führte.

Bette drehte mit der Schuhspitze eine der Krähen um. Sie war schon hart gefroren, musste also bereits eine Weile hier liegen. Die Brust war aufgerissen. Bette bückte sich, brauchte kurz, um sich zu überwinden, und schob dann mit den Fingern die Federn auseinander. Sie stöhnte laut auf.

Das war eindeutig eine Schusswunde.

Sie traute Walter eine Menge zu, aber dass er wahllos Krähen abschoss und sie einfach liegen ließ? Die Vögel waren nicht eingeschneit, was hieß, dass er sie nach dem letzten Schneefall abgeschossen haben musste. Also irgendwann in der vergangenen Nacht oder am frühen Morgen.

Kopfschüttelnd und fassungslos über Walters Ignoranz gegenüber allem und jedem, Natur und Tiere eingeschlossen, richtete sie sich wieder auf.

Jetzt erst bemerkte sie, dass der Schnee rund um die Schrotthalde völlig platt getrampelt war. Walter musste hier wie ein Berserker gewütet haben.

Anton stand neben dem Truck und knurrte und winselte abwechselnd, was absolut untypisch für ihn war. Bette ging zu ihm, fasste ihn am Halsband und strich ihm über den Kopf, um ihn zu beruhigen. Dabei fiel ihr der Blutfleck auf, der sich seitlich unter dem Truck ausgebreitet hatte, ohne dass da ein totes Tier lag.

Ein ungutes Gefühl erfasste sie. Konnte es sein, dass hier

noch etwas ganz anderes als nur eine Krähenjagd vorgefallen war?

«Walter!», schrie sie aus voller Kehle. «Walter!»

Sie eilte zur Hoftür, klopfte. Keine Antwort.

Auch als sie mit der Faust gegen die Tür schlug: nichts.

Sie sah Walter schon angeschossen irgendwo liegen.

Schließlich drückte sie die Klinke. Wie bei Lore war auch hier nicht abgeschlossen.

Wachsam und leise und mit pochendem Herzen öffnete sie die Tür. Wer wusste, was sie erwartete.

Im Haus war es dunkel, der lange Flur hatte keine Fenster. Die Luft roch feucht und abgestanden, als sei ewig nicht gelüftet worden. Bette war noch nie hier drin gewesen. Sie tastete nach einem Lichtschalter. Es war einer dieser uralten aus Bakelit, die man drehen musste. Das Licht war matt und schummrig, aber besser als nichts. Anton schmiegte sich mit eingezogenem Schwanz dicht an ihr Bein. Bette ging auf die erstbeste Tür zu und stieß sie auf. Nur eine Abstellkammer. Hinter der nächsten Tür verbarg sich ein bis auf ein paar Obsthorden leerer Raum, in dem es aber so roch, als hätten hier bis vor Kurzem Äpfel gelagert. Die dritte Tür führte sie in die Küche. Hier brannte Licht, ausgehend von einer einzelnen Glühbirne, die unter der Decke baumelte.

Und am Tisch saß Walter, das *Hamburger Abendblatt* ausgebreitet vor sich. Er sah sie über seine Lesebrille hinweg an. Nicht überrascht, eher amüsiert, ein belustigtes Zucken um den Mund.

«Scheiße, Walter», rutschte es ihr heraus.

Ihr Herz pochte immer noch, aber ihre Unruhe wich einem Gefühl von Wut.

«Bette Hansen», sagte er mit rauer kratziger Stimme, die zu seinem Äußeren passte. Hager, unrasiert, wettergegerbte Haut, älter aussehend als seine siebzig Jahre, der Pulli mottenzerfressen oder zumindest ziemlich löchrig. Er lachte.

«Hör auf!», sagte Bette ungehalten. Was dachte er sich? Sie hatte sich Sorgen gemacht, es könnte ihm etwas zugestoßen sein, und er saß ganz ruhig hier und fand das auch noch lustig?

Walter hob wie zum Waffenstillstand seine Hände.

«Was ist das mit den toten Krähen da draußen?», fragte sie.

«Was soll schon sein?» Walter zuckte mit den Schultern, immer noch den amüsierten Ausdruck im Gesicht. «Die haben auf meinem Grundstück gewildert, da hab ich ein paar abgeschossen.»

«Was denn gewildert? Ratten?»

Er ignorierte ihre Spitze. «Kaffee?», fragte er, als wolle er einlenken und sie gnädig stimmen.

Sie ließ ihren Blick durch den Raum gleiten. Was für ein Drecksloch. Verstaubte Spinnennetze in den Ecken, auf der Spüle eingetrocknete Teller, auf dem Steinfußboden Brotkrumen und andere undefinierbare Essensreste.

«Nein danke.» Auf Walters Kaffee verzichtete sie lieber. «Vor Lores Stalltür lag auch eine Krähe», sagte sie. «Du hättest Lore treffen können.»

«Ach was.» Er schnalzte mit der Zunge. «Ich treff nur, was ich treffen will.»

So einen Schwachsinn konnte auch nur ein Mann verzapfen. Bette hatte in ihrer Polizeilaufbahn genug mit Waffen zu tun gehabt, um zu wissen, dass seine allzu positive

Selbsteinschätzung absolut nicht stimmte und dass vor allem Männer sich da allzu gerne überschätzten. «Was bitte sollte das mit den Krähen?»

«Hab ich doch gesagt, die haben gewildert, und ich hab sie verjagt.» Wieder schnalzte Walter mit der Zunge. «Und überhaupt? Was schnüffelst du eigentlich hier rum? Ich dachte, du bist nicht mehr bei den Bullen.»

«Bin ich auch nicht», sagte sie knapp und merkte, wie sie innerlich verkrampfte. Ihr Ausscheiden bei der Polizei war für sie nach wie vor ein sensibles Thema – und absolut nichts, worüber sie mit Walter sprechen wollte.

Sie hatte ihren Dienst bei der Mordkommission ja nicht freiwillig quittiert, sondern weil bei ihr Narkolepsie diagnostiziert worden war. Die Krankheit hatte es ihr unmöglich gemacht, weiter als aktive Ermittlerin zu arbeiten.

Der Teil ihres Gehirns, der für Schlaf und Wachsein verantwortlich war, funktionierte nicht mehr richtig. Nachts schlief sie schlecht und nur mithilfe von Medikamenten, tagsüber litt sie unter Einschlafattacken. Die plötzlichen Müdigkeitsanfälle waren wie ein Sog in die Tiefe. Sie schlief in den unmöglichsten Situationen ein. Beim Essen, beim Einkaufen, auf der Straße. Manchmal merkte sie, wie der Schlaf sich anschlich, manchmal auch nicht. Dann konnte es sein, dass sie einfach umkippte. Das Schlimmste für sie war die Unsicherheit. Das Wissen, dass sie jeden Moment die Kontrolle über sich und ihren Körper verlieren konnte. Immerhin kam sie mittlerweile einigermaßen fallsicher durch den Tag, zumindest wenn sie ihren Rhythmus – dreieinhalb Stunden wach, eine halbe Stunde Schlaf – einhielt. Und zwischen ihren Schlafschüben war sie fit.

«Also, wenn du nicht bei den Bullen bist», setzte Walter nach, «wäre ich dir dankbar, wenn du mich mit deiner Fragerei in Ruhe lässt.»

Nur zu gerne. Ohne ein weiteres Wort wandte Bette sich zur Tür.

Sie hörte, wie Walter in ihrem Rücken aufstand, die Stuhlbeine kratzten über den Boden. Er folgte ihr und Anton durch den dunklen Flur nach draußen.

Er will sichergehen, dass ich wirklich abhaue.

Sie drehte sich nicht nach ihm um, wollte ihm nicht die Befriedigung gönnen, ihm noch mehr Aufmerksamkeit zu schenken.

Sobald sie draußen war, ließ sie ihren Blick noch einmal über den Hof gleiten, prägte sich die Details ein. Eine Angewohnheit aus Ermittlertagen, die sie vermutlich niemals ganz würde ablegen können.

Dicht um den Schrott war der Schnee hart getreten, im größeren Umkreis jedoch waren einzelne Fußspuren erkennbar. Und so wie sie das auf die Schnelle zu erkennen meinte, waren es unterschiedliche Schuhprofile. Da waren längliche Kerben und gewellte Rillen.

Nun drehte Bette sich doch noch einmal zu Walter um, der breitbeinig in der Tür stand.

«Wer war letzte Nacht noch hier?», fragte sie.

Seine Augen funkelten angriffslustig. «Die Schweine brüllen, du solltest sie füttern», umging er ihre Frage.

«Da sind verschiedene Profile.» Sie zeigte auf den Boden.

«Ich hab mehr als ein paar Schuhe», entgegnete Walter.

«Natürlich. Und die wechselst du auch ständig, während du auf Krähen ballerst.»

«Ach. Seh to, dat du Land gewinnst!» Er fuhr mit der Hand durch die Luft, als wolle er eine lästige Fliege verscheuchen.

«Dir auch einen schönen Tag», sagte Bette. «Komm, Anton.»

Bette fütterte Lores Tiere und nahm sich vor, später noch einmal Walters Grundstück abzulaufen. Irgendetwas stimmte da nicht. Walter hatte sie angelogen, oder zumindest verschwieg er ihr etwas. Jetzt musste sie aber erst mal zusehen, dass sie ins Warme kam. Sie war schon zu lange wach. Wenn sie bei der Kälte schlafend hier draußen zusammenbrach, erfror sie noch.

Zurück im Haus, wärmte Bette die Hühnersuppe auf und schob sich einen Sessel in Lores Zimmer, in dem sie gleich auch einigermaßen bequem schlafen konnte. Dann half sie Lore hoch, dass sie aufrecht und mit einem Kissen im Rücken im Bett saß. Mit zittrigen Händen löffelte sie die Suppe. Immer wieder hustete sie und sah überhaupt nicht gut aus. Ihre Haut fast durchsichtig, die Augen glasig. Wenn es Lore heute Abend nicht besser ging, würde sie über Nacht hierbleiben, dachte Bette, so wollte sie sie nicht alleine lassen.

«Lecker», sagte Lore. Bette war erleichtert, dass zumindest ihre Stimme fester klang, als ihr Aussehen vermuten ließ.

«Ist ja auch ein Rezept von dir, Lore», gab Bette das Kompliment zurück.

Lore lachte matt auf, verfiel dann aber sofort in ein Husten. Bette reichte ihr ein Glas Wasser. Minka, Lores schwarze Katze, schob sich durch die angelehnte Tür ins

Zimmer, stolzierte mit erhobenem Schwanz an Anton vorbei, der zu Bettes Füßen lag, sprang aufs Bett und rollte sich schnurrend ein.

Draußen hatte es wieder angefangen zu schneien, der Wind pfiff um das Dach, und aus ersten zarten Flocken wurde schnell ein dichtes Schneegestöber.

Vorhin hatte Bette sich genau dieses Wetter noch gewünscht, jetzt verfluchte sie es. Sie hatte keine Chance, bei Walter noch irgendwelche Spuren zu verfolgen.

«Was ist, Bettchen?», fragte Lore. Sie war die Einzige, die sie noch so nannte.

«Nichts. Gar nichts», sagte Bette schnell. Sie wollte Lore jetzt nicht von Walter erzählen. Es würde sie nur beunruhigen.

«Bettchen, ich kenn dich. Irgendwas ist.» Lore sah sie mit geduldigem und zugleich durchdringendem Blick an. Bette seufzte. Vor Lore konnte man nur schwer etwas verbergen. Also gut. Würde sie es ihr eben doch erzählen. War vielleicht auch besser so, dann wusste sie, was los war, falls er wieder um sich schoss. «Dein lieber Nachbar war heute Nacht auf Krähenjagd. Er muss wie ein Irrer um sich geschossen haben. Eine Krähe ist vor dem Schweinestall gelandet. Er hätte ...»

«Ach, das war es», sagte Lore leichtweg. «Und ich dachte schon, ich hätte einen Fiebertraum gehabt.» Sie schien weder sonderlich überrascht noch beunruhigt.

«Macht er das öfter?», fragte Bette irritiert über Lores gelassene Reaktion.

«Na ja, wundern tu ich mich bei ihm über nichts.»

«Er hätte jemanden verletzen können. Er hätte dich treffen können.» Bette hatte wieder die Fußspuren vor Augen und den Blutfleck, der keiner Krähe zuzuordnen war. Hatte Walter vielleicht wirklich jemanden verletzt? Energisch schob sie den Gedanken beiseite. Sie musste sich endlich dieses Misstrauen, das sie sich während der vielen Jahre bei der Polizei angeeignet hatte, abgewöhnen. Nicht hinter jedem seltsamen Verhalten stand eine ernst zu nehmende Straftat. Vielleicht waren es wirklich alles Walters Fußspuren gewesen. Vielleicht hatte ein Fuchs sich den Vogel geholt.

«Es sind auch wirklich eine Menge Krähen da drüben bei Walter», versuchte Lore, seine Tat zu erklären.

«Hat er etwa Angst, sie kacken seinen Schrott voll?» Bette hörte selbst, wie empört sie klang. «Hat er überhaupt einen Jagdschein?»

«Er hat einen Waffenschein.»

«Wenn er keinen Jagdschein hat ...»

«Bette, nein!», unterbrach Lore sie. «Du zeigst ihn nicht an. Halt die Polizei da raus oder die Tierschützer oder wem auch immer du das stecken willst.»

«Sag mal, verteidigst du ihn jetzt?»

«Er ist ein sturer alter Bock, aber er hat auch seine guten Seiten.»

«Ach, und die wären?»

Lore ignorierte ihre Frage und sagte stattdessen in einem Tonfall, bei dem Bette sich vorkam wie ein gescholtener Teenager: «Walter ist knorrig und stur, aber harmlos. Und wenn du ihn anzeigst, ändert er sich auch nicht. Dazu ist er viel zu verbohrt. Das Einzige, was du damit bewirkst, ist Ärger.»

Wäre es nicht Lore gewesen, die so mit ihr sprach, hätte Bette dagegengehalten. So hielt sie sich zurück.

«Ruf Martha an», bat Lore. «Sie soll mit ihm reden.»

Martha war Walters Nichte, ihr Vater Georg war sein Bruder. Allerdings sprachen die beiden Brüder schon ewig nicht miteinander. Warum, wusste Bette nicht.

Als Jugendliche hatte Bette oft auf Martha aufgepasst. Ihre Mütter waren befreundet gewesen. Mittlerweile war Martha auch schon Anfang vierzig. Aber Bette sah in ihr immer noch das kleine pummelige Mädchen mit seinen braunen Zöpfen, immer gelben Haarschleifen und Schottenrock – im Winter über Wollstrumpfhosen, im Sommer über nackten Kinderbeinchen. Bette mochte Martha sehr, auch wenn sie sich nur selten sahen. Martha arbeitete, war verheiratet, hatte zwei kleine Töchter und einen alten Vater. Und nicht zu vergessen, einen irren Onkel. Sie war also immer ziemlich eingespannt.

«Martha ist die Einzige, auf die Walter hört», sagte Lore und schob leise hinterher: «Manchmal zumindest.»

Bette nickte, wenn auch etwas widerwillig. Ja, sie würde Martha anrufen. Aber jetzt musste sie erst einmal schlafen. Sie spürte schon, wie die Müdigkeit sich in ihr ausbreitete.

Es war halb elf, als sie wieder zu sich kam. Draußen schneite es immer noch. Lore hatte die Augen geschlossen und schnarchte leise. Bette stand auf und schlich sich aus dem Zimmer. Ihr Handy hatte sie nicht dabei. Sie empfand es manchmal als Luxus, nicht erreichbar zu sein. Sie suchte Marthas Nummer aus Lores Adressbuch, das in der Diele lag, und rief sie vom Festnetztelefon aus an.

«Moin, Lore», meldete Martha sich, die die Nummer auf ihrem Display gesehen haben musste.

«Nein, hier ist Bette. Ich ...» Weiter kam sie nicht.

«Oh Gott, ist was mit Lore?», unterbrach Martha sie.

«Nein, nein, alles gut. Sie hat mich nur gebeten, dich anzurufen. Es geht um deinen Onkel.»

Kurzes Schweigen am anderen Ende der Leitung, dann fragte Martha mit einem Seufzen in der Stimme: «Was ist es diesmal wieder?»

Bette erzählte ihr in knappen Worten von den toten Krähen und auch, dass eine Krähe auf Lores Grundstück gelegen hatte und sie Walters Verhalten für absolut fahrlässig hielt.

«Verdammich, er kann es auch nicht sein lassen», schimpfte Martha. «Ständig muss ich mich um seinen Mist kümmern.» Dann schob sie vorsichtig hinterher: «Hat Lore sich sehr erschrocken?»

«Nein», sagte Bette. «Ehrlich gesagt, ich glaub, gar nicht.»

«Da bin ich beruhigt. Aber ich spreche mit Walter. Gleich morgen. Heute schaff ich es nicht mehr. Ich bin auf der Arbeit, und danach muss ich zu meinem Vater. Hab versprochen, für ihn zu kochen. Er hat einen gebrochenen Fuß. Ist von der Leiter gestürzt.»

«Oh Mann, das tut mir leid. Grüß ihn bitte von mir. Und gute Besserung», sagte Bette. Wenn Martha morgen mit Walter sprach, reichte das auch. Heute Nacht würde Lore ihr Bett sowieso nicht verlassen.

3. MARTHA

Um kurz nach vier schaffte Martha es endlich aus dem Büro und fuhr über die A25 nach Hause. Mit den ewig langen Lärmschutzwänden war das zwar nicht der schönste, aber der schnellste Weg von der Kanzlei in Wentorf, in der sie als Steuerfachangestellte arbeitete. Sie wohnte mit ihrer Familie in Fünfhausen, einem Ortsteil von Kirchwerder in den Vier- und Marschlanden. Und bei diesem Schneegestöber war es egal, ob sich zu beiden Seiten der Straße Felder auftaten oder nicht. Sie sah sowieso nichts. Nur mit Mühe schaffte sie es, das Auto vor sich im Auge zu behalten. Es fuhr schnell, trotzdem versuchte sie, ihm zu folgen. Es war ihr lieber, sich an seinen roten Rücklichtern zu orientieren, als ziellos ins Weiß hineinzufahren. Zum Glück war der Schnee griffig und die Straße nicht glatt.

Irgendein alter Hit aus den Neunzigern, dessen Name ihr entfallen war, drang blechern aus dem Lautsprecher in der Beifahrertür, dem einzigen, der noch halbwegs funktionierte. Ihre Bluse klebte unangenehm in den Achseln, und ihr Gesicht glühte. Martha fragte sich, ob sie schon in die Wechseljahre kam, bei den Hitzewallungen, die sie ständig hatte. Aber sie war erst 41. Wahrscheinlich war es einfach nur ein Zeichen von Stress. Der Tag hatte sie geschafft.

Meistens empfand Martha ihre Arbeit in der Kanzlei als Erholung – die Bürotür hinter sich schließen zu dürfen, sich ihren Steuertabellen zu widmen. In ihrem ganz eigenen Rhythmus. Kein *Mama hier* und *Mama da*. Heute allerdings war es auf der Arbeit mindestens so chaotisch gewesen wie zu Hause. Ständig war irgendjemand bei ihr reingeplatzt und hatte irgendetwas von ihr gewollt. Und dann Bettes Anruf! Die Aussicht, sich mal wieder um Onkel Walters Eskapaden kümmern zu müssen, lag ihr seitdem wie ein Stein im Magen.

Irgendwas war aber auch immer mit ihm. Ob er mit einer Schrottlaube ohne TÜV über den Deich knatterte und dabei erwischt wurde, den Heizungsableser vom Hof jagte oder wie im letzten Jahr selbst konstruierte Fuchsfallen aufstellte. Kanufahrer hatten während eines Picknicks am Ufer der Gose-Elbe zwei der Fallen, die Walter aus Einkaufswagen gebaut hatte, entdeckt, und Martha hatte sich einer Horde Tierschutzaktivisten gegenüber wiedergefunden. Und jetzt eine nächtliche Krähenjagd. Was hatte Walter sich dabei nur wieder gedacht?

Am liebsten würde sie Bettes Bitte, mit ihm zu sprechen, einfach ignorieren. Manchmal wünschte sie sich, mal auf niemanden Rücksicht nehmen zu müssen, auf niemanden aufpassen zu müssen, sich um niemanden kümmern oder sorgen zu müssen. Aber das war, dachte sie mit einem Seufzen, leider nun mal nicht ihre Art. Und was war die Alternative? Dass Bette ihre alten Polizeikollegen auf ihren Onkel ansetzte? Das wollte Martha auch nicht.

Als sie um halb fünf in den Durchdeich einbog, hörte es schlagartig auf zu schneien. Ihr Haus war eines der ersten in der Straße. Ein schlichter gelber Backsteinbau aus den Sechzigerjahren, der perfekt war, weil hinter dem kleinen Garten direkt das Stück Pachtland mit den beiden Treibhäusern angrenzte, in denen Henrik, ihr Mann, seine Biokräuter für den Verkauf auf lokalen Märkten anbaute. Alles noch sehr idealistisch, ohne dass finanziell wirklich etwas dabei rumkam, aber das würde schon noch werden. Diesmal schon. Henrik hatte immer viele Ideen, was ökologische Landwirtschaft, ökologischen Tourismus, sogar ökologische Energieproduktion anging – Hauptsache ökologisch eben. Bisher waren die meisten Ansätze in diese Richtung im Sand verlaufen, aber das mit den Biokräutern, das würde was werden. Da konnten ihr Vater und vor allem ihr Onkel ihre spöttischen Kommentare abgeben und blöd reden, wie sie wollten. Sie stand da voll und ganz hinter Henrik. Er würde das mit den Biokräutern schon zum Erfolg bringen. Gemeinsam würden sie das.

Martha parkte am Straßenrand. Ihr Stellplatz vor dem Haus war seit gestern von einem riesigen Schneemann belegt. Sie musste schmunzeln, als sie daran dachte, wie begeistert und stolz ihre beiden Töchter ihn ihr gezeigt hatten.

Sie klingelte und schloss gleichzeitig die Haustür auf.

Das Haus hatte nur 90 Quadratmeter Grundfläche über zwei Etagen, aber einen Dachboden, den sie irgendwann zu einem weiteren Kinderzimmer ausbauen konnten. Noch allerdings gab es den Bedarf nicht. Elsa war sechs und Luisa vier, und sie teilten gerne ein Zimmer.

«Hallo», rief Martha in den Flur, aber so ruhig, wie es war, war eindeutig niemand zu Hause.

Sie warf ihre Jacke auf den Kleiderhaufen unter der vollen Garderobe und stieg über durcheinanderliegende Kinderschuhe, Socken und nasse Fäustlinge. Es war immer ziemlich unaufgeräumt bei ihnen, aber Martha fühlte sich wohl damit.

Auf dem Küchentisch standen noch die Teller vom Mittagessen. Spaghetti mit Tomatensoße. Zwischen den Tellern lag Henriks Smartphone. Ihn anzurufen, um zu fragen, wann sie kämen, war also sinnlos. Aber etwas Zeit hatten sie ja noch.

Martha hatte ihrem Vater gesagt, dass Henrik und sie um sechs bei ihm sein würden.

Martha steckte sich mit den Fingern ein paar der liegen gebliebenen Nudeln in den Mund und ging nach oben, um zu duschen.

Im Bad war es kalt wie auf einem verfluchten Campingplatz. Sie drehte die Heizung auf fünf, zog sich aus und hüpfte schnell unter die Dusche. Mit geschlossenen Augen ließ sie sich das Wasser über das Gesicht laufen.

Als sie schließlich aus der Dusche trat, fühlte sie sich schon erholter. Im Haus war es immer noch still. Erst als sie sich angezogen und die Haare geföhnt hatte, hörte sie von draußen die Stimmen der Mädchen. Aufgeregt und fröhlich.

Sie öffnete das Fenster und beugte sich raus. Es dämmerte. Elsa, Luisa und Henrik standen direkt unter ihr. Martha griff sich Schnee vom Sims, formte einen Ball und warf ihn auf den nichts ahnenden Henrik. Alle drei rissen die Köpfe hoch.

«Volltreffer!», jubelte Martha und lachte.

«Na warte!», rief Henrik und konterte. Martha bückte sich weg, und der Schneeball flog an ihr vorbei ins Badezimmer.

Die Mädchen juchzten.

Mit beiden Händen schob Martha den restlichen Schnee vom Sims, und er rieselte auf ihre Köpfe.

Dann ging sie nach unten. Elsa und Luisa stapften strahlend, voller Schnee und mit roten Wangen ins Haus. Um ihre Füße bildeten sich sofort Pfützen. Henrik hatte draußen den großen Schlitten hochkant gestellt und wischte ihn mit einem Tuch ab. Die Mütze war ihm so weit hochgerutscht, dass sie aussah wie eine Zwergenmütze, seine Haut war trotz der Kälte blass, und nicht mal die dick wattierte Jacke konnte verbergen, wie dünn er war. Als gut aussehenden Mann würde Henrik wohl niemand bezeichnen. Dafür hatte er etwas Verträumtes, war immer optimistisch, sah alles aus einem positiven Blickwinkel. Und genau das liebte Martha so an ihm.

«Wir waren am Sandbrack», erzählte Elsa aufgeregt. «Papa hat mich auf dem Schlitten gezogen.»

«Und Nils mich», schrie Luisa hinterher.

Jetzt erst sah Martha Nils, der seitlich der Tür stand, die Kordel eines zweiten Schlittens in der Faust. «Hallo, Nils», sagte sie.

«Moin», murmelte er, ohne sie dabei anzuschauen.

Es war wirklich ein Elend, wie unsicher er war, und sein ungelenkes Äußeres unterstrich das noch. Seine Arme schienen wie bei einem Teenager zu lang für seinen Körper zu sein. Dabei war er längst kein Teenager mehr. Er war 29.

Nils half Henrik mit dem Kräuteranbau, kam aber auch, wenn es nichts zu tun gab. Genau genommen war er täglich bei ihnen. Manchmal nervte Martha seine ständige Anwesenheit, aber die Kinder liebten ihn, und sie fand es auch gut von Henrik, dass er sich so kümmerte. Tat ja sonst keiner. Nils war wegen wiederholter Brandstiftung im Gefängnis gewesen. Seit seiner Entlassung im letzten Jahr wohnte er wieder bei seiner Mutter, etwa einen Kilometer den Deich runter nach Ochsenwerder. Jeder hier draußen wusste, was er getan hatte. Und mied ihn.

Sie bückte sich und half Luisa, das Eis von ihren Schuhen zu klopfen.

«Wann kommt die Babysitterin?», fragte sie, an Henrik gewandt. Die Mädchen würden nicht mit zu ihrem Vater kommen. Martha freute sich auf ein schönes ruhiges Abendessen ohne Kinder. Außerdem musste Elsa sich morgen um acht über die Schulplattform zum Homeschooling einloggen, wenn sie da nicht ausgeschlafen war, würde es wieder nur Geschrei und Geheule geben.

«Sie hat abgesagt», sagte Henrik.

«Ach nee», entfuhr es Martha enttäuscht. Das war es also mit ihrem entspannten Abend.

«Ich kann hierbleiben», sagte Nils.

«Ja», brüllten die Mädchen im Chor und hüpften sofort aufgeregt herum.

«Nein!», sagte Martha scharf.

Henrik sah sie vorwurfsvoll an. «Es wird schon klappen mit den dreien.»

Nils trat von einem Fuß auf den anderen, weiterhin ohne Martha direkt anzusehen. Er sagte nichts.

«Lass es uns doch mal versuchen», hakte Henrik nach.

«Nein», wiederholte Martha verärgert. Er wusste genau, dass sie Elsa und Luisa nicht mit Nils alleine lassen wollte. Was, wenn er wieder rumzündelte? Was, wenn dann etwas passierte? Nein. Dann mussten sie die Mädchen eben doch mitnehmen.

4. BETTE

Bette hatte bei Lore übernachtet. Als sie am Morgen aufwachte, lag eine Dunkelheit im Raum, die ihr verriet, dass es noch lange nicht hell werden würde. Sie tastete nach ihrem Handy. 5.49 Uhr. Sie fühlte sich völlig gerädert. In der Nacht hatte alle zwei Stunden ihr Wecker geklingelt, weil sie nach Lore sehen wollte, deren Fieber wieder hochgegangen war. Jetzt hörte sie sie durch die offenen Türen gleichmäßig atmen.

Bette wälzte sich herum und versuchte, noch mal einzuschlafen. Vergeblich.

Schließlich stand sie auf, zog sich Pulli und Hose über den Schlafanzug und tappte müde und etwas schwerfällig nach unten, wobei sie sich am Hosenbund herumzuppelte. Die Hose kniff ihr unangenehm am Bauch. Sie hatte zugenommen. Schlank war sie nie gewesen, aber gerade waren es mal wieder ein paar Kilo zu viel.

Kaum hatte sie das Licht in der Küche eingeschaltet, sprang Minka auf den Küchentisch und maunzte.

«Na, heute Nacht keine Maus gefangen?» Bette strich ihr über den Kopf und holte eine Glasschale und Trockenfutter aus dem Schrank. Frischfleisch war keines mehr da.

Sie würde Tyler nachher bitten, für Lore einkaufen zu fahren. Sie selbst setzte sich wegen ihrer Narkolepsie nicht mehr hinters Steuer, und direkt in Ochsenwerder gab es nur eine Bäckerei, die zwar auch als Krämerladen fungierte, wo es aber nur das Allernötigste gab. Außerdem war sie nur samstags bis montags geöffnet. Und heute war Freitag.

Als Bette hierher zurückgezogen war, war Tyler regelmäßig gekommen und hatte ihr ihre Einkäufe rumgefahren. Mittlerweile wohnte er bei ihr, seit fast eineinhalb Jahren. Nach dem Abi hatte sein Vater ihn vor die Tür gesetzt, weil er sich geweigert hatte, in den familiären Getränkegroßhandel einzusteigen. Tyler hatte Umwelttechnik studieren wollen, was er jetzt auch tat. Eigentlich hatte Bettes Angebot, er könne bei ihr unterkommen, nur eine aus der Not geborene Übergangslösung sein sollen – seit ihren frühen WG-Zeiten hatte sie immer alleine gelebt –, aber sie hatte festgestellt, dass sie es genoss, ihn bei sich zu haben. Tyler war umgänglich, hilfsbereit und vor allem humorvoll.

Bette war dabei, das Katzenfutter in die Schale zu kippen, als Minka plötzlich fauchend vom Tisch sprang und aus der Küche schoss. Fast zeitgleich ließ ein Knall Bette zusammenfahren. Vor Schreck wich alle Kraft aus ihren Händen, die Futterpackung rutschte ihr weg und fiel auf den Boden.

Verdammt auch. Wie sie das hasste. Dieser plötzliche Verlust der Muskelkraft, Kataplexie genannt, war ein weiteres Symptom ihrer Krankheit. Bei starken Emotionen erschlafften ihre Handmuskeln. Meist hielt das nur wenige Sekunden an, aber es war überaus nervig.

Noch ein Knall.

Bette ballte ihre Hände zu Fäusten. Sie funktionierten schon wieder. Walter, dachte sie. Das konnte doch nur wieder Walter sein. Was machte er da? Feuerwerk?

Sie eilte zur Hintertür, die in seine Richtung rausging. Als sie sie öffnete, roch sie es sofort: verbranntes Plastik und Benzin.

Und über Walters Hof hing das rot-gelblich flackernde Licht von Feuer.

Verbrannte er da etwa seinen Müll? Mitten in der Nacht? Das konnte doch echt nicht wahr sein. Aus dem Stall drang elendiges Gequieke und Gegacker. Die Tiere waren in Panik.

Schnell zog Bette sich Schuhe und Jacke an und eilte völlig entnervt zum Nachbarhof rüber.

Breitbeinig stand Walter mitten auf seinem großen Hofplatz und hielt einen Wasserschlauch auf die Schrotthalde gerichtet beziehungsweise auf das, was davon übrig war. Ein Haufen verrußter Metallteile, überzogen von nasser klebriger Asche. Das Feuer hatte er mittlerweile so gut wie gelöscht, nur hier und da schlugen noch kleine Flammen hoch. Auch der Truck war vollständig ausgebrannt.

Rauch und kalte Luft stachen in Bettes Lunge, als sie schnaufend stehen blieb.

«Moin, Bette. Du schon wieder», sagte Walter nüchtern.

«Ja, ich schon wieder. Was zum Henker machst du da?»

«Siehst du doch. Müllbeseitigung.» Er lachte heiser auf, dieses Lachen, das Bette gestern schon so aufgeregt hatte.

«Hast du den ganzen Schrott etwa selbst angezündet?»

«Was denkst du denn? Ich lass doch keine Fremden auf meinen Hof.»

Kawumm! Wieder ein Knall. Bette zuckte zusammen, aber diesmal erschlaffte ihre Hand nicht. Immerhin etwas. *Kawumm!* Rote und grüne Funken sprühten, aber nur kurz, wie bei einer fehlgezündeten Silvesterrakete. Was hatte Walter hier nur alles gehortet?

«Du hättest deinen Müll auch auf den Recyclinghof fahren können», sagte Bette.

«Hätt ich, hab ich aber nicht.»

Idiot. «Ach, mach doch, was du willst», sagte sie. «Dir ist eh nicht zu helfen.»

Und damit ließ sie Walter stehen.

Bette wartete ungeduldig in Lores Hofeinfahrt, dass Tyler sie abholte. Es war noch immer nicht hell, aber man ahnte schon den Tag.

Nachdem sie von Walter zurückgekommen war, hatte sie trotz der fast noch nächtlichen Uhrzeit sofort Martha angerufen. Sie fand, seine Nichte musste von der abgebrannten Schrotthalde wissen. Aber sie war gar nicht dazu gekommen, irgendwas zu sagen. Martha war völlig aufgelöst gewesen, richtig hysterisch. Bette hatte kaum ein Wort von dem verstanden, was sie versucht hatte, ihr zu sagen, nur dass sie bei ihrem Vater, Georg, auf dem Schwarzackerhof sei und Bette *bitte, bitte* kommen möge. Und etwas, das Bette mindestens so sehr beunruhigte wie Marthas Verhalten, waren die Geräusche, die sie im Hintergrund gehört hatte. Laufende Motoren und Männerstimmen, die durcheinanderriefen und dem Tonfall nach Order gaben. Es hatte sich angehört wie ein Polizeieinsatz.

Wenige Minuten später tauchte Tyler endlich auf.

Um von Lore zum Schwarzackerhof in Kirchwerder zu gelangen, mussten sie über den Deich Richtung Osten, der sich hier in engen Kurven entlang der Gose-Elbe wand. Bis zum Ortsteil Fünfhausen, wo Martha mit ihrer Familie wohnte, waren es etwa vier Kilometer, und von dort bis zu Georgs Hof, der abgelegen in einer Schlaufe der Gose-Elbe lag, noch einmal gut zwei Kilometer. Mit jeder Minute im

Auto wurde Bette unruhiger. Sie rief Hilde an, eine Bekannte, und bat sie, sich um Lore zu kümmern. Danach versuchte sie es noch einmal bei Martha, aber sie nahm nicht ab. Und dann, in der letzten Kurve vor Georgs Haus, sahen sie es. Erst die schwarze Rauchwolke, dann das Feuer.

Es brannte.

Georgs Haus brannte! Der Schwarzackerhof stand in Flammen. Lichterloh.

Alle Kraft wich aus Bettes Händen. Tyler würgte vor Schreck den Motor ab und kam quer auf dem Deich zum Stehen.

Flammen schlugen meterhoch und fraßen sich durch das Gebälk des alten Fachwerks. Das Reetdach war bereits durchgebrannt.

Mindestens fünfzig Retter waren im Einsatz, neben der Feuerwehr auch das Technische Hilfswerk. Die Fahrzeuge standen weit verteilt auf dem großen Grundstück, bis runter zur Gose-Elbe, gut 200 Meter entfernt. Es schien wie ein einziges Durcheinander, aber Bette wusste, sie arbeiteten Hand in Hand. Direkte Nachbarhäuser gab es keine. Aber zwei nah am Haus stehende Birken hatten Feuer gefangen, und die Feuerwehrleute hüllten schon von einer Drehleiter aus die große Holzscheune in Sprühnebel ein, um das Übergreifen zu verhindern.

Hinter ihnen ertönte eine Sirene. Noch ein Löschwagen.

«Tyler!» Bette stieß ihn mit dem Ellbogen an und zeigte auf einen Schotterplatz seitlich der Absperrung, die die Einsatzkräfte großzügig um den Brand gezogen hatten. «Los, da runter. Mach die Straße frei.»

Tyler musste den Zündschlüssel mehrmals drehen, bis

der Motor wieder ansprang. Kurz darauf parkte er den Wagen so, dass er nicht im Weg war, und sie stiegen aus. Die Hitze strahlte bis zu ihnen. Glühende Aschefetzen und Reetbüschel flogen durch die Luft. Das Feuer war ohrenbetäubend laut. Ein einziges Rauschen, Knistern und Knacken, hin und wieder auch das berstende Geräusch von brechendem und splitterndem Holz. Bette atmete schwer und schob sich, gefolgt von Tyler, durch die Menge der Schaulustigen, die sich hinter dem Absperrband versammelt hatte. Es waren alles Anwohner. Zumindest vom Sehen kannte Bette sie. Und niemand, nicht einer, hielt sein Smartphone hoch, um das Drama festzuhalten. Aus Respekt oder einfach, weil sie selbst viel zu erschrocken waren. Alle starrten bestürzt auf die Flammen. Lediglich ein Polizist machte aus einiger Entfernung mehr oder weniger unauffällig Fotos der Anwesenden. Das war Routine. Falls es Brandstiftung von außen war. Denn zu einem hohen Prozentsatz mischten sich Brandstifter unter die Schaulustigen und bestaunten ihr Werk.

«Tyler, ich suche jetzt Martha!» Bette musste schreien, damit er sie hörte. Im Kopf rechnete sie schnell nach, wie lange sie mittlerweile wach war. Gut zwei Stunden. Eine weitere Stunde würde sie noch durchhalten, dann müsste sie zusehen, dass sie wieder am Wagen war. «Warte hier auf mich!» Ausnahmsweise widersprach Tyler nicht.

Bette ging auf einen jungen Mann zu, der abgestellt zu sein schien, darauf zu achten, dass niemand über die Absperrung stieg. Ein Aufnäher auf seiner Jacke verriet ihr, dass er der Freiwilligen Feuerwehr Kirchwerder Nord angehörte.

«Entschuldigung», sagte sie so laut wie möglich. «Ich muss zu Georg Lange. Dem Hausbesitzer.»

«Es ... leid.» Er schüttelte den Kopf. «Ich darf ... nicht ... durchlas...»

Bette hörte über dem Rauschen des Feuers nur bruchstückhaft, was er sagte.

«Martha, seine Tochter, sie hat mich angerufen», setzte sie nach, die Hände nun wie einen Trichter vor dem Mund, damit ihre Worte auch wirklich bei dem Mann ankamen. «Damit ich herkomme.» Sie überlegte noch, ob sie ihren Ex-Polizeistatus nutzen sollte, um hier weiterzukommen, aber da hob der Mann schon das Absperrband und zeigte auf Einsatzwagen, die etwa 150 Meter entfernt auf der Wiese standen, durch den Rauch aber nur schemenhaft erkennbar waren.

Bette ging darauf zu. Die Hitze brannte nun regelrecht auf ihrer Haut. Sie musste ununterbrochen husten, ihre Augen tränten. Der zuvor vereiste Boden hatte sich in eine Matschfläche verwandelt. Bette sank knöcheltief ein und musste sich bei jedem Schritt erneut freikämpfen, schlimmer als im Watt.

Als sie näher an den Einsatzwagen war, entdeckte sie Martha in einem Kombi des Technischen Hilfswerks. Sie saß im offenen Kofferraum, die Knie angezogen, die Arme um die Beine geschlungen, und starrte auf das Feuer. Henrik saß neben ihr und hatte seinen Arm um sie gelegt. Georg war nicht da.

Vor ihrem inneren Auge spielte Bette Szenarien ab, wo er sein könnte.

Vielleicht stand Georg irgendwo hier zwischen all den Menschen, so unter Schock, dass er nicht fähig war, Kontakt zu den Einsatzkräften aufzunehmen. Oder er irrte durch den Schnee. Verwirrt. Vor Schreck völlig von Sinnen. So was kam vor. Oder er wurde gerade ärztlich versorgt, aber dann wäre Martha doch bei ihm.

Als Henrik Bette kommen sah, erhob er sich sofort, um ihr Platz zu machen, und wahrscheinlich auch, um einen Moment von seiner Frau wegzukommen.

Fahrig rieb er sich mit der Hand über die Augen und blinzelte in einem fort. Er schien völlig überfordert.

«Die Mädchen, sie sind zu Hause», sagte er leise zu Bette.

Sie war gar nicht davon ausgegangen, dass die beiden vermisst wurden. Dann hätte Henrik sich ganz anders verhalten, wäre nicht der Tröster, sondern selbst viel verzweifelter gewesen.

«Und Georg?», fragte Bette.

Henrik schüttelte den Kopf, zuckte gleichzeitig mit den Schultern. Sie wussten es also nicht. Bette musste erst einmal Luft holen, bevor sie sich neben Martha in den Kofferraum setzte.

Martha nahm sie zuerst gar nicht wahr. Sie saß nur da, starrte weiter ins Feuer, wirkte abwesend, wie unter Schock. Ihre Haare hingen in Strähnen aus dem Knoten. Ihre Augen waren geschwollen, und sie hatte rote Flecken im Gesicht.

«Martha», sagte Bette behutsam und strich ihr über den Arm. Jetzt drehte Martha ihr das Gesicht zu. Es dauerte aber immer noch einen Moment, bis sie sie wirklich wahrnahm.

«Bette», stieß sie dann hervor, so atemlos, als wäre sie kilometerweit gerannt. «Bette ...» Sie brach in Tränen aus.

Bette wollte etwas Tröstendes sagen, wollte ihr versichern, dass alles gut werden würde, dass Georg sicher nicht da im Haus war. Aber dann sah sie weiter hinten Mark

Thorben, der aus einem Einsatzwagen stieg. Und Meyra Bacha. Beide aus ihrem alten Dezernat. Der Mordkommission. Was das bedeutete, war ihr nur allzu klar. Thorben und Meyra tauchten nicht bei einem Brand auf, wenn es nur um einen Sachschaden ging, sei er noch so groß. Sie nahm ihre Freundin in die Arme und drückte sie, so fest sie konnte.

Am Mittag saß Bette bei Walter in der Küche. Eine Uhr tickte, ansonsten war es totenstill. Walters geballte Fäuste lagen vor ihm auf dem Tisch, er schaute ins Leere, Tränen liefen ihm über die Wangen, ohne dass er einen Laut von sich gab. Stumm und schweigend und umso quälender.

Bette hatte Martha versprochen, ihrem Onkel zu sagen, was geschehen war.

Dass Georg tot war.

Dass er im abgebrannten Schwarzackerhof gestorben war.

Irgendwie hatte Bette erwartet, Walter würde diese Nachricht wie alles andere auch mit einer unwirschen Handbewegung von sich weisen. Als träfe es ihn nicht. Aber da hatte sie sich getäuscht. Umso schlimmer empfand sie es jetzt, ihn so zu sehen. Die Brüder mochten sich seit Ewigkeiten aus dem Weg gegangen sein. Warum auch immer. Aber das machte es auch nicht einfacher. Jetzt konnten Walter und Georg sich nicht mehr aussöhnen. Alles blieb ungesagt. Kein gutes Gefühl, nicht für den, der zurückblieb.

Bette überlegte, ihre Hand auf Walters zu legen, zögerte aber. Ihr Gefühl sagte ihr, dass er das nicht wollen würde. Also hielt sie still, wartete, ließ ihn weinen.

Vom Einsatzleiter der Feuerwehr hatte Bette erfahren,

dass Georg von Nachbarn noch vor dem Eintreffen der Löschkräfte und bevor die Flammen sich über das ganze Haus ausbreiteten, aus seinem Schlafzimmer gezogen worden war. Retten hatten sie ihn nicht mehr können. Der Notarzt ging von Rauchgasvergiftung aus. Gerne hätte Bette am Brandort noch Näheres herausgefunden, beispielsweise ob es Brandstiftung gewesen war. Aber als endlich die Psychologinnen des Kriseninterventionsteams eintrafen, um sich um Martha und Henrik zu kümmern, hatte ihre Narkolepsie ihr keine Zeit mehr gelassen, nach ihnen zu suchen. Sie hatte zurück zum Wagen gemusst, schlafen.

Walter zog lautstark den Rotz roch, und das Geräusch zerriss auf irritierende Weise die Stille. Dann schlug er heftig mit den Fäusten auf den Tisch, das Gesicht verzerrt. Wütend oder verzweifelt, vielleicht beides.

«Wie konnte das passieren?», fragte er rau.

«Das weiß man noch nicht», sagte Bette.

Walter presste die Lippen so fest aufeinander, dass sie ganz weiß wurden.

«Walter», setzte sie behutsam an. «Ich werde der Polizei von dem Feuer bei dir im Hof erzählen müssen.»

«Das hat nichts miteinander zu tun», fuhr er sie an, jetzt wieder grob wie eh und je. Trauer und Verzweiflung waren aus seinem Blick gewichen, jetzt war da wieder nur Ablehnung zu lesen. Und auch Bettes Mitleid, das sie eben noch empfunden hatte, war verschwunden.

«Findest du nicht, dass es schon ein großer Zufall ist?», sagte sie. «Zwei Brände, zwei Brüder. Eine Nacht.»

5. MARCU

Alles grau, dachte Marcu missmutig. *Grau, grau, grau.* Der Himmel, der Asphalt, der Wohnklotz auf der anderen Seite der großen Kreuzung, die Lagerhallen dahinter, sogar die Rückseiten der Autobahnschilder über der Straße und sein Atem, der ihm vor dem Mund gefror.

Es war kurz vor vier, bald würde es schon wieder dunkel werden. Die Arme um den Oberkörper geschlungen, trat er von einem Bein auf das andere, während er wartete, dass er endlich am Drive-in-Schalter drankam. Wie absurd war das eigentlich? Vor ihm Autos, hinter ihm Autos. Und er zu Fuß. Am Drive-in!

Wegen des blöden Lockdowns war das Innenrestaurant geschlossen und nur Take-away erlaubt. Nicht mal die Klos waren auf. Und um die Rutsche und die Stühle im Außenbereich waren Absperrbänder gezogen, damit bloß niemand auf die Idee kam, über den Zaun zu klettern und sich zu setzen.

Marcu studierte die Leuchttafel, auf der die Preise angezeigt waren. Er könnte das gesamte Menü vertilgen, solchen Hunger hatte er. Seit vorgestern hatte er nichts als trockenes Toastbrot gegessen. Das Einzige, was er noch dagehabt hatte. Zu seiner Angelstelle hatte er sich nicht wieder gewagt. Er rätselte immer noch, was er da eigentlich beobachtet hatte.

Vielleicht waren die Kerle Einbrecher gewesen oder Metalldiebe, was kein Wunder wäre bei dem ganzen Schrott, der da bei dem alten Mann rumlag. Oder Drogendealer, die noch ein Geschäft mit ihm offen hatten. So was war alles möglich. Auch Alte kifften und spritzten oder dealten. Aber wieso die vielen Schüsse, wieso die toten Krähen?

Bei einer der Krähen, die auf das Eis aufgeschlagen war, hatte er eine Patronenhülse gefunden, so groß wie eine AA-Batterie. Ein Wildschwein hätte man damit schießen können. Oder einen Menschen. Aber Krähen? Er bekam das nicht zusammen.

Wenn seine Prepaidkarte aufgeladen wäre, könnte er schauen, ob er online was dazu fand. Obwohl wahrscheinlich sowieso nichts in der Zeitung stand. Es war keine Polizei gekommen. Er hatte noch lange dort am Ufer gestanden. Das hätte er mitbekommen. Aber irgendwann war es einfach wieder ruhig gewesen, als wäre nichts passiert.

Die Männer hatte er nicht mehr gesehen. Sie mussten den Hof zur anderen Seite hin verlassen haben. Wenn sie ihn denn verlassen hatten. Vielleicht waren sie auch tot. Oder der alte Mann war tot. Was, wenn die Schüsse auf die Krähen nur ein Vertuschungsversuch gewesen waren? Was, wenn da auf dem Hof wer verweste, und keiner bekam es mit? Er stellte sich das bildlich vor, und ihm wurde übel. Er hatte schon mal einen Toten gefunden, einen Obdachlosen. Da hatte er die Polizei gerufen. Aber das würde er diesmal nicht tun. Und es ging ihn auch nichts an. Nichts hier draußen ging ihn irgendwas an.

«Hallo. Was wollen Sie?», riss eine verzerrte Stimme aus der Sprechanlage ihn aus seinen Gedanken.

«Einen Cheeseburger», sagte er schnell. «Und einmal Pommes.»

«Ist das alles?», kam durch die Sprechanlage zurück.

«Ja», sagte Marcu. Leider. Er ging zum Ausgabefenster vor, zählte sein letztes Geld ab.

4,88 Euro.

Eine Frau mit Headset reichte ihm die Papiertüte mit seinem Essen, ohne ihn weiter zu beachten.

Er öffnete die Tüte und schob sich im Gehen gierig Pommes in den Mund. Hinter ihm fuhr das nächste Auto an. Auf dem Parkplatz setzte er sich auf die Kühlerhaube eines Volvos. Es war so scheißkalt. Er sah sich suchend um. Gab es hier nichts, wo er sich zumindest unterstellen, dem Wind etwas entgehen konnte?

In einem blauen Peugeot saß jemand und aß Burger. Ein junger Typ, kaum älter als er selbst. Dunkle Haare, dunkler Teint.

Er könnte ihn fragen, ob er sich auch in den Wagen setzen durfte. Nur zum Essen.

Was sollte schon passieren? Der Typ quatschte ja nicht ihn an. Dann wäre es völlig bescheuert, bei ihm einzusteigen. Aber so? Das war safe.

Er ließ sich von der Kühlhaube rutschen, ging zu dem Wagen rüber, klopfte an die Scheibe und öffnete gleichzeitig die Beifahrertür.

Der Typ am Steuer schaute ihn neugierig und mit offenem Blick an. Auf der Rückbank lag ein Hund. Mit aufgestellten Ohren blickte er zu Marcu, ebenso neugierig wie sein Herrchen. Er sah süß aus, ein wuscheliger schwarzweißer Hund, nicht so ein Kampfköter.

«Sorry», sagte Marcu und setzte sein freundlichstes Lächeln auf. «Ist echt kalt hier draußen ... Kann ich vielleicht ...» Seine Stimme war belegt, und er räusperte sich. Er hatte lange nicht gesprochen. Mal abgesehen von der Bestellung, die er eben aufgegeben hatte.

«Geht klar. Mach nur schnell die Tür zu», sagte der Fahrer, ohne wegen Corona und Abstand oder so was Stress zu machen.

«Danke», sagte Marcu und stieg ein.

«Dafür nicht.»

Der Hund bellte jetzt, und Marcu schielte etwas misstrauisch zu ihm hin.

«Das ist Anton. Der tut nichts», sagte der Fahrer. «Und ich bin Tyler.»

«Sam», sagte Marcu, der seinen richtigen Namen nicht verraten wollte. Aus der Lüftung pustete es heiß. Der Hund legte eine Pfote auf seine Schulter, und als Marcu den Kopf drehte, hatte er seine feuchte Schnauze im Gesicht. Marcu musste lächeln, es kitzelte. Er schob seine Hand in Antons Fell. Für einen kurzen Moment schloss er die Augen und genoss das Gefühl der Nähe. Dann wandte er sich seinem Burger und den übrigen Pommes zu. Der Hund wimmerte bettelnd.

«Gib ihm bloß nichts, er ist fett genug», sagte Tyler, knüllte sein Burgerpapier zusammen, holte eine 20er-Packung Chicken Wings aus der Tüte und stellte sie vorne in die Windschutzscheibe, weit weg von Anton. «Bedien dich.»

Das ließ Marcu sich nicht zweimal sagen.

«Musik?», fragte Tyler.

Marcu nickte.

Tyler griff nach seinem Smartphone. «Was hörst du denn so?»

«Hm. Weiß nicht. Rap», sagte Marcu.

«187?»

«Lieber BHZ oder Kwam.E ... so was.»

«Cool.» Tyler nickte zustimmend und suchte einen Song von Kwam.E aus.

Sie aßen und hörten Musik, ohne weiter zu reden. Marcu fand Tyler ziemlich lässig. Angenehm. Nicht aufdringlich.

Als sie aufgegessen hatten, sagte Tyler: «Ich muss zur Elbe runter und dann zum Zollenspieker. Falls das deine Richtung ist, kann ich dich mitnehmen.»

Ja, das war seine Richtung. Er nickte. Tyler schien okay. Und er verzichtete gerne darauf, eine halbe Stunde durch die Kälte zurückzulaufen.

Tyler packte den Müll in einer Tüte zusammen und schob Anton mit einer bestimmten Armbewegung auf die Rückbank, bevor er den Motor startete.

Sie fuhren die Landstraße Richtung Süden. Rechts Felder und Treibhäuser, links Felder und Treibhäuser, unter der Autobahnbrücke durch und weiter geradeaus.

«Hier kannst du mich gleich rauslassen», sagte Marcu, als sie auf die Kreuzung vor der Tatenberger Schleuse zufuhren. Von hier aus gingen Wege in alle Richtungen ab. Da wäre nicht nachvollziehbar, wo er weiter hinging. Und bis zu der Schrebergartenlaube, in der er momentan wohnte, war es auch nicht weit.

Tyler hielt mit laufendem Motor, während ein Lkw versuchte, an ihnen vorbeizukommen.

Marcu streichelte Anton noch mal übers Fell. Er war so warm und kuschelig. Dann stieg er aus und sah, dass er die ganze Zeit auf einem Portemonnaie gesessen hatte. Er schielte zu Tyler, aber der war dabei, im Seitenspiegel zu beobachten, ob der Lkw an ihm vorbeipasste. Marcu griff nach der Geldbörse und schob sie unter seine Jacke, ohne dass Tyler es mitbekam.

Ein bisschen mies fühlte er sich schon, Tyler war krass nett zu ihm gewesen. Aber ein schlechtes Gewissen konnte er sich nicht leisten. Er brauchte Geld. Sobald der Peugeot außer Sichtweite war, öffnete Marcu das Portemonnaie. 50 Euro! Damit konnte er sein Vorratslager wieder gut auffüllen.

Eine EC-Karte war auch im Portemonnaie. Aber die konnte er nicht benutzen. Sobald Tyler sie als gestohlen meldete, würde er damit nur auffliegen.

Während er über die Schleuse ging und dahinter auf den Deich einbog, sah er die anderen Karten durch, die noch in der Geldbörse steckten. Führerschein, Studentenausweis. Perso.

Tyler Petersen, 14.04.1999. Die Meldeadresse sagte Marcu irgendwas. Ja, verdammt, das war gleich drüben in Ochsenwerder, nicht weit weg von seiner Laube. Mist auch. Tyler hatte doch eben vom Zollenspieker geredet, das wäre weit genug weg gewesen. Aber ausgerechnet Ochsenwerder? Jetzt musste er auch noch aufpassen, Tyler nicht hier in der Gegend über den Weg zu laufen. Der würde ihn doch sofort wiedererkennen, und sicher checkte er, dass Marcu das Portemonnaie genommen hatte.

Verärgert über sich selbst, trat er so heftig gegen einen herumliegenden Stein, dass es schmerzte, und musste ein Stück humpeln. Als rechts die Schrebergärten in Sicht kamen, nahm er den Hauptweg am Parkplatz vorbei in die

Anlage. Die Sonne, die jetzt doch noch mal rausgekommen war, stand tief, und die hohen Bäume, die rund um die Lauben wuchsen, warfen lange Schatten. Vom Hauptweg bog er in einen schmaleren Weg ein und dann in einen noch schmaleren, in dem die Hecken so dicht beieinanderstanden, dass er aufpassen musste, sich keinen Zweig ins Auge zu stechen.

Durch blattlose Hecken sah er auf Rasenflächen, leere Beete, kahle Obstbäume und Tannen. Echt öde. Aber es war hier nun einmal das beste Versteck für ihn. Die Lauben waren alle winterfest gemacht. Niemand war da, der ihn beobachtete. Niemand, der wusste, dass er hier war.

Was er im Frühling machen würde, wenn die Laubenbesitzer zurückkehrten, wusste er noch nicht. Er hatte keinen Plan, hangelte sich von Tag zu Tag. Aber das war egal. Er kam schon klar. Er war immer alleine klargekommen. Hatte ja nie eine Wahl gehabt. Auf seinen Vater war kein Verlass gewesen, ständig weg oder besoffen oder, oder, oder. Und diese Spacken in der Wohngruppe waren auch zu nichts zu gebrauchen gewesen. Er biss sich auf die Lippe. Daran wollte er nicht denken.

Seit fast sechs Wochen war er jetzt hier. Auf die Laube war er gekommen, weil er letzten Sommer mal mit ein paar Kumpels in der Dove-Elbe schwimmen gewesen war. Sie waren mit dem Rad hergekommen, und da hatte er die Gartenanlage entdeckt. Und irgendwo hatte er schließlich hingemusst, bei jemandem zu Hause unterkommen ging nicht. Da würden die Eltern nur gleich das Jugendamt rufen. Die Laube war nicht weit von Billstedt, wo er vorher gewohnt hatte, man musste nur durchs Industriegebiet und immer geradeaus Richtung Süden, so eine halbe Stunde mit dem Rad. Mit dem Bus dauerte es sogar ein bisschen länger.

Es war also nicht weit, aber abgelegen genug, als dass irgendjemand von dort mitten im Winter zufällig hier auftauchte. Hier war nichts, und Schwimmen konnte man nur im Sommer. Bis dahin war er weg. Vielleicht Italien. Oder Kroatien? Irgendwo in den Süden. Das würde er auf jeden Fall tun. Er konnte es gar nicht abwarten, wäre am liebsten sofort los. Nur jetzt, bei der Kälte, traute er sich nicht, einfach so ins Blaue aufzubrechen.

Ein Eichhörnchen rannte vor ihm über den Weg, ansonsten regte sich nichts. Die Laube, die er sich ausgesucht hatte, lag abseits und wirkte nicht besonders gepflegt. Die Gartenpforte hing schief in den Angeln, die Parzellennummer war auf dem morschen Holz nur noch zu erahnen. Die Hecke wuchs höher als die meisten hier, das Laubendach war von Moos überwuchert, die grüne Wandfarbe blätterte, und der Rasen war voller Maulwurfshügel.

Marcu ging davon aus, dass ein nachlässiger Pächter im Winter nicht nach dem Rechten sehen würde und er seine Ruhe hätte. Und bislang war er damit gut gefahren.

Anstatt durch die Pforte nahm er den Weg durch den Knick, diesen von dichtem Gehölz zugewachsenen Streifen, der den Garten nach hinten abgrenzte. Er wollte vermeiden, auf den Gehwegplatten Schuhabdrücke im Schnee zu hinterlassen. Die Schneedecke an der Gartenpforte sollte unberührt bleiben. Dann käme niemand auf die Idee, dass er hier wohnte.

6. BETTE

Es war kurz nach sieben. Tyler war noch unterwegs. Bette stand in der offenen Haustür und rubbelte Anton, der im Garten herumgetollt war, mit einem Handtuch Eisklumpen aus dem Fell.

Nach ihrem Besuch bei Walter war sie noch kurz zu Tante Lore rübergegangen, die schon wieder etwas besser ausgesehen hatte. Hilde war bei ihr gewesen und versprach, sich auch die nächsten Tage um Lore und ihre Tiere zu kümmern. Auf dem Rückweg hatte Bette dann Mark Thorben angerufen und ihm eine Nachricht auf seiner Mailbox hinterlassen. Er solle sie wegen des Brands in Kirchwerder umgehend zurückrufen.

Thorben war ihr Nachfolger, leitender Kommissar im Morddezernat, und da sie ihn auf dem Schwarzackerhof gesehen hatte, ging sie davon aus, dass es seine Ermittlung war.

Nachdem sie jetzt allerdings den ganzen Tag nichts von ihm gehört hatte, dachte sie schon, er würde sich gar nicht mehr melden. Sie war es gewohnt, dass er empfindlich bis abweisend reagierte, wenn sie sich in seine Arbeit einmischte. Aber als sie Anton gerade ins Haus scheuchen wollte, hielt Thorbens dunkler Audi vor der Gartenpforte. Dass er persönlich vorbeikam, überraschte sie dann doch. Ein Anruf hätte es auch getan.

Meyra war ebenfalls mitgekommen, was Bette wiederum nicht wunderte, da sie auch schon mit Thorben auf dem

Schwarzackerhof gewesen war. Sie sah überarbeitet aus. Die langen dunklen Haare strähnig, ihr Kajal verschmiert und die Augen gerötet, vermutlich von dem ganzen Rauch, dem sie heute ausgesetzt gewesen waren. Anton sprintete bellend auf sie zu und sprang schwanzwedelnd an ihr hoch. Er freute sich immer, wenn sie kam, was sie öfter tat. Bette hatte Meyra erst kennengelernt, nachdem sie selbst schon bei der Polizei ausgeschieden und nur noch einmal in eine Mordermittlung reingerutscht war, da sie einen der Hauptverdächtigen kannte. Danach hatten sie sich angefreundet. Und hin und wieder beriet Bette Meyra auch, was ihre Arbeit anging.

Sie hielt Meyra für eine gute Ermittlerin, allerdings war sie noch etwas unerfahren und extrem empathisch, vielleicht zu empathisch. Sie nahm die Fälle, in denen sie ermittelte, oft sehr persönlich. Und mit Entscheidungen, die aus ihrer Sicht falsch waren, konnte sie nur schwer umgehen. Nicht die besten Voraussetzungen für die Arbeit in der Mordkommission. Aber letztlich, fand Bette, brauchte es doch genau solche Ermittlerinnen wie Meyra, um den Job auf eine menschliche Art auszuführen.

Mit Thorben dagegen hatte Bette schon zu ihren Zeiten in der Mordkommission zusammengearbeitet, und ihr Verhältnis war nie besonders gut gewesen. Nicht zuletzt, weil er so furchtbar selbsteingenommen war. Hinter vorgehaltener Hand nannten alle ihn MT, da er immer nur mit seinen Initialen unterschrieb, als wüsste jeder automatisch, wer er war.

«Sie wollten mit uns sprechen», sagte Thorben etwas steif.

«Ja. Kommen Sie rein.» Bette lotste sie in die Küche.

«Seit Sie hier draußen wohnen», sagte er, noch bevor er saß, «ist das echt zu einem Hotspot des Verbrechens geworden.» Meyra rollte die Augen. Bette zog die Brauen hoch. Er konnte seine dämlichen Spitzen einfach nicht sein lassen.

«Gehen Sie denn von einem Verbrechen aus?», nutzte sie den Kommentar für sich. «Gibt es Hinweise auf Brandstiftung?»

«Ersten Untersuchungen der Brandschutzexperten zufolge sieht alles danach aus», sagte er. «Die Brandmittelspürhunde haben angeschlagen, wir können also vom Einsatz von Brandbeschleuniger ausgehen. Aber die Laboruntersuchungen stehen noch aus.»

Bette rieb sich mit den Händen über das Gesicht. Georg, umgekommen in einem mutwillig gelegten Brand. Wer sollte so etwas tun? Hatte der Brandstifter vielleicht gar nicht gewusst, dass Georg zu Hause war? Aber wer ein Wohnhaus in Brand setzte, musste doch davon ausgehen, dass Menschen da waren.

«Ich habe gehört, Sie waren heute Morgen auch bei dem Feuer in Kirchwerder. Wie das? Sie wohnen nicht gerade in Sichtweite.» Ein misstrauischer Tonfall schwang mit, als Thorben das sagte. «Wie haben Sie so schnell von dem Feuer erfahren?»

«Ich bin mit der Tochter des Opfers befreundet», sagte Bette.

«Mit ihr konnten wir noch gar nicht reden», merkte Meyra an, während sie mit einer Hand Antons Kopf kraulte. Er hatte sich unter den Tisch gezwängt und den Kopf in ihren Schoß gelegt. «Sie steht völlig unter Schock.»

Das war Bette auch nicht entgangen.

«Sie können uns doch sicher sagen, wie das Verhältnis zu ihrem Vater war», machte Thorben weiter.

Da musste Bette nicht lange überlegen. «Gut, sehr gut. Die beiden waren immer eng. Martha ist Einzelkind, und ihr Vater hat sie alleine großgezogen.»

«Ungewöhnlich», sagte Thorben. «Für diese Generation.»

Darüber hatte Bette nie nachgedacht. Es war einfach so gewesen. «Die Mutter hat die Familie verlassen, als Martha klein war. Und Georg hat das gut hinbekommen. Soweit ich das beurteilen kann.» Thorben gab ihr aus irgendeinem Grund das Gefühl, Georg verteidigen zu müssen.

«Hat Martha Sie angerufen? Heute Morgen, vom Brandort aus?», wollte Thorben wissen.

«Nein. Ich habe sie zufällig angerufen, als ...»

«Zufällig?», unterbrach Thorben sie. «So früh am Morgen?»

Bette biss sich auf die Zunge. Dass er ihr auch immer ins Wort fiel. Sie konnte sich eine scharfe Retourkutsche nur schwer verkneifen. Da das Wasser, das sie aufgesetzt hatte, gerade kochte, goss sie erst mal den Tee auf und schluckte ihren Ärger runter.

«Also», sagte sie schließlich und stellte den beiden die Tassen hin. «Genau deshalb wollte ich ja mit Ihnen sprechen. Georg Lange hatte einen Bruder. Walter Lange. Bei ihm hat es in der Nacht auch gebrannt beziehungsweise in den frühen Morgenstunden.» Bette erzählte von dem Schrottlager in seinem Hof, von den kleinen Explosionen, die sie auf das Feuer aufmerksam gemacht hatten, als sie bei

Lore war, und auch, dass Walter behauptet hatte, nur seinen Müll zu verbrennen. Außerdem erwähnte sie die Nacht zuvor, Walters Jagd auf die Krähen, was sowohl bei Meyra wie auch Thorben Stirnrunzeln hervorrief. Und bezüglich des Feuers bei Walter fügte sie noch an: «Ehrlich gesagt nehme ich Walter Lange nicht ab, dass er das Feuer selbst entzündet hat. Jemand, der immer alles aufhebt – und so einer ist Walter –, fackelt nicht einfach so sein Lager ab.»

Thorben rieb sich nachdenklich die unrasierte Wange. «Zumindest nicht ohne guten Grund.»

Nun mischte Meyra sich wieder ein: «Wer hätte einen Vorteil davon, dass bei dem einen Bruder das Lager abbrennt, bei dem anderen das Haus? Und dass der eine Bruder im Feuer umkommt? Hatten die beiden vielleicht einen gemeinsamen Feind?»

Darüber hatte Bette auch nachgegrübelt, ohne dass ihr etwas eingefallen wäre. «Die beiden haben seit Jahrzehnten kein Wort miteinander gesprochen. Die einzige Verbindung zwischen ihnen war Martha, die den Kontakt zu ihrem Onkel immer aufrechterhalten hat.»

«Wieso haben die Brüder nicht miteinander gesprochen?», hakte Meyra nach.

«Das weiß ich nicht.» Nicht einmal Gerüchte hatte Bette dazu gehört, was schon sehr ungewöhnlich war. Kursierten doch sonst zu jeder noch so kleinen Zwistigkeit diverse Geschichten. Um das Erbe konnte es eigentlich nicht gegangen sein. Zwar hatte Georg als ältester Sohn das große Elternhaus in Kirchwerder bekommen, aber Walter hatte dafür den Hof an der Gose-Elbe von einem kinderlosen Großonkel übernommen. Und Bette erinnerte sich, dass die Brüder früher, als sie auf die kleine Martha aufgepasst hatte, noch miteinander gesprochen hatten. Da mussten die Erbschaften schon geklärt gewesen sein. Zumindest lebte Walter da bereits auf dem Hof des Großonkels, wo er auch heute noch wohnte. Bette erinnerte sich so genau, weil sie damals auch oft bei Lore draußen gewesen war.

«Über diesen Streit müssen wir auf jeden Fall mehr rausfinden», sagte Meyra.

«Das Problem ...», setzte Thorben an und fuhr sich mit den Fingern durch die Haare. Das kannte Bette schon von ihm. Er tat es immer, wenn er nicht wusste, wie er weitermachen sollte. Aber worauf wollte er hinaus?

«Die Leute hier draußen», sagte er dann. «Sie sind, na ja, wie soll ich sagen, ein bisschen verstockt.»

«Ja, kann schon sein.» Bette nickte.

«Wenn man nicht einer von ihnen ist», sagte Thorben weiter. «Deshalb wollte ich Sie fragen, ob Sie uns nicht etwas unterstützen könnten.»

Unterstützen? Hatte er das wirklich gerade gesagt? Bette war sprachlos. Thorben hatte bisher immer versucht, sie aus allen Ermittlungen rauszuhalten. Auch wenn sie etwas beizusteuern hatte. Und jetzt wollte er sie ganz ausdrücklich dabeihaben? Das erklärte allerdings, warum er nicht angerufen hatte, sondern persönlich hier aufgetaucht war.

«Wie jetzt, so ganz offiziell?», fragte Bette, immer noch sehr irritiert, wobei sie gar nicht verstand, wieso sie diese Frage überhaupt stellte. Nach der Sache im Tiefergrund hatte sie sich geschworen, sich nie wieder in einen Fall reinziehen zu lassen.

«Na ja», sagte Thorben. «Ich dachte, wir machen das einfach. Ohne große Formalitäten. Ich denke, in Ihrem Fall ist das vertretbar. Sie würden eng mit Meyra zusammenarbeiten.»

Bette stützte ihren Kopf in die Hand, überlegte, wusste ehrlich nicht, was sie dazu sagen sollte. Sie wollte das nicht, gleichzeitig wäre es vielleicht für Martha gut, wenn sie als ihre Freundin, als Vertraute, involviert war. Und Thorben hatte ja recht, die Leute hier konnten stur und sehr, sehr wortkarg sein. Nicht nur Fremden gegenüber, aber doch vor allem denen. Nicht gerade hilfreich, wenn es darum ging, einen Fall zu lösen.

Bette hatte sich noch nicht entschieden, als Thorbens Smartphone klingelte. «Entschuldigen Sie. Da muss ich rangehen.»

Der Gesprächston war laut genug, dass Bette die Stimme von Arno Wiechert erkannte, allerdings nicht so laut, als dass sie verstand, was der Spurensicherer sagte. Thorben war ungewöhnlich still, und während er zuhörte, verhärtete sich sein Gesichtsausdruck. Als er aufgelegt hatte, sagte er: «Auf dem Schwarzackerhof wurde eine zweite Leiche gefunden.»

7. MARTHA

Schreie. Ein Knall. Laut, so furchtbar laut. Sie wollte sich die Hände auf die Ohren drücken. Sie dröhnten und fiepten und taten weh. Aber sie konnte sich nicht bewegen, war wie gelähmt. Die Schreie um sie herum wurden lauter, immer lauter. Jemand wimmerte. Sie meinte, Stimmen zu erkennen, konnte sie aber nicht zuordnen.

Und dann schrie sie. «Auuuu! Auuu!»

Sie musste das Geräusch in ihrem Kopf übertönen. Den Knall. *Bumm!* Diesen Knall. *Bumm!* Aber er blieb. Er blieb. Er ging nicht weg.

«Ich bin da», drang eine weiche, vertraute Stimme zu ihr durch. Ganz leise nur, aber beruhigend. Eine Hand fuhr ihr über den Arm, streichelte sie. «Ich bin ja da.»

Es war Henrik.

Sie öffnete die Augen. Ihr Atem ging schnell, ihr Herz raste, sie war nass geschwitzt. Sie brauchte einen Moment, um sich zu orientieren. Sie lag auf dem Sofa. Im Wohnzimmer. Die Rollos waren runtergelassen. Es war dunkel. Sie spürte den Cordstoff unter ihren nackten Beinen, die dicken Kissen, zwischen die sie gebettet war. Über ihr lag die Wolldecke, die karierte flauschige, die sie so mochte.

«Es ist alles gut», sagte Henrik, legte sich neben sie, umarmte sie, hielt sie.

Aus der Küche hörte sie jetzt Geschirrklappern und das Flüstern der Mädchen. Die Wanduhr tickte leise. Langsam beruhigte ihr Atem sich.

«Meine Mutter ist da. Sie nimmt die Mädchen gleich mit zu sich», sagte Henrik leise. «Sie freuen sich.»

Gut, dachte Martha. Sie konnte nicht, sie hatte keine Kraft. «Hast du ihnen gesagt, dass ...» Sie brachte die Worte nicht über die Lippen. Ihr Vater: tot.

«Nein», sagte Henrik und fuhr ihr mit der Hand über die Wangen. Sie waren tränennass. «Ich habe ihnen nur gesagt, es gab ein Feuer. Und dass ihr Opa ins Krankenhaus musste. Mehr nicht. Ich wusste nicht ...» Jetzt stockte auch Henrik. «Jetzt nimmt meine Mutter sie erst mal, dann sehen wir weiter.»

Martha presste ihr Gesicht in Henriks Brust, atmete seinen Geruch ein, seine Wärme, so froh, dass er da war. Sie wollte ewig hier liegen bleiben, so tun, als sei alles gut. Nie wieder aufstehen. Sie bohrte ihre Finger in Henriks Arme, als würde es etwas bringen, sich festzukrallen.

«Komm», sagte er. «Lass uns in die Küche gehen. Meine Mutter will gleich los.»

Henrik half ihr hoch. Ihr war schwindelig, und sie war müde, so furchtbar müde. Sie meinte, kaum einen Fuß vor den anderen setzen zu können, so benommen war sie. Was hatte der Arzt ihr nur für Medikamente gegeben? Hatte sie deshalb diesen Albtraum gehabt? Ihren alten Albtraum, den sie fast vergessen hatte. Dabei hatte er ihr immer solche Angst gemacht. Das Geschrei, der Knall, die Ohrenschmerzen.

Sie atmete durch, sie musste sich zusammenreißen. Zumindest bis die Mädchen weg waren.

Gestützt von Henrik, ging sie in die Küche, Elsa und Luisa stürzten sich sofort auf sie.

«Maaamaaa!» Sie schlangen ihre kleinen Arme um ihren Bauch, drückten sich an sie. «Geht es dir besser?», fragte Elsa.

«Ja, schon viel besser», sagte Martha, bemüht, normal zu klingen, und froh, dass die beiden ihr Gesicht nicht sahen. Nun trat auch Henriks Mutter auf sie zu, umarmte sie, drückte sie fest. Ein wortloser Trost, der guttat.

8. BETTE

Bette fuhr mit zum Schwarzackerhof, auch wenn sie Thorben bisher keine Antwort darauf gegeben hatte, ob sie ihn und Meyra unterstützen würde. Sie hatte sich noch nicht entschieden. Aber wenn das zweite Todesopfer aus der Gegend war, konnte sie es vielleicht identifizieren. Sie kannte fast jeden, der hier draußen aus den Vier- und Marschlanden kam.

Die gut zwanzig Minuten, die sie bei dem Wetter für den Weg brauchten, schlief sie, sodass sie wieder einigermaßen fit war, als sie ankamen.

Die Schaulustigen waren verschwunden. Das Feuer war gelöscht. Es war ruhig. Die Nacht war mondlos und dunkel. Rund um den Hof allerdings waren Scheinwerfer aufgestellt und warfen ihr kaltes Licht auf Mauerreste, schwarze Birkenstämme, verkohlte Holzbalken, Schutt, den aschigen, aufgeweichten Boden und Gestalten in weißen Schutzanzügen. Es hatte etwas Gespenstisches, und der Anblick schnürte Bette die Kehle zu. Georgs Haus war eines der am besten erhaltenen Hufnerhäuser der Gegend gewesen, erbaut um 1800. Eines dieser großen Bauernhäuser, unter dessen Dach früher Wirtschafts- und Wohnräume vereint waren. Ein Fachwerkbau, ausgemauert mit rotem Backstein. Reetdach. Ausladender Ziergiebel. Hölzerne Sprossenfenster. Die Fassade mit Ziegelmustern und Ornamenten im Gebälk, Einlegearbeiten aus andersfarbigen Hölzern. Manchmal hatten vor Georgs Haus sogar Reisebusse gehalten.

Sie fanden Arno im hinteren Teil des abgebrannten Hauses. In etwa dort, wo sich Georgs Küche befunden haben musste. Neben einem verkohlten Holzbalken lag ein ausgebrannter Kühlschrank und im Schutt ein zusammengeschmolzenes Metallgehäuse, das mal eine Spülmaschine gewesen zu sein schien. Der Spurensicherer stand bis zur Gürtellinie in einem Loch. Das Scheinwerferlicht blendete so sehr, dass Bette einen Moment brauchte, um zu erkennen, dass es eine Art gemauerter Schacht war. Gut einen Meter breit und um einiges länger. Bette rief sich das Haus ins Gedächtnis. Der Schacht reichte von der Küche aus bis nach draußen, dorthin, wo sich Bettes Erinnerung zufolge die Terrasse befunden hatte. Sie war immer von hohen weiß blühenden Heckenrosen umwachsen gewesen, und im Frühling hatte der schwere Geruch von wild wucherndem Flieder in der Luft gehangen.

Dr. Haller, der Rechtsmediziner, war auch bereits vor Ort. Wäre der Umstand nicht so unschön, hätte Bette sich gefreut, ihn mal wiederzusehen. Sie mochte ihn. Er war ein kleiner hagerer Mann, ein paar Jahre älter als sie, knarzig, aber zuverlässig. Und mit einem trockenen Humor.

Der Boden strahlte immer noch Hitze aus, und der Wind, der aufgekommen war, wirbelte Asche und Ruß durch das Scheinwerferlicht.

Sie begrüßten sich alle mit einem knappen *Moin*, und weder Arno noch Dr. Haller schienen sich weiter über Bettes Auftauchen zu wundern. Sie kannten das wohl schon von ihr, war ja nicht das erste Mal, dass sie mitmischte, auch wenn sie längst ausgeschieden war.

«Ich hätte gerne, dass Frau Hansen sich das Opfer ansieht», sagte Thorben. «Vielleicht kann sie es identifizieren.»

«Da ist nichts zu identifizieren», sagte Dr. Haller, wie immer etwas spöttisch.

Arno schob sein Schutzvisier hoch, wischte sich mit dem Ärmel seines weißen Anzugs über die Stirn. Dann reichte er dem Rechtsmediziner einen erdverkrusteten Gegenstand an.

Es war ein Knochen.

Meyra schluckte hörbar. Bette fluchte innerlich.

Haller begutachtete den Knochen und legte ihn dann in den schwarzen Sack zu seinen Füßen, den Bette jetzt erst als Leichensack wahrnahm.

«Irgendein Hinweis darauf, wer das Opfer sein könnte?», fragte Thorben.

«Nein», sagte Haller.

«Mann oder Frau?», hakte Thorben nach.

«Kann ich noch nicht sagen.»

Bette schaute in das Loch hinunter, in dem Arno stand. Die Mauerziegel der Wände waren ungewöhnlich klein und nicht ganz gleichförmig, als seien sie noch manuell hergestellt worden. Und der Schacht war zu großen Teilen mit Erde und Schutt gefüllt. Bette vermutete, dass durch das Feuer die Decke eingestürzt war. Es würde dauern, bis Arno das alles sondiert hatte. Bis sie alle Knochen hatten.

Meyra trat neben Bette. «Was meinst du, ist das ein Teil vom Keller?»

Bette gab ein verneinendes Murren von sich. «Häuser in den Vier- und Marschlanden sind wegen des hohen Grundwasserstands üblicherweise nicht unterkellert. Schon gar nicht die alten gut gebauten.»

«Das war eine Kühlkammer», sagte Arno. «Flach gebaut,

sodass kein Grundwasser von unten eindringt. Da hat man früher verderbliche Lebensmittel gelagert wie heute in einem Kühlschrank.»

Ja, dachte Bette, damit lag Arno vermutlich richtig. Solche Kühlkammern waren auf den Höfen früher verbreitet gewesen.

«Was gibt es, das Sie uns sonst schon an die Hand geben können?», fragte Thorben mit der für ihn so typischen Ungeduld.

«Also, dieses zweite Opfer ist nicht erst heute gestorben», sagte Haller. «Es ist auf jeden Fall schon seit ein paar Jahren tot.»

«Wie lange?»

«Da müssen Sie meinen Bericht abwarten.»

Thorben seufzte schwer, aber davon ließ Haller sich nicht irritieren. «Alles, was ich Ihnen jetzt sagen würde, wäre geraten.»

«Verflucht auch.» Thorben fuhr sich wieder mal mit den Fingern durch die Haare. «Ein Grundstück, zwei Tote und dann noch verschiedene Todesdaten. Womit haben wir es hier zu tun? Ein oder zwei Fälle?»

Das fragte Bette sich auch. Der Schwarzackerhof war immer in Familienbesitz gewesen, sie konnte sich nur schwer vorstellen, dass ein Fremder eine Leiche hier versteckt hatte. Zumindest kein vollkommen Fremder. Was, wenn Georg etwas gewusst hatte und der Täter von damals ihn zum Schweigen bringen wollte? Dann hätten sie es wohl mit einem Fall zu tun. Aber auch Georg war ein potenzieller Täter, und nun war er selbst tot. Doch zwei Fälle? Bette rieb sich die Augen, sie brannten von der Asche, die immer noch durch die Luft wirbelte. Das waren alles nur Spekulationen. Sie wussten nicht einmal, seit wann die Knochen hier lagen. Vielleicht hatte Georg da noch gar nicht gelebt. Trotzdem, ihr Hirn hatte angefangen zu rotieren, und sie wusste, es würde keine Ruhe geben, bis sie den Fall beziehungsweise die Fälle aufgeklärt hatten.

Thorben hatte gewonnen. Sie würde ihn und Meyra unterstützen. Genau genommen war sie jetzt sowieso schon mittendrin.

9. MARCU

Marcu blinzelte unter der Bettdecke hervor. Obwohl er müde war, konnte er nicht mehr schlafen. Morgendliche Sonnenstrahlen fielen durch die Ritzen zwischen dem Zeitungspapier, mit denen er die beiden Fenster der Laube abgeklebt hatte, um die dünnen Scheiben zumindest etwas zu isolieren. Auf die Wand über seiner Bettcouch fielen dünne gleißende Lichtstreifen. Endlich mal ein nicht grauer Tag.

Er konnte sich trotzdem nicht aufraffen aufzustehen. Unter der Bettdecke war es so schön warm. Wenn er die Elektroheizung einsteckte, würde es nur gleich wieder nach verbranntem Staub und Öl stinken. Und gegen die Kälte kam die Heizung sowieso nicht wirklich an, zumindest würde es ewig brauchen, bis es warm wurde. Draußen hatte es Minusgrade im zweistelligen Bereich.

Also blieb er noch was liegen.

Nachher würde er einkaufen gehen. Im Supermarkt, in Fünfhausen, exakt 6,9 Kilometer entfernt. So stand es auf dem Wegweiser am Eingang zur Schrebergartenanlage: Ochsenwerder 1,4 Kilometer, Fünfhausen 6,9 Kilometer, Zollenspieker Fähre 14,1 Kilometer. Und in die andere Richtung: Rothenburgsort 7,0 Kilometer, Hamburg Zentrum 11,7 Kilometer.

Er würde mit dem Rad fahren, das er im Garten vorgefunden hatte. Es war rostig und klapperte bei jeder Pedalumdrehung, aber es fuhr. Er musste nur aufpassen, dass er, wenn er durch Ochsenwerder fuhr, nicht Tyler in die Arme lief.

Er überlegte, was er kaufen würde. Machte sich im Kopf eine Liste. Nudeln auf jeden Fall. Die machten immer satt. Der Laubenbesitzer hatte zum Glück über den Winter eine Herdplatte und auch einen kleinen Backofen dagelassen. Vielleicht eine TK-Pizza? Das wäre mal was anderes. Schokocreme. Und Brot. Für Kartoffeln würde er kein Geld ausgeben, die konnte er sich auch ohne zu bezahlen aus diesen kleinen Buden holen, die hier vor vielen Bauernhäusern standen. Mit Spardosen, in die man sein Geld reinwerfen sollte. Was er natürlich nie tat. Sogar jetzt, bei der Kälte, gab es da immer was zu holen. Und wenn es keine Kartoffeln waren, dann zumindest Kohl.

Aber Tütensuppen würde er kaufen. Konserventomaten für Nudelsoße. Eier, Chips, Salami ... Je nachdem, was im Angebot war. Vielleicht sogar eine Packung Zigaretten, obwohl, nein, die waren zu teuer. Eigentlich rauchte er ja vor allem gegen das Hungergefühl. Mit dem Essen, das er sich jetzt leisten konnte, brauchte er das erst mal nicht. Und wenn doch, würde er weiter fallen gelassene Stummel einsammeln. Wie sonst auch. Aber eine Flasche Öl zum Braten, die brauchte er auf jeden Fall noch.

Marcu schloss noch einmal die Augen, genoss das Gefühl der Vorfreude, bis ihn sein knurrender Magen schließlich aus dem Bett trieb.

10. BETTE

Vorerst sollte nichts über den Fund der zweiten Leiche nach außen gelangen – nicht bis der Obduktionsbericht vorlag und sie zumindest wussten, in welchem Zeitraum der oder die Tote umgekommen und was die Todesursache war. Auch Martha gegenüber, der Bette gleich einen Besuch abstatten würde, durfte sie noch nichts erwähnen. Bette wusste, dass ihr die Trennung der beiden Perspektiven – Freundin und Ermittlerin – schwerfallen würde. Aber es war unumgänglich.

Als sie das Haus verließ, dröhnte laute Musik aus Tylers Zimmer. Er war also wach, was um kurz nach zehn an einem Samstag nicht zwingend so war. Dennoch bat sie ihn nicht, sie zu fahren, sondern ging zu Fuß. Sie wollte das Schneewetter ausnutzen, solange es noch anhielt.

Mit Anton zusammen lief sie über den Marschbahndamm, eine ehemalige Gleisstrecke, die zum Fuß- und Radweg ausgebaut war. Er verlief direkt an ihrem Haus vorbei und führte, gesäumt von Bäumen, zwischen Feldern und Äckern hindurch in gerader Linie nach Fünfhausen.

Eine gute Dreiviertelstunde später stand sie bei Martha vor der Tür, aber auch nach mehrmaligem Klingeln rührte sich nichts. Vielleicht schlief Martha, oder sie wollte einfach nur niemandem aufmachen. Sie ging an dem großen Schneemann vorbei, der in der Einfahrt stand, und dann ums Haus herum, um zu sehen, ob hinten eine Tür offen war. Anton verschwand sofort irgendwo zwischen den Treibhäusern, von wo eine Wildente zeternd aufflatterte.

Zu ihrer Überraschung fand Bette Martha im Garten.

Sie stand auf dem Kompost und stach mit einem Spaten wild auf den zugeschneiten und hart gefrorenen Hügel ein. Wieder und wieder und wieder. Sie schnaufte, der Atem vor ihrem Mund gefror, ihr Gesicht war rot angelaufen.

«Martha», rief Bette, wenn auch nicht sehr laut. Sie wollte sie nicht erschrecken.

Martha sah nur kurz auf, hackte dann einfach weiter.

Bette ging zu ihr hinüber. «Was machst du da?»

«Erholen.» Martha schnaubte. «Wie stellt dieser Arzt sich das vor? Dass ich rumliege und an die Decke starre? Nicht zum Aushalten.»

Sich erholen, indem man nichts tat, war nicht immer der beste Rat, das wusste Bette von sich selbst. Manchmal half es mehr, sich zu bewegen, irgendetwas zu tun, und sei die Tätigkeit noch so unnütz – so wie der Versuch, einen gefrorenen Kompost umzugraben.

«Wo ist Henrik?», fragte Bette.

«Er ist zu seiner Mutter. Noch ein paar Winterklamotten hinterherbringen. Sie hat gestern die Mädchen mit zu sich genommen.»

«Nach Wedel?»

«Pinneberg», korrigierte Martha.

Henrik war ein Zugezogener, was von vielen Alteingesessenen hier draußen in den Vier- und Marschlanden immer noch als Makel angesehen wurde.

«Können wir reden?», fragte Bette.

Martha hackte noch ein paarmal auf den Kompost ein, dann hielt sie inne, nickte und kam mit dem Spaten in der Hand vom Komposthaufen herunter. Sie stützte sich auf den Spatenstiel und sah Bette fast herausfordernd an. «Hast du was von deinen alten Kollegen gehört? War es der Kamin? Hab ich das Schutzgitter nicht richtig davorgestellt?» In ihrer Stimme lag die Angst, schuld am Ausbruch des Feuers zu sein.

Bette schüttelte den Kopf. «Kein Unfall. Die Ermittler gehen von Brandstiftung aus.»

Martha sah sie entgeistert an. «Du meinst, jemand hat absichtlich ...»

«Leider sieht alles danach aus», sagte Bette so behutsam wie möglich und fragte dann: «Hatte dein Vater Feinde?»

Martha legte die Stirn in Falten. «Nein!»

«Irgendjemand, dem du so eine Brandstiftung zutrauen würdest? Der einen Grund hätte?»

Der Gedanke schien Martha zu erschrecken. Die Stirn immer noch in Falten, schüttelte sie den Kopf.

«Was ist mit Walter? Die beiden ...»

«Auf keinen Fall!», entfuhr es Martha entsetzt. «Wie kannst du das auch nur denken?»

«Martha, ich denke gar nichts.» Bette war klar, dass sie hier erwähnen sollte, dass sie nicht nur als Freundin da war, sondern auch als Ermittlerin fragte. Aber das musste warten. Sie wollte sich jetzt nicht lange erklären, sie wollte wissen, was Martha zu sagen hatte. «Warum waren Georg und Walter so zerstritten? Könnte Georgs Tod etwas damit zu tun haben?»

Martha atmete schwer, senkte den Blick, umklammerte den Spatengriff so fest, dass die Knöchel weiß anliefen. «Ich kenn den Grund für ihren Streit nicht.»

«Hast du nie nachgefragt?»

«Natürlich habe ich das.» Ihr Ton bekam etwas Aggressives.

«Aber?»

«Ich habe keine Antwort bekommen. Nie.» Dann lag plötzlich Zweifel in ihrem Blick, und sehr leise schob sie hinterher: «Aber Walter, das würde er mir doch nicht antun, oder?»

Bette dachte, Menschen taten sich die schlimmsten Dinge an, da gab es nichts, was es nicht gab. Das sprach sie Martha gegenüber aber nicht aus. Wozu auch. Das war ihre ganz persönliche Erfahrung nach 30 Jahren Polizeiarbeit, und sie war nicht gerade aufbauend.

Stattdessen fragte sie: «Kannst du mir von dem Abend vor dem Brand erzählen?» Sie wusste ja, dass Martha zu ihrem Vater gewollt hatte. Das war der Grund gewesen, weshalb sie nicht gleich mit ihrem Onkel über seine Krähenjagd hatte reden können. Und es vermutlich auch bis auf Weiteres nicht tun würde. Sie hatte gerade wirklich andere Probleme als ihren schießwütigen Onkel.

Martha brauchte einen Moment, bevor sie ansetzte. «Henrik hat gekocht ... Koteletts, Salzkartoffeln. Brechbohnen. Papas Lieblingsgericht. Wir haben Uno mit den Mädchen gespielt. Es war gemütlich. Richtig schön. Eigentlich ... aber ...» Sie stockte, schwieg, biss sich auf die Lippen.

Irgendetwas war vorgefallen, dachte Bette, fragte aber nicht nach, sondern wartete geduldig, bis Martha weitersprach.

«Wir haben uns gestritten», sagte Martha schließlich mit stockender Stimme. «Das letzte Mal, dass wir uns gesehen haben, haben wir gestritten. Ich habe mich nicht mal richtig verabschiedet. Ich war so wütend.»

Das tat Bette furchtbar leid. Sich nicht verabschiedet zu haben – das würde Martha sich ewig vorwerfen. Bette legte die Arme um sie, genau wie gestern schon, drückte sie an sich. Der Spatenstiel stach ihr dabei in den Bauch. Sie ignorierte es.

«Wär ich nur dageblieben. Wär ich nur ...» Martha weinte jetzt, ihr ganzer Körper bebte in Bettes Armen.

«Worüber habt ihr euch gestritten?», fragte Bette.

Martha sagte erst mal nichts, dann löste sie sich aus Bettes Umarmung, ließ sich auf den Komposthaufen sinken, stützte den Kopf in die Hände, die Ellbogen auf den Knien. «Wegen dem Land. Wir haben uns wegen dem Land gestritten. Papa wollte verkaufen.»

Bette stutzte. «Georg wollte den Hof verkaufen?»

«Nicht das Haus, aber das ganze Land. 37 Hektar.»

Das konnte Bette kaum glauben. Georg hatte sich nie für Landwirtschaft interessiert. Stattdessen hatte er sich mit einer Spedition erfolgreich selbstständig gemacht und das Land verpachtet. Aber verkaufen? Es war seit Generationen in Familienbesitz. Und Martha hing an dem Land, das wusste Bette. Und das war ja wohl auch Georg klar gewesen. Da verkaufte man das doch nicht mal eben so.

«Er hatte schon einen Termin beim Notar», sagte Martha weiter. «Für nächsten Montag. Ich sollte da mit hin. Aber ... wie konnte er das tun? Ich meine, ohne vorher mit mir zu sprechen. An einen Bauinvestor zu verkaufen, der da irgend so ein seelenloses Neubauprojekt hinsetzt.»

Bette schüttelte den Kopf. «Er hätte doch niemals eine Baugenehmigung bekommen, da draußen, so nah an der Gose-Elbe. Ist das nicht sogar Naturschutzgebiet?»

«Der Antrag auf Baugenehmigung ist schon durch. Du weißt doch, wie das läuft. Papa kannte Gott und die Welt, auch auf den Ämtern ... Das hat sicher geholfen.»

«Hat Georg das gesagt? Dass es so gelaufen ist, meine ich?»

«Das musste er nicht sagen, das weiß ich auch so», sagte Martha mit bitterem Unterton. «So war Papa.»

«Wenn diese Genehmigung wirklich schon vorliegt, dann muss Georg das schon lange geplant haben», überlegte Bette laut. «Warum hat er dir denn vorher nichts gesagt?»

«Ich weiß es doch nicht. Ich weiß es nicht ...» Marthas Stimme brach.

«Und welcher Bauinvestor wollte das Land kaufen?»

«Werner Wumme.»

Bette stöhnte auf. Dieser Geier. Der riss sich hier in der Gegend alles Mögliche unter den Nagel. Früher hatten die Städter die Vier- und Marschländer für Bauerntölpel gehalten. Vielleicht taten sie das immer noch, aber sie hatten mittlerweile kapiert, wie gut die Lage hier war, halb so weit von der Innenstadt weg, als wenn sie in ein Reihenhäuschen in einen Vorort wie Volksdorf zogen. Und deshalb zahlten sie Vermögen für noch so kleine Wohnflächen. Häuschen mit 50 Quadratmeter Grundfläche, Gärten, groß wie Handtücher, damit waren sie glücklich. Und die Investoren sowieso. Wumme musste Georg ein Angebot gemacht haben, dem er nicht hatte widerstehen können.

«Er brauchte das Geld doch gar nicht», redete Martha weiter. «Ich meine, mit 76. Wozu da noch verkaufen? Er hatte doch alles, was er brauchte.»

In dieser Welt, dachte Bette, ging es oft nicht darum, dass man es brauchte, es ging manchmal einfach nur um das gute Geschäft. Und Georg war immer ein ausgefuchster Geschäftsmann gewesen. Früher zum Beispiel, das wusste Bette noch von ihrem Vater, hatte er Speditionsfahrer aus der Gegend gerne mal gegen billigere Arbeitskräfte aus dem Osten ausgespielt. Was nicht bedeutete, dass er seine heimischen Fahrer entließ, aber es war eben ein guter Weg, Gehälter zu drücken. Soweit sie wusste, war so was im Speditionsgewerbe allerdings nicht unüblich, und dass es ein Mordmotiv war, bezweifelte Bette, würde es Thorben und Meyra gegenüber aber auf jeden Fall erwähnen.

«Wenn der Termin mit dem Notar noch ausstand, dann hat Georg den Kaufvertrag mit Wumme noch nicht unterschrieben, oder?», hakte Bette noch mal wegen des Verkaufs nach. «Dann ist das noch nicht rechtskräftig? Du hättest ihn noch umstimmen können.»

«Hab ich aber nicht. Papa hätte auf jeden Fall unterschrieben. Er meinte, Handschlag ist Handschlag. Es war alles geregelt.»

Es durchzuckte Bette wie einen Stromschlag. Martha hatte ein Motiv! Ein Motiv für Mord. Sie könnte das Feuer gelegt haben, um den Verkauf noch zu stoppen. Aber dafür das Elternhaus abbrennen? Den Vater töten? Niemals wäre Martha auch nur auf die Idee gekommen, dachte Bette. Aber sie dachte das als Marthas Freundin. Als Ermittlerin durfte sie die Möglichkeit nicht ausschließen. Auch wenn es ihr nicht gefiel.

«Wer wusste noch von dem Verkaufsvorhaben?», fragte sie.

«Weiß nicht. Vielleicht wussten die Pächter schon was. Hinrich Loog, der bestellt die hinteren Äcker. Und Ulla und Bernd mit ihrem Pferdehof.» Martha wischte sich mit dem Jackenärmel die Tränen aus dem Gesicht. «Was hat Papa sich dabei nur gedacht? Ich bin da als Kind schon geritten. Und Elsa und Luisa reiten da auch.»

«Auch wenn du es nicht hören willst, was ist mit Walter? Wusste er von dem Verkauf?» Nicht dass Walter ein erbliches Anrecht auf das Land gehabt hätte, aber sicher hätte es ihm nicht gefallen, dass es an einen Bauinvestor fiel und nicht in der Familie blieb. Da waren sie doch alle konservativ.

Martha schüttelte den Kopf, zuckte aber gleichzeitig mit den Schultern. Und dann sagte sie plötzlich ganz aufgeregt: «Nils! Nils könnte es gewesen sein.»

«Nils Büsing?» Bette runzelte die Stirn.

«Ja», sagte Martha hastig.

«Wieso gerade er?» Nils Büsing wurde der Feuerteufel von Ochsenwerder genannt. Aber es gab schließlich auch andere Feuerteufel in der Gegend. Wieso kam Martha ausgerechnet auf ihn? Soweit Bette wusste, waren Nils' Brandstiftungen immer eher kleine Delikte gewesen. Die dann allerdings gehäuft.

«Nils jobbt bei Henrik», sagte Martha. «Gestern war er auch da. Und ... er wollte auf Elsa und Luisa aufpassen, aber das habe ich verboten.»

«Wieso das?»

«Ich ... Was wäre, wenn was passiert?»

«Du traust ihm nicht?»

«Was heißt trauen?», sagte Martha. «Er saß für Brandstiftung im Gefängnis. Und wenn es um meine Töchter geht, da geh ich doch kein Risiko ein.»

In dem Moment kam Henrik vom Carport her auf sie zu. Sie hatten ihn nicht kommen gehört.

«Moin, Bette», sagte er.

«Moin.»

«Ermittelst du?», fragte er sofort. «Ich meine, diese ganzen Fragen ...»

Bette schluckte. Wie lange hatte er sie schon belauscht? «Meine alten Kollegen haben mich gebeten, sie ein bisschen zu unterstützen», sagte Bette ausweichend. «Und ich dachte, es ist für Martha angenehmer, mit mir zu reden als mit Fremden.»

«Das hast du gar nicht erwähnt», sagte Martha, und in ihrer Stimme schwang ein vorwurfsvoller und zugleich enttäuschter Ton mit.

«Tut mir leid, das wollte ich», sagte Bette und schob schnell hinterher: «Und das hätte ich auch noch getan.»

Martha sah Bette an, nickte dann. «Entschuldigung angenommen. Du hast recht, es ist mir lieber so.»

«Ich will mich ja nicht einmischen», sagte Henrik in ungewohnt scharfem Tonfall, «aber Nils war das auf keinen Fall.»

«Wieso bist du dir da so sicher?», fragte Bette.

«Nils hat Feuer gelegt, stimmt. Aber nur in leer stehenden Gebäuden. Lauben und Schuppen und so. Er würde niemals jemanden in Gefahr bringen, dafür leg ich meine Hand ins Feuer.»

«Sehr passendes Bild», sagte Bette, die Henrik manchmal einen Tacken zu verständnisvoll fand. «Vielleicht wusste er nicht, dass Georg im Haus ist?»

Henrik schüttelte den Kopf. Bette ließ es auf sich beruhen. Eine Diskussion mit Henrik würde sie nicht weiterbringen. Sie hatte jetzt Namen, die sie an Meyra und Thorben weitergeben konnte. Die Pächter, Nils Büsing, Werner Wumme. Und Walter – aber bei ihm sollten die Brandschutzexperten wegen des Feuers in seinem Hof sowieso schon zugange sein. Marthas mögliches Motiv würde sie erst einmal für sich behalten. Das musste sie sacken lassen und genauer durchdenken, bevor sie Martha an den Pranger stellte.

Als Henrik sie kurz darauf zum Carport brachte, wo Anton schon auf sie wartete, sagte er so leise, dass Martha ihn nicht hören konnte: «Ich wäre dir wirklich dankbar, wenn du Martha erst mal in Ruhe lässt. Diese ganzen Fragen. Es wühlt sie nur noch mehr auf. Das geht ihr alles sehr zu Herzen.»

Henrik wollte seine Frau in Schutz nehmen. Aber Bette konnte nicht anders, es ärgerte sie. «Natürlich wühlt es sie auf. Ihr Vater ist tot. Aber irgendjemand muss ihr die Fragen stellen.»

11. MEYRA

Meyra musste ein bisschen suchen, bis sie Nils Büsings Adresse fand. Die Wolkendecke war aufgebrochen, und das Licht wurde vom Schnee reflektiert und blendete. Das erste Mal fuhr sie vorbei, sodass sie auf der schmalen und zudem glatten Deichstraße drehen musste.

Thorben konnte sie heute nicht begleiten. Meyra würde also alleine klarkommen müssen.

Gerne hätte sie Bette mit zu Nils Büsing genommen. Sie hatten deshalb kurz telefoniert. Aber zum einen war die Vernehmung eines vorbestraften Brandstifters, der nur wenige Kilometer von Georg Langes Hof entfernt wohnte und auch noch in Beziehung zu dessen Familie stand, dann doch zu offiziell, um eine Externe wie Bette mitzunehmen. Zum anderen hätte Bette wegen ihres Schlafrhythmus nicht sofort gekonnt. Und Meyra wollte nicht warten. Wenn es um Mord ging, war es immer ein Wettrennen gegen die Zeit. Später würden sie sich auf dem Hof von Walter Lange treffen.

Das Haus, in dem Nils Büsing mit seiner Mutter wohnte, war eines dieser für den Norden so typischen Einfamilienhäuser aus der Nachkriegszeit: dunkelroter fast schwarzer Backstein, klein und so schmal, dass neben der Haustür nur Platz für ein einziges Fenster war. Um das Haus und den kleinen Garten war ein Jägerzaun gezogen, dahinter wuchsen dunkle Tannen. Im Schnee steckten Lampions in Weihnachtsmannform. Unter dem Fenster hing ein Blumenkasten, leer, braun und aus Plastik, der die Trostlosigkeit noch unterstrich.

Meyra parkte auf dem Deich oberhalb des Hauses, stieg aber noch nicht aus. Sie startete ihr Tablet, um zu sehen, ob Nesrin ihr schon die Akte von Nils Büsing freigeschaltet hatte. Hatte sie. Natürlich. Niemand im Dezernat arbeitete zuverlässiger als Nesrin Krüger-Nafisi, Sekretärin im Kriminaldienst. Sie war schon ewig dabei, musste in etwa so alt sein wie Bette, und sie übernahm all das Organisatorische und die Recherche, die Meyra und ihre Kollegen oft nicht schafften. Meyra scrollte sich durch das Dokument.

> Nils Büsing, geboren 1992, Mutter: Marie Büsing, Jahrgang 1969, Vater: Henri Büsing (1965–2006). Hauptschulabschluss. Ausbildung zum Einzelhandelskaufmann abgebrochen. Danach Gelegenheitsjobs. 2018 zu zwei Jahren Haft wegen wiederholter Brandstiftung in sechs Fällen verurteilt. Nach 18 Monaten auf Bewährung freigelassen.

Fünf der Brände, die er gelegt hatte, waren in den Vier- und Marschlanden lokalisiert. Zwei Lauben, ein Schuppen, eine Garage, ein seit Jahren leer stehendes Wohnhaus. Und dann ein Container oben im Industriegebiet, im Pinkertweg. Es waren immer nur Sachschäden. In keinem Fall war jemand verletzt worden. Motive oder eine Motivation, die Feuer gelegt zu haben, waren nicht in der Akte aufgeführt. Dazu gab es nur einen Verweis zum psychologischen Bericht, den Meyra aus datenschutzrechtlichen Gründen gesondert anfordern musste.

Im Anhang gab es noch ein PDF mit den detaillierten Untersuchungen der Brandschutzexperten. Nils Büsing hatte immer Benzin als Brandbeschleuniger verwendet und es großzügig verteilt. Und er hatte in allen Fällen Spuren hinterlassen: Fußspuren, Fingerabdrücke oder DNA an einer liegen gelassenen Chipstüte. Aber solange kein Bericht der Brandschutzexperten zu dem Feuer bei Georg Lange vorlag, konnte Meyra da keinen Vergleich anstellen. Sie wussten im Fall des Schwarzackerhofs noch nicht einmal, ob es überhaupt irgendwelche Spuren gab. Das Einzige, was sie hatten, war der vage Verdacht der Tochter des Brandopfers gegen Nils Büsing, weshalb es jetzt erst einmal darum ging, sich ein Bild von ihm zu machen, seine Reaktion auf das Feuer auf dem Schwarzackerhof zu sehen, sein Alibi abzufragen.

Meyra stieg aus und ging den steilen Deichweg zum Haus hinunter. Vor der Tür hieß eine Fußmatte sie mit *Moin* willkommen.

Auf ihr Klingeln hin öffnete eine schmale Frau um die 60 mit weißblonden zu einem strengen Dutt hochgesteckten Haaren. Sie musterte Meyra misstrauisch, wie jemand, der immer auf der Hut war.

«Marie Büsing?», fragte Meyra und hielt ihr ihren Polizeiausweis hin.

Der Gesichtsausdruck der Frau verhärtete sich.

«Ich würde gerne mit Ihrem Sohn sprechen», sagte Meyra und stellte sich vor.

«Wenn es wegen dem Brand ist, gestern, auf dem Schwarzackerhof», sagte die Frau in abweisendem Tonfall. «Nils war die ganze Nacht hier. Wir waren die ganze Zeit zusammen.»

«Die ganze Nacht?» Meyra zog die Brauen hoch. «Schlafen Sie in einem Zimmer?» Der Notruf bei der Feuerwehr war morgens um 5.26 Uhr eingegangen.

Frau Büsing spitzte pikiert die Lippen. «Natürlich nicht.»

«Ich würde jetzt gerne mit ihm sprechen», wiederholte Meyra ihr Anliegen.

«Er schläft noch.»

«Dann wecken sie ihn!», sagte Meyra mit Nachdruck.

Marie Büsing trat einen Schritt zurück und ließ sie ein.

Meyra betrachtete sie jetzt genauer: graue Stoffhose, beige Bluse, grau meliertes Halstuch. Alles faltenlos gebügelt. In den Ohren kleine Perlenstecker, um den Hals eine Perlenkette – beides Imitate. Meyra hatte während ihrer Ausbildung einen Kurs in Juwelenkunde belegt. Ein Pflichtkurs. Juwelendieben hinterherzujagen, die gut versicherte Juwelenbesitzer ausraubten, war eigentlich nichts, was sie interessierte. Aber spannend war der Kurs dennoch gewesen. Schmuck sagte eine Menge über seine Träger aus. Und Marie Büsing wirkte auf Meyra wie eine Frau, die krampfhaft versuchte, nach etwas auszusehen, das sie nicht war.

Die Wände im Flur waren mit quadratischen Laminatpaneelen verkleidet. Es roch feucht und gleichzeitig streng nach Putzmitteln, als ließe sich die Nässe damit ausmerzen.

Im Wohnzimmer, in das Frau Büsing sie führte, war es düster trotz des Sonnenscheins draußen. Erst aus dieser Perspektive erkannte Meyra, wie nah das Haus an den Deich gebaut war, sie schaute direkt auf den Hang. Ihr war, als säße sie in einer Grube. Ein beklemmendes Gefühl.

«Warten Sie hier», sagte Frau Büsing. «Ich hole ihn.»

Meyra zog ihre Jacke aus, das Zimmer war total überheizt. Der Raum war keine 15 Quadratmeter groß. Dunkelbraune Tapete, ein massiger Vitrinenschrank, ein Ölgemälde mit Pinien, ein Sofa mit grünem Samtbezug und vergoldetem Gestell, wie man sie bei den Orienttrödlern in der Billstraße bekam. Außer dem Sofa gab es keine weitere Sitzgelegenheit. Marie und Nils Büsing waren es anscheinend nicht gewohnt, Besuch zu bekommen. Und wenn sie zusammen fernsahen, mussten sie sich wie ein altes Ehepaar das schmale Sofa teilen, was Meyra dann doch etwas seltsam fand. Sie wurde immer neugieriger auf diesen Nils.

Als er kurz darauf hinter seiner Mutter ins Wohnzimmer trat, fiel es Meyra schwer, ihn nicht mit offenem Mund anzustarren.

Unter einem babyblauen Bademantel trug er einen grasgrünen und mit bunten Pokémons bedruckten Schlafanzug. Wie ein kleiner Junge. Dabei stand in seiner Akte, dass er 29 Jahre alt war. Und er war um die 1,85 Meter groß.

Stand vor ihr der Brandstifter, den sie suchten? Er sah verschlafen aus – die blonden Haare verwuschelt, Schlaf in den Augen, der Blick noch nicht ganz wach. Er wirkte verloren, und Meyra tat sich schwer damit, sich vorzustellen, dass dieser junge Mann im Gefängnis gesessen haben sollte. Wie hatte er das nur durchgestanden? Er sah nicht wie einer aus, der sich wehren konnte.

Marie Büsing brachte zwei Klappstühle, und sie setzten sich, Meyra auf das Sofa, die beiden ihr gegenüber auf die Stühle.

«Von dem Brand bei Georg Lange haben Sie gehört?», begann Meyra.

Nils nickte, den Blick gesenkt.

«Und auch, dass Georg Lange tot ist?»

Wieder nickte er.

«Wie haben Sie es erfahren?»

«Vom Nachbarn. Hier spricht sich alles rum», sagte Marie Büsing und klang verbittert.

Meyra musste an den Spruch denken, den Bette mal über ihren Heimatort gesagt hatte: *Der liebe Gott weiß alles, die Nachbarn wissen mehr.* Diese Enge machte es Nils Büsing als verurteiltem Brandstifter sicher nicht leicht, hier zu leben, aber Meyra schob das Mitleid, das in ihr aufkam, beiseite. Es war hier gerade nicht angebracht. Vielleicht hatte er ein Menschenleben auf dem Gewissen. «Herr Büsing. Wo waren Sie in der Brandnacht?», fragte sie.

Nils öffnete den Mund, bevor er aber etwas sagen konnte, hatte seine Mutter schon geantwortet. «Er war hier. Das habe ich Ihnen doch schon gesagt.»

«Würden Sie bitte Ihren Sohn antworten lassen», sagte Meyra zunehmend genervt von ihrer ständigen Einmischung und wiederholte ihre Frage an Nils. «Also. Wo waren Sie?»

«Zu Hause?» Es klang wie eine Frage.

«Erzählen Sie mir von Donnerstag, vom Tag vor dem Brand», forderte Meyra Nils auf. «Ich habe gehört, Sie waren in Fünfhausen?»

Wieder nickte er.

«Wieso?»

«Ich bin oft bei Henrik», murmelte er unsicher. «Ich arbeite bei ihm.»

«Er arbeitet da auf Stundenbasis», fügte Marie Büsing hinzu. «Ein Minijob wäre schön, aber ...»

Meyra hob die Hand hoch, um ihr zu bedeuten, sie solle sich raushalten, und fragte Nils: «Haben Sie auch vorgestern gearbeitet?»

Er schüttelte den Kopf.

«Was haben Sie dann dort gewollt?»

«Wir waren Schlittenfahren. Henrik und Elsa und Luisa. Das sind seine Töchter. Luisa ist noch im Kindergarten. Elsa in der ersten Klasse. Aber grade ja nicht so richtig, mit dem Homeschooling ... Wir sind mit zwei großen Schlitten los und haben die Mädchen um die Wette gezogen», ratterte Nils etwas atemlos runter.

«Und dann haben Sie angeboten, abends auf die beiden Mädchen aufzupassen. Stimmt das?»

Wieder nur ein Nicken. Nils knetete jetzt seine Hände, die auf seinem Schoß lagen.

«Aber Martha wollte das nicht», fuhr Meyra fort.

Er schüttelte den Kopf.

Meyra seufzte in sich hinein. «Und warum nicht?»

Nils schoss die Röte ins Gesicht. «Ich ... weil ... Martha denkt, ich würde ...» Er atmete schwer. «Sie denkt, ich würde ein Feuer machen.»

«Sie traut ihnen nicht?», schlussfolgerte Meyra.

Nils zuckte mit den Schultern.

«Nehmen Sie Martha übel, dass sie Ihnen nicht traut?», fragte Meyra weiter.

Wieder zuckte Nils mit den Schultern, schüttelte gleichzeitig den Kopf und sah dann Hilfe suchend zu seiner Mutter, die ihm mit einem verkniffenen Lächeln zunickte, ihm so wohl Mut zusprechen wollte.

«Henrik ist an dem Abend mit seiner Familie zu seinem

Schwiegervater gefahren», sagte Meyra. «Zu Georg Lange. Und Sie? Was haben Sie gemacht?»

«Ich bin nach Hause. Nach dem Schlittenfahren.»

«Mit dem Auto?»

«Zu Fuß.»

«Sonst fährt er immer mit dem Moped», mischte Marie Büsing sich schon wieder ein. «Aber es ist so glatt, da war mir das nicht lieb.»

«Natürlich nicht.» Meyra konnte sich eine gewisse Ironie nicht verkneifen, aber Frau Büsing schien das nicht zu bemerken. Das hier war wirklich ein seltsames Mutter-Sohn-Verhältnis. Sosehr Nils Büsing kindlich wirkte, sosehr benahm Marie Büsing sich wie die Mutter eines Kindes, nicht wie die eines 29-Jährigen.

Aber irgendwie passte das Bild.

Die Mutter – der Sohn – die Brandstiftungen.

Menschen, die absichtlich Feuer legten, handelten in den seltensten Fällen zwanghaft. Die meisten Brandstifter, vorwiegend Männer, im Durchschnitt wenig intelligent, wurden angetrieben von Frust und fehlender Wertschätzung. Feuer zu legen verlieh ihnen ein Gefühl der Macht. Das war ihre Motivation, ein Motiv wie beispielsweise Rache brauchte es da gar nicht. Zudem konnte Brandstiftung auch dem Abbau von Aggressionen dienen, vor allem bei denjenigen, die aufgrund fehlender sozialer Kompetenz außerstande waren, Konflikte in direkter Kommunikation zu lösen. Genau genommen, dachte Meyra, schien all das ihrer ersten Einschätzung nach auf den jungen Mann zuzutreffen, der hier vor ihr saß.

Sie beugte sich ein Stück vor, sagte dann in sehr behutsamem Ton: «Nils. Ich würde es verstehen, wenn Sie wütend auf Martha sind. Oder enttäuscht. Dass sie Ihnen nicht vertraut.»

Er zog die Nase hoch, den Blick weiter gesenkt, schüttelte wieder den Kopf.

«Haben Sie deshalb das Haus ihres Vaters in Brand gesetzt?», fuhr Meyra fort. Auch wenn ein Brandstifter nicht wirklich ein Motiv brauchte, hieß das nicht, dass es kein Motiv gab.

«Nein!»

«Was nein?», fragte sie. «*Nein*, Sie haben das Haus nicht angezündet, oder *nein*, Sie haben es aus einem anderen Grund getan?»

«Ich war das nicht.»

Meyra ignorierte seinen Widerspruch: «Wussten Sie nicht, dass Georg im Haus war? Oder wussten Sie es vielleicht doch? Sollte diese Brandstiftung all Ihre bisherigen ausstechen? Brauchten Sie einen größeren Kick? Nicht mehr nur Schuppen und Lauben und verfallene Häuser?»

«Ich war das nicht!» Nils presste die Fäuste gegen seine Schläfen, schüttelte hektisch den Kopf.

Er tat Meyra schon wieder leid, sie wollte ihm gerne glauben, dass er es nicht gewesen war, aber das war hier nicht ihre Aufgabe. Ihre Aufgabe war es, den Verdächtigen aus seiner Komfortzone herauszuholen, ihn dazu zu bringen, mehr zu sagen. Das war nun einmal Verhörtaktik.

«Sie suchen doch nur einen Sündenbock», fuhr Marie Büsing Meyra jetzt mit keifender Stimme an. «Verhören Sie auch all die anderen Brandstifter? Drüben, in Kirchwerder, den Paul Maier oder den Werner Hinze?»

«Werden wir noch», sagte Meyra beschwichtigend, ohne dass sie bisher von diesen Männern gehört hatte, aber Marie Büsing ließ sich jetzt nicht mehr bremsen in ihrem Ärger.

«Sie waren also noch nicht da? Natürlich nicht. Die können sich besser wehren, haben so richtig gute Anwälte. Nein. Sie kommen immer erst zu uns. Bei jedem verfluchten Adventskranz, der Feuer fängt.»

12. BETTE

Es war gleich eins. Um halb zwei wollte Bette bei Walter sein. Meyra hatte angeboten, sie abzuholen, aber sie brauchte frische Luft, bevor sie sich schon wieder mit dem alten Griesgram auseinandersetzte, und wollte zu Fuß gehen.

Sie stand bereits in der Tür, als Tyler fluchend die Treppe runterpolterte.

«Mein Portemonnaie. Geklaut! Dieser kleine Mistkerl.»

«Sicher hast du es nur wieder verlegt», beschwichtigte Bette.

«Nein. Ich hab gestern so einen Jungen im Wagen mitgenommen. Er hat es mitgehen lassen, ganz sicher. Wenn ich den in die Finger kriege!»

Bette seufzte. Für geklaute Geldbörsen fehlte ihr gerade wirklich der Kopf. «Sperr die Karten», sagte sie, um Tyler zumindest einen guten Rat in dieser Angelegenheit zu geben. Dann schob sie hinterher: «Und wenn du dann bitte mit Anton rausgehen würdest.» Bei Walter wollte sie den Hund nun wirklich nicht noch mal dabeihaben.

Die Sonne vom Vormittag war wieder hinter einer dichten Wolkendecke verschwunden, und ein mattes graues Licht lag über der Landschaft. Der Schnee knirschte hart unter ihren Schuhen. Als Walters Haus in Sicht kam, blieb Bette stehen.

Zwischen Deich und Haus lag freie Fläche. Mal angenommen, die Fußspuren, die Bette im Hof gesehen hatte, waren nicht alle von Walter gewesen, sondern von Fremden: Wie wären sie auf den Hof gekommen, ohne dass Walter es sofort bemerkt hätte?

Von hier aus konnte sich niemand ungesehen nähern. Dafür müsste man schon von der Gose-Elbe aus kommen, wo Brombeerhecken einen Sichtschutz boten. Am gegenüberliegenden Ufer war dann zwar wieder auch erst mal nur offenes Land, ein sumpfiges Gebiet mit Tümpeln und Teichen, aber seitlich davon begann die Reit, ein Naturschutzgebiet mit dicht gewachsenem Birkenwald. Ein gutes Versteck. Und von dort verlief die Straße weiter bis zur Reitbrooker Mühlenbrücke, hinter der gleich die Autobahnauffahrt Nettelnburg kam. Fahrtzeit keine 15 Minuten. Ein guter Fluchtweg.

Bette erreichte Walters Zufahrt zeitgleich mit Meyra, die aus dem Wagen stieg.

«Hey, Bette», sagte sie und rieb sich die Hände. «Na, dann wollen wir mal.»

Dieser altbackene Spruch aus Meyras Mund. Bette musste auflachen. Meyra hatte es wohl auch bemerkt und lachte ebenfalls.

Sie gingen ums Haus herum zum Hof, wo zwei Frauen in den Schutzanzügen der Brandschutzexperten dabei waren, Fotos zu machen sowie Bodenproben zu nehmen. Bette schaute konsterniert zu ihnen hinüber. Was war denn hier passiert? Da war der vom Brand schwarze Boden. Aber alles andere, die verrußten Metallteile, die das Feuer hinterlassen hatte und die gestern noch hier gelegen hatten, waren verschwunden. Der Hofplatz war leer. Absolut leer.

Nur die Karosserie des Trucks war noch da, allerdings fast unten am Flussufer. Im Boden waren tiefe Schleifspuren zu erkennen. Walter musste sie mit dem Trecker hinuntergeschleppt haben.

Eine der beiden Brandschutzexpertinnen trat kopfschüttelnd an sie heran. «Da werden wir nicht viel finden», sagte sie. «Außer dass es für mich ziemlich danach aussieht, als habe jemand Spuren verwischen wollen.»

Na toll. Bette sah sich nach Walter um. Breitbeinig und mit vor der Brust verschränkten Armen stand er vor seiner Haustür. In Cordhose, Gummistiefeln und zerschlissenem braunem Hemd, als könnte die Kälte ihm nichts anhaben. Kaum hatte er Blickkontakt mit Bette, schnauzte er sie über den Hof hinweg an. «Na, das hast du ja toll hinbekommen. Jetzt trampeln die Bullen mir hier alles platt.»

Was erwartete er. Sie hatte ihn vorgewarnt. Und im selben Moment, wo sie das dachte, erkannte sie ihren Fehler. Mist auch, genau das hatte sie getan. Deshalb war alles weggeräumt. Die Frage war: warum? Was wollte er verbergen?

Meyra holte Luft, streckte sich und ging dann mit zielsicheren Schritten auf Walter zu. Sie ließ sich nicht so schnell von einem meckernden alten Mann verunsichern, zumindest würde sie es nicht zeigen. Bette folgte ihr.

«Schön, dass Sie sich über unseren Besuch so freuen», sagte Meyra mit zuckersüßem Lächeln. «Ich bin Meyra Bacha, Oberkriminalkommissarin, Dezernat für Tötungsdelikte.»

«Ah, Tötungsdelikte, ja?», sagte Walter mit knurriger Stimme. «Er wurde also ermordet, mein Bruder.»

«Wir gehen von Brandstiftung aus», sagte Meyra ausweichend. Ob die Brandlegung dann wirklich eine Tat mit Tötungsabsicht war, mussten sie noch ermitteln.

«Der Brand hier bei mir hat damit nichts zu tun», sagte Walter.

«Wieso sind Sie sich da so sicher?»

Walter schnaubte abfällig. «Ich hatte schon seit Jahren nichts mit meinem Bruder zu schaffen.»

«Das haben wir bereits gehört», sagte Meyra. «Würden Sie mir verraten, wieso nicht?»

«Nein, würd ich nicht. War's das jetzt?» Walter machte Anstalten, zurück ins Haus zu gehen.

«Nein, das war's nicht», stoppte Meyra ihn und tauschte einen Blick mit Bette, der besagte: *Übernimm du.*

«Wo hast du den ganzen Schrott hingebracht?», fragte Bette.

«Auf den Recyclinghof. Was denkst du denn? Dass ich ihn in die Gose kipp?»

«Na ja, möglich wär's.»

«Bist nun doch wieder bei den Bullen, ja? Mischst dich schon wieder ein? Kannst es nicht lassen.»

Die Bösartigkeit in seiner Stimme versetze Bette einen Stich, und sie fragte sich, ob es so eine gute Idee gewesen war, Meyra hierher zu begleiten – ob sie ihr damit wirklich einen Gefallen tat.

Kaum vorstellbar, dass dieser Mann gestern so bitterlich weinend vor ihr gesessen hatte.

«Also, auf den Recyclinghof», nahm Meyra den Faden wieder auf. «Wieso haben Sie alles dorthin gefahren? War sicher 'ne Menge Arbeit.»

«Konnte das ja nicht alles einfach liegen lassen.»

«Seltsam», sagte Meyra. «Und ich habe gehört, dass Sie jemand sind, der gerne alles liegen lässt.»

«Was Sie nicht alles hören», sagte Walter grimmig und funkelte Bette an.

«Ich habe auch gehört», fuhr Meyra unbeirrt fort, «dass Sie vor ein paar Nächten Krähen geschossen haben. Soweit ich weiß, haben Sie keinen Jagdschein.»

«Was wird das hier?» Walter sah zwischen Meyra und Bette hin und her.

«Warum haben Sie sich mit Ihrem Bruder so zerstritten?», wiederholte Meyra ihre Frage von eben.

«Weil er ein Idiot war, weil er immer alles besser wusste. Ganz einfach.»

«Hätten Sie ihn gerne tot gesehen?», fragte Meyra weiter.

«Was?» Kurz schien Walter perplex.

«Ich frage mich, ob Sie es waren, der den Hof Ihres Bruders in Brand gesetzt hat», sagte Meyra. Eine Unterstellung, die Walter sichtlich aus dem Konzept brachte. Einen Moment war er still. Alle Farbe wich aus seinem Gesicht.

Bette überlegte, ob das zeitlich hinkäme. Wann hatte sie Walter hier im Hof mit seinem Wasserschlauch angetroffen? Und wann war das Feuer bei Walter ausgebrochen? Es wäre knapp gewesen, beide Feuer zu legen, aber machbar. War das Abbrennen der Schrotthalde vielleicht nur ein vorgetäuschtes Alibi?

«Nein», sagte Walter zu Meyra, abweisend und entsetzt zugleich – und mit einem Hauch von Unsicherheit in der Stimme. «Das war mein Elternhaus. Wieso hätte ich das tun sollen?»

«Einfach, weil Ihr Bruder ein Idiot war», schlug Meyra vor.

«Deshalb bring ich doch keinen um. Nicht mal meinen Bruder.»

«Würden Sie mir Ihre Waffe mal zeigen?», bat Meyra.

«Waffe?» Walter schien konsterniert.

«Sie müssen doch eine Waffe haben, wenn Sie Krähen schießen.»

«Aber ...» Jetzt war er wirklich verwirrt. «Ich dachte, Georg ist im Brand umgekommen. Was soll meine Waffe damit zu tun haben?»

«Ich würde sie einfach gerne sehen», beharrte Meyra. Und als Walter kurz im Haus verschwand, sagte sie mit einem Lächeln zu Bette: «Ein bisschen verunsichern hilft immer. Hab ich von dir gelernt.»

Kurz darauf kam Walter mit einer Langwaffe zurück. Einer Schrotflinte.

«Willst du uns verarschen?», fragte Bette, die bei einem Gesprächspartner wie Walter keinen Anlass sah, auf ihre Wortwahl zu achten. «Mit der hast du niemals eine Krähe auf 150 Meter getroffen.» Denn so weit war es locker von seinem Hof zu Lores Stall, wo Bette eine der Krähen gefunden hatte. «Und die Schusswunden in den Vögeln, das sind auch keine Schrotkugeln gewesen.»

«Hast du die Krähe seziert, oder was?», blaffte er sie an.

«Werde ich noch veranlassen.» Auch wenn sie nur noch ein paar Knochen vor dem Stall finden würde, könnte man vielleicht noch nachvollziehen, welche Art von Patrone den Vogel getroffen hatte.

«Das tut mir nun echt leid», sagte Walter mit einem hämischen Lächeln um den Mund. «Aber du hast dich über die Krähe drüben bei Lore so aufgeregt, da hab ich sie gleich mit entsorgt.»

Bette wurde immer ärgerlicher. Das war ja klar, dachte

sie. Und es machte Walter in ihren Augen mehr und mehr verdächtig. Wofür genau auch immer, aber er versuchte definitiv, etwas zu vertuschen.

«Wissen Sie was», klinkte Meyra sich wieder ein. «Kommen Sie doch morgen um neun Uhr ins Präsidium. Da können wir uns dann noch mal in Ruhe unterhalten.»

«Ich hab nicht vor, mich mit Ihnen zu unterhalten.»

«Das ist keine Bitte, das ist eine Vorladung», sagte Meyra, wobei sie jedes Wort klar und deutlich betonte.

Mit der für ihn so typischen wegwischenden Handbewegung wandte Walter sich von ihnen ab, stapfte ins Haus und schlug die Haustür hinter sich zu.

Meyra stöhnte auf und schob sich eine lange Haarsträhne aus dem Gesicht. «Du hast ja hier wirklich freundliche Gesellen in deinem Ort.»

«Ja, Walter ist speziell», sagte Bette und sah auf die Uhr. Zwei Stunden würde sie noch durchhalten. Sie könnte jetzt gleich noch mit zu den Pächtern fahren. Aber kaum waren sie auf dem Weg, rief Thorben an. Sie sollten sich so schnell wie möglich einen warmen Ort mit guter Internetverbindung suchen. In zwanzig Minuten habe Dr. Haller eine Videokonferenz anberaumt. Es gebe Neuigkeiten.

13. MARTHA

Mit einem dicken Kissen im Rücken saß sie auf dem Sofa. Sie hatte sich bei der Gartenarbeit völlig ausgepowert, geholfen hatte es nichts. Es war, als sei der Boden unter ihren Füßen aufgebrochen, und sie fiel und fiel und konnte nichts dagegen tun.

Draußen war es noch hell, nicht dass sie auch nur annähernd hätte sagen können, wie spät es war. Henrik hatte ihr Kekse und Ostfriesentee hingestellt – auf beides hatte sie keine Lust. Sie hörte ihn oben, die Bodendielen knarzten über ihrem Kopf. Er war im Kinderzimmer, wollte die Abwesenheit der Mädchen nutzen, um endlich mal in Ruhe aufzuräumen. Aber Martha war klar, dass er sich auch ablenken, auch etwas tun musste. Und wahrscheinlich brauchte er auch mal einen Moment Pause von ihr, was sie ihm wirklich nicht verübeln konnte. Sie ertrug sich ja selbst nicht. Wusste nicht, wohin mit sich. Sie wollte um sich schlagen, schreien, rennen, brüllen. Und dabei fehlte ihr die Kraft, auch nur aufzustehen.

Ihr Smartphone klingelte. Ein Videoanruf von Henriks Mutter. Den konnte sie nicht wie die vielen anderen Anrufe ignorieren. Da musste sie rangehen. Sie musste ihren Töchtern zumindest ein Gefühl von Normalität vermitteln, trotz allem, was passiert war. Sie sollten sich sicher fühlen und aufgehoben und nicht wie sie selbst in diesen schrecklich leeren Raum fallen.

Sie tippte auf *Annehmen.*

Elsa und Luisa erschienen auf dem Display. Elsas Augen waren zu sehen und Luisas Nase, alles unscharf, so nah hingen die beiden vor dem Gerät.

«Hey, ihr beiden.» Martha zwang sich zu einem Lächeln.

«Mama!», rief Luisa.

«Wie geht es Opa?», fragte Elsa. «Guck, was ich für Opa gemalt habe.» Elsa hielt die Zeichnung einer Sonnenblume in die Kamera.

Martha schluckte. «Schön», sagte sie. Sie konnte doch nicht jetzt am Telefon sagen, dass er das Bild niemals sehen würde. Für so ein Gespräch musste man beisammen sein, sich umarmen können. Sie biss sich auf die Zunge, um ihre Tränen zu unterdrücken.

«Und Alaska, habt ihr Alaska gerettet?», wollte Luisa wissen.

«Alaska geht es gut», log Martha, froh um die Ablenkung durch ihre Jüngste. Alaska war Marthas altes Stofftier, ein Eisbär. Er hatte bis zuletzt auf dem Schwarzackerhof auf dem Sofa gesessen, immer geliebt und geknuddelt von den Mädchen, wenn sie ihren Opa besuchten.

«Wir waren eben Ziegen streicheln», erzählte Elsa weiter, aufgeregt und ohne noch mal nach ihrem Opa zu fragen.

Martha atmete erleichtert auf, nur gut, dass die beiden sich noch so schnell durch ihre eigene Begeisterungsfähigkeit ablenken ließen.

«Da war eine ganz weiße, so süß ...», schwärmte Elsa.

«Und morgen gehen wir zu einem Freund von Oma, der hat Hunde», plapperte Luisa dazwischen.

«Ganz viele.»

«Die dürfen wir füttern.»

«Und mit ihnen spazieren gehen.»

«Und Schaukeln hat er auch in seinem Garten. Und eine Rutsche.»

Und, und, und ... Die Mädchen redeten wild durcheinander. Martha lächelte, sagte wieder und wieder Dinge wie: *Schön. Das wird sicher toll. Viel Spaß.* Aber die hellen Kinderstimmen drangen bald nur noch wie durch eine Wattewand zu ihr durch.

Es tat ihr so leid, dass sie gerade keine bessere Mutter war. Sie wusste, Henrik und seine Mutter kümmerten sich, trotzdem, es zerriss sie. Und in ihrem Kopf drehte sich wieder und wieder die Frage: Wie sollte sie es ihnen sagen? Wie sollte sie ihnen sagen, dass ihr Opa im Feuer umgekommen war.

Nachdem sie – nach vielen Küssen und Liebesbekundungen – aufgelegt hatten, zog sie sich die Decke über die Schultern und legte den Kopf auf die angezogenen Knie. Sie war so müde, so unglaublich müde. Schlafen würde sie trotzdem nicht können. Und diese Tabletten, die der Arzt ihr dagelassen hatte, hatte sie schon entsorgt. Sie hatten ihr nur das Hirn vernebelt und ihr Albträume beschert.

Was, wenn sie in der Brandnacht bei ihrem Vater geblieben wäre? Dort übernachtet hätte? Vielleicht hätte sie das Feuer rechtzeitig bemerkt, und er würde noch leben.

Oder aber sie wäre auch tot.

Sie wollte sich gerade ausstrecken, doch noch mal versuchen, Schlaf zu finden, als Henrik mit einem großen Strauß dunkelroter Nelken ins Wohnzimmer kam.

Was sollte das denn jetzt? Blumen waren wirklich das Letzte, was sie brauchte, noch dazu solche Friedhofsblumen. Sie hatte Nelken noch nie leiden können. Entsetzt schaute sie ihren Mann an.

«Die sind nicht von mir», sagte Henrik, der ihren Blick richtig gedeutet haben musste. «Die kamen eben mit einem Boten.»

Martha hatte gar kein Klingeln gehört.

Henrik gab ihr den Brief, der im Strauß steckte, und Martha las die geschwungene Handschrift.

Ein wirklich tragischer Unfall. Mein herzliches Beileid. Wenn ich etwas für Sie tun kann, kontaktieren Sie mich gerne. Ihr Werner Wumme

In Martha kochte Wut hoch. Eine Wut, die sie so von sich gar nicht kannte. Heiß und von ganz tief drinnen.

«Dieses Arschloch!», stieß sie hervor. Was dachte dieser Kerl sich? Er gierte doch nur darauf, dass sie den Vertrag unterschrieb, den er mit ihrem Vater ausgehandelt hatte. Wahrscheinlich würde er auch gleich noch das Land wollen, auf dem das Haus gestanden hatte.

Zornig sprang sie auf, riss Henrik, der sie verdutzt ansah, die Nelken aus der Hand, ging in die Küche und stopfte sie in den Mülleimer. Sie passten nicht. Sie hämmerte mit den Fäusten auf den Deckel ein, damit er wieder schloss.

«Wie ... wie kann er nur ... vor der ... Beerdigung ... dieser Hai ... dieser Immobilienhai.» Sie stieß einen Schrei aus, während Wuttränen ihr die Wangen runterliefen.

Wumme hatte große Pläne. Aber das konnte er vergessen. Gleichzeitig schlich sich die Frage in ihren Kopf: Was sollte nun mit dem Hof geschehen, konnten sie das Haus wieder aufbauen? Sogar wenn die Versicherung zahlte, wäre es sicher zu teuer. Aber darüber, was werden sollte, konnte sie jetzt wirklich nicht nachdenken. Und überhaupt, ein neues Haus auf alt gemacht, es wäre Fake. Es wäre nicht mehr das Haus, in dem sie aufgewachsen war.

Henrik trat von hinten an sie heran, legte seine Arme um ihren Oberkörper.

«Wir müssen rausfinden, wo Papa versichert war», sagte sie, plötzlich das Organisatorische im Kopf. «Die Unterlagen sind ja alle verbrannt.»

«Georg hat doch immer alles kopiert und uns gegeben», sagte Henrik mit beruhigender Stimme und küsste sie zärtlich in den Nacken.

Hatte er das?

«Und hast du mich eigentlich bei der Arbeit abgemeldet?»

«Natürlich hab ich das», sagte Henrik. «Mach dir um das alles keinen Kopf. Ich kümmere mich darum.»

«Und die Beerdigung?»

«Das machen wir zusammen, sobald wir wissen, wann der Leichnam freigegeben wird.»

Okay, dachte Martha. Okay. Sie schloss die Augen, wollte sich nur noch fallen lassen.

In dem Moment klopfte es gegen die Fensterscheibe.

Draußen stand Nils.

Er schaute nur kurz in die Küche, dann drehte er sich von ihnen weg. Wartete.

Mit einer ruppigen Bewegung entzog Martha sich Henriks Umarmung. «Schick ihn weg!» Ihre Stimme zitterte.

«Martha», sagte Henrik, jetzt in einem bittenden Tonfall.

«Nein.» Sie ertrug Nils jetzt nicht in ihrer Nähe. Vielleicht war es unfair. Vielleicht hatte er nichts mit dem Brand zu tun. Vielleicht war er aber auch schuld am Tod ihres Vaters.

«Bitte», sagte Henrik.

«Ich will ihn hier nicht haben!» Martha hörte selbst, wie aggressiv sie klang. Auch das war ihr egal.

«Okay», lenkte Henrik ein. «Ich schick ihn weg.»

14. BETTE

Bette und Meyra schalteten sich von Bettes Wohnzimmer aus in die Videokonferenz ein. Hier war es warm, auch wenn die Internetverbindung alles andere als gut war. Bis in Meyras Büro hätten sie es so schnell nicht geschafft. Zum Präsidium im Norden der Stadt fuhr man von Ochsenwerder aus schon bei guten Wetterverhältnissen vierzig Minuten.

Nun rückten sie also vor Bettes Rechner, der vor dem Fenster mit Blick über den verschneiten Garten stand, eng zusammen, damit die anderen sie beide sehen konnten.

Auf dem Bildschirm erschienen postkartengroße Rechtecke: Mark Thorben war da, Arno Wiechert von der Spurensicherung, der Rechtsmediziner Dr. Haller. Alle drei sahen sie noch überarbeiteter aus als am Abend zuvor. Fahle Haut, Augenringe – und das lag sicher nicht nur am unvorteilhaften Bürolicht. Von Meyra wusste Bette, dass der Krankenstand derzeit in allen Abteilungen weit über normal lag. Das Morddezernat war nicht einmal zur Hälfte besetzt. Und die Toten vom Schwarzackerhof waren leider nicht die einzigen Todesfälle, in denen ermittelt werden musste. Weshalb die Ermittler, Spurensicherer oder Rechtsmediziner, die einsatzfähig waren, nicht mal am Wochenende freimachen konnten. Obwohl weder Dr. Haller noch Arno es auch sonst je besonders eng nahmen mit ihrer Freizeit, wenn sie sich denn erst mal an einem Fall festgebissen hatten.

Haller hatte noch seinen grünen Obduktionskittel an, und wenn es Bette nicht täuschte, waren auf seiner Brust

Blutspritzer. Haller, wirklich, dachte sie. Musste das sein? Ihm mochte so etwas nichts ausmachen, Bette dagegen fand es doch etwas befremdlich. Meyra flüsterte ihr hinter vorgehaltener Hand zu: «Er hätte sich ruhig mal umziehen können.»

Ein kurzes *Moin* in die Runde, dann schalteten alle außer Haller das Audio aus.

Der Rechtsmediziner räusperte sich, hustete heiser. Er war starker Raucher.

«Also», setzte er an. «Der zweite Leichenfund. Ich habe das Skelett fast vollständig zusammenfügen können. Nur zwei kleine Knochen fehlen. Der rechte Phalanx distalis III, das Endglied des mittleren Zehs, und Phalanx media III, das mittlere Glied desselben Zehs.

Bei dem Opfer handelt es sich um eine weibliche Person, zu Lebzeiten etwa 1,65 bis 1,68 Meter groß, Schuhgröße 38. Zum Todeszeitpunkt war sie 30 bis 35 Jahre alt. Die Liegezeit der Knochen kann ich nur sehr begrenzt einschränken. Da das Gewebe vollständig zersetzt ist, gehe ich von mindestens zwölf Jahren aus und, dem Zustand der Knochen nach, von nicht mehr als 50 Jahren. Die Details dazu werde ich im Bericht genauer festhalten.»

Edith!, schoss es Bette durch den Kopf. Konnte das Edith sein? War Marthas Mutter vielleicht gar nicht, wie alle immer angenommen hatten, weggegangen? War sie die Tote aus der Kühlkammer?

Bette ging auf, dass sie sich gar nicht an Ediths Aussehen erinnern konnte. Nicht mal, ob sie zwischen 1,65 und 1,68 Meter groß oder 1,80 gewesen war. Was sich festgesetzt hatte, war ihre Ausstrahlung. Fröhlich, ein schallendes ansteckendes Lachen, farbenfrohe Kleidung. Anders als die aus ihrer Sicht älteren Frauen, die sie damals sonst so gekannt hatte. Bette hatte sie aus ihrer Teenager-Perspektive ziemlich cool gefunden.

Meyra, die auf den Bildschirm konzentriert war, bemerkte ihre plötzliche Aufregung nicht. Und Bette sagte auch nichts. Da musste sie erst noch mal drüber nachdenken. Und sie wollte auch nicht, dass Thorben gleich mit irgendwelchen aus der Luft gegriffenen Spekulationen zu Martha rannte. Er war, was so was anging, nicht gerade feinfühlig. Und wenn die Tote wirklich Edith war, wie furchtbar wäre das für Martha.

Thorben schaltete sich laut. «Sie sagen, die Frau ist irgendwann zwischen 1971 und 2009 gestorben?»

«Genau das.» Haller nickte und zündete sich eine Zigarette an. Früher, wenn Bette ihn in der Rechtsmedizin aufgesucht hatte, hatten sie immer zusammen im Hof geraucht. Meistens mehr als eine Zigarette. Momentan rauchte Bette aber nicht. Seit drei Monaten nicht. Trotzdem. Jetzt hätte sie für ihr Leben gerne eine gehabt.

Sie versuchte nachzuvollziehen, wann Edith verschwunden war. Sie selbst muss 17 oder 18 gewesen sein, Martha also etwa fünf. Das wäre dann 1983 oder 1984 gewesen.

«Eine Zeitspanne von 38 Jahren. Geht das vielleicht ein bisschen konkreter?», hakte Thorben in forderndem Ton nach.

«Nein», sagte Haller ruhig und blendete das Foto eines Rippenknochens ein.

Thorben vergaß, seinen Ton wieder auszustellen. Man hörte ihn fluchen. Dann griff er nach dem Telefonhörer und gab Nesrin die Personenbeschreibung durch. Sie solle die Jahre, die zur Debatte standen, nach als vermisst gemeldeten Frauen durchforsten, auf die die Beschreibung zutraf. Und die vielleicht sogar aus den Vier- und Marschlanden kamen.

Was für eine Aufgabe: Innerhalb eines so langen Zeitraums würden unzählige Vermisste auf die Beschreibung passen. Wenn es allerdings wirklich Edith war ... Bette konnte sich nicht vorstellen, dass für sie eine Vermisstenanzeige aufgegeben worden war. Alle hatten ja gedacht, sie habe ihren Mann – und Martha – verlassen.

Haller zoomte das Foto der Rippe näher heran. «Sehen Sie hier, die Einkerbungen. Sie ergeben ein ziemlich eindeutiges Bild.»

«Ich seh nichts», sagte Meyra zu Bette. «Du?»

«Nee.» Aber es reichte, wenn Haller etwas sah. Er würde es schon erklären.

«Das sind Einkerbungen einer Patrone», fuhr er da auch schon fort. «Dem Winkel nach zu urteilen, mit dem sie durch den Knochen gegangen ist, können wir davon ausgehen, dass das die Todesursache war. Ein Schuss direkt ins Herz. Ein Durchschuss genau genommen.» Haller blendete nun noch ein zweites Foto eines Knochens ein. «Die Patrone ist wieder ausgetreten. Vermutlich wurde aus nächster Nähe geschossen. Dem Winkel nach von leicht schräg oben.»

Meyra stützte ihren Kopf in die Hände, als würde sie schon bei dem Gedanken, was da für eine Ermittlung auf sie zukam, völlig ermatten. Thorben atmete für alle hörbar schwer und laut aus. Er hatte sein Audio immer noch an.

«Nächste Nähe bedeutet was genau?», fragte Bette nach.

«Weniger als fünf Meter», hörte sie Haller sagen, während sein Gesicht kurz hinter Zigarettenrauch verschwand.

«Die Patrone war vom Kaliber 308», schaltete Arno sich jetzt ein. «Eines der beliebtesten Kaliber für Langwaffen. Präzise Schüsse, hohe Durchschlagskraft. Geschosskopf mit einem Durchmesser von 7,62 Millimetern.»

«Was ist mit dem Raum, dieser Kühlkammer?», fragte Meyra. «Gibt es dazu weitere Infos?»

«Die Raummaße sind ein mal vier Meter», fasste Arno weiter zusammen. Kurz und bündig, wie es seine Art war. «Die Höhe beträgt 80 Zentimeter. Nicht begehbar. Der Schacht war gemauert, Ziegelsteine, manuell fabriziert, schätzungsweise Ende 19. Jahrhundert.»

Arnos Bild war jetzt eingefroren, aber seine Stimme war weiterhin gut zu hören. «Zugriff hatte man über zwei Bodenluken. Die eine befand sich in der Küche, die andere im Hof.»

«Das heißt, jemand kann unbeobachtet für die Hausbewohner die Tote in dem Schacht versteckt haben», schlussfolgerte Thorben.

Das war nun eher unwahrscheinlich, dachte Bette und deutete ein Kopfschütteln an. «Die Hofbesitzer hier draußen bekommen immer alles mit. Da geschieht nichts unbemerkt.»

«Wir müssen wissen, wer in dem Zeitraum zwischen 1971 und 2009 alles in dem Haus gewohnt hat», sagte Thorben. «Bis wann haben Georg Langes Eltern noch gelebt? Wann ist dieser Bruder ausgezogen? Was ist mit Martha Langes Mutter? Gab es sonst noch jemanden? Onkel, Tanten, Knechte ...»

Knechte, dachte Bette. In welchem Jahrhundert wähnte MT sich denn? Sie machte sich eine gedankliche Notiz. *Martha nach ihrer Mutter fragen.* Hatte Martha jemals wieder etwas von ihr gehört?

«Morgen für neun Uhr hab ich Walter Lange ins Präsidium vorgeladen», sagte Meyra. «Ich werde ihn fragen.»

Mal sehen, ob er da wirklich auftauchte, dachte Bette. Es wäre nicht seine Art, auf die Obrigkeit zu hören.

Meyra drückte wieder das Audio an. «Kann man sagen, ob die Frau in der Kammer war, als sie erschossen wurde, oder war die Kammer nur das Versteck für die Leiche?»

«Das Versteck», sagte Arno. «In den Ziegeln habe ich kein Einschussloch gefunden. Und bei einem Durchschuss müsste es da sein. Oder wir hätten die Patrone finden müssen. Und falls die Frau da eingesperrt gewesen wäre, also ich meine, noch lebend, hätte ich sicher Kratzspuren von Fingernägeln gefunden. Habe ich aber nicht. Mal ganz abgesehen davon, dass es vom Einschusswinkel auch nicht recht hinkommt.»

Meyra atmete erleichtert auf. Bette vermutete, sie empfand ähnlich wie sie selbst. Alles war besser, als in einem engen Bodenloch eingesperrt zu sterben.

Meyra räusperte sich und beugte sich etwas zum Mikro vor, damit alle sie gut hörten. «Mal angenommen, Georg Lange hatte etwas mit dem Tod der Frau zu tun, oder er wusste zumindest davon. Vielleicht haben seine Schuldgefühle ihn übermannt. Vielleicht hat er sein Haus selbst in Brand gesteckt, um sich umzubringen.»

Das wäre eine Möglichkeit, dachte Bette. Sie musste Martha also auch fragen, ob es irgendwelche Hinweise in diese

Richtung gab. Ob Georg sich vielleicht seltsam verhalten hatte in letzter Zeit. Sie wünschte nur, Martha müsste nie von dieser zweiten Leiche erfahren.

«Danke für diese Theorie, Meyra», sagte Haller. «Aber in diesem Fall ...» Er schüttelte den Kopf. «Nein, keine Selbsttötung. Georg Lange ist nicht, wie die Rettungskräfte angenommen haben, einer Rauchgasvergiftung erlegen. Er wurde erstickt. Mit einem mit Federn gefüllten Objekt. Sehr wahrscheinlich mit einem Kissen.»

15. MARCU

Es war mitten in der Nacht, aber wegen des Schnees nicht wirklich dunkel. Und das, obwohl der Himmel bewölkt war. Weder der Mond noch Sterne waren zu sehen. Marcu lief über das Eis der Dove-Elbe, die hier so breit war, dass sie gar nicht mehr wie ein Fluss aussah, eher wie ein großer See, und kickte einen Ast vor sich her.

Nichts bewegte sich, um ihn herum herrschte Stille. Nur das Rauschen der Autobahn drang aus weiter Ferne zu ihm herüber. Tagsüber hatte er das noch nie wahrgenommen.

Er wollte zu einer der kleinen Inseln mit den Gänsen, die er abends manchmal bis in seine Laube schnattern hörte.

Von seinen 50 Euro hatte er nichts für Fleisch ausgeben wollen, das war im Supermarkt viel zu teuer. Stattdessen hatte er den Nachmittag damit zugebracht, eine Steinschleuder zu bauen. Bei dieser Kälte waren die Vögel doch bestimmt träge, da sollte es wohl nicht so schwer sein, einen zu treffen. Und wenn er nur leise genug war, würden sie vielleicht nicht einmal bemerken, dass er sich anschlich. Sie schliefen jetzt doch sicher.

Er wusste noch nicht so recht, wie er die Gans rupfen und zubereiten sollte. Einen Fisch auszunehmen und zu braten war da eindeutig einfacher, aber vom Angeln hatte er vorerst genug. Und vom Fischessen auch.

Kurz bevor er die Insel erreichte, fing es wieder an zu schneien. Dicke wattige Flocken – er legte den Kopf in den Nacken, öffnete den Mund, fing sie mit der Zunge ein.

Als er kurz darauf die Insel erreichte, musste er feststellen, dass nicht ein Vogel dort war. Also lief er weiter über das Eis zur nächsten der insgesamt drei Inseln. Und da saßen sie, Dutzende von ihnen, mit aufgeplustertem Gefieder, die Köpfe in den Federn vergraben.

Eine Weile stand er ganz ruhig da, überlegte, welche Gans er schießen sollte. Welche so saß, dass er am ehesten treffen würde. Rechts von ihm, etwa vier Meter entfernt, wandte eine Gans ihm genau ihre Flanke zu, oder wie auch immer man die Längsseite von so einem Vogel nannte. Er zog seine Schleuder aus der Jackentasche, legte den Stein ein, spannte das Gummi, zielte. Er musste sich konzentrieren. Wenn er die Vögel erst einmal aufgeschreckt hatte, würde das nichts mehr werden. Er wartete, bis sein Atem ganz ruhig ging, dann, mit dem nächsten Ausatmen, ließ er das Gummi los.

Erschrocken flatterten einige Gänse auf. Auch seine Gans, aber nur kurz, dann fiel sie zu Boden. Volltreffer. Er jubelte innerlich. Doch als er dann vor der Gans stand, die mit schlaffem Hals und leeren Augen zu seinen Füßen lag, konnte er sich nicht durchringen, sie anzufassen. Ein toter Vogel war irgendwie etwas anderes als ein toter Fisch. Der Schneefall hatte zugenommen, und innerhalb kürzester Zeit bedeckte eine weiße Schicht den Vogel.

Als Marcu sich schließlich überwand, die Beine zu greifen, war er überrascht, wie trocken sie sich anfühlten. Er hätte gedacht, sie wären glitschig. Er stopfte die Gans in den Rucksack, den er extra mitgenommen hatte. Ein oranger Trekkingrucksack, den er im Gartenschuppen gefunden hatte, groß genug, dass der Vogel hineinpasste.

Er ging denselben Weg zurück, den er gekommen war. Zumindest so in etwa. Obwohl er nicht lange auf der Insel gewesen war, waren seine Fußspuren schon wieder zugeschneit.

Der Schneefall hatte noch mal zugenommen, und Marcu blinzelte dagegen an, um überhaupt noch etwas erkennen zu können. Er war nicht weit gekommen, noch nicht mal in Höhe der ersten Insel, als er zwei Personen über das Eis gehen sah.

Vielleicht in 100 Meter Entfernung, vielleicht auch nur in 50. Das war schwer zu schätzen. Der Schnee verzerrte die Dimensionen. Hatten die beiden ihn auch gesehen? Er konnte es nicht sagen.

Sie gingen dicht beieinander. Zwei dunkle schattenartige Gestalten in dicken Winterklamotten, die sie unförmig aussehen ließen. Männer oder Frauen – auch das konnte er nicht erkennen. Auf jeden Fall war keiner der drei Männer von letztens dabei, von der Schrotthalde, als die Schüsse gefallen waren. Die hatten sich anders bewegt, zielstrebiger, raumeinnehmender. Langsam ging Marcu weiter. Er fror, wollte in seine Laube.

Der Schnee fiel mittlerweile in so dichten Schleiern, dass Marcu die beiden kurz aus den Augen verlor, dann tauchten sie wieder auf, jetzt seitlich von ihm, wie ein flackerndes ruckelndes Bild. Obwohl. Nein. Da war nur noch eine Person.

Wo war die andere? Und platschte da nicht Wasser? Schrie da jemand? Wenn auch nur dumpf?

Entgegen all seiner Vorsicht, die er sonst walten ließ, ging er auf die Geräusche zu. So nah, bis er das schwarze Loch sah, das in der Eisdecke klaffte, den Kopf, der auftauchte, den Mund, der nach Luft schnappte und gurgelnde Schreie ausstieß, Arme, die um sich schlugen. Das schäumende Wasser.

Marcu war wie erstarrt. Er hatte kein Eis bersten gehört.

Die zweite Person stand mit dem Rücken zu ihm dicht am Loch, zu dicht und ebenso starr wie Marcu selbst, der jetzt nur noch wenige Meter entfernt war. Der Schnee fiel und fiel und ließ alles seltsam fern, fast unwirklich erscheinen. Hatte dieser Mensch da gar keine Angst, dass das Eis weiter brach? Er musste sich doch zumindest hinlegen, sein Gewicht verteilen.

Aus dem Wasser erschien eine Hand an der Eiskante, klammerte sich fest, fand keinen Halt, rutschte ab, klammerte sich wieder fest. Die stehende Person tat nichts, stand nur da und sah reglos zu.

Und in diesem Moment sickerte es zu Marcu durch, dass er nicht hier sein sollte. Dass das, was er da gerade beobachtete, nicht für seine Augen bestimmt war. Dass diese Person mit Absicht nichts tat.

Weg hier, schrie es in ihm. *Weg.*

Einmal noch wirbelten Arme, spritzte und schwappte Wasser. Einmal noch tauchte eine Hand aus dem Loch auf, tastete nach dem Eis, dann bewegte sich nichts mehr. Das Wasser im Loch war wieder glatt. Dunkel und schwarz. Und es war still. Totenstill.

Die stehende Person bückte sich, griff in den Schnee, formte mit der Hand eine Kugel, warf sie in das Eisloch. Wie Erde in ein Grab. Und dann drehte sie sich um, Mütze in der Stirn, Schal um den Kopf. Das Einzige, was Marcu sah, waren die Augen. Helle kalte Augen. Und dann rannte er.

Er wusste nicht, ob er verfolgt wurde. Er wagte nicht, sich umzudrehen. Er rannte einfach weiter, immer weiter. Spürte nur noch das Auf und Ab seiner Füße und das Rauschen seines Atems. Und den Rucksack mit der Gans, der ihm hart in den Rücken schlug.

16. BETTE

Der nächste Morgen war grau und diesig, und das Thermometer draußen an der Hauswand zeigte nur noch minus vier Grad, um einiges wärmer als die Tage zuvor. Bette hatte unruhig geschlafen, und nach einem kurzen Spaziergang mit Anton durch den frischen Schnee saß sie nun in der Küche, trank Kaffee und wurde zunehmend ungeduldig. Sie wollte endlich mit Martha sprechen, um ihr zu sagen, wie Georg gestorben war. Dass Georg erstickt worden war. Und dass es noch ein zweites, bislang nicht identifiziertes Opfer gab. Ein Opfer, das vielleicht ihre Mutter war. Nicht dass es vorher irgendwo durchsickerte, jemand sich verquatschte und Martha es dann zufällig erfuhr. Aber Bette konnte in diesem Fall nicht an Thorben vorbei mit Martha reden. Gestern hatte sie dummerweise verpasst, ihn zu bitten, Martha über den neuesten Ermittlungsstand informieren zu dürfen. Und jetzt erreichte sie ihn nicht, ebenso wenig wie Meyra.

Sie ging mit ihrem Kaffee ins Wohnzimmer und ließ ihren Blick über die kleinen Karteikarten wandern, die sie nach der Videokonferenz gestern Abend an die Wand gepinnt hatte.

Georg Lange: erstickt
Feuer = Tatvertuschung?
Verdächtige: Nils (Feuerteufel), Walter (zerstrittener Bruder), Pächter (wegen Landverkauf), Martha (um Landverkauf zu verhindern)

Bette fand es einfacher, sich etwas vorzustellen, wenn sie es bildlich vor sich sah. Früher hatte sie ihre Zettel immer auf dem Boden ausgelegt und dann wie Puzzleteile hin und her geschoben. Mit Anton im Haus, der gerade hereingetrottet kam und sich angenehm wärmend über ihre Füße legte, ging das nicht mehr. Er würde nur alles durcheinanderbringen. Daher war sie nun also mit ihren Notizen an die Wand ausgewichen.

Sie las weiter.

Tote in Kühlkammer = Edith Lange?
Tatwaffe: Langwaffe. Kaliber 308
Todeszeitpunkt: 1971–2009
Verdächtige: Georg???

Wenn die Tote wirklich Edith war, dann wäre Georg ein Verdächtiger. Der Hauptverdächtige. Der Ehemann, der erzählt hatte, seine Frau habe ihn verlassen – und dann wird sie in der Kühlkammer unter seinem Haus gefunden.

Doch nun war auch Georg tot.

Mutwillig erstickt.

Hatten sein Tod und der Mord von Edith etwas miteinander zu tun? Bei dem Gedanken merkte Bette, wie etwas in ihr unangenehm rumorte. Denn dann ... dann käme Martha wieder als Verdächtige ins Spiel. Sie hätte ihren Vater töten können, weil sie einem furchtbaren Familiengeheimnis auf die Schliche gekommen war. Ein Motiv wäre es. Bette schrieb in dicken Lettern MARTHA auf einen Zettel, zerknüllte ihn aber sofort wieder, warf ihn auf den Boden. Verdammt auch, worauf hatte sie sich da nur eingelassen. Sie hätte die Ermittlung ausschlagen müssen. Sie war viel zu nah dran.

Aber abgeben wollte sie sie auch nicht. Sie würde das schon hinbekommen, diese Gratwanderung zwischen Professionalität und Freundschaft. Sie hatte genug Erfahrung, um diese Herausforderung zu meistern. Zumal sie das Gefühl hatte, es Martha als Freundin in gewisser Weise auch schuldig zu sein, den Mörder ihres Vaters zu finden. Oder zumindest alles zu tun, um dabei zu helfen.

Aber jetzt würde sie erst mal Brötchen holen.

Als sie in den Flur trat, kam Tyler die Treppe runter. Instinktiv griff sie nach der Türklinke, um zuzuziehen, damit Tyler ihre Notizen nicht sah, dann aber ließ sie sie offen. Sie hatte ihm gestern sowieso schon erzählt, dass sie die Ermittlung unterstützen würde. Und was die Ermittlungsdetails anging, hatte sie dazugelernt. Er sollte sie ruhig kennen. Die Tatsache, dass sie ihn bei einer anderen Ermittlung zwar als Fahrer herangezogen, ansonsten aber geglaubt hatte, es sei sicherer für ihn, ihm nichts weiter zu erzählen, hatte ihn fast das Leben gekostet.

Gerade interessierte ihn das aber alles sowieso nicht. Er murmelte nur ein verschlafenes «Morgen». Der Vormittag war nicht seine Zeit.

«Ich geh zum Bäcker», sagte Bette. «Mohnzöpfe für dich?» Die mochte Tyler am liebsten. Sie selbst würde sich Salzkringel holen. Es gab nichts Besseres als dieses gut gesalzene Hefegebäck mit richtig schön dick Butter. Echtes Seelenfutter, dass es nur hier in den Vier- und Marschlanden gab. Zumindest hatte Bette es noch nirgendwo anders gesehen.

Tyler nickte und bot dann ganz höflich an: «Ich kann aber auch gehen.»

«Nee, lass man. Ich brauch sowieso ein bisschen frische Luft.» Außerdem konnte sie auf dem Weg dann gleich noch beim Friedhof vorbeigehen und die Todesdaten von Georgs Eltern, die aus alter Familientradition hier in Ochsenwerder und nicht in Kirchwerder beerdigt waren, checken. Das war einfacher, als auf Antworten von Walter zu warten. Vor allem, da sie nicht davon ausging, dass er sich am Morgen im Präsidium blicken gelassen hatte. Und Martha wollte sie mit solchen Details jetzt nicht kommen, wenn es zu vermeiden war.

Anton war schon aus der Tür, als das Festnetz neben der Garderobe klingelte. «Anton, warte!», rief sie dem Hund hinterher und nahm ab. «Hallo?»

In der Leitung kratzte es blechern. Als würde jemand eine leere Büchse über den Hörer schrammen.

«Hallo?», wiederholte sie und hielt den Hörer ein Stück von ihrem Ohr weg. Das war wirklich ein unangenehmes Geräusch.

«Was ist das? Ein Telefonstreich?» Bette seufzte demonstrativ, um dem Anrufer klarzumachen, dass ihr dafür wirklich jeder Nerv fehlte.

«Misch – dich – nicht – ein!», sagte eine Stimme. Abgehackt und verzerrt, wie durch einen Filter, aber eindeutig männlich. «Halt – dich – raus – aus – der – Ermittlung.»

Dann klackte es.

Aufgelegt.

Es musste ein altmodisches Telefon sein oder eine Telefonzelle. So einen Ton machte kein Smartphone mehr.

Bette stand einen Moment da und starrte auf den Hörer. Sollte das eine Drohung sein?

«Wer war das?», fragte Tyler, der zwischenzeitlich aus der Haustür getreten war und Anton zurückpfiff, damit er nicht schon auf die Straße rannte.

«Keine Ahnung. Irgendjemand, der will, dass ich mich aus der Ermittlung raushalte.» Wie kindisch, so ein Anruf, und trotzdem merkte sie, dass er sie nervös machte.

Tyler schien an ihrem Gesichtsausdruck zu erkennen, dass sie beunruhigt war, und machte eine wegwischende Handbewegung: «Ach, das war bestimmt nur Mark Thorben. Dem passt es doch nie, wenn du dich einmischst.»

«Nee. Diesmal wollte er doch, dass ich Meyra helfe.» Und Thorben würde sie wohl auch kaum anonym anrufen.

Ein bisschen beruhigte es sie, Anton bei sich zu haben, als sie den Pfad durch das kleine Wäldchen nahm, das zwischen ihrem Grundstück und dem Dorfkern lag. Schnee rieselte von den Bäumen. Das Brack, das eine Sturmflut hinterlassen hatte, war dick zugeschneit.

Etwas raschelte hinter ihr, reflexartig fuhr sie herum, aber es war nur ein Vogel im Unterholz. Sie durfte sich jetzt nicht verrückt machen lassen!

Wer konnte das eben am Telefon gewesen sein? Jemand, der sie duzte. Jemand, der wusste, dass sie ermittelte. Bislang waren das nur Martha, Henrik und Walter.

Martha konnte es aber nicht gewesen sein. Auch wenn die Stimme verzerrt gewesen war, es war ganz sicher eine Männerstimme gewesen.

Also blieben Walter und Henrik.

Aber Walter? Der würde sie doch eher direkt mit einem Knüppel angehen, als ihr mit so einem anonymen Anruf zu kommen. Henrik dagegen ... Ihm würde sie das schon eher zutrauen. Und er hatte ihr ja auch schon bei ihrem letzten Treffen versucht klarzumachen, dass sie Martha in Ruhe lassen sollte. Vielleicht war das sein Versuch, das noch mal zu unterstreichen. Er wollte Martha beschützen, das war nur verständlich. Auch wenn es feige war, das auf diese Art zu tun.

Keine fünf Minuten später stieß sie unterhalb des Pastorats, eines Fachwerkhauses mit weiß getünchten Balken und backsteinerner Ausmauerung, wieder auf einen asphaltierten und gestreuten Weg. Aus der Kirche drang Orgelmusik. Ein vom Alter gebückter Mann, den Bette auf die Entfernung nicht erkannte, trippelte mit vorsichtigen Schritten an der Friedhofsmauer entlang. Sie nahm die Steinstufen zu der auf der Warft gelegenen Kirche hinauf, dem einzigen Hügel weit und breit, und ging dann über den Friedhof auf die andere Seite der Kirche.

Sie wusste ziemlich genau, wo das Familiengrab der Langes lag, sie kam immer daran vorbei, wenn sie zum Grab ihrer Eltern ging. Was sie viel zu selten tat, aber was war da schon richtig? Es sollte doch kein Zwang sein, ein Grab zu besuchen, es war – zumindest aus ihrer Sicht – etwas, das den Lebenden helfen sollte.

Bei Walter und Georg schien es nicht großartig anders zu sein. Das Doppelgrab ihrer Eltern Annemarie und Hans Lange sah nicht so aus, als kümmere sich jemand darum. Es war dicht mit Efeu überwuchert, und dem bronzenen Engel, der auf dem Stein saß, war ein Flügel abgebrochen.

Lange, Annemarie, geb. Friedrich: 14.7.1903–2.3.1986
Lange, Hans: 8.1.1901–10.2.1982

1982, nach dem Tod seines Vaters, hatte Georg vermutlich den Hof übernommen. Nicht lange danach musste Edith verschwunden sein, wie gesagt, 1983 oder 84. Georgs Mutter hatte da noch gelebt, an sie konnte Bette sich allerdings nicht erinnern.

Bette machte ein Foto vom Grab, das sie an Meyra schickte, dann ging sie rüber zur Bäckerei, die nur ein paar Schritte die Straße runter lag. Es war nichts los, ganz ungewöhnlich für einen Sonntagmorgen. Normalerweise war immer eine lange Schlange vor dem Eingang, heute dagegen konnte Bette direkt in den Laden treten, dessen Einrichtung größtenteils noch aus den späten Fünfzigerjahren stammte und fast etwas Museales hatte. Bette mochte den Laden sehr.

Als sie jedoch bemerkte, wer vor der Theke stand, fluchte sie innerlich. Erna Claasen, ausgerechnet. Die größte Klatschbase im Ort. Mal abgesehen von ihrem Getratsche, gehörte sie zu denen, die einen anlächelten und im nächsten Moment über einen herzogen. Mit ihren kurzen dauergewellten Haaren und ihrem trutschigen Kaninchenfellmantel sah sie wie eine sehr alte Frau aus. Dabei war sie kaum älter als Bette.

«Moin», sagte Erna, wobei sie sie mit diesem scharfen forschenden Blick ansah, der Bette immer an eine Möwe erinnerte, die ein Stück Kuchen im Visier hatte. «Lange nicht gesehen. Wie geht es dir?»

«Gut», sagte Bette knapp, wenig erpicht, ihr auch nur die kleinste Information zu liefern.

«Wirklich furchtbar. Der arme Georg.» Erna drückte sich die flache Hand auf die Brust, was wohl ihre Mitleidsbekundung unterstreichen sollte.

Das junge Mädchen, das heute hinter dem Tresen aushalf, entschuldigte sich, sie müsse kurz ins Lager, und verschwand nach hinten. Das würde Ernas Moment werden, dachte Bette. Und sie hatte recht.

«War es wirklich Nils Büsing, der das Feuer gelegt hat?», fragte Erna. «Die Polizei hat ihn gestern verhört. Dann muss er doch zumindest verdächtig sein. Oder?»

«Was fragst du mich», sagte Bette abwehrend. Erna war nun wirklich die Letzte, mit der sie über den Fall sprechen würde. «Ich bin nicht mehr bei der Polizei.»

Erna schürzte die Lippen. Sie schien nicht zufrieden mit der Antwort. «Aber du ermittelst doch wieder.»

«Wie kommst du denn darauf?»

«Ach», Erna hob die Hand und lächelte fast etwas kokett, als wolle sie ein Kompliment von sich weisen. «Alle sprechen darüber.»

Bette stöhnte innerlich auf. *Was für ein Kaff.* Genau das war der Grund, dass sie als junge Frau hier weggewollt hatte. Der Enge entfliehen. Von wegen der Drohanruf konnte nur von Henrik oder Walter gekommen sein. Die Tatsache, dass hier alle alles wussten, auch über ihre Ermittlung, verlängerte die Liste erheblich.

17. MEYRA

An diesem späten Vormittag war es nicht mehr so eisig wie die Tage zuvor, aber sehr viel unangenehmer. Nasse Kälte kroch durch alle Lagen von Meyras Kleidung. Am liebsten wäre sie nach Hause und hätte sich unter der warmen Bettdecke verkrochen. Stattdessen stand sie bei den Büsings vor der Haustür.

«Sie waren das! Sie!», fauchte Marie Büsing und starrte Meyra mit zusammengekniffenen Augen an.

Mark Thorben ging oben auf dem Deich hin und her, das Smartphone am Ohr, Nesrin in der Leitung. Er sprach so laut, dass sie jedes Wort mithörten. «Geben Sie eine Großfahndung nach Nils Büsing raus. Und informieren Sie auch die Presse ...»

Marie Büsing atmete schwer. «Sie haben ihm Angst gemacht!», schrie sie und bohrte Meyra ihren Zeigefinger in die Brust. «Deshalb ist er weg!»

Meyra schob Marie Büsings Hand beiseite, machte einen Schritt weg von dieser aufgebrachten Frau, versuchte die Vorwürfe an sich abprallen zu lassen. Einerseits hatte sie recht. Meyra hatte Nils mit ihrem Besuch sicher Angst gemacht. Ihn verschreckt. Aber es war nicht ihre Schuld, dass er flüchtig war. Sie war Polizistin, es war ihre Aufgabe, Verdächtige zu befragen. Und Nils war verdammt noch mal verdächtig. Er war am Brandort gewesen. Das wussten sie inzwischen. Die Fotos, die ein Kollege am Schwarzackerhof von den Schaulustigen gemacht hatte, waren teils dunkel und etwas unscharf, dann wieder überbelichtet, wenn das Feuer gerade aufflammte. Dennoch waren die meisten Gesichter gut zu erkennen. Auch das von Nils. Er war da gewesen, hatte ins Feuer geschaut, hatte vielleicht sogar sein eigenes Werk bewundert.

Jetzt war es Meyra, die die Augen zusammenkniff und in scharfem Ton zu Marie Büsing sagte: «Sie haben gelogen. Nils war nicht zu Hause, als es bei Georg Lange gebrannt hat. Sie haben ihm ein falsches Alibi gegeben.»

«Hab ich nicht.»

«Doch. Haben Sie!», sagte Meyra scharf, ohne sich weiter zu erklären.

Marie Büsing presste ihre Lippen zusammen, starrte sie zornig an, sagte aber nichts mehr.

«Wann haben Sie zuletzt von Ihrem Sohn gehört?», fragte Meyra.

Immer noch sagte Marie Büsing nichts.

«Wann?», setzte Meyra nach.

«Heute früh. Eine SMS», kam schließlich widerwillig als Antwort.

«Was stand drin?»

«Dass er weg ist.»

Meyra streckte die Hand aus. «Ich muss Ihr Smartphone konfiszieren.»

«Nein. Was, wenn Nils sich meldet.» Jetzt lag Panik in Frau Büsings Stimme, ebenso wie in ihrem Blick.

«Wir werden Sie informieren», sagte Meyra, ließ sich Smartphone und PIN geben und öffnete die SMS. Sie war von 04.20 Uhr.

Mama, es tut mir leid. Ich muss untertauchen.
Ich liebe dich. Dein Nils.

18. BETTE

Bette war vom Bäcker aus noch eine kleine Runde mit Anton gelaufen. Als sie zurückkam, hatte Tyler frischen Kaffee aufgebrüht, von dem sie beide vormittags immer eine Menge brauchten. Jetzt schlug er Eier auf. Bette setzte sich auf ihren Stammplatz auf der Küchenbank und schmierte sich Butter auf ihren Salzkringel. Immer noch grübelte sie über den anonymen Anrufer, wusste aber, es brachte nichts. Wenn Gott und die Welt mitbekommen hatten, dass sie ermittelte, konnte es jeder gewesen sein. Die Frage war: Ging es bei der anonymen Drohung um Georgs Tod, von dem bislang alle noch dachten, es sei eine Rauchgasvergiftung gewesen? Oder ahnte der Anrufer, dass durch den Brand auch die Kühlkammer freigelegt worden war und damit die Tote entdeckt werden würde? Bette dachte das weiter, nicht wer der Anrufer gewesen war, sondern diesen letzten Punkt. Es musste auf jeden Fall zwei Täter geben, nicht einen. Derjenige, der Edith getötet hatte, konnte kein Interesse daran haben, dass sie gefunden wurde, und war daher wohl kaum identisch mit demjenigen, der den Brand gelegt und vermutlich vorher Georg erstickt hatte.

Durch das Fenster sah sie, dass ein Wagen vor dem Haus hielt. Es war Meyra. Dann konnten sie ja nun endlich zu Martha fahren.

Anton rannte bellend zur Tür. Bette folgte ihm und öffnete.

Meyra kam bereits den Gartenweg rauf. Auf ihren Wangen hatte sie rote Flecken, wie so oft, wenn sie ihre Emotionen nicht unter Kontrolle hatte. Das war etwas, das sie noch lernen musste, sich nicht ganz so sehr in alles reinzusteigern, die Ruhe zu bewahren, zumindest nach außen hin.

«Kann ich reinkommen?», fragte sie.

«Natürlich.» Bette legte ihr eine Hand auf die Schulter und schob sie durch den Flur in die Küche.

«Hey, Meyra», sagte Tyler. Ein Lächeln breitete sich auf seinem Gesicht aus. Er ging auf sie zu und begrüßte sie mit einer Umarmung. «Kaffee? Rührei?»

Meyra schüttelte den Kopf und ließ sich in einen der beiden Korbstühle sinken. Bette setzte sich ihr gegenüber.

«Und, ist Walter Lange heute Morgen ins Präsidium gekommen?», fragte sie.

«Ist er nicht.»

Bette hatte es ja geahnt. Und wenn sie das richtig einschätzte, wäre auch jeder weitere Versuch, mit ihm zu reden, eine Verschwendung von Zeit und Energie. Rechtlich gesehen gab es keine Pflicht, einer polizeilichen Vorladung Folge zu leisten. Druck ausüben konnten sie also nicht. Und ganz abgesehen davon, bekämen sie vermutlich nicht mal brauchbare Informationen aus ihm raus, würden sie ihn ins Gefängnis stecken oder ihm Daumenschrauben anlegen. Sturer Bock, der er war. Sie mussten irgendwie anders rausfinden, warum die Brüder zerstritten gewesen waren, was es mit dem Feuer bei ihm auf sich hatte und ob es irgendeinen Zusammenhang zu den Geschehnissen auf dem Schwarzackerhof gab.

«Nils Büsing», sagte Meyra. «Er ist weg.»

«Wie, weg?»

«Flüchtig. MT hat eine Großfahndung rausgegeben.»

«Habt ihr was gegen ihn in der Hand?», wollte Bette wissen.

«Der Brandbeschleuniger, der bei Georg Lange eingesetzt wurde», sagte Meyra, «ist derselbe, den Nils Büsing immer verwendet hat. Benzin.»

Bette runzelte die Stirn. «Benzin? Das ist ja nun keine richtige Besonderheit. Das ist der gängigste Brandbeschleuniger überhaupt.»

«Das ist nicht alles», sagte Meyra, holte ihr Tablet aus der Tasche, öffnete einen Foto-Ordner und schob es Bette hin.

«Schiet», rutschte es Bette heraus. Unter den Schaulustigen, etwas am Rand, stand Nils. Unverkennbar.

«Er kann da kaum zufällig vorbeigekommen sein», sagte Meyra. «Er wohnt viel zu weit weg, um das Feuer gesehen zu haben.»

Das stimmte leider.

«Es könnte natürlich sein, dass Nils mitbekommen hat, wie die Löschzüge über den Deich gefahren sind», schob Meyra vorsichtig nach, als wolle sie ausloten, wie Bette zu dieser Theorie stand. «Und ihnen gefolgt ist. Auf den ersten Fotos ist er noch nicht drauf.» Sie scrollte die Bilder noch einmal hoch.

«Na ja», sagte Bette. «Er könnte auch noch anderweitig beschäftigt gewesen sein, wenn er der Täter ist.»

«Ja», sagte Meyra etwas widerwillig. «Ja, da hast du natürlich recht.»

«Du glaubst nicht, dass Nils es war, oder?»

«Er ist flüchtig. Das spricht gegen ihn», sagte Meyra ausweichend.

«Warum glaubst du nicht, dass er das Feuer gelegt hat?», hakte Bette nach, die wissen wollte, warum Meyra an Nils' Schuld zweifelte.

«Ich habe sein psychologisches Profil gelesen. Unselbstständig, Minderwertigkeitskomplexe, niedrige Intelligenz. Damit ist er ein Brandstifter wie aus dem Schulbuch. Aber vorsätzlicher Mord? Georg Lange wurde mit einem Kissen erstickt. Das passt doch nicht.»

Tyler, der immer noch am Herd stand, verschluckte sich hörbar, hustete. «Georg wurde erstickt? Und ihr glaubt, von Nils?» Er zog die Pfanne von der Herdplatte, wandte seine ganze Aufmerksamkeit jetzt ihnen zu. «Nils hatte immer schon so ein Ding mit Feuer, rumkokeln und so. Aber er erstickt doch niemanden. Der heult doch schon, wenn er eine tote Fliege findet.»

«Du kennst ihn besser?», fragte Bette überrascht. Tyler und Nils, die beiden hatte sie bisher nicht zusammengebracht.

«Also, er ist kein Freund oder so», sagte Tyler. «Aber früher hat er immer mit uns abgehangen. Er ist was älter. Gleichaltrige haben ihn immer gemobbt. Und wir ... Na ja, für uns war das okay, ich glaube, er hat uns einfach leidgetan.»

«Er war also der Außenseiter?», schlussfolgerte Meyra.

«Auf jeden Fall», sagte Tyler. «Aber kein böser Kerl.»

«Hast du in letzter Zeit mal mit Nils zu tun gehabt?», wollte Bette wissen.

Tyler überlegte. «Nee. Hin und wieder seh ich ihn auf der Straße. Er fährt immer so ein rotes Moped. Wir grüßen uns, er hat mal erwähnt, dass er drüben in Fünfhausen einen

Gärtnerjob hat. War ziemlich stolz drauf. Mehr weiß ich nicht.»

Meyra hatte gewartet, während Bette die dreißig Minuten schlief, die sie brauchte, um im Anschluss wieder ihre dreieinhalb Stunden fit zu sein. Danach waren sie sofort nach Fünfhausen aufgebrochen. Sie mussten Martha über den neuesten Ermittlungsstand in Kenntnis setzen.

Das mit dem anonymen Anruf behielt Bette erst mal für sich. Wüsste Meyra davon, würde es auch Thorben erfahren, und der machte immer gleich ein großes Aufheben um so was, von wegen Drohungen gegenüber der Polizei und dass da mal härter durchgegriffen werden müsse. Das brauchten sie jetzt nicht auch noch. Und vielleicht war der Anruf auch nur von jemandem gewesen, der sich wichtigmachen wollte. Nichts, was Bette durch ihre Aufmerksamkeit noch unterstützen wollte.

Sie fuhren über den Ochsenwerder Norderdeich. Meyra am Steuer, Bette neben ihr. Linker Hand lag die zugefrorene Gose-Elbe. Die Landschaft war immer noch weiß, die Straße mittlerweile aber so gut wie schneefrei. Dennoch kam ihnen Bauer Jansen mit seinem gelben Schneepflug entgegen. Die Schaufel kreischte, wann immer der Stahl auf den blanken Asphalt traf. Jansen lehnte sich mit einer Zigarette in der Hand aus dem Fenster und winkte. Bis vor Kurzem hatte Bette ihm noch geholfen, seine Biokisten zu packen, die er dann an die Hamburger Stadtkundschaft auslieferte. Das hatte er nun aber altersbedingt aufgegeben.

«Ich habe das, als du geschlafen hast, mal überprüft»,

sagte Meyra, ohne den Blick von der Straße zu lassen. «Es ist nie eine Edith Lange als vermisst gemeldet worden.»

Gestern in der großen Runde hatte Bette nichts von ihrem Verdacht oder der Ahnung, dass die unbekannte Tote Edith Lange sein könnte, gesagt. Meyra gegenüber hatte sie es dann aber vorhin erwähnt. Für das Gespräch mit Martha musste sie es wissen.

«Es hieß immer, sie habe die Familie verlassen», sagte Bette. «Da wäre es doch eher verwunderlich, wenn sie als vermisst gemeldet worden wäre.»

«Aber wieso haben das alle gedacht? Wenn sie sich doch, wie du gesagt hast, nie wieder bei jemandem gemeldet hat.»

«Ich weiß nicht, ob wirklich niemand hier je wieder von ihr gehört hat. Martha habe ich nie danach gefragt, ihre Mutter war immer ein sensibles Thema. Ich weiß nur sicher, dass Edith sich nicht wieder bei *meiner* Mutter gemeldet hat. Obwohl die beiden eng befreundet waren.» Bette meinte sich zu erinnern, dass Edith sich nicht einmal von ihr verabschiedet hatte, und fragte sich, ob ihre Mutter eigentlich nie darüber nachgedacht hatte, Edith könnte etwas zugestoßen sein. Und wenn nicht, warum. Fragen konnte sie sie leider nicht mehr, sie war schon vor vielen Jahren gestorben. Bette überlegte nachzusehen, ob sie noch ihre alten Tagebücher fand, entschied sich aber dagegen. Sie wollte sich nicht durch die privaten Aufzeichnungen ihrer Mutter lesen. Denn egal, wie lange ihre Mutter tot war, das, was sie da geschrieben hatte, blieb privat. Nicht für Bette bestimmt.

«Wir müssen Martha um eine DNA-Probe bitten», sagte

Bette. Vielleicht erwies sich ihr Verdacht, die Tote könnte Edith sein, damit als hinfällig.

«Test-Kits habe ich im Kofferraum», sagte Meyra.

Natürlich hatte sie das. Das gehörte mittlerweile nebst Asservatenbeuteln und Einweghandschuhen zur Standardausstattung für Ermittler der Mordkommission.

Sie bogen in den Durchdeich ein und hielten vor dem zweistöckigen gelben Backsteinhaus, in dem Martha mit ihrer Familie wohnte. Der Schneemann, der bei ihrem letzten Besuch noch gestanden hatte, war jetzt ein kopfloser Rumpf, dreckig grau. Die oberste Kugel lag zerbrochen am Boden. Die Möhrennase war auf die Straße gerollt. Der Anblick stimmte Bette seltsam traurig.

Noch bevor sie an der Haustür waren, hatte Henrik geöffnet. Er musste sie beim Abwaschen durchs Küchenfenster gesehen haben. Auf seinen Händen hing noch der Schaum von Spülmittel.

«Moin, Henrik», sagte Bette und zeigte auf Meyra. «Das ist Kommissarin Bacha.»

Henrik nickte ihr zum Gruß zu. «Wir haben uns schon getroffen. Beim Brand.»

«Ja», sagte Meyra nur, und Bette dachte, dass ihre Wortkargheit, der sie manchmal anheimfiel, gut hier in die Gegend passte.

Martha war im Wohnzimmer und staubsaugte. Der Lärm übertönte Bettes *Moin,* Martha bemerkte sie nicht. Henrik ging zu ihr hinüber und machte den Staubsauger aus. Martha richtete sich auf, die Hände in den Rücken gestemmt. Es war nicht zu übersehen, dass sie alarmiert war, als sie Bette und Meyra sah.

«Was ist es?», fragte sie sofort. Dass sie die Dinge ansprach und schnell auf den Punkt kam, war etwas, das Bette eigentlich sehr an ihr mochte. In diesem Fall wäre sie es allerdings gerne etwas langsamer angegangen.

«Können wir uns setzen?», bat Bette.

«Setzen?» Unsicherheit lag jetzt in Marthas Stimme, ihr Blick huschte unruhig zwischen ihr und Meyra hin und her. «Ja, ja, natürlich.»

Bette und Meyra nahmen die Sessel, Henrik setzte sich dicht neben Martha auf das breite Sofa, auf dem gut vier Leute nebeneinander Platz gefunden hätten, und griff nach ihrer Hand.

«Wie geht es dir?», fragte Bette, um irgendwo anzufangen. «Schläfst du zumindest etwas?»

«Schon, aber wenn ich aufwache, bin ich wie erschlagen.»

Bette knetete ihre Finger, überlegte, wie und wo sie mit dem, was sie wirklich sagen wollte, ansetzen sollte, obwohl sie sich die Worte während der Fahrt längst zurechtgelegt hatte. Sie auszusprechen war etwas anderes.

«Wegen der Trauerfeier, können Sie uns sagen, wann der Leichnam freigegeben wird?», fragte Henrik, an Meyra gewandt.

«Das wird noch etwas dauern», war Meyras Kommentar dazu.

Jetzt war sie am Zug, dachte Bette, rang sich durch und sagte geradeheraus: «Martha. Dein Vater ... Sein Tod war nicht, wie wir angenommen haben, Folge des Brandes. Georg wurde erstickt.»

Für einen Moment war es, als bliebe die Welt stehen.

Schweigen, Stille. Martha sackten die Schultern runter, sie öffnete den Mund, allerdings ohne einen Laut von sich zu geben, starrte Bette an, schüttelte den Kopf.

«Aber», ergriff Henrik das Wort, «Sie haben doch gesagt, es war eine Rauchgasvergiftung?» Seine Frage war an Meyra gerichtet. In seiner Stimme lag Verwunderung, aber auch ein Vorwurf.

«Das war die erste Einschätzung der Rettungskräfte, ja», sagte Meyra ruhig. «Nun liegen aber die Ergebnisse der Obduktion vor. Georg Lange wurde mit einem Kissen erstickt.» Meyra hatte einen sachlichen Ton angeschlagen, der, wie Bette fand, nicht so recht zu ihr passen wollte. Aber ihr war klar, dass es für Meyra ein Weg war, Distanz zu wahren. Oder zumindest vorzutäuschen.

«Keine Rauchpartikel in der Lunge. Kein erhöhter Anteil von Kohlenmonoxid im Blut», fuhr sie fort. «Wir gehen davon aus, dass Ihr Vater, und Schwiegervater, zum Zeitpunkt, als das Feuer ausbrach, bereits tot war.»

Bette hatte sich ja schon gefragt, ob das Feuer gelegt worden war, um den Mord zu vertuschen. Was wiederum heißen würde, dass der Täter oder die Täterin nicht damit gerechnet hatte, dass die Nachbarn Georg noch aus dem brennenden Haus holen würden. Die wahre Todesursache hatte verschleiert werden sollen. Doch das war misslungen.

Martha hatte die Hände zu Fäusten geballt, ihr ganzer Körper war angespannt. Henrik hatte jetzt seinen Arm um sie gelegt.

Bette beugte sich vor. So schwer es ihr fiel, sie musste noch ein paar Fragen zu Georg loswerden. Und dann zum zweiten Opfer übergehen. «Ihr wart an dem Abend vor dem

Brand bei deinem Vater. Ist euch irgendetwas Ungewöhnliches aufgefallen? Kam jemand vorbei? Habt ihr jemanden in der Nähe des Hofes gesehen?»

«Nein», sagte Henrik, ohne zu zögern und ohne nachzudenken, ohne den Abend vor seinem inneren Auge zu rekapitulieren. So zumindest kam es Bette vor.

«Ich weiß nicht», war dagegen Marthas Antwort. Ihre Stimme war dünn, leise. «Wir ... haben ... uns ... so gestritten. Papa und ich. Da ... Ich hab da nicht drauf geachtet, als wir los sind.»

«Wann seid ihr gefahren?», fragte Bette.

«Gegen zehn», sagte Henrik, und Martha nickte bestätigend, obwohl Bette nicht den Eindruck hatte, dass sie das eigentlich so genau wusste.

«Wir haben hier dann noch etwas getrunken», fügte Henrik an. «Dieser Streit, er hat Martha wirklich mitgenommen ... also mich auch. Aber natürlich nicht so sehr wie meine Frau.»

«Wann habt ihr zuletzt von Nils Büsing gehört? Oder ihn gesehen?», fragte Bette als Nächstes.

Bei der Erwähnung seines Namens versteifte Martha sich noch mehr. Henrik legte die Stirn in Falten. «Georgs Tod war doch nun eindeutig Mord», sagte er. «Nicht die Folge von Brandstiftung. Dann ist Nils raus. Nils würde doch niemanden ersticken!»

Martha riss ihren Kopf herum, stieß Henrik von sich. «Was verteidigst du ihn immer?» Ihre Stimme überschlug sich, bekam etwas Hysterisches. «Papa ist ermordet worden. Und du ... du ...» Tränen schossen ihr in die Augen.

Bette fand Henriks Fürsorge für Nils und seinen Idealismus, der da durchschimmerte, grundsätzlich bewundernswert, aber hier, in diesem Zusammenhang, störte es sie. Hier ging es um etwas ganz anderes.

«Martha, so meine ich das doch nicht», sagte Henrik beschwichtigend und griff nach ihren Handgelenken, nicht grob, sondern sehr sanft. Und Martha ließ es geschehen. Er zog sie wieder an sich, legte die Arme um sie.

Bette bedeutete Meyra mit einer vagen Kinnbewegung, dass sie weitermachen sollte. Sie wartete noch kurz, ließ den beiden ihre Zeit, dann sagte sie: «Ich muss leider noch mal auf die Frage zurückkommen. Wann haben Sie beide Nils Büsing zuletzt gesehen?»

Henrik kniff die Augen zusammen, eindeutig nicht glücklich, weiter über Nils sprechen zu müssen. «Er war hier. Am Tag nach dem Brand. Er hat gesagt, die Polizei war kurz vorher bei ihm. Er war ganz aufgeregt, richtig in Panik.»

Worauf Henrik sich da bezog, war Meyras Besuch bei Nils. «Und dann?», hakte Meyra nach.

«Ich habe ihn weggeschickt.»

Meyra zog überrascht die Brauen hoch. «Einfach so?»

«Ja, aus Rücksicht auf Martha.»

«Hat Nils sich danach noch mal gemeldet? Ein Anruf? Eine Nachricht?», wollte Meyra wissen.

«Nein.»

«Wenn ihr etwas hört, sagt uns bitte umgehend Bescheid», klinkte Bette sich jetzt wieder ein. «Er ist flüchtig.»

«Nils, flüchtig?», fragte Henrik erschrocken.

«Also war er es», sagte Martha aufgeregt.

«Dass er flüchtig ist, heißt gar nichts», wiegelte Bette ab.

«Wieso soll er abhauen, wenn er es nicht war?», hielt

Martha dagegen. Sie glaubte, es war Nils, sie wollte es glauben, dachte Bette.

«Er könnte auch einfach weg sein, weil er Angst hat. Angst, dass wir ihn für den Täter halten. Ob er es nun war oder nicht.» Genau genommen war es das, was Bette für sehr wahrscheinlich hielt. Nach allem, was sie mittlerweile über Nils wusste. «Martha, eines wollte ich dich immer fragen», versuchte sie, das Thema zu wechseln. Sie musste noch auf Edith zu sprechen kommen. «Hast du jemals wieder von deiner Mutter gehört?» Kurz überlegte sie, sich zu erklären, zu behaupten, dass – wenn es denn einen Kontakt gab – die Mutter jetzt vielleicht eine Stütze wäre oder zumindest informiert werden müsste. Aber das wäre eine Lüge gewesen. Und sie wollte Martha nicht anlügen, nicht einmal zu ihrem Schutz.

«Nein, nie mehr», sagte Martha, womit sich Bettes Ausflüchte sowieso erledigt hatten.

«Wann ist sie weggegangen?», fragte Bette weiter.

Martha war irritiert. «Ich versteh nicht. Was hat das mit Papas Tod zu tun?»

«Bitte, beantworte einfach meine Frage.»

«Am 26. April 1984. Ich war fünf.»

«Und wie alt war Edith da?»

«32.»

«Kannst du dich noch gut an sie erinnern?»

Ein trauriges Lächeln huschte um Marthas Mund. «Nein, kaum.»

Henrik stand auf, kam mit einem gerahmten Foto zurück, das er aus dem Buchregal genommen hatte, und reichte es Bette.

Edith neben Georg, der einen Arm um ihre Schultern gelegt hatte. Martha stand vor den beiden, grinste breit in die Kamera, die Haare hatte sie zu dicken Zöpfen geflochten. Sie hatte einen karierten Rock an, rot-gelb, dazu ein kanariengelbes T-Shirt und gelbe Haarschleifen. Edith trug ebenfalls Rot-Gelb, ein Batikkleid, das um ihre Knie spielte, die hellbraunen Haare lang und offen. Sie strahlte eine unglaubliche Sinnlichkeit aus. Georg, zwar leger in kurzärmeligem hellem Hemd und Jeans gekleidet, wirkte neben seiner Frau dennoch steif und etwas bieder.

Anhand von Georgs Größe, der um die 1,80 gewesen war, schätzte Bette Ediths Statur ein. Es käme hin: 1,65 bis 1,68 Meter.

«Ich kann mich an ihren Duft erinnern, Himbeeren», sagte Martha. «Meine Mutter roch immer nach Himbeeren.» Und dann schob sie hinterher: «Und an ihre Füße.»

Bette sah sie fragend an. Was war das denn für ein ungewöhnliches Erinnerungsdetail.

«Komisch, nicht wahr.» Ganz kurz lächelte Martha fast etwas versonnen. «Sie hatte ganz lange schmale Füße. Beim Gehen knackten sie leicht. So konnte ich sie immer erkennen, auch wenn es dunkel war oder ich die Augen zuhatte. Und an ihrem einen Zeh, dem mittleren, fehlte oben ein Stück.

«Es fehlte ein Stück?» Bette hoffte, Martha hörte ihr Entsetzen nicht heraus.

«Ja, der Zeh war nur ein Stumpf.»

Bette warf einen flüchtigen Blick nach rechts, um unauffällig Meyras Reaktion abzuchecken. Ihre Blicke trafen sich. Sie dachten beide das Gleiche. Die Tote war Edith. Dr. Haller hatte alle Knochen zusammengesetzt, nur Phalanx distalis III und Phalanx media III fehlten. Die beiden oberen Glieder eines der mittleren Zehen.

«Meine Mutter hat mir immer die Geschichte erzählt, wie eine hungrige kleine Maus ihn ihr abgeknabbert hat», sprach Martha leise weiter. «Und sie habe es zugelassen, weil die Maus doch so schrecklich Hunger hatte.»

Meyra unterbrach unvermittelt Marthas kindliche Erinnerung: «Wir hätten gerne eine DNA-Probe von Ihnen. Wären Sie damit einverstanden?» Den Probenbehälter hatte sie schon in der Hand.

«Wieso das jetzt?», fragte Martha.

«Bitte», sagte Meyra.

Martha sah Hilfe suchend zu Bette, und als diese nickte, öffnete Martha den Mund und ließ Meyra den Wangenabstrich nehmen. Eine Sache von Sekunden.

«Auf dem Schwarzackerhof wurde ein zweites Opfer gefunden», sagte Bette nun.

Martha griff wieder nach Henriks Hand, umklammerte sie fest. Henrik war ganz blass geworden, noch blasser, als er sonst immer schon war. «Noch ein Toter?», stieß er entsetzt aus.

«Ein Opfer, das bereits seit zwölf Jahren oder länger tot ist», sagte Bette weiter. «Eine weibliche Person, 30 bis 35 Jahre alt. Und, Martha, wir können nicht ausschließen, dass es deine Mutter ist.»

«Was? Meine Mutter? Nein. Unmöglich!», wies Martha das weit von sich.

«Die Frau ist erschossen worden», sagte Bette. «Ihr Skelett wurde in einem unterirdischen Kühlraum gefunden.»

Martha schüttelte hektisch den Kopf. «Das kann nicht sein. Es gibt auf dem Schwarzackerhof keinen Kühlraum. Hat es nie gegeben.»

«Er war gut versteckt. Ein langer Schacht, unter dem Küchenparkett bis nach draußen, wo eure Terrasse war.»

«Nein!» Martha schrie jetzt. «Nein!»

Henrik wollte Martha wieder an sich ziehen, sie umarmen, aber sie schlug seine Arme weg und sprang auf. «Nein!», schrie sie noch mal und rannte aus dem Raum.

«Martha!», rief Henrik und eilte ihr hinterher. «Martha!» Aber da hörten sie lautstark die Haustür zuknallen. Kurz darauf kam Henrik zurück zu ihnen ins Wohnzimmer. Er kannte Martha wohl gut genug, um zu wissen, dass sie jetzt alleine sein musste.

19. MARTHA

Sie rannte und rannte. Ihr Atem stach, die Beine brannten, das Blut pulsierte schmerzend durch ihren Körper. Aber sie rannte weiter. Immer weiter. Wie im Rausch. Den Durchdeich runter, bis es nicht weiterging, dann in den Warwischer Hinterdeich. Die Umgebung um sich herum nahm sie nur bruchstückhaft wahr. Eine Krähe, die ein platt gefahrenes Kaninchen vom Asphalt pickte. Ein Kind auf einem Roller. Ein vom Blitz getroffener, ausgebrannter Baumstumpf, der ihr noch nie aufgefallen war. Wieso gerade jetzt? Weihnachtslampions in einer Hecke.

Geräusche klangen seltsam fern. Ein Wagen hupte. Jemand rief nach ihr ... Aber sie drehte sich nicht um. In ihren Ohren rauschte es. Nein. Nein! Sie musste sich verhört haben. Das, was Bette da gesagt hatte, konnte nicht sein.

Ihre Mutter erschossen.

Das war doch Irrsinn.

Das war unmöglich.

Ihr Vater hatte gesagt, ihre Mutter sei gegangen, weil sie nicht mehr mit ihm, Georg, zusammenleben konnte und weil sie es nicht ausgehalten habe in den Vier- und Marschlanden. Sie habe einfach nicht hierhergepasst. Immer hatte ihr Vater betont, es habe nichts mit ihr zu tun gehabt, dass ihre Mutter sie geliebt habe, über alles.

Trotzdem hatte es geschmerzt, so schrecklich geschmerzt. Eine Mutter, die sich nie wieder nach ihrem Kind erkundigte. Sich um es sorgte, wissen wollte, wie es ihm ging. Wie es ihr, *Martha*, ging.

Und nun das? Ihre Mutter sollte sie gar nicht verlassen haben? Ihre Mutter sollte ihr gewaltsam geraubt worden sein? Erschossen, verscharrt. Unter der Terrasse. Der Terrasse, die immer ihr Lieblingsplatz auf dem Schwarzackerhof gewesen war. Dicke Holzbohlen, Heckenrosen, Sonnenblumen, Flieder, Korbsessel, eine Hängematte.

Ein Stück rannte sie querfeldein, am Oortkatensee entlang, über die zugeschneite Wiese, an der Badestelle mit dem Sandstrand vorbei. Sie wusste nicht, wie lange sie schon gelaufen war. Zehn Minuten. Zwanzig Minuten. Sie fühlte sich völlig aus der Zeit gefallen.

Der DNA-Test würde nichts widerlegen. Das wusste sie. Die Tote war ihre Mutter. Ihr war Bettes Entsetzen nicht entgangen, als sie den Zeh erwähnte. Die fehlenden Glieder. Und dann dieser Blick, den Bette und die Kommissarin ausgetauscht hatten. Sie glaubten es auch.

Die DNA-Probe war nur noch eine Formalität.

Wieder auf der Straße, stieß sie fast mit einem Radrennfahrer zusammen. Er bremste, fluchte, brüllte sie an. Sie war kurz davor, ihm eine reinzuhauen, eine Faust direkt ins Gesicht, ihrer Wut freien Lauf zu lassen. Aber sie riss sich zusammen, rannte weiter.

Er schrie ihr hinterher. «Fotze!»

Arschloch. Hätte sie doch einfach zugeschlagen.

Am Elbdeich blieb sie schließlich stehen. Schwer keuchend stolperte sie den Hang hinauf. Wankte regelrecht. Oben angekommen, blies ihr von der Elbe her eisiger Wind ins Gesicht. Sie trug nur ihren Wollpulli über der Jeans. Der

Wind drang bis auf ihre verschwitzte Haut durch. Sie fror. Aber sie wollte die Kälte spüren. Sich von ihr betäuben lassen. Gegen den Schmerz in ihrem Inneren.

Sie ging den Deich runter Richtung Elbe. Spürte den harschigen Schnee und die abgebrochenen und von der Flut aufgespülten Schilfhalme unter ihren Füßen. Zwischen tief hängenden Ästen einer Trauerweide hindurch trat sie ans Ufer. Eisschollen hatten sich vom Fluss her aufs Land geschoben, ineinander und übereinander verkeilt.

Möwen kreischten, glitten mit dem Wind.

Ein Frachter schob sich durch die Fahrrinne. Die Eisschollen, die auf dem Fluss trieben, hoben und senkten sich in seiner Bugwelle. Knirschten, quietschten und brachen, ließen das Wasser zwischen sich emporschwappen.

Wieso hatte ihr Vater immer erzählt, ihre Mutter sei weggegangen? Hatte er das wirklich geglaubt? Oder hatte er sie angelogen? Hatte er sie ihr Leben lang angelogen? Hatte er etwas mit dem Tod ihrer Mutter zu tun?

Hatte er sie erschossen?

Aber sie hatten doch nie eine Waffe im Haus gehabt. Nicht mal eine Schrotflinte, um Kaninchen zu schießen. Sie waren nie zu den Schützenfesten gegangen. Nichts dergleichen. Ihr Vater hatte alles mit Waffen strikt abgelehnt.

Martha schloss die Augen. Das Schlimmste war: Sie konnte ihn nicht mehr fragen. Sie konnte ihn nicht mehr zur Rede stellen. Und sie konnte sich nicht mehr mit ihm versöhnen. Ein Zittern durchlief ihren Körper. Und dann schrie sie, schrie gegen ihre Wut an und die Verzweiflung und die Trauer, gegen den Wind, die Kälte und das Knarzen und Bersten des Eises.

20. BETTE

Meyra wollte die DNA-Probe so schnell wie möglich ins Labor bringen. Aber bevor sie Bette zu Hause absetzte, fuhren sie noch bei Hinrich Loog vorbei, der von Georg Ackerland für den Anbau von Rüben und Kohl gepachtet hatte.

Hinrichs Hof lag am Elbdeich, und rüber zum Schwarzackerhof war es ein ganzes Stück. Aber wenn man wie Hinrich allein von der Landwirtschaft lebte, was hier draußen kaum noch jemand tat, dann pachtete man, wo immer es ging, Land hinzu, damit es sich rentierte. Die hofeigenen Felder, mit denen man früher die Familien durchgebracht hatte, waren alleine nicht mehr ökonomisch. So wie auch der Schwarzackerhof aus landwirtschaftlicher Sicht für sich alleine nicht mehr rentabel gewesen wäre.

Es war kurz nach eins, als sie auf dem Hof ankamen. Auf ihr Klingeln reagierte Hinrich nicht. Aber in der Zufahrt standen sowohl sein grüner VW als auch der Trecker, und der Duft von gebratenem Speck und Zwiebeln lag in der Luft.

«Hinrich!», rief Bette. «Hinrich!»

Sie fanden ihn hinter der Scheune, rauchend und mit einer Tasse Kaffee auf einer Bank. Da war seine Frau nun schon seit gut zwei Jahren tot, und er setzte sich zum Rauchen immer noch nach draußen. Bette ging auf, dass sie ihn seit der Beerdigung seiner Frau nicht mehr gesehen hatte. Er war alt geworden. Noch grauer. Noch hagerer.

Sie grüßten sich. Meyra mit einem *Guten Tag*, Bette und Hinrich mit einem knapperen *Moin*.

«Wir sind wegen des Brands bei Georg da», sagte sie. Hinrich war keiner, bei dem man lange um den heißen Brei herumplaudern musste. «Du hast Land von ihm gepachtet.»

«23 Hektar», sagte Hinrich.

«Wie lange schon?»

«Lange», sagte er.

Bette nickte daraufhin nur. Das reichte ihr als erste Antwort, auch wenn ihr nicht entging, dass Meyra neben ihr unruhig wurde. Bette war klar, dass sie zu gerne nachgebohrt hätte, aber sie hatten abgemacht, dass erst mal nur Bette sprechen würde.

«Wusstest du, dass Georg verkaufen wollte?», fragte Bette weiter.

Hinrich schob die Lippen vor, nickte.

«Und?», hakte sie nach.

«Und was?»

«Wie hast du es aufgenommen?»

Er zuckte mit den Schultern.

Bette seufzte leise. Diese Wortkargheit war dann selbst ihr zu viel. «Für wann hat Georg dir die Kündigung des Pachtvertrags ausgesprochen?»

Hinrich schüttelte den Kopf. «Gar nicht. Wäre eh meine letzte Saison gewesen.»

«Ach?» Bette war überrascht.

Hinrich nickte wieder, kratzte sich am Kopf. «Fruchtbarer Boden. Wirklich gut.» Hinrich nuschelte die Worte vor sich hin, kaum verständlich. «Dunkel, fast schwarz. Deshalb auch der Name des Hofs. Schwarzacker. So einen Boden findest du nicht so schnell ein zweites Mal. Aber ...»

«Aber was?», fragte Bette, die nie darüber nachgedacht

hatte, dass der Hof nicht nach den Langes benannt war. Normalerweise trugen Höfe die Familiennamen. Aber ihr gefiel die Vorstellung, dass in diesem Fall der Boden der Namensgeber war.

«Bin 69. Und alleine», sagte Hinrich. «Da muss ich mich nicht mehr totmachen. Geht auch so schnell genug.»

Bette fühlte den Schmerz, der unter dem leichten Ton lag. Den Tod seiner Frau hatte er nur schwer verkraftet, oder besser gesagt, er hatte ihn noch lange nicht verkraftet.

Bette legte ihre Hand auf seine Schulter, drückte sie kurz. Gleichzeitig sahen Meyra und Bette sich an: Hinrich Loog hatte kein Motiv für einen Mord an Georg Lange.

Sie waren schon im Begriff zu gehen, als Bette sich noch mal umdrehte. «Sag mal, erinnerst du dich an Georgs Frau?»

«Edith.» Ein Lächeln huschte über Hinrichs Gesicht. «Wer täte das nicht. Flott war sie. Lebenslustig. War für Georg hart, als sie weg ist.»

«Hat er das so gezeigt?»

«Na ja, hat sich zurückgezogen. Ist kaum noch mal in den Gasthof gekommen oder so. Und wenn, mit Martha im Schlepptau. Immer mit Martha.» Hier machte er eine Pause, bevor er hinterherschob: «Und dann noch der Zwist mit Walter.»

«Kennst du den Grund?»

«Nee.»

«Und war das nach Ediths Verschwinden?»

Hinrich überlegte. «Denk schon ...» Er schloss kurz die Augen, immer ein guter Weg, Erinnerungen heraufzubeschwören, wie Bette fand. Dann nickte er. «Also, die Beerdigung ihrer Mutter. Annemarie. Da standen die beiden noch nebeneinander.»

An was für Details Menschen sich doch manchmal erinnerten. Oder sich zu erinnern meinten. Wirklich weiter brachte sie das aber auch nicht. Annemarie war 1986 gestorben, zwei Jahre nach Ediths Verschwinden, was aber nicht hieß, dass die Brüder sich da noch verstanden hatten. Bei der Beisetzung der eigenen Mutter standen Brüder vielleicht auch nebeneinander, wenn sie eigentlich nicht mehr miteinander sprachen.

21. MARTHA

Die Wolken hingen tief. Das Licht war diesig. Martha atmete schwer, die kalte Luft brannte in ihrer Lunge. Irritiert ließ sie ihren Blick über den Hof ihres Onkels wandern. Alles, der ganze Schrott, war verschwunden, und eine dicke Eisfläche überzog den Boden, als habe Walter den Hof mit Wasser ausgespritzt. Spiegelglatt. Aber sollte er doch tun und lassen, was er wollte. Sie hatte wirklich andere Probleme.

«Walter», rief sie. «Walter!»

Erschöpft schlug sie mit den Fäusten gegen die Hoftür, die mit einem Knarzen nachgab. Sie war nur angelehnt gewesen. Martha trat ein, ging den dunklen Flur hinunter. Jetzt erst merkte sie, wie durchgefroren sie war. Von der Kälte hatten sich ihre Beinmuskeln so verkrampft, dass sie kaum noch laufen konnte. Sie hatte den ganzen Weg von der Elbe bis zu Walters Hof zu Fuß zurückgelegt, war abwechselnd gerannt und gegangen. Ohne Pause. Am Fluss entlang, stromabwärts, wieder am Oortkatensee vorbei, diesmal auf der Deichseite, bis zum Elversweg, einmal quer durch Ochsenwerder bis rüber zur Gose-Elbe. Eine Stunde oder mehr. Bestimmt mehr.

«Walter», rief sie wieder. «Walter!»

Immer noch keine Antwort. Und in der Küche war er auch nicht. Sie musste mit ihm reden. Und er musste mit ihr reden. Kannte er diese Kühlkammer? Was wusste er?

Ihr war zum Heulen, aber sie war so fertig, dass nicht mal mehr Tränen kamen. Sie ließ sich auf den Küchenstuhl sinken, legte den Kopf auf die Tischplatte, schloss die Augen. Sie fror, überlegte, Feuer zu machen, aber dann döste sie weg.

Menschen schrien durcheinander. Es knallte. Ihre Ohren dröhnten. Sie schaffte es nicht, sich zu rühren, war wie betäubt. Sie wollte schreien, aber da wurde plötzlich alles um sie herum schwarz, und eine Hand schob sich über ihr Gesicht. Mit einem Schrei fuhr sie hoch. Ihr Herz raste. Sie riss die Augen auf.

Ihr Onkel stand neben ihr. Seine Hand lag auf ihrer Stirn.

«Du hast Fieber», sagte er, zog die Hand weg und wandte sich ohne ein weiteres Wort von ihr ab.

Blödsinn. Sie hatte kein Fieber.

Walter holte zwei dicke Holzscheite von dem Stapel, den er an der hinteren Küchenwand aufgeschichtet hatte, als wäre das hier ein Schuppen. Dann schob er das Holz in den Kaminofen und heizte ihn ein.

Martha konnte nicht sagen, ob die Ohnmacht und diese Leere, die sie verspürte, von ihrem Albtraum herrührten oder auf das Verhalten ihres Onkels zurückzuführen waren. Seit dem Brand auf dem Schwarzackerhof hatten sie zwar telefoniert, sich aber noch nicht gesehen. Mit einer Umarmung, wie man es vielleicht erwartete nach dem Tod ihres Vaters und seines Bruders, hatte Martha nicht gerechnet, das wäre nicht Walters Art, aber die Nüchternheit, mit der er ihr begegnete, versetzte ihr doch einen Stich.

«Dein Mann hat angerufen», sagte er und schloss die Ofenklappe. Er nannte Henrik nie beim Namen, immer nur *dein Mann*. Einfach um wieder und wieder klarzustellen, dass er ihn nicht leiden konnte. So interpretierte Martha es zumindest. Aber sie hatte es aufgegeben, sich darüber zu ärgern, es brachte eh nichts. Henriks Makel aus Walters Sicht: Weder kam er aus den Vier- und Marschlanden, noch hatten seine Vorfahren Land besessen, und trotzdem machte er jetzt auf Bauer, noch dazu Biobauer. Ökologische Landwirtschaft war das Letzte, für das Walter Verständnis hatte. *Humbug* nannte er es. Ihr Vater hatte das ähnlich gesehen, aber der hatte sich mit seiner Meinung immer etwas zurückgehalten, zumindest Henrik gegenüber.

«Er hat gesagt, er macht sich Sorgen. Sucht dich. Du sollst ihn anrufen», sagte Walter und setzte Wasser auf.

Martha überlegte, schüttelte den Kopf. Nein, dann würde Henrik nur sofort besorgt hier auftauchen, und in seiner Gegenwart wäre mit Walter gar nicht mehr zu reden. Und das war es, was sie jetzt wollte. Mit ihrem Onkel reden.

Langsam spürte sie die Wärme des Feuers, und ihr Körper entspannte sich etwas. Walter hatte ihr den Rücken zugekehrt und kramte in einer Schublade herum. Der Kessel pfiff, Walter nahm ihn vom Gas, schenkte eine Tasse voll, stellte sie Martha hin.

«Hab keinen Tee mehr gefunden», sagte er und setzte sich ihr gegenüber.

Wasser war auch gut, solange es nur heiß war. Martha legte beide Hände um die Tasse, zog sie heran. Der Dampf legte sich auf ihr Gesicht. Sie fragte sich, wie sie vorgehen sollte. Walter direkt auf ihre erschossene Mutter ansprechen? Oder ihm erst mal von Georg erzählen? Sie entschied sich für Letzteres. Die Ermordung ihres Vaters ging ihr immer noch näher als die ihrer Mutter. Am Tod ihrer Mutter schockierte sie nicht so sehr die Tatsache, dass sie ermordet worden war – sie konnte sich ja kaum an sie erinnern –, sondern dass sie ihr Leben lang mit einer Lüge gelebt hatte.

«Papa ist nicht wegen des Feuers umgekommen, er wurde erstickt», sagte Martha und wunderte sich, wie unemotional ihr diese Worte trotz allem über die Lippen kamen.

Walter zog die Brauen hoch, sah sie an und wiederholte nur seine Feststellung von eben: «Du hast Fieber.»

Als ob sie fantasieren würde. Schön wär's.

«Nein! Jemand hat Papa ein Kissen aufs Gesicht gedrückt, bis ...» Sie stockte, versuchte die Bilder zu vertreiben, die sich da vor ihrem inneren Auge abspulten. Ihr Vater im Bett, sich windend in dem Versuch, das Kissen wegzuschieben, seinen Mörder von sich zu stoßen. Aber er ist gehandicapt. Der gebrochene Fuß, sein Alter, Wein und Aquavit vom Vorabend im Blut. Ein letzter Versuch, Luft zu bekommen, die Beine zappeln, dann ein Zucken ... Nein, nein, nein, sie durfte sich das nicht vorstellen.

Sie schluckte schwer, Walter streckte seine Hand über den Tisch, klopfte ihr unbeholfen auf die Schulter. «Wird schon wieder.» Mehr sagte er nicht.

«Verdammt, Walter.» Jetzt brachen ihre Gefühle doch aus ihr heraus. Mit der flachen Hand schlug sie hart auf den Tisch. «Sag mal, hast du nicht gehört, was ich gesagt habe?» Sie war laut geworden. «Papa wurde ermordet! Ist dir das egal, oder was?»

Walter seufzte nur. Er sah sie nicht an.

«Wart ihr so zerstritten, dass dich nicht mal interessiert, dass jemand ihn umgebracht hat? Wie kann das sein? Wie lange habt ihr nicht geredet? Sag schon, wie lange?»

«Was weiß ich denn. Is ewig her», sagte Walter in abweisendem Ton.

«Scheiße auch, wie kann man nur so verbohrt sein!» Warum nur hing sie eigentlich so an Walter, ihrem ewig schlecht gelaunten Onkel? Warum tat sie immer alles für ihn, wenn er ihr nicht mal eine einfache Frage beantworten konnte? Nur weil er Familie war? Und was hatte sie davon? Verflucht auch. «Verrat mir zumindest, warum ihr so zerstritten wart. Dann kann ich es vielleicht verstehen.»

Wie oft hatte sie das schon gefragt, ihren Vater ebenso wie ihren Onkel, und von beiden immer nur Ausflüchte als Antwort bekommen. Von wegen: Wie das bei Brüdern eben so ist, ist einfach passiert, auseinandergelebt. Nie etwas Konkretes.

«Was soll die Fragerei?»

«Was die Fragerei soll?» Sie schrie jetzt. «Papa wurde ermordet. Und du regst dich über meine Fragerei auf?» Hier machte sie eine Pause, bevor sie – um ihn irgendwie aus der Reserve zu locken – gewollt gehässig sagte: «Ach, und es wurde übrigens noch eine zweite Leiche gefunden.»

Walter sah sie stumm an. Erschrocken? Ungläubig? Gleichgültig? Martha wusste es nicht, an seinem faltigen, wettergegerbten Gesicht konnte sie nicht ablesen, was er dachte.

«Die Polizei hat Knochen gefunden.» Sie hatte das Gefühl, die Worte regelrecht auszuspeien. «In einer unterirdischen Kühlkammer. Sie denken, es ist meine Mutter. Sie wurde erschossen! Erschossen!»

«Aha», machte Walter, als höre er gerade im Radio von

einem Verbrechen, das ihn nicht im Mindesten tangierte. Sein Gesicht zeigte weiterhin keine Reaktion.

«Wusstest du davon?» Martha konnte gar nicht sagen, woher der Gedanke plötzlich kam. Und jetzt meinte sie ganz kurz ein Flackern in Walters Augen zu sehen, dachte, gleich würde er etwas sagen. Doch er sagte nichts. Rein gar nichts. Sie dagegen schon, allein um irgendwie diese beschissene Stille zu füllen: «Abgeknallt! Meine Mutter, einfach abgeknallt. Und dann begraben auf dem Schwarzackerhof. In einer Kühlkammer. Ich wusste nicht mal, dass es eine Kühlkammer gab. Wusstest du das?»

«Ich war seit Jahrzehnten nicht da», sagte er, alles von sich weisend.

«Jetzt tu nicht so!» Plötzlich musste sie an den Verdacht denken, den Bette geäußert hatte. Dass Walter vielleicht etwas mit alldem zu tun hatte. Ob nun mit dem Tod ihrer Mutter oder dem von ihrem Vater. Was auch immer. «Wusstest du, dass meine Mutter da verrottet. Sag schon, wusstest du es? Wusste Papa es?»

Walter schnalzte nur abfällig mit der Zunge.

«Wieso hat Papa immer gesagt, dass sie weggegangen ist?», fragte Martha einfach wahllos weiter. Kopf für einen roten Faden, dem sie folgen konnte, hatte sie nicht mehr.

Walter hob die Hände, die offenen Handflächen nach vorne, wie um zu zeigen, dass er nichts für sie hatte. «Das hättest du Georg fragen müssen.»

«Ja, danke, du bist echt eine Hilfe. Die werden Papa verdächtigen. Die werden sagen, er hat sie erschossen. Ob er's war oder nicht. Der Ehemann als Mörder, ist doch naheliegend. Wer sollte es sonst sein.»

«Was soll's», sagte Walter achselzuckend, als sei das alles unwichtig. «Georg ist tot. Die können ihm nichts mehr.»

«Sag mal, spinnst du?»

«Lass die Vergangenheit ruhen. Das interessiert doch keinen mehr.»

Martha stützte die Hände auf den Tisch, beugte sich weit zu ihrem Onkel vor, starrte ihn an. «Mich interessiert es. Mich!» Sie fragte sich, was er dachte, was er fühlte. Fühlte er überhaupt was?

«Ich kann dir da nicht helfen», sagte er, stand auf, verließ kurz die Küche und kam mit einer Jacke zurück, die er ihr hinhielt. «Hier, zieh über. Ich fahr dich nach Hause.»

22. MARCU

Arme schlugen um sich, der Mund schnappte nach Luft, Hände hielten sich an der Eiskante fest, rutschten ab, verschwanden. Wieder und wieder drehten sich die Bilder vor Marcus innerem Auge. *Fuck, fuck, fuck!* In was war er da nur reingerutscht. Wie im Film. Er, der Mordzeuge, und der Mörder hinter ihm her. Oder hatte er sich das alles nur eingebildet? Hatte er das gar nicht gesehen, nicht so.

Marcu stand unter den ausladenden Ästen eines knorrigen alten Baumes und sah über die Dove-Elbe. Es wurde wärmer. Wenn, musste er noch heute auf das Eis. Morgen würde es ihn vielleicht schon nicht mehr tragen. Nicht, wenn die Temperaturen weiter stiegen.

Er ließ seinen Blick über das Ufer gleiten. Er musste sichergehen, dass er alleine war. Sichergehen, dass dieser Mensch, den er da am Eisloch beobachtet hatte, nicht in der Nähe war. Ihn jetzt nicht beobachtete.

Als er sich endlich rauswagte aus seinem Versteck unter dem Baum, raus auf die offene Eisfläche, achtete er bei jedem Schritt darauf, dass er auch wirklich tragendes Eis unter seine Füße bekam. Nicht dass er jetzt auch noch einbrach. Trotzdem ging er schnell, von Angst und Unruhe getrieben. Nach ein paar Minuten ließ er die erste Insel hinter sich und blieb schließlich stehen. Er sah sich um, vom Ufer am Deich aus konnte man ihn jetzt nicht mehr sehen. Die Insel versperrte den Blick. Irgendwo hier musste es gewesen sein. Irgendwo hier war das Loch im Eis. Sicher war das Wasser wieder angefroren und überschneit, würde ihn jedoch auf keinen Fall halten. Aber nirgends entdeckte er eine Stelle, die nasser oder dunkler war und erkennen ließ, dass sich dort eine Bruchstelle verbarg.

Er ging auf alle viere, tastete sich langsam vorwärts.

Mit beiden Händen schob er den Schnee beiseite, bis das Eis zum Vorschein kam. Transparent und glatt, mit eingeschlossenen Rissen und Luftblasen. Und darunter, unter dem Eis, war die Dunkelheit. Hatte er überhaupt eine Chance, die Leiche zu finden? Klar doch. Wasserleichen trieben oben. Oder nicht?

Er kroch weiter, räumte mehr Schnee beiseite. Kein Wind wehte, und es war still, gespenstisch still.

Seine Finger taten weh, wurden langsam starr vor Kälte, sogar durch die Handschuhe hindurch. Und dann, als er schon aufgeben wollte, meinte er etwas zu ertasten. Eine Erhebung. Er drückte vorsichtig dagegen, spürte keinerlei Bewegung. Dünn schien das Eis hier nicht zu sein. Trotzdem, irgendetwas war da. Hastig schob er den Schnee weg.

Und dann sah er es. Kreisrund und so groß wie ein Kanaldeckel. Ein Strich, erhöht. Wie eine Narbe auf dem Eis. Als sei hier ein Eisangler mit professionellem Gerät an der Arbeit gewesen.

Da hatte jemand ein Loch ins Eis gesägt.

Fuck. Natürlich. Deshalb hatte er das Eis nicht brechen gehört. Das Loch war schon da gewesen. Es war präpariert gewesen. Vorbereitet.

Deshalb hatte der andere Mensch so nah am Loch gestanden.

Furchtlos. Er hatte gewusst, dass da keine brüchige Eiskante war, die ihn selbst gefährdete.

Das war ein geplanter Mord gewesen.

Und er war Zeuge. Er – Marcu – war wirklich Zeuge.

In der Mitte des Kreises entdeckte er zwei tiefe Kerben. Da musste die Platte mit Schürhaken oder so was herausgezogen worden sein.

In Marcus Kopf nahm der Täter unwillkürlich die Gestalt eines Mannes an. Er konnte sich nicht vorstellen, dass eine Frau stark genug war, die Eisplatte herauszuholen. Und sie dann auch noch wieder zurück in das Loch zu schieben. Denn genau das war passiert. Die Platte war zurückgeschoben worden und wieder angefroren. Daher diese Narbe auf dem Eis.

Marcu schob und kratzte den Schnee rund um das Loch weg, vergrößerte den Kreis, schaufelte mit den Händen, die er kaum noch spürte. Schneller und immer hektischer. In seinem Kopf schrie es: *Hau ab! Du kannst nichts mehr tun.* Aber er schaufelte weiter. Irgendwo hier musste doch die Leiche sein.

Und dann sah er sie. Eigentlich sah er nur das Gesicht. Das Gesicht eines Mannes. Eine Grimasse, verzerrt, unkenntlich, bläulich, wächsern, der Mund aufgerissen, die Augen auch. Sie starrten ihn an, leer ... tot.

Marcu blieb die Luft weg, er wollte schreien, biss sich aber auf die Zunge, bis er Blut schmeckte. Dann übergab er sich.

23. MEYRA

Meyra hatte sich Werner Wumme auf der Webseite seines Immobilienunternehmens angesehen. Ein Mann um die sechzig. Die grauen kinnlangen Haare zurückgegelt, das Gesicht mit breitem, kräftigem Kiefer, feist, und gerötet. Hoher Blutdruck, tippte sie, sicher zu viel gutes Essen und Wein. Und noch während sie das dachte, war ihr klar gewesen, dass diese Annahme ihren Vorurteilen gegen Typen wie Wumme entsprang. Das Wort Investor rief in ihr nicht gerade Sympathie hervor.

Sie hatten sich in seinem Büro verabredet, wo auch am Sonntag gearbeitet wurde.

Wummes Geschäftsräume befanden sich in den Tanzenden Türmen, Reeperbahn Nummer 1. Beste Lage, mit Blick bis in den Hafen. Bodentiefe Fenster, zumindest in dem Konferenzraum, in dem Meyra und Mark Thorben warteten. Es war bald sechs, und die Lichter der Stadt funkelten unter ihnen.

Zunehmend gereizt ging Thorben auf und ab und schaute alle paar Sekunden auf seine Uhr. Meyra hatte es sich dagegen in einem der Drehsessel bequem gemacht. Eigentlich hatte sie vorgehabt, wieder raus zu Bette zu fahren, sobald sie die DNA-Probe von Martha Klein ins Labor gebracht hatte. Der Besuch bei dem Ehepaar, das von Georg Lange Land für ihren Pferdehof gepachtet hatte, stand noch aus. Sie mussten die beiden ebenso wie bereits den anderen Pächter, Hinrich Loog, auf ein mögliches Tatmotiv befragen. Aber den Besuch hatten sie nun auf morgen verschoben. Thorben hatte gewollt, dass sie mit zu Wumme kam. Und da saßen sie nun und warteten bereits seit geschlagenen 30 Minuten.

Aber es brachte nichts, sich zu ärgern, dass Wumme sie warten ließ, sie konnte es sowieso nicht ändern. Wumme, da war Meyra sich sicher, würde sich nicht drängen lassen, egal wie oft Thorben sich vorne am Empfang beschwerte.

Sie hatte das schon oft erlebt, es schien ihr so ein Ding zwischen Männern zu sein. Ein Machtspiel. Da konnte Thorben einen schnieken Anzug tragen und glänzend polierte Schuhe, für den Immobilieninvestor war er nichts als ein schlecht bezahlter Beamter, ein Lakai des Staates. Und das ließ er ihn spüren, indem er ihn warten ließ.

Meyra nutzte die Zeit für einen Anruf bei der polizeiinternen IT-Abteilung und fragte, ob sie Nils' Smartphone geortet hatten. Der Kollege am anderen Ende der Leitung druckste herum, bis er damit rauskam, dass sie es vergessen hatten. Sie seien gerade einfach zu schlecht besetzt. Fluchend legte Meyra auf. So wurde das nie was.

Dann nahm sie sich Marie Büsings Smartphone vor, das sie schon seit dem Morgen in ihrer Tasche mit sich rumtrug, ohne dazu gekommen zu sein, es sich genauer anzusehen. Natürlich war es nicht ganz nach den Regeln, dass sie das Telefon – ein Beweismittel – mit sich rumschleppte. Aber jetzt war sie froh, es nicht an die ITler abgegeben zu haben. Die hatten gerade bewiesen, wie unzuverlässig sie waren.

Auf Marie Büsings Smartphone waren keine Apps sozialer Netzwerke installiert. Sie schien damit nur zu telefonieren und SMS zu schreiben. Nicht einmal Fotos waren in der

Galerie. Ein Mailaccount war zwar installiert, aber in den Ordnern waren nur Werbe- und Spammails.

Meyra öffnete die Anrufliste. Sie war nicht lang. Neben ihrem Sohn waren das sechs Nummern, die sich lediglich durch die letzten drei Durchwahlziffern unterschieden. Namentlich benannt hatte Marie Büsing sie nicht, nicht einmal eingespeichert. Gut möglich, dass sie von ihrer Arbeitsstelle waren, dachte Meyra und gab in ihr eigenes Smartphone den Namen des Großmarktes ein, bei dem, wie sie aus den Akten wusste, Marie Büsing als Bürokraft arbeitete. Sie verglich die Hauptnummer. Sie stimmte überein.

Als Nächstes ging sie die Nachrichten durch. Drei SMS erinnerten an Zahnarzttermine, außerdem gab es monatliche Hinweise des Telefonanbieters auf die Online-Abrechnung. Alle anderen Nachrichten waren von oder an Nils. Wenn Marie Büsing Freunde hatte, kommunizierte sie auf jeden Fall nicht per Smartphone mit ihnen, und im SMS-Austausch zwischen Mutter und Sohn ging es ausschließlich darum, wann Nils nach Hause käme, was es wann zum Essen gäbe, dass er daran denken solle, sich warm genug anzuziehen ... Nils' Antworten bestanden aus knappen Antworten wie: *Ja. Bin dann und dann zu Hause. Komme später. Alles gut bei mir.*

Das Einzige, was sich aus diesen Nachrichten erschließen ließ, war, dass Marie Büsing ihren erwachsenen Sohn wie ein Kind behandelte und er sich auch so verhielt. Genauso wie Meyra es sich bei ihrem Gespräch mit ihnen schon gedacht hatte.

24. BETTE

An diesem Abend zog der Duft von Kreuzkümmel und Koriander durchs Haus. Tyler kochte mal wieder sein rotes Thai-Curry, das er mittlerweile regelrecht zur Perfektion gebracht hatte. Dazu machte er myanmarischen Avocadosalat mit Tomaten und Erdnüssen. Seit er bei Bette eingezogen war, hatte er sich zu einem ziemlich guten Koch gemausert, was Bette sehr zugutekam. Sie selbst kochte nicht gerne, und wenn, dann schnelle Eintöpfe und Ofengerichte. Für mehr reichte ihre Geduld nicht.

Normalerweise hörte Tyler beim Kochen immer lauten Rap. Heute war es still, worüber Bette froh war. Sie störte sich sonst nicht an der Musik, aber gerade brauchte sie Ruhe. Sie hatte das Gefühl, ihre Gedanken waren ein einziges verknotetes Knäuel, bei dem sie weder Anfang noch Ende zu fassen bekam.

Zwei Tote, zwei Morde auf dem Schwarzackerhof, zwei Brände bei zerstrittenen Brüdern. Hing das alles zusammen, oder war es nur Zufall?

Vielleicht war es ihrer langen Polizeiarbeit geschuldet, vielleicht gehörte dieses Misstrauen aber auch einfach zu ihrem Charakter – aber vermeintliche Zufälle waren Bette immer erst einmal suspekt.

«Dauert noch ’n bisschen», sagte Tyler, als sie in die Küche kam, und schwenkte kleine rote Chilis in Öl. Sie waren so scharf, dass Bette die Augen tränten.

«Ich hab Zeit.» Geschlafen hatte sie eben, und mit Meyra

an dem Fall weiterarbeiten würde sie erst morgen. Sie schenkte sich ein Glas Rotbusch-Tee ein, den Tyler aufgebrüht hatte, und setzte sich auf ihren Stammplatz auf der Bank am Fenster. Ob sie ihm helfen könne, fragte sie erst gar nicht. Es nervte Tyler immer nur, wenn sie neben ihm herumhantierte.

Sie stützte die Ellbogen auf, schloss die Augen und drückte ihre Finger auf die Lider in der Hoffnung, dass die Schärfe der Chilis nachließ. Etwas zumindest half es.

Und jetzt? Wie sollte es weitergehen?

Morgen würden sie mit Ulla und Bernd über die Pacht ihres Pferdehofes sprechen, ob sie bereits wussten, dass das Land verkauft werden sollte. Ob sie ein Mordmotiv hatten. Und dann mussten sie mehr über Edith herausfinden und auch über den Schwarzackerhof und diese Kühlkammer, überlegte Bette, als Anton, der unter dem Tisch lag, plötzlich unvermittelt aufsprang und bellend zur Haustür rannte. Kurz darauf klingelte es.

«Ich mach schon.» Bette ging in den Flur und öffnete.

«Mats», sagte sie erfreut. Mats war ihr Nachbar und guter Freund. Ihr engster. Sie kannten sich seit ihrer Kindheit. Waren schon nebeneinander aufgewachsen. Die Grundstücke waren nur durch einen mit Rosen bewachsenen Erdwall voneinander getrennt. Seine Seite furchtbar akkurat gemäht, ihre schön verwildert. Mats war ein großer schlanker Mann, der mit seinem tiefen dunklen Bass nicht aus dem Kirchenchor wegzudenken war, genauso wenig wie aus ihrem Leben.

«Komm rein, kannst gleich mitessen.» Bette fühlte sich wohl in seiner Nähe, genau genommen war da sogar mehr, aber Bette hatte beschlossen, diese Gefühle zu ignorieren. Sie war eine Einzelgängerin, Beziehungen hatten bei ihr nie lange gehalten – und sie wollte nicht riskieren, ihre Freundschaft mit Mats kaputtzumachen.

Als sie kurz darauf zu dritt am gedeckten Tisch saßen, schaute Mats etwas skeptisch. Er war eher der Kartoffel-mit-Soße-und-Braten-Typ.

«*Wat de Buur nich kennt, dat frett he nich*», sagte Bette und sah Mats herausfordernd an.

«Also wirklich», sagte Mats gespielt empört. «Ich bin Tischler, kein Bauer.»

«Möbel-Bauer», sagte Tyler mit einem Grinsen.

Mats schüttelte lachend den Kopf, probierte dann doch und nickte anerkennend. Tyler lächelte zufrieden. Der Avocadosalat war durch die Limone in der Soße etwas säuerlich und mit viel Knoblauch angemacht. Das Curry war scharf und würzig, hatte aber gleichzeitig eine leicht süßliche Note.

«Wie geht es Fynn?», fragte Tyler. Fynn war Mats elfjähriger Enkel.

«Gut, denk ich. Seh ihn grad nur so selten», sagte Mats. Fynn war bis vor ein paar Monaten fast täglich bei seinem Opa gewesen, nun aber mit seiner Mutter, Mats Tochter, nach Schleswig-Holstein gezogen, fast zwei Stunden von Ochsenwerder weg. «In den Märzferien kommt er her. Da freu ich mich schon.»

«Das versteh ich», sagte Bette. Sie mochte den Jungen auch sehr.

«Übrigens, Gudrun Meyer hat mich vorhin angerufen», wechselte Mats das Thema. «Sie hat doch den Schrebergarten, seit sie in diese altersgerechte Etagenwohnung umgezogen ist. Ohne Garten kann sie nicht.»

«Drüben in einer der Anlagen am Marschbahndamm, oder?» Gudrun war eine Freundin sowohl von Bettes wie auch Mats Eltern gewesen. Sie musste mittlerweile weit über 80 sein, vielleicht schon 90. Aber sie war fit.

«Genau», bestätigte Mats. «Und da haben sie ihr jetzt die Pforte eingetreten, die Kupferregenrinnen aus ihren Fassungen gerissen und Kupferrohre aus dem Boden. Sogar den Wasseranschluss haben sie abgesägt. Alles weg.»

«Oh Schiet» war das Einzige, was Bette dazu einfiel. Wirklich überraschen tat es sie dagegen nicht. Im Winter waren die Schrebergartenanlagen verlassen, was sie zum leichten Beutegebiet für Diebe machte.

«Und die waren nicht nur bei Gudrun. Auch in anderen Pachtgärten», sprach Mats weiter. «Die Täter sind gezielt vorgegangen. Sie waren wohl vor allem auf Kupfer aus. Das lohnt sich momentan richtig, bei den hohen Metallpreisen.»

«Hat Gudrun den Diebstahl angezeigt?», fragte Bette.

«Der Vereinsvorstand hat das zur Anzeige gebracht, aber ich dachte, vielleicht könntest du mal nachhaken.»

Was genau erhoffte Mats sich da von ihr? Bette sah ihn fragend an.

«Ich dachte, man könnte die Schrotthändler oben im Industriegebiet informieren», erklärte er, «dass sie sich melden, wenn ihnen eine große Ladung Rohre oder Wasserhähne angeboten wird.»

Ja, dachte Bette. «Das ist eine gute Idee. Gleich morgen früh ruf ich Nesrin an.» Ihre ehemalige Kollegin, mit der sie befreundet war und die Mats und Tyler daher auch beide kannten, erledigte so was mit links.

«Sag mal», mischte Tyler sich ein. «Kannst du Nesrin nicht auch bitten, nach diesem Jungen fahnden zu lassen, der mein Portemonnaie geklaut hat? 14 oder 15 Jahre alt ...»

«Du willst einen jugendlichen Taschendieb zur Fahndung ausschreiben lassen?» Mats lachte auf, wovon Tyler sich aber nicht aus der Ruhe bringen ließ.

«Etwa 1,70 groß, mager, helle Haut, braune etwas strubbelige Haare, blaue Jeans, schwarze Daunenjacke», ratterte er herunter. «Ich könnte ein Phantombild zeichnen.»

Bette schnaubte nur leise. «So weit kommt's noch.»

25. MARCU

Marcu machte kein Licht in der Laube. Zu verräterisch. Im Dunkeln saß er auf seiner Bettcouch, die dicke Decke über sich, starrte ins Schwarz und lauschte. Zitternd, obwohl die Elektroheizung auf Hochtouren lief. Unter das Kopfkissen hatte er sich einen Hammer geschoben, nur für den Notfall. Sein Kopf schmerzte. Seine Zunge klebte trocken an seinem Gaumen, und er roch seinen eigenen Angstschweiß.

Wenn die Temperaturen auch nur ein bisschen stiegen, würde das Eis auf der Dove-Elbe tauen oder zumindest so weit antauen, dass niemand mehr erkennen würde, dass das Eisloch da draußen aufgesägt worden war. Niemand würde je wissen, dass der Tote ermordet worden war. Niemand außer ihm.

Und das war nicht gut, gar nicht gut.

Die ganze Zeit schon fragte er sich, ob der Mörder sein Gesicht gesehen hatte. Oder ob die Nacht und das Schneetreiben ihn geschützt hatten. Er selbst konnte ja auch nicht sagen, wie der Mörder ausgesehen hatte. Er wusste nicht einmal, ob es ein Mann gewesen war, obwohl er fest davon ausging. Aber eigentlich war das sowieso alles egal. Der Mörder wusste, dass er da gewesen war, dass er alles beobachtet hatte. Er würde nach ihm suchen. Auf jeden Fall.

Was sollte er nur tun?

Abhauen, aus der Gegend verschwinden. Das war einfacher gesagt als getan. Er hatte sich hier gerade gut eingerichtet, um den Winter zu überstehen. Er kannte die Stellen, wo er angeln, Vögel schießen, Kartoffeln klauen konnte. Er hatte ein Bett, eine Heizung, Ofen und Herdplatte.

Das Schlaueste wäre es wohl, irgendjemanden auf den Toten unter dem Eis aufmerksam zu machen. Dann wäre er nicht mehr der Einzige, der von dem Mord wusste, was dann doch bedeuten müsste, dass es nichts bringen würde, wenn der Mörder ihn umbrachte. Nur wem sollte er es sagen? Wem konnte er sich anvertrauen?

Der Polizei auf jeden Fall nicht. Dann würde er wieder nur beim Jugendamt landen, die ihn irgendwo unterbrachten. Ohne zu checken, was das diesmal für Arschlöcher waren. Der einzige Mensch, den er hier draußen kannte – auch wenn *Kennen* vielleicht nicht das richtige Wort war –, war dieser Tyler. Er war okay zu ihm gewesen. Richtig nett sogar. Ihm traute er zu, ihn nicht gleich als minderjährigen Ausreißer an die Bullen zu verraten. Allerdings hatte er ausgerechnet Tyler seine Geldbörse geklaut. Wie konnte er ihn da noch um Hilfe bitten?

26. MARTHA

Wieder fuhr Martha schweißgebadet und mit wild pochendem Herzen aus ihrem Albtraum auf, aus diesem immer selben Albtraum. Schwer atmend saß sie da. Die Schreie und der Knall hallten in ihrem Kopf wider. Sie presste sich die Hände gegen die Schläfen, drehte den Kopf heftig hin und her, als könne sie so die Geräusche daraus vertreiben.

Erschöpft ließ sie sich zurück in die Kissen fallen, wühlte sich wieder unter ihre Decke, die jetzt nasskalt war von ihrem Schweiß. Egal. Sie rutschte näher zu Henrik, schmiegte sich an ihn. Sie wollte, dass er sie festhielt. Dass er diese Leere und die Ohnmacht, die sich da schon wieder in ihr ausbreiteten, vertrieb. Dass er sie küsste. Sie tröstete. Ihr sagte, alles würde gut werden. Aber Henrik schnarchte nur leise vor sich hin. Er schlief tief und fest, als würden ihn ihre Probleme gar nicht betreffen. Wut kroch in Martha hoch. Sie biss die Zähne zusammen, schüttelte wie zu sich selbst den Kopf. Es war nicht fair. Das wusste sie. Aber sie kam auch nicht dagegen an. Die Wut war da. Nicht konkret auf Henrik, sondern auf alle. Auf einfach alle.

Sie schloss noch mal die Augen, bemüht, zumindest Henriks Nähe zu genießen, auch wenn er schlief. Aber keine Chance, sie kam nicht zur Ruhe. Gedanken und Gefühle schwirrten wild durcheinander, schnell und hastig und nicht greifbar.

Schließlich stand sie auf. Es war noch dunkel, gerade mal fünf Uhr morgens. Sie musste sich ablenken, das war das

Einzige, was half. Sie wischte den Tisch ab, obwohl da keine Krümel waren, sie polierte Gläser, obwohl da nichts wegzupolieren war. Es war zum Verzweifeln.

Um sieben ging sie mit zwei Tassen Kaffee nach oben und weckte Henrik. Er wollte heute Vormittag in die Stadt und bei der Versicherung vorbei, um zu besprechen, was alles zu erledigen war. Danach musste er zu seiner Mutter nach Pinneberg, nach dem Rechten sehen und einkaufen. Sie hatte es am Rücken und durfte nicht mehr schwer tragen. Martha hatte, während sie in der Küche aufräumte, darüber nachgedacht mitzufahren. Es wäre eine Gelegenheit, endlich mit Elsa und Luisa zu reden, zumindest über das, was mit ihrem verstorbenen Großvater passiert war. Kinder brauchten Wahrheiten, davon war sie überzeugt. Aber wie sollte sie ihnen etwas erklären, das bei ihr selbst noch gar nicht richtig angekommen war? Sie fühlte sich nicht bereit dafür.

Zudem könnten sie Elsa und Luisa, wenn sie erst mal mit ihnen gesprochen hatten, nicht länger bei ihrer Großmutter lassen. Sie müssten sie nach Hause holen, sich Zeit nehmen, für sie da sein. Und dafür fehlte Martha noch die Kraft.

Sie stellte die Tasse auf den Nachttisch. Jetzt war Henrik wach. Er lächelte sie an, und sie legte sich noch mal zu ihm. Sein Atem strich warm über ihren Hals.

«Wie lange bist du schon auf?», fragte er leise in ihr Ohr.

«'ne ganze Weile.»

«Du musst mal schlafen.»

«Kann ich nicht.»

«Ich versteh ja, dass du wissen willst, was passiert ist», sagte er. Martha hatte ihm von ihrem Besuch bei Walter erzählt und dass er sich weigerte, mit ihr zu reden. «Aber lass die Polizei ihre Arbeit machen. Sie werden schon alles rausfinden.»

Sofort kroch wieder diese Wut in ihr hoch, aber sie versuchte, sich nichts anmerken zu lassen, sie zu unterdrücken. Henrik meinte es nur gut.

«Soll ich dir nachher nicht doch noch mal ein paar Vivinox oder Tavor holen?», fragte er.

«Für Tavor brauchst du ein Rezept.»

«Kann ich ja besorgen.»

«Hm ... Weiß nicht.» Sollte sie es doch noch mal mit Schlaftabletten versuchen? Die vom Arzt hatte sie ja schon entsorgt.

«Mal eine zu nehmen bringt dich nicht um», versuchte Henrik sie zu überreden.

Sie drückte ihre Nase auf seinen Arm, sog Henriks Geruch ein und merkte, wie alles in ihr weicher wurde, sich entspannte. Sie schüttelte den Kopf, ihr Gesicht immer noch an seinem Arm. «Ich hab immer diesen Albtraum. Immer denselben. Nachher wache ich gar nicht daraus auf, wenn ich Tabletten nehme.»

«Willst du mir von dem Traum erzählen?», fragte Henrik vorsichtig, strich ihr eine Haarsträhne aus der Stirn und wartete geduldig, wie es seine Art war, was sie entscheiden würde. Sie war sich erst nicht sicher, ob sie darüber reden wollte. Doch, dachte sie, eigentlich wollte sie das. Sie brauchte aber einen Moment, um ihren Traum zu formulieren. Obwohl sie ihn vor sich sah, war doch alles irgendwie verschwommen. «Immer ist es dunkel», setzte sie an. «Zumindest düster. Ich höre Geschrei, manchmal ein Wimmern. Und einen Knall. Er tut in meinen Ohren weh. Es tut so weh, dass ich schreie. Und dann wache ich auf und fühle mich ohnmächtig und leer.»

Als sie geendet hatte, sagte Henrik nichts, sondern küsste sie stattdessen seitlich auf den Hals, hielt seine Lippen auf ihrer Haut, drückte sie noch fester an sich.

«Früher hatte ich den Traum auch schon», sagte sie. «Aber dann nicht mehr. Ich hatte ihn schon völlig vergessen. Bis jetzt. Er macht mir Angst, Henrik. Er macht mir furchtbare Angst.»

Und plötzlich fragte sie sich, ob ihr Traum einer Wahrheit entsprang. Ob der Knall vielleicht ein Schuss war.

27. BETTE

«Was gibt es?», fragte Bette, als Mark Thorben sie am Morgen um kurz vor neun aus dem Bett klingelte. Sie war zwar schon eine Weile wach gewesen, hatte aber keine Lust gehabt aufzustehen. Sie hatte nicht gut geschlafen und fühlte sich ganz maddelig.

«Können Sie heute erst mal alleine weitermachen?», fragte er. «Es muss dringend jemand mit diesen Pächtern des Pferdehofs sprechen.» Es klang eher wie ein Befehl als eine Bitte, und Bette merkte, wie sie innerlich sofort auf Konfrontation ging, riss sich aber zusammen und wartete, was er als Erklärung vorbringen würde.

«Der Krankenstand ist eine Katastrophe, und dann müssen wir gerade auch noch die Einsatzkräfte in den immer selben Gruppen separieren, dass sich nichts überschneidet. Nicht dass wir nachher noch alle auf einmal krank sind. Das wäre ...» Er unterbrach sich, sagte dann einfach nur: «Ich brauche Meyra hier.»

Bette überlegte. Natürlich könnte sie alleine weitermachen, das war nicht das Problem. Nur lief es allen Vorschriften zuwider. Wenn sie alleine Zeugen vernahm, ohne offiziell involviert zu sein, wäre das später vor Gericht kaum verwendbar.

«Ich würde Sie als Notfallvertretung einsetzen, ganz offiziell», sagte Thorben, dem das natürlich auch klar war. «Ehemalige Kommissarin zurück im Dienst. Wird sogar vergütet.»

«Und das geht mal eben so durch?» Das hielt Bette beim bürokratischen Apparat Polizei nun doch für unwahrscheinlich.

Thorben lachte bitter auf. «Momentan geht alles durch. Sonst könnten wir hier gar nicht mehr arbeiten.»

Bette überlegte. Wollte sie das auch? Wollte sie wieder – und sei es nur für den einen Fall – in den Polizeiapparat eingebunden werden? Nein, das wollte sie nicht. Es war ihr schwer genug gefallen, ihren Job an den Nagel zu hängen, aber da war sie jetzt raus. Und das sollte auch so bleiben. Und noch etwas: Sie wollte sich auch nicht immer an die Regeln halten müssen. Sie wollte die Wahrheit ans Licht bringen, aber auf ihre Art. Nicht auf Thorbens. Und deshalb sagte sie jetzt: «Ich höre mich für Sie um, ich spreche nachher mit den Pächtern auf dem Pferdehof, aber inoffiziell. Unterschreiben tue ich nichts.»

Thorben stöhnte hörbar auf. «Das würde es wirklich einfacher machen.»

«Nein», sagte sie und ging nahtlos zum Inhaltlichen über. «Sind die DNA-Ergebnisse schon da?»

Es war, wie sie befürchtet hatte. Die Tote war Edith Lange. Marthas Mutter.

Eine Stunde später war Bette am Schwarzackerhof und lief den Deich hinunter, mit festen Schritten, damit sie nicht wegrutschte. Tyler, der um zehn bei einem Studienfreund am Zollenspieker Hauptdeich sein wollte, hatte sie auf dem Weg abgesetzt. Anton war bei Mats geblieben, der seine Werkstatt direkt am Haus hatte und den Hund immer bereitwillig nahm.

Zurück würde Bette sich ein Taxi rufen oder Bernd bitten, sie schnell rumzufahren. Bevor sie aber zu ihm und Ulla ging, um mit ihnen über den Pachtvertrag des Pferdehofes zu sprechen, wollte sie sich noch einmal im Hellen den Brandort ansehen. Gute eineinhalb Stunden Wachzeit hatte sie noch. Und wenn sie später bei Ulla und Bernd einschlafen sollte, wäre das auch kein Drama.

Jetzt, im Tageslicht, fand Bette den Anblick des abgebrannten Hofes noch furchtbarer als in der Dunkelheit. Mauerreste, verkohlte Holzbalken, ausgebrannte Baumstümpfe, Schutt und Asche inmitten der ansonsten so idyllischen weißen Landschaft. Es roch noch immer nach Feuer.

Sie stieg über das Absperrband, das geblieben war, auch wenn Spurensicherung und Brandschutzermittlung ihre Arbeit bereits erledigt hatten. Kurz hielt sie inne, bückte sich und legte eine Hand auf den Boden, der immer noch warm war. Zumindest wärmer als die Luft und warm genug, um nicht gefroren zu sein. Sie nahm eine Handvoll Erde, rieb sie zwischen ihren Fingern. Sie war satt und schwer und fast schwarz, genau wie Hinrich Loog gesagt hatte. Allerdings hatte sich die Erde mit Ruß und Asche vermischt, und Bette vermochte nicht zu sagen, was was war.

Als sie sich wieder aufrichtete, fuhr sie erschrocken zusammen. Martha stand vor ihr.

Sie hatte sie nicht kommen hören. Alle Kraft wich aus Bettes Händen, wieder diese verfluchte Kataplexie. Wie sie das nervte. Sie musste sich zusammenreißen, Martha nicht anzufahren oder ihr auch nur mit Vorwürfen zu kommen. Sie so zu erschrecken. Sie hatte nichts hinter der polizeilichen Absperrung zu suchen – gleichzeitig konnte sie es ihr kaum verübeln, dass sie hier war.

Martha sah auf Bettes Hände, die schlaff an den Gelenken hingen, sagte aber nichts dazu. Auch ein Grund, weshalb Bette zurück nach Ochsenwerder gezogen war. Hier wussten alle, was mit ihr los war. Niemand kam ihr mehr mit blöden Fragen oder Kommentaren oder überflüssiger Fürsorge, die sie so gar nicht abkonnte.

«Die Erde hat dem Hof seinen Namen gegeben», sagte Martha leise. «Wusstest du das?» Sie wirkte ausgelaugt, die Lippen rissig, die Wangen schmal. Gut ging es ihr nicht. Aber sie schien Bette stabiler als gestern.

«Hab ich gehört, ja», sagte Bette.

«Vielleicht hat es aber auch was mit den Scheiterhaufen zu tun. Hier sollen im Mittelalter Hexen verbrannt worden sein. Haben sich früher zumindest die Kinder erzählt. Ob das stimmt ...» Martha zog fragend die Schultern hoch.

Bette gefiel die Namenserklärung mit der dunklen Erde besser.

«Der DNA-Test», setzte sie an. «Unser Verdacht hat sich bestätigt.»

Stille, dann ein kurzes Atemholen, und Martha sagte: «Es ist also wirklich meine Mutter.»

Bette nickte. Ihr war aufgefallen, dass Martha Edith nie bei ihrem Namen nannte und auch nicht Mama, immer nur Mutter – sehr distanziert. Aber so war das vielleicht, wenn man als Kind verlassen wurde oder das zumindest jahrelang geglaubt hatte.

«Ich will diesen Kühlraum sehen», sagte Martha. «Wo ihr sie gefunden habt.»

Bette hielt das für keine gute Idee, aber es war Marthas Entscheidung. «Bist du sicher? Nicht dass du es hinterher bereust.»

«Das ist ihr Grab. Und ich will es sehen.» Ihrer festen Stimme nach zu urteilen, würde sie sich nicht davon abbringen lassen.

Bette musste sich kurz orientieren. Dort, wo noch der einzelne Balken stand, war die Haustür gewesen, rechts davon der große Wohnraum und links die Küche. Das Absperrband um den Kühlraum war verschwunden, aber der Schacht durch die angehäuften Erdhügel zu beiden Seiten nicht zu verfehlen.

Die Spurensicherer hatten alles minutiös freigelegt. Bette ging davon aus, dass sie sogar die Erde durchgesiebt hatten. Was hatte Arno gesagt? Vier Meter lang, ein Meter breit, 80 Zentimeter tief. Es schien ihr viel enger. Wie man da früher wohl die eingelagerten Sachen wieder rausbekommen hatte? Vielleicht mit so was wie einem Brotschieber, oder man hatte ein Kind reingeschickt.

Martha stand schweigend da und starrte in das Loch hinunter. Es war ein quälendes Schweigen, und Bette wollte gar nicht wissen, welche Gedanken Martha durch den Kopf gingen. Sie atmete schwer.

«Hier draußen», Martha zeigte auf die Stelle, wo sich der äußere Zugang befunden haben musste, «war die Terrasse.»

Bette nickte. Das wusste sie schon.

«Papa hat sie selbst gebaut», fügte Martha an. Im selben Moment riss sie den Kopf hoch und sah Bette erschrocken an. «Nein. Das wollte ich so nicht sagen», stammelte sie. «Du denkst jetzt, Papa war es. Alle werden das denken.

Das hab ich Onkel Walter auch schon gesagt. Und er ...» Sie stockte. «Er meint, es sei egal. Papa sei tot. Man könne ihm nichts mehr.» Empörung lag in ihrer Stimme. «Aber mir ist es nicht egal!»

Walters Argumentation war vollkommen inakzeptabel, das fand auch Bette. Dennoch sagte sie so sachlich wie möglich: «Einiges spricht gegen ihn.» Der Fundort lag auf seinem Hof, er hatte seine Frau nicht als vermisst gemeldet, er hatte allen anderen erzählt, Edith habe ihn verlassen. Obwohl hatte er das überhaupt? Bette notierte sich diese Frage in Gedanken. Martha danach zu fragen würde nichts bringen, sie war damals erst fünf gewesen.

«Aber Papa ...» Martha schlug sich die Hand vor den Mund, schüttelte heftig den Kopf, wie um sich selbst zu sagen, dass das alles nicht wahr war. Auch wenn sich vermutlich der Gedanke an die Möglichkeit, dass ihr Vater der Täter war, längst in ihr eingenistet hatte.

«Vielleicht war er nicht da, als sie getötet wurde», sagte Martha zu seiner Verteidigung. «Vielleicht hat er nichts von der Kühlkammer gewusst. Und wirklich gedacht, sie ist abgehauen.»

«Hätte er nicht nach ihr gesucht?»

«Wer sagt, dass er das nicht hat?»

Das stimmte natürlich, dachte Bette. Auch wenn Georg keine Vermisstenanzeige aufgegeben hatte, konnte er nach Edith gesucht haben. «Du weißt nicht zufällig, wann er die Terrasse gebaut hat?»

Als Martha jetzt antwortete, lag etwas Verzweifeltes in ihrem Blick. «Auf jeden Fall nach dem Verschwinden meiner Mutter. Ich weiß noch, wie wir daran gearbeitet haben.

Gemeinsam. Ich durfte ihm helfen. Da waren nur Papa und ich.»

«Er muss in die Kühlkammer geschaut haben, bevor er die Terrasse darübergebaut hat», sagte Bette. «Wenn er bis dahin nichts von Ediths Tod wusste, hätte er sie spätestens dann gefunden.»

Marthas Brustkorb hob und senkte sich heftig, sie sagte nichts, starrte nur wieder in das Loch.

«Das heißt aber immer noch nicht, dass Georg der Täter war», redete Bette weiter, auch wenn sie das erst mal für das Naheliegendste hielt. «Aber er muss von ihrem Tod gewusst haben. Oder zumindest wusste er, dass in der Kühlkammer eine Leiche liegt.» Vielleicht hatte er sie nicht mehr als Edith identifizieren können. Aber die Überreste musste er gesehen haben. Warum also hatte er das nicht der Polizei gemeldet? Hatte er jemanden schützen wollen?

«Hat Walter euch mit der Terrasse geholfen?», fragte Bette. Er war der jüngere Bruder, er war sicher jemand, für den Georg – zumindest als sie noch nicht zerstritten gewesen waren – eine Leiche versteckt hätte.

«Nein, da waren nur wir beide», sagte Martha, was gegen Bettes Theorie sprach. Obwohl? Nein. Walter konnte natürlich auch der Täter sein, ohne dass er beim Terrassenbau geholfen hatte. Bette rieb sich mit der Hand über das Gesicht. Sie war schon ganz verwirrt.

«Meinst du, dass Papa meine Mutter erschossen hat?», fragte Martha.

Bette holte tief Luft. Sie wusste langsam nicht mehr, wie sie Martha beistehen sollte. Sie verdiente Ehrlichkeit. «Was willst du von mir hören?»

«Ich muss die Wahrheit wissen. Ich muss wissen, ob er es war. Und wenn er es war, warum er es getan hat. Warum er mich mein Leben lang belogen hat.»

Das war ein realistischer Ansatz, überraschend pragmatisch in Marthas Situation. Sie war stark, dachte Bette. Sie würde das hier irgendwie durchstehen, zumindest einigermaßen heil.

«Wenn du das wirklich willst, Martha, dann helfe ich dir», sagte Bette und sah sie fest an. «Aber du musst dir im Klaren sein, dass die Wahrheit vielleicht nicht das ist, was du hören willst.»

Martha erwiderte ihren Blick und nickte.

«Okay», sagte Bette. «Ich denke, zuerst müssen wir mehr über deine Mutter rausfinden und über ihre Beziehung zu deinem Vater. Wie wär's, wir fangen bei Ulla und Bernd an. Ich meine, sie waren die Nachbarn. Ich wollte sowieso gerade zu den beiden.»

Bei sich dachte Bette, wie gut es war, dass sie Thorbens offizielle Ermittlerschiene abgelehnt hatte. Dann hätte sie Martha jetzt nicht einfach mitnehmen können. So jedoch konnte es sogar ein Weg sein, über Martha näher an Ulla und Bernd heranzukommen. Mehr zu erfahren.

Gemeinsam gingen sie über die Koppel, die bis an die Gose-Elbe reichte. Zwei cremeweiße Isländer jagten sich, warfen ihre Hinterbeine hoch und wirbelten den Schnee auf.

«Hier war ich als Kind ständig», sagte Martha und sah den Pferden bei ihrem Spiel zu.

Die nächste Koppel, über die sie gingen, war leer. Dahinter lagen die Ställe. Ein Wohnhaus gab es hier nicht, Ulla und Bernd wohnten ein Stück weiter den Deich runter.

Pferde schauten aus ihren Boxen. Oder Ponys. Der Unterschied war Bette nie so ganz klar geworden. Ihr Atem gefror vor ihren Nüstern.

Bernd kam ihnen auf seinem roten Bagger entgegen, dampfenden Pferdemist auf der Schaufel. Er hatte sich in den vergangenen Jahren kaum verändert, war immer noch schlank und muskulös, nur die Haare schlohweiß.

«Ulla ... im Stall», brüllte er ihnen über den Lärm des Motors zu, der so laut war, dass Bette vermutete, er würde bald den Geist aufgeben.

Sie fanden Ulla im hinteren Teil des Stalls, wo sie Trockenfutter in einen Trog füllte. Sie war eine kleine runde Frau, so gar nicht der Typ, als den man sich eine Reiterin vorstellte, das dachte zumindest Bette immer. Aber Ulla war in jüngeren Jahren Profireiterin gewesen, und wirklich anders ausgesehen hatte sie da auch nicht. Als sie sie kommen sah, stellte sie den Sack ab und kam mit ausgebreiteten Armen auf sie zu. Ihr Gesicht war gerötet, vor Anstrengung oder vor Kälte. Vielleicht beides. Sie umarmte Martha. «Mein Schatz, es tut mir so leid», hörte Bette sie sagen. Die Beileidsbekundung klang aufrichtig, dennoch fragte Bette sich, wieso sie nach Georgs Tod nicht mal bei Martha vorbeigegangen war. Es wirkte auf Bette nicht so, als hätten sie sich seitdem gesehen. Oder auch nur gesprochen. Aber vielleicht tat sie Ulla damit auch unrecht. Gut möglich, dass Martha Anrufe ignoriert und Besuchern nicht geöffnet hatte.

Ulla hakte sich bei Martha unter und zog sie mit sich. Bette folgte ihnen. Sie gingen in einen Seitenraum, in dem ein Sofa und mehrere Sessel standen, die alle aussahen, als kämen sie vom Sperrmüll. Das musste so eine Art Gemeinschaftsraum der Jugendlichen sein, die auf dem Hof ritten. Chipstüten lagen herum, leere Cola- und Limoflaschen, einzelne Socken, Pullis, Helme. Dutzende Kissen. Chaotisch, aber auch ganz gemütlich. An der Wand hing ein Bibi-und-Tina-Filmplakat, vermutlich mehr ein Scherz als ernst gemeint.

Im Raum war es etwas wärmer als draußen, aber doch noch frisch, und sie ließen ihre Jacken an.

«Ihr hättet anrufen sollen», sagte Ulla. «Dann hätte ich Zimtschnecken gebacken oder Kuchen.»

«Nächstes Mal», sagte Bette, die sich absichtlich nicht angekündigt hatte, so wie sie es bei Befragungen für gewöhnlich nicht tat. Sie wollte ihrem Gegenüber keine Zeit geben, sich gedanklich vorzubereiten. Sie wollte spontane Reaktionen sehen und spontane Antworten hören. Mal ganz abgesehen davon, dass sie um diese Uhrzeit sowieso wenig Appetit auf süßes Gebäck gehabt hätte.

«Ich hab noch Fencheltee in der Thermoskanne, möchtet ihr davon was?», fragte Ulla.

«Nein danke.» Fencheltee würde Bette nicht mal trinken, wenn sie am Verdursten wäre. Auch Martha schüttelte den Kopf.

Ulla setzte sich mit Martha aufs Sofa, griff ihre Hand, hielt sie fest. Bette nahm sich einen der Sessel, in dem sie tief versank. Die Federung war durch. Bernd kam rein, wischte sich seine Hände an der Jeans ab und klopfte Martha liebevoll auf die Schulter. «Min Deern, dat deit mi leed!»

Als auch Bernd sich in einen der Sessel gesetzt hatte, sagte Bette: «Meine ehemaligen Kollegen haben mich gebeten, sie etwas zu unterstützen.»

«Wir haben davon gehört», sagte Ulla sofort. «Du ermittelst wieder.»

Sie wussten es also auch schon. «Ich würde gerne mit euch über die Kündigung des Pachtvertrags sprechen.» Sie ging davon aus, dass Georg ihn gekündigt hatte. «Wann läuft die Pacht aus?»

«Im Sommer. 1. Juli», sagte Ulla.

Das war nicht mehr viel Zeit, einen neuen Hof für die Pferde zu finden. «Habt ihr schon was Neues?»

«Wo denkst du hin?» Ulla klang zornig, wobei Bette sich nicht sicher war, ob es darum ging, dass sie noch nichts gefunden hatten, oder um die Tatsache, dass sie etwas Neues suchen mussten.

«Wann war das denn, dass Georg euch gekündigt hat?», fragte Bette weiter.

«Gleich nach Neujahr. Nicht grade ein froher Jahresanfang.»

«Wie? Anfang Januar?» Martha, die bisher nur zugehört hatte, zog ruckartig ihre Hand aus Ullas Umklammerung. «Die ganzen Wochen wusstet ihr schon, dass Papa verkaufen will? Und habt mir nichts gesagt?»

«Aber ...» Ulla schien irritiert. «Wir dachten doch, du weißt es.»

«Nichts hab ich gewusst», stieß Martha ärgerlich hervor.

«Habt ihr euch erkundigt, ob das so rechtmäßig ist?», klinkte Bette sich schnell ein, bevor das Gespräch abdriftete. «Ich meine, mit der Kündigungsfrist?»

«Wozu?», sagte Ulla jetzt schon fast etwas aggressiv. «Ein paar Monate Zeit mehr oder weniger. Das hätte auch nichts geändert. Das hier ist der Hof, den wir aufgebaut haben.

Bernd ist 66, ich werd 60, da fangen wir doch nicht wieder von vorne an.»

Bernd nickte nur immer stumm zu dem, was seine Frau sagte, was Bette nicht weiter überraschte. Er war der schweigende Part in dieser Ehe – wie es die Männer in der Gegend so oft zu sein schienen. Hatten sie nichts zu sagen, oder kamen sie einfach nicht gegen ihre Frauen an? Bei Bernd traf auf jeden Fall Letzteres zu. Ulla konnte einem aber auch wirklich das Ohr abquatschen.

Fast erwartete Bette, Ulla würde fragen, was denn werden würde – jetzt, wo Georg tot war. Ob sie bleiben durften. Aber das tat sie nicht. Es wäre auch wirklich der falsche Moment gewesen, Martha damit zu kommen, und es hätte zudem gegen sie ausgelegt werden können. Rein ermittlungstechnisch. Es könnte als Motiv interpretiert werden, Georg zu töten, um die Kündigung rückgängig zu machen. Ulla und Bernd wussten, wie sehr Martha an all dem hier hing. Dass sie vielleicht den Verkauf stoppen würde.

«Eine Kündigung nach 39 Jahren», sagte Ulla, schüttelte den Kopf, seufzte schwer. «Einfach so.»

«So lange habt ihr den Hof schon?», fragte Bette. Sie sah hier ihre Chance, das Gespräch wie nebenbei auf Edith zu bringen, ohne dass sie gleich ihren Tod erwähnte. Das würde sie gerne noch etwas für sich behalten. Auch weil ihrer Erfahrung nach die meisten ehrlicher über vermeintlich Lebende sprachen als über Tote. Als sei das Sprichwort *Über Tote nichts Schlechtes* tief in die menschliche Seele eingegraben.

«Wir haben hier gleich nach unserer Hochzeit angefangen. Ich war blutjung. Gerade 21.»

«Damals müssen Georgs Eltern noch auf dem Hof gewesen sein, oder?», fuhr Bette fort. Die Todesdaten auf dem Grabstein waren 1982 und 1986 gewesen.

«Georgs Vater muss in dem Jahr gestorben sein, als wir hier angefangen haben. Deshalb haben wir dann ja die Pacht bekommen, weil Georg keine Lust auf Landwirtschaft hatte. Die Mutter hat noch gelebt, war aber dement. Sie hat schon nicht mehr hier gewohnt.»

«Und Walter? War er noch da?»

«Nee, der hatte da schon seinen eigenen Hof. Aber Edith und Martha waren natürlich da.»

«Wie war meine Mutter so?», fragte Martha nun. «Ist sie auch bei euch geritten? So wie ich? Und meine Mädchen?» Ihre Stimme klang unsicher.

Ulla tätschelte Marthas Hand, lächelte. «Nein, sie ist nicht geritten. Edith war eher die Schwimmerin. War ständig unten in der Gose.» Dann schob sie noch hinterher: «Weißt du, dass es das erste Mal ist, dass du mich nach ihr fragst? Es war immer, als ignoriertest du ihre Existenz. Als hätte es sie nie gegeben.»

Martha schluckte sichtlich. «Wart ihr befreundet?» Sie sprach nun so leise, dass man sie nur noch schwer verstand. Kurz irritierte es Bette, dass Martha jetzt die Fragen stellte, aber genau deshalb hatte sie sie mitgenommen. Damit sie mehr über Edith rausfanden. Wer war diese Frau gewesen?

«Befreundet?» Ulla überlegte einen Moment, schüttelte dann den Kopf. «Nein. Ich mochte Edith. Aber sie mich, glaub ich, nicht so. Ich war ihr zu spießig.»

«Spießig?» Martha sah Ulla ungläubig an. «Mit deinem chaotischen Hof hier zu spießig?»

«Ich weiß auch nicht, vielleicht, weil ich immer zufrieden war mit dem, was ich hatte. Die Pferde.»

«Und meine Mutter nicht?»

«Edith war ... Wie soll ich das ausdrücken? Sie war da ganz anders. Eine Träumerin. Mit großen Zielen.»

«Was für Ziele?»

«Freiheit, reisen, die Welt erobern ... so Zeugs.»

«Und deswegen hat sie es hier nicht ausgehalten?», fragte Martha, und Bette dachte, dass sie, so wie sie es formulierte, auch nichts vom Tod ihrer Mutter verraten wollte.

«Das weiß ich ehrlich nicht», sagte Ulla mit Bedauern in der Stimme.

«Hat Georg denn nichts erzählt, nachdem sie weg war? Hat er irgendwelche Gründe genannt?», fragte nun Bette, die ja wissen wollte, ob das Gerücht, dass Edith ihn verlassen hatte, von ihm selbst stammte.

Ulla atmete tief ein und aus, sagte dann: «Weiß ich auch nicht. Aber ich denke, dass Edith so ... wie soll ich sagen ... realitätsfremd war, war der Grund, dass sie und Georg sich so viel gestritten haben.»

«Haben sie das?» Martha schien sich nicht zu erinnern.

«Apropos Streit», nutzte Bette die Gelegenheit. «Was ist eigentlich zwischen Georg und Walter vorgefallen?»

Jetzt sah Ulla Bernd an, als könne er da weiterhelfen, aber er zuckte nur mit den Schultern. Schließlich sagte Ulla: «Die beiden Brüder waren eng, Walter war ständig hier. Und dann plötzlich eben nicht mehr.»

«Könnt ihr das zeitlich einordnen?»

Ulla überlegte, sah wieder Bernd an, dann schüttelten beide den Kopf.

«War das vor oder nach Ediths Verschwinden?»

Wieder nur Kopfschütteln.

Bette räusperte sich. «Das ist jetzt eine reine Routinefrage. Für die Akten. Wo wart ihr in der Nacht des Brandes auf dem Schwarzackerhof?»

«Ich war zu Hause», sagte Ulla, die sich nicht weiter über den abrupten Themenwechsel zu wundern schien. Und auch nicht über die Frage. «Bernd hat hier im Stall geschlafen. Eines der Pferde hatte eine Kolik.»

Damit hatten beide kein Alibi. Nicht gut, dachte Bette und forderte Bernd mit einem Blick auf, auch mal was zu sagen. Als er das nicht tat, fragte sie ihn ganz direkt: «Bernd, hast du was von dem Feuer mitbekommen?»

«Ja» war alles, was sie als Antwort von ihm bekam.

«Kannst du da etwas genauer sein?» Musste sie ihm alles aus der Nase ziehen?

«Ich war wach. Wegen dem Pferd. Hab das Feuer sofort gerochen. Bin rüber. Eckhardt kam auch grad. Und Hans. Wir sind rein ins Haus. Haben Georg rausgeholt.»

Na, geht doch, dachte Bette. «Und die Feuerwehr? Wer hat die alarmiert?»

«Auch ich. Bevor ich rüber bin.»

«Vom Handy aus?»

«Ja», sagte er, nun wieder kurz angebunden.

«Kann ich das mal sehen?», bat Bette.

Bernd gab es ihr, sie checkte die Anrufliste. Es stimmte. Er war um 5.26 Uhr für 43 Sekunden mit der 112 verbunden gewesen.

Nach dem Gespräch mit Ulla und Bernd standen Bette und Martha eine Weile schweigend unten an der Gose-Elbe, die sich hier in großem Bogen durch die flache Landschaft wand. Sie war immer noch zugefroren, aber am Ufer hatten sich feuchte Flecken gebildet. Wenn es nachts nicht noch mal richtig kalt wurde, würde das Eis bald weggetaut sein.

«Meinst du, einer der beiden hat Papa umgebracht?», brach Martha die Stille zwischen ihnen.

«Sie haben ein Motiv. Ihr Lebenswerk steht auf dem Spiel. Aber ...» Bette hielt inne, zuckte mit den Schultern. Die Tatsache, dass Bernd die Feuerwehr gerufen und dann Georg aus dem Haus getragen hatte, sprach dagegen. Zumindest wenn – wie sie glaubte – der Mörder mit dem Brand die wahre Mordursache vertuschen wollte. Es konnte natürlich auch sein, dass Bernd das genau so geplant hatte. Nur mit welchem Ziel? Um sie zu täuschen?

«Weißt du», sagte Martha nachdenklich. «Ich habe das Gefühl, meine ganze Welt bricht zusammen. Überall Lügen. Alles, was ich für selbstverständlich gehalten habe, stimmt plötzlich nicht mehr.»

28. MEYRA

Meyra reckte sich und rieb sich den schmerzenden Nacken. Sie war es nicht gewohnt, so lange am Schreibtisch zu sitzen. Aber Thorben hatte sie zur Internetrecherche verdonnert. Der Vorstandsvorsitzende einer Reederei war in der Nacht tot aus der Elbe geborgen worden, und ein Gewaltverbrechen war nicht auszuschließen. Meyra sollte nun alles über das Opfer und sein Umfeld herausfinden, was je im Netz gelandet war. Allein für den Namen des verstorbenen Reeders meldete die Suchmaschine *ungefähr 8 730 Ergebnisse.* Missmutig scrollte Meyra sich durch die Liste. Sie war doch keine Kommissaranwärterin!

Im Geiste ging sie noch mal ihren gestrigen Besuch bei Werner Wumme durch. Er hatte sie noch bis halb sieben warten lassen, und Thorben war kurz vor einem Wutanfall gewesen, als er schließlich durch die Tür trat. Meyra hatte sich das Lachen nur schwer verkneifen können. Wumme war die Verkörperung des Klischees eines aalglatten Geschäftsmannes. Wie aus einem schlechten Film oder einer Karikatur. Groß und massig, ein für die Besucher aufgesetztes Strahlen in seinem feisten geröteten Gesicht, der Hemdkragen so eng, dass das Kinn vorquoll. Ein fester Händedruck, der wohl das Gefühl von Vertrauen vermitteln sollte. Das Sakko – unglaublicherweise auch noch mit goldfarbenen Ankerknöpfen – spannte über seinem Bauch, den er wie eine Trophäe vor sich hertrug. So jemand, dachte Meyra, bezahlte andere für Drecksarbeiten, ohne sich je selbst die Finger schmutzig zu machen. Das mochte schon wieder so ein Vorurteil von ihr sein, aber vermutlich lag es nah bei der Wahrheit. Das Alibi, das Wumme für die Nacht des Mordes an Georg Lange hatte, schien ihr daher wenig aussagekräftig.

Allerdings hatte Wumme kein Mordmotiv. Der Kaufvertrag zwischen ihm und Georg Lange war ohne die letzten Unterschriften nicht rechtskräftig. Thorben hatte das auch noch mal von einem Juristen checken lassen. Ihre Theorie, dass Wumme sich vielleicht durch den Brand auch das Land, auf dem das Hofhaus gestanden hatte, unter den Nagel hatte reißen wollen, war nicht haltbar. Werner Wumme hatte durch Georg Langes Tod nur verloren. Wie Meyra es also auch drehte und wendete, der Immobilieninvestor war als Verdächtiger eine Sackgasse.

Meyra versuchte sich wieder auf ihre Internetrecherche zu dem Reeder zu konzentrieren, überflog Nachrichten und Artikel und druckte die aus, die ihr einigermaßen aussagekräftig erschienen. Von draußen drang eine diffuse Geräuschkulisse aus Straßenlärm und Möwengeschrei zu ihr herein, und durch die schlecht isolierten Fenster zog es so sehr, dass sie fror. Unruhig rutschte sie auf ihrem unbequemen Schreibtischstuhl hin und her. Es machte sie zunehmend nervös, dass sie vor lauter Fremdrecherche nicht dazu kam, an ihrem eigenen Fall weiterzumachen. Die IT-Abteilung hatte sich auch immer noch nicht wegen der Ortung von Nils Büsings Smartphone zurückgemeldet. Gerade kam es ihr so vor, als müssten sich alle nur noch um diesen Reeder kümmern, als sei er die einzige Priorität. Wahrscheinlich war er ein Kumpel vom Innensenator oder sonst wem, dachte sie ärgerlich. Geklüngel gab es nicht nur in Köln.

Wäre Chrischen nur da. Er ortete Smartphones immer selbst, wenn die ITler ihm mal wieder nicht schnell genug waren. Richterliche Anordnung hin oder her. Nur leider war ihr liebster Kollege in der Reha und nicht erreichbar, und sie hatte es verpasst, sich seine Kniffe vorher beibringen zu lassen. Selbst schuld.

Als sie es schließlich nicht mehr am Schreibtisch aushielt, ging sie in die Küche, um sich zumindest mal einen Tee zu machen. Es war mittlerweile Viertel vor zwölf. Geschlagene vier Stunden hatte sie vor dem verfluchten Rechner zugebracht. Während sie darauf wartete, dass das Wasser kochte, goss sie den kümmerlichen Ficus auf der Fensterbank. Seine Blätter hingen schon vertrocknet von den Ästen.

«*Da* bist du», erklang Nesrins helle Stimme hinter ihr.

Meyra drehte sich zu ihr um. Sogar Nesrin, die sonst immer frisch und munter wirkte, sah übermüdet aus. Grau unter den Augen. Die sonst glänzenden dunklen Haare strähnig. Lange würden sie alle nicht mehr durchhalten, dachte Meyra.

Aber dann lächelte Nesrin und sah sofort besser aus. «Ist eben reingekommen», sagte sie und wedelte mit einem dünnen Packen Papier. «Von den ITs.»

Meyra schnappte sich die Ausdrucke.

Sie merkte, wie ihr die Aufregung mit einem Kribbeln durch die Finger schoss. Vielleicht hatten sie jetzt endlich etwas. Doch dann machte sich gleich wieder Ernüchterung in ihr breit. Die Ortung war erfolglos geblieben, was hieß, dass Nils aktuell entweder SIM und Akku rausgenommen hatte oder sich in einem Funkloch befand. Allerdings in einem Funkloch, aus dem er sich seit geraumer Zeit nicht fortbewegt hatte. Das konnte sie den Bewegungsdaten des Netzbetreibers entnehmen, die den Papieren anhingen.

Das letzte Mal, dass das Telefon ein Signal gesendet hatte, war in der Nacht zum Sonntag gewesen, bevor Thorben dann am Morgen die Fahndung nach ihm rausgegeben hatte. Um 01.31 Uhr hatte Nils Büsing demnach den Umkreis seines Wohnhauses verlassen und war über den Deich Richtung Tatenberg, wo sich das Signal um 01.45 Uhr verlor. Um 02.59 Uhr, also über eine Stunde später, tauchte es in Moorfleet auf der anderen Seite der Dove-Elbe wieder auf. Von dort war Nils weiter nach Rothenburgsort, einem Stadtteil östlich der Elbbrücken. Das Tempo, mit dem er sich bis dorthin bewegt hatte, ließ Meyra vermuten, dass er einen Bus genommen hatte. Gegen 03.14 Uhr war er in der Billstraße, in der nachts die Lkws in doppelten Reihen parkten. Für die nächste Stunde bewegte sich das Signal im seltsamen Zickzack durch den Stadtteil, oben von der Bille runter zur Elbe und wieder zurück. Als sei Nils durch die Gegend geirrt, ohne zu wissen, wo er hinsollte. Die SMS – *Mama, es tut mir leid. Ich muss untertauchen. Ich liebe dich. Dein Nils* – war um 04.20 Uhr bei Marie Büsing eingegangen. Zu diesem Zeitpunkt hatte Nils sich in Höhe des Kraftwerks Tiefstack aufgehalten, an der Grenze zwischen Rothenburgsort und Industriegebiet. Um 04.25 Uhr verlor sich das Signal endgültig.

Er konnte sonst wo sein – wenn er schlau war, hatte er das Smartphone längst entsorgt –, aber vielleicht war er auch immer noch dort oben zwischen Rothenburgsort und Industriegebiet. Sie würde das auf jeden Fall mal an die Streifendienste weitergeben.

Nesrin hatte den Tee aufgegossen und hielt ihr eine Tasse hin, die Meyra dankend annahm, während sie weiter die Daten des Netzbetreibers durchging.

Von einer vorangegangenen Ermittlung wusste sie, dass in den Vier- und Marschlanden nicht genug Sendemasten standen, um Bewegungen so präzise nachzuvollziehen, wie es in der Innenstadt möglich war. Aber am Tag nach dem Brand war Nils auf jeden Fall in der Gegend des Durchdeichs in Fünfhausen gewesen, was mit der Aussage von Marthas Mann, dass er bei ihnen gewesen sei, übereinstimmte.

In einer Zeile ganz unten auf der dritten Seite blieb ihr Blick hängen. Ein Anruf, eingegangen bei Nils Büsing am vergangenen Freitagmorgen, 05.46 Uhr. Das war der Freitag, an dem der Schwarzackerhof abgebrannt war. Der Anruf war angenommen worden und hatte 49 Sekunden gedauert.

Einen Moment starrte Meyra mit offenem Mund auf die Zeile, bis sie wirklich begriff, was das hieß.

Die Feuerwehr war um 05.26 Uhr zum Schwarzackerhof gerufen worden. Nils' Telefon hatte sich den Netzdaten zufolge zu diesem Zeitpunkt bei ihm zu Hause befunden oder zumindest im dichten Umkreis.

Was hieß, dass Nils nicht auf dem Schwarzackerhof gewesen sein konnte, als das Feuer ausbrach. Außer seine Mutter hatte das Telefonat angenommen. Nein, so stimmte das nun auch wieder nicht, dachte Meyra und versuchte, ihre Gedanken zu ordnen. Es kam sogar hin, wenn Nils selbst den Anruf entgegengenommen hatte. Er hätte Georg Lange umbringen und das Feuer legen können. Danach war er nach Hause gefahren, wo er um 05.46 Uhr den Anruf annahm, und hatte sich dann erst später unter die Schaulustigen gemischt. Sie blätterte wieder durch die Unterlagen. Ja, da, als Nils später am Feuer war, hatte er sein Telefon dabei. Er musste also auf jeden Fall zwischendurch zu Hause gewesen sein, wenn nicht die ganze Zeit. Kaum vorstellbar, dass seine Mutter ihm das Telefon hinterhergetragen hatte.

Mit seinem Moped hätte er das zeitlich geschafft. Aber wieso das ganze Hin und Her? Um Verwirrung zu stiften? Für so schlau hielt Meyra Nils nicht. Sie hielt ihn überhaupt nicht für schlau, weshalb es sie auch sehr wunderte, dass sie ihn immer noch nirgends gefunden hatten.

«Meyra!», riss Nesrin sie aus ihren Gedanken.

«Was?» Hatte Nesrin etwas gesagt?

«Ich hab dich gefragt, ob ich den Hintergrund von dem Reeder recherchieren soll. Dann kannst du an deinem Fall weitermachen.»

«Echt jetzt?»

«Ja, echt jetzt», sagte Nesrin mit einem Lächeln.

«Du bist ein Engel», sagte Meyra, warf ihr eine Kusshand zu, ließ ihren Tee stehen und eilte mit den Papieren in der Hand in ihr Büro, wo sie die Nummer wählte, von der aus Nils Büsing in der Brandnacht angerufen worden war.

Fünfmal klingelte es, dann sprang eine Mobilbox an. «Hallo, dies ist der Anschluss von Henrik Klein ...»

29. MARTHA

Vom Pferdehof hatte Martha Bette nach Hause gefahren und war dann direkt weiter zu Tante Lore. Bette hatte recht, sie musste mehr über ihre Mutter rausfinden. Und sie würde damit bei Lore weitermachen. Ihre Mutter war mit Lore befreundet gewesen, wenn auch – soweit Martha wusste – nicht so eng wie mit Bettes Mutter. Und später war Lore immer für Martha da gewesen, auch als ihre Mutter es längst nicht mehr war. Nicht mehr hatte sein können. Martha hatte sich Lore immer anvertraut, und daher schien es ihr nur naheliegend, jetzt zu ihr zu fahren.

Als Martha vor ihrem Hofhaus ausstieg, war es still. Kein Wind wehte. Der Himmel war bewölkt. In matten Weiß- und Grautönen breitete sich die Landschaft vor ihr aus. Dort unten, an dem kleinen Holzsteg, war sie als Jugendliche oft zum Schwimmen in die Gose-Elbe gesprungen – wann immer sie ihren Onkel oder Tante Lore besuchte und das Wetter es zuließ. Mit Lore hatte sie danach oft am Ufer gesessen und geredet. Über Dinge, die sie sonst vielleicht mit ihrer Mutter besprochen hätte und für die ihr Vater nicht der richtige Ansprechpartner war. Und gleich dort drüben, auf der anderen Seite der Gose-Elbe, lag die *Hohe*, ein sumpfiges Gebiet mit Tümpeln und Teichen, wo im Frühjahr Frösche und Kröten laichten und Vögel brüteten. Ihr Geschnatter und Gequake war dann weithin zu hören.

Die windgetriebene Wasserpumpe mit den markanten gelben Rotorblättern, über die der Wasserstand konstant gehalten wurde, hatte es damals noch nicht gegeben, ansonsten hatte sich da drüben seit Jahrzehnten nichts verändert.

Martha seufzte. Sie hatte diese Landschaft mit dem vielen Wasser immer geliebt. Jetzt aber fürchtete sie, dass die Wahrheiten, die gerade zutage traten, all ihre schönen Erinnerungen, die sie mit der Gegend verband, zunichtemachen würden. Aber einfach so tun, als wäre alles wie immer, konnte sie auch nicht. Sie musste wissen, was geschehen war, und sie musste es verstehen, sonst würde es ihr niemals Ruhe lassen.

Plötzlich meinte sie eine Bewegung wahrzunehmen. Am Ufer. Vielleicht ein Reh. Oder ein Angler? Die standen oft da unten, allerdings auf der anderen Seite, nicht auf Lores Grundstück. Und schon gar nicht auf Walters. Er verjagte jeden, der unbefugt auch nur einen Schritt auf seine Wiese machte.

Bette hatte sie nichts davon gesagt, dass sie zu Lore fahren würde. Sie wollte gerade niemanden neben sich haben. Sie brauchte Raum. Außerdem hatte sie mit ihrem Besuch bei Lore nicht warten wollen, bis Bette ihren Powernap, den sie gesundheitsbedingt brauchte, gehalten hatte. Sie hatte genug vom Warten. Darauf warten, dass die Polizei etwas rausfand, darauf warten, dass sie ihr überhaupt erst mal verrieten, was in der Brandnacht wirklich passiert war, warten, warten, warten.

Sie ging rüber zum Haus, die Hintertür war wie immer unverriegelt. Sie klopfte und öffnete gleichzeitig, damit Lore nicht zur Tür hetzen musste.

«Ich bin's, Martha», rief sie und fand Lore in der Küche.

Zu ihrer Erleichterung ging es ihr schon wieder so gut, dass sie auf war. Vor lauter eigenen Sorgen hatte Martha gar nicht mehr daran gedacht, sich nach ihrer Genesung zu erkundigen.

«Min Leewe.» Lore umarmte sie, küsste sie dann fest auf die Wange. Es war eine ehrliche und tröstliche Beileidsbekundung, und Martha merkte, wie die Tränen in ihr hochkrochen. Aber lieber noch ein paar mehr Tränen als diese ständige Wut, die in ihr brodelte.

Lore sah sie an, lächelte aufmunternd und fuhr ihr sanft mit dem Ärmel ihres Bademantels über die Wangen.

«Kaffee?», fragte sie.

«Ja bitte», sagte Martha.

Lore drückte auf die elektrische Mühle, die ohrenbetäubend toste, und der satte, leicht bittere Duft nach Kaffee erfüllte den Raum.

Martha setzte sich.

«Hat Bette dich von mir gedrückt?», fragte Lore, ihre Stimme doch noch ganz schön heiser. «Ich war so vergrippt, ich konnte nicht mal telefonieren.»

«Hat sie», sagte Martha, auch wenn sie sich nicht erinnern konnte. Aber das hieß nichts. In ihrem Kopf ging gerade alles drunter und drüber, sodass das ein oder andere wohl in irgendwelchen schwarzen Löchern ihrer Hirnwindungen versickerte.

Lore schob ein großes Stück tiefgefrorenen Butterkuchen in den Ofen und setzte sich zu Martha, die zum ersten Mal seit Tagen Appetit bekam. Und dann begann Martha zu reden. Sie erzählte Lore alles. Von ihrem Vater und wie er gestorben war, wie es nach dem Feuer auf dem Schwarzackerhof aussah, von der Kühlkammer und dem Skelett ihrer erschossenen Mutter. Es tat gut, das alles mal auszusprechen. Lore hörte zu, hielt Marthas Hände, umschloss sie warm. Martha genoss diese Vertrautheit zwischen ihnen, wie sie hier beisammensaßen. Als sie geendet hatte, bat sie Lore: «Erzähl mir etwas von meiner Mutter. Wie sie so war. Wieso sie weg ist. Irgendwas.»

Lore schaute sie an, ihr Blick war traurig, aber auch offen und voller Wärme. Sie würde sie nicht anlügen, dachte Martha. Sie nicht.

«Edith war ... Versteh das nicht falsch», setzte Lore an. «Ich mochte sie sehr. Aber sie war anders. Anders als alle hier. Das waren noch die Achtziger. Da mag es in der Stadt ja flott zugegangen sein. Tolerant. Liberal. Wie auch immer. Hier war es noch etwas ... sagen wir mal, verknöchert. Heute arbeiten alle irgendwo in der Stadt, für die Jüngeren ist Landwirtschaft nur noch Nebenerwerb. Die Leute wohnen hier, aber ihr Leben beschränkt sich nicht allein auf die Vier- und Marschlande. Ihr Blick geht weiter. Das war in den Achtzigern noch anders. Und Edith ...» Lore unterbrach sich, schien nach den richtigen Worten zu suchen. «Sie kam auch von hier, aber irgendwie war sie nicht von hier weg. Nicht im Herzen. Sie wollte reisen, die Welt sehen, Spaß haben. Feiern.»

Martha sah plötzlich das Bild ihrer Mutter vor sich, in einem weiten geblümten Kleid, wie sie über eine Wiese tanzte oder eher schwebte, die Arme weit ausgebreitet. Ein leuchtendes Strahlen im Gesicht. War das eine Erinnerung oder einfach ausgedacht?

«Ja, feiern, das konnte Edith», fuhr Lore mit dem Anflug eines Lächelns fort. «Ausgelassen, fröhlich, na ja, und manchmal auch wild, zumindest wilder, als man das damals für anständig hielt. Dabei war vielleicht gerade mal ihr Rock zu kurz. Nichts, worüber man heute auch nur die Nase rümpfen würde. Trotzdem, hinter ihrem Rücken wurde getuschelt ... und das wusste sie natürlich. Sie tat immer so, als mache es ihr nichts aus, aber ...» Lore deutete ein Kopfschütteln an.

«Und Papa und meine Mutter ... wie waren sie zusammen?», fragte Martha.

«Sie waren beides tolle Menschen, aber zusammen ...» Lore schüttelte wieder den Kopf. «Wie man so schön sagt, Gegensätze ziehen sich an. Nur hat es bei den beiden nicht so richtig funktioniert, nicht im Alltag. Auf der einen Seite Edith mit ihrer unkonventionellen Art, dann Georg, immer recht konservativ. Einer, der wollte, dass das Essen pünktlich auf dem Tisch steht, natürlich gekocht von der Ehefrau.»

Das konnte Martha sich gar nicht vorstellen. In ihren Erinnerungen war immer er derjenige, der in der Küche stand. Nur für das Putzen hatte er sich eine Hilfe geholt. Alles andere hatte er selbst gemacht. Vor allem hatte er sich immer selbst um Martha gekümmert. Er mochte oft viel gearbeitet haben, aber niemals hatte er gesagt: keine Zeit. Er hatte sich immer Zeit für sie genommen. Für einen Moment versöhnte sie der Gedanke.

«Hatte meine Mutter ... Liebschaften?» Was für ein bescheuert altmodisches Wort, dachte Martha, noch während sie es aussprach. Aber es passte wohl zur damaligen Zeit. Und ein anderer Mann, oder vielleicht auch eine Frau, wäre vielleicht ein Grund gewesen, dass sich niemand groß gewundert hätte, wenn sie plötzlich ihren Ehemann verließ. «Vielleicht dachten deshalb alle, dass sie weg ist?»

Lores Blick verlor sich einen Moment, als husche er in die Vergangenheit. Dann sagte sie: «Edith, einen Liebhaber? Also, nicht dass ich wüsste.»

«Aber wieso ist denn niemand auf die Idee gekommen, dass ihr etwas zugestoßen ist? Wenn doch niemand je wieder von ihr gehört hat.»

Lore presste die Lippen aufeinander, nickte, wie zu sich selbst. «Das war dumm, das stimmt. Aber vielleicht haben es alle geglaubt, weil Edith so war, wie sie war. Weil alle es schon die ganze Zeit erwartet hatten.»

«Du auch?»

«Ich wohl auch», sagte Lore mit Bedauern in der Stimme.

«Und du hast ihr zugetraut, dass sie mich einfach so zurücklässt?»

«Ich wusste, dass sie davon träumte, die Welt zu bereisen. Und ich fürchte ...» Hier stockte sie kurz, räusperte sich. «Ja, ich denke, das habe ich ihr zugetraut. Nicht dass sie dich nicht liebte, aber ... Ich weiß auch nicht, warum ich das geglaubt habe. Da habe ich ihr unrecht getan.»

«War es Papa, der rumerzählt hat, dass sie gegangen ist?»

Lore überlegte einen Moment. «Wahrscheinlich, aber beschwören will ich das nicht. So genau kann ich mich da nicht erinnern.»

«Kannst du dir vorstellen, dass Papa sie ermordet hat?», fragte Martha nun geradeheraus.

Lore hustete, dann sagte sie mit mittlerweile doch sehr heiserer, schon krächzender Stimme: «Ich glaube, jeder ist fähig zu morden. Aber nein, ich kann mir Georg nicht als Mörder vorstellen. Schon gar nicht als Ediths Mörder. Sie war deine Mutter. Und Georg hat dich geliebt, das hätte er dir nicht angetan.»

Martha atmete tief durch. Lores Worte waren wie Balsam auf ihren Zweifeln, den Zweifeln an ihrem Vater.

Lore stand auf und holte den Kuchen aus dem Ofen. Eigentlich wollte Martha sie noch nach dem Streit zwischen ihrem Vater und ihrem Onkel fragen, aber dazu war sie kräftemäßig nicht mehr in der Lage. Denn seit ihrem Besuch gestern bei Walter ging ihr eines nicht mehr aus dem Kopf: Mal angenommen, der Mörder ihrer Mutter war nicht ihr Vater. Was war mit Walter? Konnte er etwas mit ihrem Tod zu tun haben? Im Gegensatz zu ihrem Vater hatte ihr Onkel immer Waffen im Haus.

30. BETTE

Der Wecker klingelte um kurz nach zwölf. Bette hatte ihn sich gestellt, damit sie nicht länger als 30 Minuten schlief. Sonst würde ihr Rhythmus, der in den vergangenen Tagen sowieso schon gelitten hatte, noch völlig durcheinanderkommen und die plötzlichen Schlafattacken sie wieder in den unmöglichsten Momenten einholen. Jetzt, wo sie sie endlich einigermaßen in den Griff bekommen hatte. Es war schon ein paar Monate her, dass sie zuletzt auf der Straße einfach umgekippt war. Und das sollte auch so bleiben.

Sie hatte auf dem Sofa im Wohnzimmer geschlafen, in dem Wissen, dass ihr das Aufstehen, lag sie einmal im Bett, noch schwerer fallen würde.

Sie beobachtete einen Kleiber, der kopfüber an einem der Meisenknödel hing, die Tyler vor den Erdgeschossfenstern rund ums Haus aufgehängt hatte. In der Küche war es ruhig, und von oben hörte sie weder ein Knarzen der Dielen noch Musik. Tyler war also allem Anschein nach unterwegs, und Anton war sowieso noch drüben bei Mats.

Sie stand auf. Falls Eier da waren, würde sie sich jetzt erst mal ein Omelette braten und dann Meyra anrufen, um ihr von ihrem Besuch auf dem Pferdehof zu berichten.

Als sie durch den Flur ging, stutzte sie. Da lag etwas auf dem Boden. Ein Brief, den jemand unter der Hintertür hindurchgeschoben haben musste.

Sie bückte sich und hob ihn auf. Er war unbeschriftet.

Einfach nur ein Umschlag, graues Recyclingpapier. Nicht zugeklebt.

Eine ungute Ahnung ergriff sie.

Sie zog ihren dünnen Seidenschal von der Garderobe, fasste den Brief damit an. Bloß keine potenziellen Spuren verwischen. Sie öffnete den Umschlag, zog ein kariertes, einmal gefaltetes DIN-A5-Papier heraus und klappte es auf. Wörter und einzelne Buchstaben waren aus einer Zeitung oder einem Prospekt ausgeschnitten und aufgeklebt.

B Et T e! H Ö r auf !!! Halt di ch raus !!! Sonst passier T WAS !

Bette sog heftig die Luft ein und merkte, wie Wut in ihr hochkam. Kein Schreck, keine Angst, nur Wut. Was bitte sollte das sein? Noch so eine Drohung? Wie feige.

Das letzte Mal, als sie einen anonymen Brief erhalten hatte, war nicht lange nach ihrer Diagnose gewesen, und sie hatte sich durch das Wissen um die Krankheit wie gelähmt gefühlt, hilflos und ausgeliefert. Damals hatte sie nicht schnell genug reagiert, was fast in einer Katastrophe geendet wäre. Das würde ihr nicht noch mal passieren.

Sie riss die Tür auf, schaute sich um, lief in Socken raus, über den kopfsteingepflasterten Hof.

«Hey», brüllte sie. «Hey!»

Keine Antwort. Nirgends eine Bewegung. Nur die Äste des Walnussbaums knarzten, und am maroden Treibhaus, das versetzt hinter dem Wohnhaus stand, quietschten Scharniere. Die meisten Scheiben fehlten, Brombeerranken wucherten um das Metallgerüst, und eine junge Eiche war durchs Dach gebrochen. Das perfekte Versteck. Sie ging ein Stück weiter darauf zu. «Hey! Wenn du dadrin bist, zeig dich. Mach schon!»

Wieder passierte nichts, und sie hielt inne. Ihre Vernunft siegte nun doch über ihre Wut. Sie durfte nicht weitergehen, wenn da wirklich jemand war. Sie würde sich nicht verteidigen können. Nicht, falls sie vor Schreck – oder auch Wut – eine Kataplexie bekam. Noch so ein Grund, warum sie für den aktiven Dienst im Morddezernat nicht mehr brauchbar gewesen war. Sie konnte keine Waffe tragen. Nicht mal ein blödes Küchenmesser. Bekam sie eine Kataplexie, würde die Waffe ihr nur im falschen Moment aus der Hand fallen und im schlimmsten Fall gegen sie gerichtet werden.

Also stand sie einfach nur still, wartete, ob sich irgendwo doch noch jemand bewegte, ob sie irgendetwas hörte. Aber da war absolut nichts. Der Briefeschreiber war längst über alle Berge. Oder zumindest über den nächsten Deich.

Bette ging wieder rein, schlug die Tür hinter sich zu und drehte den Schlüssel im Schloss, zur Sicherheit gleich zweimal. Sie musste sich wirklich angewöhnen, auch tagsüber abzuschließen. Wer auch immer den Brief hier abgelegt hatte, er hätte reinkommen können. Sie hätte nichts mitbekommen. Vielleicht war diese Person sogar im Haus gewesen, hatte ihr beim Schlafen zugesehen. Der Gedanke machte ihr Gänsehaut. Ihre Wut von eben verwandelte sich in Unbehagen.

Sie dachte an Georg. Wie er erstickt worden war. Ein unbedarfter Moment, und es war vorbei. Eine Sache von Sekunden.

«Tyler», rief sie die Treppe hoch. Vielleicht war er doch da, das würde sie beruhigen. Aber er antwortete nicht, und durch das Küchenfenster sah sie dann auch, dass der Wagen nicht dastand.

Sie zog sich die nassen Socken aus, setzte sich dicht an die Heizung und legte die Füße obendrauf.

Sie musste professionell bleiben, sagte sie sich, sich nicht von einem lächerlichen Anruf und einem Brief verunsichern lassen. Wobei der Brief noch mal einen Schritt weiter ging als der Anruf. Wer auch immer ihn zusammengeklebt hatte, war auf ihrem Grundstück gewesen, an ihrem Haus, ganz dicht bei ihr. Gleichzeitig sagte sie sich, dass derjenige, der sie da nervös machen wollte, noch lange kein Mörder sein musste. Wobei sich dennoch die Frage stellte: Wieso sollte jemand etwas dagegen haben, dass sie ermittelte, wenn die Polizei doch sowieso an dem Fall dran war. An welcher Stelle war sie – zumindest der Meinung ihres anonymen Freundes nach – der Polizei gegenüber im Vorteil?

Es musste etwas sein, das mit dem Ort zu tun hatte, mit ihren persönlichen Beziehungen, irgendetwas, das Bekannte oder Freunde ihr gegenüber vielleicht erwähnen, aber niemals der Polizei sagen würden.

Sie setzte ihre Lesebrille auf, um sich den Brief noch einmal genauer anzusehen.

Die Worte und Buchstaben waren den vielen kleinen runden Kanten nach zu urteilen mit einer Nagelschere ausgeschnitten, mit einer rostigen Nagelschere, die bräunlich auf das Papier abgefärbt hatte. Die Schrift war unterschiedlich groß und verschiedenfarbig. Schwarz auf Weiß, Grau auf Weiß, Weiß auf Grün und Rot auf Grau. Bei dem Grün fiel Bette der *Vierländer Bote* ein. Dieses kostenlose Heft, das hier in der Gegend in Umlauf war, hatte doch auch immer so ein Grün in seinen Überschriften. Sie stand auf und suchte den Papierstapel im Küchenregal durch. Da! Da war einer. Die Schriftart passte, die Farbe passte. Die anderen Farben tauchten in den Werbeanzeigen auf. Möglich, dass der Briefeschreiber sogar diese Ausgabe verwendet hatte.

Und nun? Was sagte ihr das? Nichts, genau genommen. Jeder hier draußen hatte irgendwo den *Vierländer Boten* rumliegen.

Sie musste die Sache anders angehen. Der anonyme Anruf war gestern Morgen eingegangen. Danach war sie bei Martha und Henrik gewesen, dann bei Hinrich Loog und heute bei Ulla und Bernd. Es waren also zuallererst diese drei Parteien, die wissen konnten, dass sie die Drohung des Anrufers ignoriert hatte. Aber weder Hinrich noch Ulla und Bernd war sie vor dem Anruf zu nahe getreten, womit nur Henrik übrig blieb. Wenn man mal all die Vier- und Marschländer aus der Betrachtung herausließ, die sowieso immer schon alles wussten. Aber irgendwo musste sie mit ihren Verdächtigungen anfangen.

Nur mal angenommen, Anruf und Brief wären von Henrik. War seine Motivation wirklich nur, Martha in dieser Ausnahmesituation vor Bettes Fragerei zu beschützen? Oder gab es einen tiefgreifenderen Grund? Wusste er etwas? Vielleicht, dass Martha etwas mit Georgs Tod zu tun hatte?

Sie spielte das durch: Martha hatte ihren Vater umgebracht, weil sie rausgefunden hatte, dass ihre Mutter tot war. Und vielleicht auch, weil sie erfahren hatte, dass sie von Georg ermordet worden war. Oder er zumindest von ihrem Tod gewusst hatte. Dann hatte sie den Hof in Brand gesteckt, damit die Leiche ihrer Mutter endlich gefunden wurde. Und nicht, um den Mord an Georg zu vertuschen. Nur wie hätte sie wissen sollen, dass Edith da in dieser Kühlkammer lag? Hatte Georg es ihr gesagt?

Bette atmete schwer seufzend aus, stützte den Kopf in die Hände. Die Theorie war an sich nicht ganz unlogisch. Wäre da nicht Martha. Bette bekam eine solche Tat nicht mit ihrer Freundin zusammen und auch nicht mit Marthas Reaktion auf all das, was passiert war. Allerdings war es natürlich möglich, dass Henrik einfach einen Verdacht hatte, Angst hatte, Martha könnte es gewesen sein.

31. MARCU

Marcu war völlig antriebslos. Es musste bald Nachmittag sein, und er lag immer noch einfach nur da und starrte vor sich hin. Sein Magen knurrte. Er hatte den ganzen Tag noch nichts gegessen. Er konnte sich nicht mal aufraffen, kurz aufzustehen und die Heizung auszuschalten. Dabei hatte er schon Kopfschmerzen von der stickigen Luft. Er rollte sich zusammen, biss die Zähne aufeinander und kämpfte gegen die Verzweiflung an, die sich in seinem Inneren ausbreitete.

Er hatte in Jeans und Hoodie geschlafen, nicht einmal die Sneakers hatte er gewagt auszuziehen, für den Fall, dass er fliehen musste. So würde er es ab nun wohl immer handhaben. *Immer, immer, immer.*

Irgendwann döste er noch mal weg, träumte wirr und wachte erst wieder auf, als er die Krähe auf dem Dach hörte. Wäre er nicht schon mit den Geräuschen, die sie machte, vertraut gewesen – er wäre zu Tode erschrocken. Ihre Krallen kratzten laut über die Wellplatten, und mit dem Schnabel schlug sie Nüsse auf. *Bumm, bumm, bumm.*

Er wälzte sich herum und versuchte weiterzuschlafen. Aber da war nichts zu machen. Und er konnte langsam auch nicht mehr nur hier herumliegen. Er musste irgendetwas tun. Er konnte sich nicht ewig in der Hütte verschanzen, ausharren bis ... ja, bis was? Bis der Mörder ihn gefunden hatte? Bis ihm eine Lösung einfiel? Bis alles vorbei war?

Als ob er irgendwann einfach aus diesem Albtraum erwachen würde.

Fuck auch.

Fuck Mörder.

Nein, verdammt! Der würde ihn nicht kriegen. Er würde sich doch von dem nicht fassen lassen. Er war immer irgendwie durchgekommen, davon würde so ein Arsch ihn jetzt auch nicht abhalten.

Er musste versuchen, mit Tyler zu reden. Vielleicht hörte er ihm ja doch zu. Trotz des geklauten Portemonnaies. Und half ihm dann. Wenn er ihm nur alles erklärte. Tyler könnte zur Polizei gehen, er musste nicht sagen, wer ihm das mit dem Mord gesteckt hatte. Er könnte so tun, als sei er selbst der Zeuge. Und vielleicht könnte er die Bullen dann gleich auch noch bei dem Hof von dem alten Mann vorbeischicken. Dem mit den Krähen. Nur mal nachsehen, ob da alles okay war. Nicht dass der alte Mann auch noch tot war. Es konnte doch sein, dass die drei Männer ihn erschossen hatten. Und danach die Krähen abgeknallt, um vom Todesschuss abzulenken. Obwohl das eine ziemlich dämliche Taktik wäre.

Marcu tastete nach der Patrone in seiner Hosentasche, umschloss sie mit den Fingern. Sie war ein bisschen sein Talisman geworden. Vielleicht brachte sie ihm Glück. Obwohl das zu denken vermutlich auch dämlich war. Es war nur eine blöde Patronenhülse.

Er rappelte sich auf, zog seine Jacke über und die Kapuze hoch. Es hatte angefangen zu regnen. Nicht gerade einladend, um rauszugehen. Aber vielleicht dachte der Mörder sich das auch. Das hoffte Marcu zumindest.

Wie immer mied er die Gartenpforte und nahm stattdessen den Weg über die Wiese und durch den Knick. Äste und eisiger Regen schlugen ihm ins Gesicht. Wasser stand auf dem immer noch gefrorenen Boden, vermischt mit schmelzendem Schnee und Eisklumpen. Seine Füße in den ausgelatschten Schuhen waren sofort nass. Er schlang seine Arme um den Oberkörper und ging im Schutz der Bäume den Hauptweg der Gartenanlage hinunter. Immer wieder sah er sich um, blieb kurz stehen, lauschte, ging dann rasch weiter.

Er würde sich nicht schnappen lassen! Dieser Mörder konnte ihn mal!

Am schnellsten wäre er über den Fahrradweg in Ochsenwerder. Aber der war viel zu einsichtig, so schnurgerade, wie er durch die Landschaft führte, und er bot keine Versteckmöglichkeiten.

Also blieb Marcu so lange wie möglich in der Gartenanlage, schlich dann zwischen Treibhäusern durch und dicht an einem Graben entlang über einen Acker. In den Graben könnte er sich notfalls reinducken.

Ob seine Vorsicht übertrieben war? Wie sollte der Mörder ihn erkennen? Er war ein Jugendlicher ohne irgendwelche auffälligen Merkmale. Trotzdem. Er hatte Angst, beschissene Angst.

Die letzten Meter bis Ochsenwerder musste er dann doch noch über den Radweg, seitlich war alles abgezäunt. Eilig querte er die Dorfstraße, die links weiter zur Kirche führte. Er war mittlerweile nass bis auf die Haut. Aber immerhin hatte der Regen jetzt etwas nachgelassen, es nieselte nur noch. Auf der anderen Seite der Straße gab es einen Pfad durch ein kleines Wäldchen. Wenn ihn nicht alles täuschte, kam er über den von hinten an das Haus ran, in dem Tyler wohnte. Er war auf dem Weg zum Supermarkt schon mit dem Rad daran vorbeigefahren.

Und wirklich, er war noch nicht aus dem Wald raus, da sah er es durch die Bäume hindurch. Es war ein Reetdachhaus, weiß gestrichen, nicht groß, aber mit einem großen Garten, in dem sogar ein Treibhaus stand. Allerdings total kaputt und zugewuchert. Es sah sowieso alles etwas verwildert aus in dem Garten, was Marcu aber gefiel. Und da es das letzte Haus in der Straße war, kamen dahinter nur Wiese und offener Acker.

Langsam näherte er sich dem Haus, bewegte sich geduckt an dem Graben entlang, der den Garten vom Acker trennte, sprang über den schmalen Wasserlauf und blieb hinter dem dicken Stamm eines Walnussbaumes stehen. Auf dem Boden, im tauenden Schneematsch, lagen Nüsse, die im Herbst niemand aufgesammelt hatte. Nicht einmal die Eichhörnchen.

Von hier aus hatte er einen freien Blick auf das Haus. Eine Weile stand er da, beobachtete und wartete, ohne zu wissen, worauf eigentlich. Alles blieb still, hinter den Fenstern konnte er keine Bewegungen ausmachen.

Er würde klopfen, Tyler um Entschuldigung bitten, ihm alles erklären. Das nahm er sich fest vor. Deshalb war er hergekommen. Deshalb hatte er sich überhaupt nur aus der Sicherheit seiner Laube gewagt. Ein bisschen hoffte er, dass Anton ihn vielleicht entdeckte, wiedererkannte, freudig bellte, ihm die Entscheidung, wirklich zum Haus rüberzugehen, abnahm. Aber das tat er nicht. Kein Hund weit und breit.

Ob überhaupt jemand da war?

«Jetzt! Los!», flüsterte er sich selbst Mut zu. Einmal noch schaute er nach allen Seiten, dann ging er durch den Garten auf das Haus zu. Sein Herz hämmerte in seiner Brust, so aufgeregt war er. Er schlich sich bis an das hintere Erdgeschossfenster heran, schaute hinein. Es war das Wohnzimmer. Alles dunkel. Niemand da. Aber auf dem Boden neben dem Sofa lag eine Wolldecke, als habe dort eben erst jemand geschlafen. Es sah gemütlich aus, irgendwie nach Familienleben, und eine schmerzende Sehnsucht kroch in ihm hoch. Wieso hatten es manche Menschen so schön und er ... Er schob den Gedanken beiseite, Selbstmitleid fand er erbärmlich.

Er wollte gerade nach vorne rum zur Tür gehen, als ein Mann die Straße runterkam und kurz dahinter noch ein dunkles Auto. Es war nicht Tylers Wagen.

Marcu huschte zurück hinter das Haus, blieb einen kurzen Moment stehen, versuchte seinen Atem zu beruhigen. Er hörte eine Autotür schlagen. Das Geräusch war für ihn wie ein Startschuss loszurennen. Rüber in das kleine Wäldchen. In den Schatten der Bäume. Jetzt erst merkte er, wie kalt ihm war. Seine Hände waren schon blau. Der Mut, Tyler anzusprechen, hatte ihn längst verlassen. Er wollte nur noch zurück in seine Laube.

32. BETTE

Während Bette noch mit dem Brief in der Küche saß, sah sie Meyra vor dem Haus parken und den Gartenweg hochkommen. Sie stand auf und schob den Brief, der mittlerweile in einer Zip-Tüte steckte, zwischen die Kochbücher im Regal. Der Anruf, den sie nicht weiter erwähnt hatte, war eine Sache, der Brief ging – was die Drohung betraf – aber schon ein Stück weiter. Wenn Thorben davon erfuhr, bestand die Gefahr, dass er sie nicht weiter an dem Fall mitarbeiten ließ. Und den Gefallen wollte Bette demjenigen, der da versuchte, ihr Angst einzujagen, nicht tun.

Und Meyra den Brief zu zeigen und von ihr zu verlangen, Thorben nichts davon zu verraten, wäre nicht fair. Damit würde sie sie nur in Verlegenheit bringen. Thorben war ihr Chef und zudem leitender Kommissar in diesem Fall, auch wenn er sich selbst kaum einbrachte.

Vielleicht würde sie später Arno den Brief geben, damit er ihn sich genauer ansah. Als alter Spurensicherer hatte er ein ganz anderes Standing und war Thorben auch keine direkte Rechenschaft schuldig.

«Henrik hat in der Brandnacht mit Nils telefoniert», platzte es aus Meyra heraus, kaum dass sie durch die Tür war. «Ich habe die Daten des Netzbetreibers. Er hat Nils angerufen, als er am Brandort war.»

«Wieso hast du Henriks Netzdaten angefordert?», fragte Bette verwundert.

«Hab ich nicht. Das weiß ich, weil die Feuerwehr Martha

und Henrik Klein zum Schwarzackerhof geholt hat. Und in deren Bericht sind die Zeiten exakt festgehalten. Um 05.44 Uhr sind die beiden auf dem brennenden Hof angekommen. Und um 05.46 Uhr hat Henrik Nils auf dem Smartphone angerufen.»

«Wo war Nils da?»

«Das Telefon war bei ihm zu Hause, als der Anruf angenommen wurde. Ich frage mich, warum Henrik Nils angerufen hat», redete Meyra weiter. «Ich meine, der Hof seines Schwiegervaters brennt, sein Schwiegervater ist tot, und er ruft Nils an?»

«Da bin ich auch wirklich neugierig, wie er uns das begründen will», sagte Bette.

«Oh Mann. Das ist alles so scheiß verworren», schimpfte Meyra. «Was, wenn er der Täter ist?»

«Wer?», fragte Bette, die Meyras Gedankengang nicht folgen konnte, weil sie selbst bei den Uhrzeiten hängen geblieben war, die Meyra eben heruntergeleiert hatte.

«Na, Henrik», sagte Meyra.

«Henrik?» Bette schüttelte mit zusammengekniffenen Augen den Kopf, als könne sie so ihre Gedanken geraderuckeln. «Was sollte denn Henriks Motiv sein?»

«Ähm, also ... das Erbe?», schlug Meyra vor. «Er könnte es auf das Erbe abgesehen haben.»

Darüber dachte Bette kurz nach, sagte dann aber: «Georg hätte den beiden alles gegeben. Es war eher so, dass Henrik nichts von ihm annehmen wollte, es selbst schaffen wollte. Sich und der Familie beweisen, dass er es ohne Unterstützung des Schwiegervaters zu etwas bringen würde.»

«Löblich», bemerkte Meyra nicht ganz unironisch.

«Komm, lass uns los. Fragen wir ihn», sagte Bette und griff nach ihrer Jacke. Sie standen immer noch im Flur.

«Was jetzt, ihn fragen, ob er der Mörder ist?»

Bette lachte. «Ich dachte erst mal an seinen Anruf bei Nils.» Sie überlegte, ob sie ihn dann auch gleich noch auf die Drohungen ihr gegenüber ansprechen sollte, entschied sich aber dagegen. Zum einen war Meyra dabei und sollte nichts davon wissen. Zum anderen würde er es sicher abstreiten, selbst wenn die Drohungen von ihm waren. Deshalb waren sie ja anonym.

Es regnete, und die weiße Decke, die heute Vormittag noch über allem gelegen hatte, hatte sich in wässrigen Matsch verwandelt und in große Pfützen. Der Schneemann vor Martha und Henriks Haus war mittlerweile ganz weggeschmolzen. Nur noch der auf dem Boden liegende Schal erinnerte daran, dass es ihn gegeben hatte. Sie klingelten, niemand öffnete, aber im Haus nebenan ging ein Fenster auf, und die alte Nachbarin, deren Name Bette gerade nicht parat hatte, rief ihnen durch den laut prasselnden Regen zu: «Martha ist weg. Aber Henrik ist bei den Treibhäusern.»

Sie eilten durch den Garten nach hinten, gebeugt, damit der Regen sie nicht frontal erwischte. Nass waren sie trotzdem, als sie durch die Glastür des ersten Treibhauses traten.

Bette schüttelte sich das Wasser von der Jacke. Hier in Henriks Reich war sie noch nie gewesen.

Anders als ihr eigenes verfallenes Treibhaus sah es gepflegt aus. Keine Scheibe fehlte. Das Metallgestell war makellos, ohne Roststellen, und sogar die unausweichlichen Spinnweben in den Ecken waren entfernt worden, was Bette doch etwas übertrieben fand. Spritze Henrik vielleicht doch Gift? Oder war es Nils' Job, Spinnweben zu entfernen? Eine wahre Arbeitsbeschaffungsmaßnahme.

In langen Reihen standen Holzkisten, zwischen denen immer etwa ein halber Meter Platz gelassen war, sodass man gut an sie rankam. Henrik war gerade dabei, Erde aus großen Papiersäcken nachzufüllen. *Bio-Erde* stand darauf. Sicher nicht ganz billig. Im Treibhaus anzubauen, war grundsätzlich teuer. Bettes Mutter hatte den Anbau in ihrem Treibhaus drüben in Ochsenwerder wegen der steigenden Ölpreise für die Heizung schon in den 1980er-Jahren aufgegeben. Es hatte sich nicht mehr rentiert, und die Ölpreise waren heute nicht gerade niedriger.

Kurz fragte Bette sich, ob Meyra nicht doch recht hatte, dass es bei dem Mord an Georg um Geld gegangen war. Aber es blieb dabei: Martha hätte sowieso alles geerbt, und Henrik war derjenige, der nie etwas hatte annehmen wollen.

Sie erinnerte sich noch gut daran, wie gestresst Martha vor ein paar Jahren gewesen war, als sie versuchte, Henriks Zustimmung zu bekommen, zumindest für den Hauskauf einen zinslosen Kredit von ihrem Vater anzunehmen. Georg hätte Martha, und damit auch Henrik und die Mädchen, immer unterstützt. Man konnte ihm nicht vorwerfen, kein großzügiger Mensch gewesen zu sein. Bette konnte sich sogar vorstellen, dass Georg deswegen das Land hatte verkaufen wollen. Für Martha und nicht gegen sie. Damit sie sich später nicht mit den ganzen Pachtangelegenheiten rumschlagen musste und damit sie liquide war. Vielleicht war ihm wirklich nicht bewusst gewesen, wie sehr Martha an dem Land hing.

«Hey», sagte Henrik und leerte den Sack, den er gerade in Händen hielt, schüttelte ihn noch einmal, damit auch ja keine Erde verloren ging.

«Moin, Henrik», sagte Bette. «Wo ist Martha?»

«Ich hab keine Ahnung», sagte er, zerknüllte den leeren Beutel und warf ihn in eine Schubkarre. «Sie ist ständig unterwegs. Ich versuch immer, sie dazu zu bekommen, sich mal auszuruhen, sich Zeit für sich zu nehmen, aber ...», er zog sie Schultern hoch, «ich komm grade nicht richtig an sie ran.»

«Du machst dir Sorgen um sie», sagte Bette mitfühlend, wenn auch etwas überrascht über Henriks Redeschwall.

«Ja», sagte Henrik gedehnt. «Ja. Das mache ich.»

«Ist grade nicht einfach», sagte Bette. «Für euch alle.»

«Nein, ist es nicht.» Henrik lächelte dankbar und ließ die Schultern wieder sinken.

«Wir hätten da noch ein paar Fragen», bereitete Bette nun das Feld für Meyra vor.

«Es geht noch mal um die Brandnacht», übernahm diese. «Wieso haben Sie Nils Büsing von dem Schwarzackerhof aus angerufen?»

Henrik sah sie mit leicht gerunzelter Stirn an, schien verwundert, aber nicht besorgt. «Ich wollte sichergehen, dass er zu Hause ist.»

«Wieso?»

«Na ja», druckste er herum. «Wenn es um Feuer geht ...»

«Sie trauen Nils also doch nicht?»

«Doch, schon, aber ...», stammelte Henrik. «Ich wollte nur sichergehen.»

«Und wieso haben Sie uns nichts von dem Anruf erzählt?», fragte Meyra weiter.

«Habe ich doch.»

«Haben Sie nicht.»

Henrik verzog gequält den Mund. «Dann habe ich es wohl vergessen. Tut mir leid. Ich dachte wirklich, ich hätte es schon gesagt. Aber es ist gerade einfach alles zu viel.»

Ja, das war es auf jeden Fall, dachte Bette.

«War Nils denn zu Hause, als Sie ihn angerufen haben?», fragte Meyra, ohne weiter auf Henriks Entschuldigung einzugehen.

«Ja.»

«Und wie können Sie da sicher sein? Ich meine, es war eine Mobilnummer. Er hätte sonst wo sein können.»

Das war eine berechtigte Frage, auch wenn Meyra aus den Daten des Netzanbieters längst wusste, dass Nils beziehungsweise sein Telefon zu Hause gewesen war. Aber wie sollte Henrik das gewusst haben?

«Nils hat gesagt, er sei zu Hause. Ich hab ihm geglaubt.»

Meyra schob die Lippen hin und her, schien wenig überzeugt. «Haben Sie Nils denn auch gesagt, dass es bei Georg Lange brennt?», fragte sie.

«Ähm, ich denke schon. Ja», war Henriks zögerliche Antwort.

«Es könnte also sein, dass er erst durch Ihren Anruf von dem Brand erfahren hat und dann zum Schwarzackerhof raus ist», schlussfolgerte Meyra. «Um das Feuer zu sehen.»

«Er war da?»

Meyra nickte.

«Ich hab ihm doch gesagt, er soll bloß nicht da auftauchen», sagte Henrik hastig, und Bette meinte kurz einen Anflug von Panik in seinen Augen zu sehen. Jetzt fühlte er sich schuldig, Nils zum Schwarzackerhof gelockt zu haben, dachte sie.

«Feuer fasziniert ihn», sagte Meyra kühl. «Haben Sie wirklich geglaubt, er lässt sich so einen Brand entgehen?»

33. MARTHA

Von Tante Lore aus war Martha ziellos durch die Gegend gefahren. Über die Tatenberger Schleuse, den Brennerhof hoch, dann durch Moorfleet, an der Kirche vorbei und am Holzhafen entlang, durch Rothenburgsort und kreuz und quer durchs Industriegebiet. Beim Autofahren konnte sie meist gut nachdenken. Wenn das Draußen an ihr vorbeiglitt, hatte das etwas Meditatives, etwas Beruhigendes, das ihr half, ihre Gedanken und Gefühle zu ordnen. Heute allerdings wollte das nicht so recht funktionieren.

Vor nicht mal einer Woche noch hatten sie belanglose Nichtigkeiten gestresst, wie unpünktlich zum Abendessen bei ihrem Vater zu sein, oder sie hatte sich darüber geärgert, dass Henrik es nicht hinbekommen hatte, einen Babysitter zu organisieren. Und jetzt? Was war jetzt noch wichtig?

Ihr ganzes Leben war durcheinandergerüttelt worden. Ihr Weltbild zerstört, zumindest das ihrer eigenen kleinen Welt. Henrik, Elsa und Luisa waren noch da, aber ansonsten saß nichts mehr am richtigen Platz.

Auf dem Rückweg fuhr sie am Spadenländer Hauptdeich, so weit es ging, rechts ran und drückte den Warnblinker. Sie wusste, Henrik tat alles, um ihr beizustehen, um ihr zu helfen, und sie war ihm unendlich dankbar dafür. Trotzdem wollte sie jetzt nicht nach Hause, aus demselben Grund, weshalb sie Bette nicht mit zu Lore genommen hatte. Sie brauchte Raum.

Hinter ihr hupte ein Wagen und überholte in viel zu

hohem Tempo. Fast im selben Moment rief Henrik an. Sie drückte ihn weg. Es war nicht okay von ihr, sicher wollte er ihr von den Mädchen erzählen und was sich heute bei der Versicherung ergeben hatte. Und er wollte wissen, wie es ihr ging. Er machte sich Sorgen, das wusste sie, aber sie wollte jetzt verdammt noch mal einfach nur ihre Ruhe haben. Sie wollte keine Nettigkeiten, sie wollte die Wahrheit.

Wer hatte ihren Vater erstickt? Und was war vor 37 Jahren mit ihrer Mutter passiert?

Der nächste hupende Wagen schoss an ihr vorbei. Hoffentlich fuhren diese ganzen Idioten vorne in die Blitzanlage. Auch wenn es hier nach einer Rennstrecke aussah, waren nur 50 Stundenkilometer erlaubt.

Sie würde zu Otto fahren, dachte sie plötzlich. Auf einen Schnaps. Das war es, was sie jetzt brauchte. Und vielleicht, ganz vielleicht, konnte Otto ihr auch etwas von früher erzählen.

Sie startete den Motor und fuhr langsam weiter. Ottos Gaststätte lag im Dorferbogen, nur ein paar hundert Meter weiter links rein.

Otto war mittlerweile über achtzig. Ein hagerer Mann mit weißem Bart und hellen Augen. Seinen Gasthof öffnete er nur noch dienstags für den Knobelabend und einmal im Monat freitags. Und momentan war wegen des Lockdowns sowieso geschlossen. Doch Otto wohnte über den Gasträumen und war daher immer da, und ein Blick auf Martha reichte ihm, um sie mit einem stummen, aber freundlichen Nicken einzulassen.

Der Gastraum hatte etwas von einer sicheren Höhle. Er war nicht groß, hatte nur kleine Fenster, und alles war in dunklen Brauntönen gehalten. Die Polsterung der Stühle, die Gardinen, der Kachelofen, die Tonkrüge hinter der Theke. Martha merkte, wie sie sofort etwas ruhiger wurde.

Als Kind war sie oft mit hier gewesen, hatte draußen mit Freunden fangen gespielt oder *Fischer, Fischer, wie tief ist das Wasser?*, während ihr Vater ein Bier getrunken hatte oder auch mal zwei. Und bei Regen hatte sie sich mit einem Buch drüben in den großen Festsaal zurückgezogen – und Otto hatte ihr dann immer ein Nogger gebracht. Das hatte sie am liebsten gemocht. Es waren schöne Momente gewesen, und gerade hatte sie das Gefühl, dass sie sich an genau solchen Erinnerungen festhalten musste, um nicht ganz kirre zu werden.

«'n Kaffee?», fragte Otto.

«Lieber was Starkes», sagte Martha.

Otto stellte eine Flasche Oldesloer auf den Tisch, setzte sich zu ihr, schenkte ein.

Sie kippte das Glas in einem runter, spürte das Brennen in der Kehle und dann, wie die Wärme des Alkohols sich in ihrem Körper ausbreitete. Sie schob das Glas mit den Fingern ein paar Zentimeter in Ottos Richtung, damit er nachschenkte. Er selbst blieb bei Kaffee und sagte nichts, quatschte sie nicht voll mit weiteren Trauerbekundungen und Mitleidsäußerungen. Er war einfach nur da. Und das tat gut.

Sie legte den Kopf in den Nacken, las die Liedtitel auf den Notenblättern, mit denen die Raumdecke tapeziert war: *Die lustigen Gespenster, Laura, Bleib bei mir*. Unter den Noten hingen Trompeten, umfunktioniert zu Lampen. Blasinstrumente. Ottos Leidenschaft. Er hatte eigentlich nie etwas anderes machen wollen, als zu musizieren: Trompete, Tuba und Tenorhorn. Hätte er nicht den Gasthof übernommen, der seit weit über hundert Jahren in Familienbesitz war, wäre er Vollzeitmusiker geworden. Vollblutmusiker war er auch so.

Sie trank noch einen. Wurde langsam schon duun.

Nach ihrem fünften Korn sagte sie mit schwerer Zunge: «Weißt du, jetzt, wo Papa tot ist, merke ich, dass ich nichts über ihn weiß. Nicht wirklich. Und über meine Mutter noch weniger. Ich hab ihn nie nach ihr gefragt, ich habe irgendwie gespürt, dass er das nicht wollte.»

«Hat ihn getroffen, dass sie weg ist», sagte Otto. «Es hat ihn verändert.»

«Wie verändert?»

«Er wurde ... weicher. Und es ging für ihn nur noch um dich. Dir sollte es gut gehn. Er ist sogar aus'm Schützenverein ausgetreten, damit er mehr Zeit für dich hat.»

Martha verschluckte sich, hustete. «Er war im Schützenverein?», fragte sie ungläubig. Das konnte nicht sein.

«Sicher doch.» Otto nickte, schenkte noch mal nach. Martha kippte das Glas sofort weg. Mittlerweile brannte es nicht mal mehr im Hals.

«Er war auch Schützenkönig, mehrmals», sagte Otto.

Schützenkönig. Das Wort hallte in Marthas Kopf nach. Dann hatte er also doch Waffen besessen. Welcher Schützenkönig hatte bitte keine Waffen?

34. MARCU

Marcu hatte seine klatschnassen Klamotten nach dem erfolglosen Ausflug zu Tylers Haus auf der Elektroheizung getrocknet und dann sofort wieder angezogen. Nur seine Turnschuhe waren noch zu nass, als dass er sich damit ins Bett legen wollte. Er hatte sie aber so hingestellt, dass er sofort reinschlüpfen konnte, falls er abhauen musste. In der Laube hing feuchtheiße Trockenluft wie in einem Dampfbad. So stellte er sich das zumindest vor, wirklich in einem Dampfbad war er noch nie gewesen.

Er schwitzte, aber die Laubentür wollte er nicht aufmachen. Auf keinen Fall würde er sie aufmachen. Das wäre wie eine Einladung für den Kerl, der ihn suchte.

Er ärgerte sich über sich selbst, dass ihn bei Tyler der Mut verlassen hatte. Aber genau genommen war es sowieso egal. Es gab keinen Grund, warum Tyler ihm helfen sollte. Wie war er überhaupt auf diese blödsinnige Idee gekommen? Er hatte Tyler bestohlen.

Frustriert und verärgert über sich selbst, riss er eine Tafel Nussschokolade auf, seine letzte, biss ab, als sei es ein Butterbrot, kaute, schluckte. Die Schokolade klebte fies süß in seiner Kehle.

35. BETTE

Nach dem Abendessen war Tyler noch mal mit Anton rausgegangen, und Bette hatte es sich gerade vor dem Kamin im Wohnzimmer gemütlich gemacht, als es an der Haustür klopfte. Oder besser gesagt, klang es eher, als würde jemand mit der Faust dagegenschlagen. Das konnte nur Tyler sein, der seinen Schlüssel vergessen hatte. Etwas unwillig stand Bette auf.

«Tyler! Geht das auch ein bisschen leiser?», sagte sie missmutig, als sie die Tür öffnete. Dann erst sah sie, dass Martha draußen stand. Sie lehnte mit der Schulter an der Wand neben der Tür, als müsse sie sich abstützen. Ihre Augen waren gerötet, genau wie ihre Wangen. «Oh, du bist das», sagte Bette überrascht.

«War bei Otto. Musste das Auto stehen lassen.» Sie sprach undeutlich, etwas verwaschen. So wie sie klang, hatte sie mehr als ein Bier getrunken.

«Komm rein», sagte Bette.

Martha rührte sich nicht, sah sie nur mit glasigen Augen an, sagte dann: «Papa war mal Schützenkönig. Er war im Schützenverein. Hat Otto mir eben erzählt. Dass er erst nach dem Tod meiner Mutter nicht mehr hin ist. Dass ...» Martha brach ab, rieb sich mit dem Handrücken die Augen, legte nun auch den Kopf gegen die Wand, schien regelrecht in sich zusammenzusacken.

Bette fasste sie sachte am Arm. «Komm doch erst mal rein.» Georg Vereinsschütze? Bette versuchte sich ihren Schreck darüber nicht anmerken zu lassen. Denn was bedeutete das? Nicht nur dass Georg schießen konnte, sondern dass er sehr wahrscheinlich auch Waffen besessen hatte. Und dass er aus irgendeinem Grund nach Ediths Verschwinden nichts mehr damit zu tun haben wollte. Bette sprach immer noch von *Verschwinden*, weil sie ja nicht einmal wussten, ob der Zeitpunkt von Ediths Tod überhaupt mit dem ihres Verschwindens übereinstimmte. Vielleicht war sie auch irgendwann wiedergekommen und erst dann gestorben.

«Setz dich schon mal ins Wohnzimmer. Du bist ja eiskalt», sagte sie. Ihre Zettel mit den Notizen zu den Ermittlungen hatte sie glücklicherweise inzwischen oben ins Schlafzimmer gehängt. «Ich mach uns schnell einen heißen Tee. Oder willst du lieber einen Grog?»

«Grog», sagte Martha und wankte etwas unsicher ins Wohnzimmer.

Als Bette ein paar Minuten später mit den Getränken nachkam, war sie auf dem Sofa eingeschlafen. Bette deckte sie zu, zog sich einen Sessel dicht vor das Feuer, ließ ihren Tee stehen und trank Marthas Grog. Ihre Narkolepsie-Medikamente vertrugen sich nicht mit Alkohol. Aber der eine Grog sollte schon mal gehen. Sie schickte Tyler eine SMS, er solle leise sein, wenn er ins Haus kam. Martha schlafe im Wohnzimmer. Außerdem schrieb sie Henrik, dass Martha bei ihr sei und über Nacht bleiben würde. So betrunken, wie sie war, würde sie sicherlich erst mal nicht zu sich kommen. Nur wenige Sekunden später antwortete Henrik.

Danke, dass du Bescheid gibst. Ich hab mir schon Sorgen gemacht. Konnte sie nicht erreichen. LG

Bette sah zu Martha hinüber. Jetzt wo sie schlief, schien sie ganz entspannt, und Bette sah sofort wieder das kleine Mädchen mit den dicken Zöpfen vor sich, auf das sie damals aufgepasst hatte. Die Vorstellung, sie könnte etwas mit Georgs Tod zu tun haben, war absurd. Sie würde diese Möglichkeit zwar mitdenken müssen, aber sie hatte nicht vor, ihre Zeit mit falschen Verdächtigungen zu verplempern. Und zum Glück hatte sie nichts unterschrieben, sie war zu nichts verpflichtet.

Bette trank den Grog und genoss es, wie die wohlige Wärme sich in ihr ausbreitete. Sollte das mit dem Schützenverein stimmen, wovon sie ausging, da Otto keiner war, der Blödsinn erzählte, war das vielleicht wirklich endlich mal eine brauchbare Spur. Wenn auch nicht unbedingt die, die Bette sich erhofft hatte. Denn es rückte Georg nur noch mehr in den Fokus als Hauptverdächtiger.

Sie merkte, wie ihre Lider schwer wurden. Diesmal war es nicht der Narkolepsie geschuldet, sondern der Wärme und dem Rum. Morgen würde sie dem nachgehen. Morgen, dachte sie noch, dann döste sie weg.

Bette wachte davon auf, dass sie fror. Das Feuer war runtergebrannt. Sie drehte den Kopf hin und her, ihr Nacken war ganz steif. Martha schlief weiter tief und fest, schnarchte leise. Bette legte Holz nach, das in der heißen Glut sofort Feuer fing. Wo sie einmal wach war, würde sie so schnell nicht wieder einschlafen. Da brachte es nichts, sich jetzt ins Bett zu legen. Sie würde sich nur hin und her wälzen.

Bette saß da, schaute in die Flammen, lauschte dem Knistern des Feuers und dem ihr so vertrauten Knarzen des alten

Hauses. Plötzlich zerriss ein dumpfer Knall die gemütliche Stille, und für den Bruchteil einer Sekunde flackerte ein rotes Licht auf. Bette fuhr aus dem Sessel hoch, so erschrocken, dass mal wieder alle Kraft aus ihren Händen wich. Martha dagegen rührte sich nicht einmal. Was zum Henker ... Bette machte einen Schritt zum Fenster, stieß dabei mit dem Oberschenkel gegen die Kante des Beistelltischs, fluchte. Was auch immer das war, es war draußen gewesen.

Sehen konnte sie nichts. Draußen war es zu dunkel, im Raum zu hell. Sie drehte sich wieder zum Kamin, wartete, bis die Kraft in ihre Hände zurückkehrte, kippte den Sandeimer, der immer in der Ecke stand, über das Feuer und löschte es. Dann schaute sie erneut aus dem Fenster. Diesmal agierte sie etwas professioneller, trat seitlich so hinter die Gardine, dass sie von draußen nicht zu sehen war. Jetzt konnte sie zumindest Silhouetten erkennen: der Schuppen, das Treibhaus, die Bäume. Aber nirgends bewegte sich etwas. Und alles war ruhig.

Hatte sie sich das eben vielleicht nur eingebildet? War sie, ohne es zu merken, doch eingeschlafen und hatte geträumt?

Aber kaum hatte sie das gedacht, blitzte es erneut rot auf, und wieder knallte es. Ein dumpfer, tiefer Knall, als würde etwas in einem Erdloch explodieren. Bette kam es vor wie ein Déjà-vu. Sie merkte, wie sie sich verkrampfte. Es hatte schon mal einen Anschlag bei ihr gegeben, Schuppen und Hühnerstall waren dabei in die Luft geflogen. Und Mats war schwer verletzt worden. Etwas, das Bette sich nie ganz verziehen hatte. Obwohl sie nichts dafür gekonnt hatte. Trotzdem. Sie war das eigentliche Ziel gewesen.

Nur Sekunden später stürmte Tyler ins Wohnzimmer, Anton dicht neben sich, winselnd und mit eingezogenem Schwanz.

«*What the fuck*. Habt ihr das gesehen?», rief Tyler aufgeregt. Er war noch vollständig angezogen, hatte vermutlich noch gar nicht geschlafen.

Jetzt war auch Martha wach. «Was ist denn?», fragte sie noch ganz benommen.

Tyler lief zum Fenster, presste seine Nase gegen die Scheibe.

Bette riss ihn zurück. Er stand da wie eine Zielscheibe.

«Da, da», rief er aufgeregt. Er stand jetzt seitlich neben Bette, den Blick weiter nach draußen gerichtet. «Am Treibhaus!»

Bette kniff die Augen zusammen, versuchte, irgendwas zu erkennen.

«Da ist jemand», sagte Tyler. «Da rennt einer.»

Bette sah niemanden.

Dann flackerte der nächste Lichtblitz auf, gleich am Treibhaus. Rotes Licht fiel auf die Brombeeren. Und wieder knallte es.

Martha war neben sie getreten, schob ihre Hand in Bettes.

Wieder flammte Licht auf, und es knallte erneut und dann noch mal und noch mal und noch mal. In so dichter Abfolge, dass für einen Moment der Garten rot erhellt war. Bette sah etwas durch die Luft wirbeln. Wie dicke Schneeflocken. Aber es waren keine Schneeflocken. Es waren Federn. Und sie waren blutrot.

Nur Sekunden später war es wieder dunkel und still. Unheimlich still. Sie standen weiter wie erstarrt, lauschten, warteten. Aber nichts passierte mehr.

Schließlich sagte Bette: «Irgendjemandem passt es nicht, dass ich ermittle.»

Martha sah sie an, eine tiefe Falte auf der Stirn. «Du meinst, das ist eine Warnung?»

«Es gab auch schon einen Brief», sagte Tyler. «Und einen Anruf.»

«Echt jetzt? Und deine Kollegen, was unternehmen die da?», wollte Martha wissen.

«Bette hat es ihnen nicht verraten», sagte Tyler spitz.

Bette schnalzte genervt mit der Zunge. Tyler könnte gerne mal die Klappe halten.

«Du musst die Polizei verständigen», sagte Martha mit Nachdruck.

«Müsste ich, ja, vielleicht. Aber dann werde ich aus der Ermittlung ausgeschlossen», hielt Bette dagegen und spürte wieder, wie sich ihre Sturheit gegen die Angst durchsetzte. Mark Thorben würde gar nicht anders können, als sie rauszukicken, ob er wollte oder nicht. Er wäre schon aus dienstvorschriftlichen Gründen dazu gezwungen. Bei dem Anruf und dem Brief hätte er vielleicht noch ein Auge zudrücken können. Explosionen oder Schüsse oder was auch immer das da eben gewesen war, würde er nicht ignorieren können.

«Aber wer sollte denn was dagegen haben, dass du ermittelst?», sagte Martha. «Die Polizei ist doch sowieso an dem Fall dran.»

Das hatte Bette sich ja auch schon gefragt. «Wer auch immer das ist, muss glauben, ich könnte etwas ausgraben, dem die Polizei nicht auf die Spur kommen würde.» Ihren Verdacht, dass die Drohungen von Henrik waren, hielt sie seit eben für so gut wie ausgeschlossen. Henrik wusste, dass Martha bei ihr war. Und er würde wohl kaum in Marthas Anwesenheit in ihrem Garten rumballern. Das widersprach wohl jedem Beschützerinstinkt gegenüber seiner Frau, aus dem heraus sie ihn überhaupt erst der Drohungen verdächtigt hatte.

Martha rieb sich mit dem Handballen über die Stirn, schien nachzudenken. «Wer sollte denn denken, dass du was rausfindest, das die Polizei ...» Martha unterbrach sich. «Nein, so wollte ich das nicht sagen, was ich meine, ist, wer will, dass du ...» Wieder unterbrach Martha sich selbst. Sie bekam ihre Gedanken eindeutig nicht zusammen.

«Vielleicht will sich einfach jemand wichtigmachen», warf nun Tyler ein.

«Auch gut möglich», sagte Bette, die das ebenfalls schon in Erwägung gezogen hatte. Solche Menschen gab es leider immer wieder, und sie waren oft sehr hinderlich, wenn es darum ging, einen Fall aufzuklären.

Tyler trat näher ans Fenster, die Nase fast schon wieder am Glas. «Scheint wieder alles ruhig da draußen», wechselte er das Thema. «Wie wär's, wir schauen uns mal ein bisschen um?»

«Untersteh dich!» Bette hielt ihn am Arm fest. «Du machst keinen Schritt da raus.»

«Und was dann?» Tyler klang eingeschnappt. «Wir gehen wieder schlafen und tun so, als wäre nichts?»

«Ich ruf Arno an, der ist von der Spurensicherung», sagte Bette.

«Also jetzt doch Polizei?» Tyler schien irritiert.

«Arno kann so was für sich behalten.» Was das anging, war er immer sehr kooperativ, er würde Thorben nichts sagen. Mit einem gewissen Schuldgefühl dachte Bette daran, dass sie ihm den Drohbrief längst hatte geben wollen. Vielleicht wäre es dann gar nicht erst zu den Explosionen gekommen. Aber der Brief steckte weiterhin zwischen den Kochbüchern. Ihn einfach da zu vergessen, war absolut fahrlässig gewesen.

Während sie auf Arno warteten, sprach keiner ein Wort. Nach dem Schreck eben war es ein angenehmes, einvernehmliches Schweigen. Jeder hing seinen eigenen Gedanken nach, und Bette war froh, nicht alleine im Haus zu sein. Tyler hatte noch mal das Feuer angeschürt, und sie hatte alle Gardinen zugezogen und überprüft, ob die Türen auch wirklich verschlossen waren. Nur für den Fall, dass da draußen noch jemand rumschlich.

Es dauerte eine gute Stunde, bis ihr ehemaliger Kollege auftauchte. Um kurz nach drei war Arno endlich da. Bette hatte schon Jacke und Schuhe an und wollte mit ihm in den Garten raus, da sagte er: «Nee, Bette. Du bleibst man schön drin.»

«Nein. Ich lass dich doch da jetzt nicht alleine rumlaufen», hielt Bette dagegen.

«Bitte. Du zertrittst mir nur die Spuren.» Arnos Ton machte klar, dass Widerstand zwecklos war. Und aus ermittlungstechnischer Sicht hatte er auch recht. Dennoch hatte sie ein schlechtes Gewissen, ihn nicht zu begleiten. Was, wenn noch ein Explosionskörper in die Luft flog?

Doch bevor sie noch versuchen konnte, ihn umzustimmen, hatte er schon seine Stirnlampe angeknipst und ließ sie stehen.

Bette, Tyler und Martha sahen von der offenen Hintertür aus zu, wie sich der Lichtkegel durchs Dunkel bewegte.

Über das Kopfsteinpflaster, das nass glitzerte, rüber bis zum Schuppen, dann im Zickzack über die Wiese bis hinunter zu dem großen Nussbaum, der am äußersten Rand von Bettes Garten stand und hinter dem der Wassergraben lag, auf dessen anderer Seite der kleine Pfad rüber in das kleine Wäldchen führte. Von dort bewegte Arno sich dann langsam zurück und verschwand hinter dem Treibhaus aus ihrem Sichtfeld.

Als er eine ganze Weile nicht wieder auftauchte, übermannte Bette ihr schlechtes Gewissen endgültig. Sie hätte ihn gar nicht erst anrufen dürfen. «So, das reicht. Ich geh da jetzt rüber und schaue, wo er ist.» Vielleicht hatte, wer auch immer die Explosionen verursacht hatte, ihn überwältigt?

Doch kaum hatte sie einen Schritt nach draußen gemacht, kam Arno zurück zu ihnen an die Hintertür.

Seine Stirnlampe klappte er hoch, damit sie sie nicht blendete. Er hielt ihnen einen durchnässten rotbraunen Pappfetzen entgegen und eine helle, zerrupft aussehende Feder.

Bette sah ihn fragend an.

«Federböller», sagte Arno.

«Was bitte?», entfuhr es Bette.

«Oh Mann», Tyler schlug sich gegen die Stirn. «Darauf hätte ich auch kommen können.»

«Wovon redet ihr?», fragte Bette ungeduldig.

«Du wickelst Küchenpapier um einen Silvesterböller», erklärte Arno und hielt Bette den Pappfetzen direkt vor die Nase. «Schön locker. Dann stopfst du die Lücken mit Federn aus und ... peng.»

«Und weil die Böller meist rot sind», sagte Tyler, «sieht es aus wie blutige Federn.»

«Das ist völlig bescheuert», meinte Martha. «Wer denkt sich denn so einen Schwachsinn aus?»

Ja, das hätte Bette auch gerne gewusst.

«Hat doch jeder mal gemacht», sagte Arno, und Tyler nickte zustimmend.

Arno fügte hinzu: «Wenn du mich fragst, war das ein Kinderstreich.»

Das bezweifelte Bette sehr.

36. MEYRA

Meyra hatte sich für den Morgen den Wecker auf halb sieben gestellt, war dann aber so müde, dass sie noch mal wegdöste. Als sie sich schließlich aus dem Bett quälte, war es bereits zwanzig nach sieben. Ihr fehlte eindeutig das Wochenende, das sie mal wieder durchgearbeitet hatte. Oder einfach nur mal ein freier Tag. Ihre Überstunden reichten bald, um ein ganzes Jahr zu Hause zu bleiben.

Sie checkte ihr Smartphone auf Nachrichten und Mails, dann nahm sie Marie Büsings Telefon in die Hand.

Das durfte doch jetzt nicht wahr sein.

Um 02.12 Uhr, vor fünf Stunden, war eine Nachricht von Nils bei seiner Mutter eingegangen.

> Mama, ich kann nicht mehr. Es tut mir so leid. Ich wollte das alles nicht. Ich möchte nur noch nach Hause. Ich vermisse dich so.

So ein Mist auch! Die ganze Zeit wartete sie, dass eine Nachricht kam, und dann verschlief sie sie. Obwohl sie den Ton extra auf höchste Lautstärke gestellt hatte.

Sie rief in der Einsatzzentrale an. Sie sollten einen Wagen zu Marie Büsing schicken und überprüfen, ob Nils dort war. Vielleicht hatte sein Heimweh ihn ja übermannt. Dann ließ sie sich in die IT-Abteilung durchstellen, die durchgehend besetzt war, und landete bei Leo Meyer. Ausgerechnet. Er war der mit Abstand schnarchigste Mitarbeiter, den das

Präsidium vorzuweisen hatte. Er war nicht älter als Meyra, benahm sich aber wie drei Tage vor Rente.

«Hey, Leo», sagte Meyra bemüht freundlich. «Könntest du versuchen, noch mal das Smartphone von Nils Büsing zu orten? Die Nummer sollte im System sein.»

«Ist notiert», sagte Leo so langsam und monoton, dass Meyra unwillkürlich an das Faultier aus einem dieser animierten Filme denken musste, das so langsam sprach, dass ihm dabei selbst immer schon die Augen zufielen.

«Nein!», sagte sie daher scharf. «Du musst es jetzt orten. Jetzt sofort! Ich warte.»

Die Antwort war ein mürrisches Brummen, dann hörte sie, wie Leo den Hörer ablegte und in die Tastatur tippte. Im Hintergrund lief ein Radio, oder war es ein Film? Gut möglich. Es hörte sich nach *Star Wars* an. Sie meinte die Szene sogar wiederzuerkennen. Der Kampf gegen das Grubenmonster Sarlacc aus der *Rückkehr der Jedi-Ritter*. Da, wo am Ende Boba Fett in Sarlaccs Magen landet.

«Leo», rief sie ungeduldig in den Hörer. «Mach hinne!»

Als er nach einer gefühlten Ewigkeit den Hörer wieder aufnahm, sagte er: «Nichts. Kein Signal.»

«Scheiße», rutschte es Meyra raus. Nils war wieder schneller gewesen. Und das nur, weil sie gepennt hatte. Wortwörtlich. Nach der SMS musste er den Akku wieder rausgenommen haben, oder er war zurück in sein Funkloch gekrochen. «Wo war er denn, als er die SMS abgesetzt hat?», fragte sie.

«Das muss ich beim Netzbetreiber anfragen», sagte Leo.

Na super! Das konnte dauern.

«Kann man denn zumindest die Ortung irgendwie weiterlaufen lassen? Dass wir sofort mitbekommen, wenn das Smartphone wieder ein Signal abgibt?»

«Ich hab einen Blick drauf.»

Na, danke auch, dachte Meyra und drückte genervt den Anruf weg. Das würde ja doch nichts werden.

Am liebsten hätte sie jetzt Bette angerufen, ihren Frust über nichtsnutzige Behördenmitarbeiter und über sich selbst bei ihr abgeladen. Aber wenn es nicht wirklich dringend war, war es wenig ratsam, Bette morgens vor neun zu nerven. Nicht dass sie da noch schlief, aber sie war unsozial und manchmal richtiggehend unausstehlich. Und was Nils anging, konnten sie jetzt erst mal nur hoffen, dass Leo seine Arbeit tat.

37. BETTE

Von draußen drang das erste mattgraue Morgenlicht ins Schlafzimmer. Es würde ein trister Tag werden. Die Nacht hatte Bette geschafft. Wer auch immer da hinter ihr her war, was würde er als Nächstes tun? Anruf, Brief und jetzt diese Federböller – es war eindeutig eine Steigerung. Arno hatte ihr versichert, dass von den Böllern nie eine ernsthafte Gefahr ausgegangen war. Sie machten viel Lärm, und es sah erschreckend aus, wenn die Federn rot durch die Luft stoben, aber mehr auch nicht. Sie solle sich deshalb nicht verrückt machen. Er hatte auch den anonymen Drohbrief an sich genommen und Bette versprochen, ihn auf Spuren zu untersuchen.

Mehr konnte sie jetzt erst mal nicht tun. Zumindest nicht, wenn sie die Drohungen vor Thorben geheim halten wollte. Und das wollte sie.

Als sie nach unten ging, war Martha gerade im Aufbruch. Fertig angezogen stand sie im Flur. Sie sah in etwa so müde aus, wie Bette sich fühlte. Ihre Tränensäcke waren geschwollen, die Haare zerzaust.

«Holt Henrik dich ab?», fragte Bette.

Martha deutete ein Kopfschütteln an. «Mein Auto steht doch noch bei Otto. Das hol ich zu Fuß. Ein bisschen Laufen wird mir guttun.»

«Bestimmt», sagte Bette. «Ich will nachher rüber zum Schützenverein und rausfinden, ob Georg wirklich Mitglied war. Möchtest du da mit?»

«Heute lieber nicht. Ich muss ...» Martha presste die Lippen aufeinander, räusperte sich, bevor sie weitersprach: «Gerade eben hat mich einer von der Rechtsmedizin angerufen. Papas Leichnam ist freigegeben. Ich muss anfangen, mich um die Beerdigung zu kümmern.»

«Werdet ihr Georg hier in Ochsenwerder bestatten?»

«Ich denke schon. Ich mag es da, unter den alten Linden. Und ich mag den Pastor.»

Ja, dachte Bette, er war ein wirklich angenehmer Mensch, und gute Reden hielt er auch. Sie hatte schon andere Pastoren erlebt, an anderen Orten, die sich nicht mal die Namen derer merkten, die sie bestatteten. Das war dann für die Angehörigen noch mal Salz in die Wunden.

«Aber erst mal müssen wir Elsa und Luisa sagen, dass ihr Opa tot ist», fügte Martha mit brüchiger Stimme an.

«Sie wissen es noch gar nicht?»

Martha gab ein verneinendes Murren von sich. «Sie denken, ihr Opa ist im Krankenhaus. Sie haben ihm schon ganz viele bunte Bilder gemalt.»

Martha hatte jetzt Tränen in den Augen, und Bette schluckte bei der Vorstellung von fröhlichen Kinderzeichnungen für einen Toten.

«Henrik holt die beiden morgen von seiner Mutter ab.»

«Wie lange waren sie da?»

«Seit Freitag. Ich brauchte erst mal Zeit für mich.» Es klang wie eine Entschuldigung.

«Das ist doch ganz verständlich», sagte Bette.

«Das sagst du so leicht. Ich komme mir schlecht vor. Sie in so einer Situation wegzuschicken.»

«Sie sind bei ihrer Großmutter.»

«Trotzdem. Ich hätte längst mit ihnen reden müssen. Aber ich konnte es ihnen doch nicht am Telefon sagen.» Martha biss sich fest auf die Unterlippe. Sicher lag ihr der Gedanke, mit ihren Töchtern zu sprechen, furchtbar auf der Seele. Wie sprach man auch mit so kleinen Kindern über den Tod?

«Ich glaube, du musst ehrlich mit ihnen sein», sagte Bette, die das meistens für das Beste hielt – egal, welches Alter das Gegenüber hatte. Wobei sie allerdings mit so kleinen Kindern nicht wirklich vertraut war.

«Ja, vielleicht hast du recht», sagte Martha leise.

Es tat Bette weh, den Schmerz in ihren Augen zu sehen.

Martha hatte schon die Hand an der Türklinke, als Bette sie dann doch noch kurz aufhielt.

«Sag mal, was ich dich noch fragen wollte: Zwischen dir und Henrik ... ist da denn alles in Ordnung?» Nachdem Henrik gesagt hatte, er käme nicht so richtig an Martha heran, war Bette aufgegangen, dass sie Martha gerade meist alleine antraf – auf dem Schwarzackerhof, jetzt hier bei ihr.

«Ja klar», sagte Martha etwas zu schnell, wobei sie den Mund zu einem Lächeln verzog, das gezwungen aussah. «Es ist nur ... Ich weiß auch nicht. Ich muss einfach rausfinden, was passiert ist. Ich kann nicht rumsitzen und warten, das macht mich irre. Und Henrik denkt immer, ich müsste mich erholen, dürfte mich psychisch nicht noch weiter belasten.» Sie schüttelte den Kopf. «Es ist alles zu viel, ja. Und ich habe Angst davor, was ich herausfinden werde, aber ich muss es tun.»

Bette nickte. Sie verstand Martha.

«Gerade wünsche ich mir jemanden, der mir hilft, die

Wahrheit rauszufinden, der mich darin unterstützt, so wie du, und nicht jemanden, der sich ständig Sorgen macht, ich könnte das alles nicht verkraften. Ich bin doch kein rohes Ei.»

38. MEYRA

Thorben hatte Meyra wieder wegen der Ermittlung um den toten Reeder ins Präsidium beordert. Ihren eigenen Fall sollte sie auch heute hintanstellen. Ihr Gefühl, dass dieser Reeder-Fall allen anderen vorgezogen wurde, verfestigte sich zunehmend. Aus lauter Frust darüber ließ sie sich an diesem Morgen extrem viel Zeit. Sie hatte sich sowieso vorgenommen, sich weniger stressen zu lassen, sonst würde sie unter dem Arbeitsvolumen bald zusammenbrechen. Auf dem Weg zu ihrem Wagen, der am anderen Ende des Stadtteils stand, weil sie keinen näheren Parkplatz gefunden hatte, holte sie sich einen großen Galão, zwei Natas und ein mit Käse getoastetes Croissant. Im Auto frühstückte sie erst mal.

Ein Kollege von der Streife rief an. Sie hatten Nils Büsing nicht zu Hause angetroffen. Die Mutter habe sie bereitwillig ins Haus gelassen, es gebe keine Hinweise auf seine Anwesenheit. Um ehrlich zu sein, hatte Meyra nichts anderes erwartet. Es wäre zu einfach gewesen, dachte sie und fragte sich erschrocken, ob sie langsam so desillusioniert wurde wie viele ihrer älteren Kollegen. Immer an das Schlimme glauben, immer pessimistisch. Kein schöner Gedanke.

Bevor sie losfuhr, holte sie sich noch schnell einen zweiten Galão, den sie unterwegs trinken wollte. Auf den Straßen Richtung Präsidium staute sich der Verkehr. Überall Baustellen. Als sie schließlich durch die kahlen Bäume hindurch den klotzigen Bau, in dem sich ihr Büro befand, sehen konnte, klingelte abermals ihr Smartphone.

«Meyra Bacha», meldete sie sich.

«Leo. Von der IT. Es gibt ein Problem. Also, ich meine, es *gab* ein Problem.»

«Was denn jetzt?», fragte sie gereizt. Dieser Kerl ging ihr wirklich auf die Nerven.

«Vorhin, da war ein Zahlendreher in der Nummer. Als ich dieses Smartphone orten sollte. Die Nummer gibt es gar nicht. Hab ich grad zufällig gesehen.»

«Was? Du hast eine falsche Nummer eingegeben? Das meinst du jetzt nicht ernst.»

«Beschwer dich an anderer Stelle. Unser System ist so veraltet, da muss man jedes Mal alles neu übertragen.»

«Verdammt. Das kann echt nicht wahr sein.»

«Jetzt reg dich nicht auf», sagte Leo, was Meyra noch mehr zur Weißglut brachte.

«Wir suchen einen Verdächtigen in einem Mordfall. Und da soll ich mich nicht aufregen?» Sie war versucht, ihn anzuschreien, konnte aber gerade noch an sich halten.

«Ich hab ihn jetzt ja geortet.»

«Was?» Hatte sie das richtig gehört? «Du hast ihn geortet?»

«Nein, ich meine, ich hab sein Smartphone geortet.»

«Jaja, schon klar.» Endlich eine Spur. «Wo?»

«Rothenburgsort, nahe dem Ring 2.»

Leo hatte noch nicht ausgesprochen, da wendete Meyra schon auf der Hindenburgstraße, wenn auch etwas unkonform, setzte das Blaulicht aufs Dach und fuhr in hohem Tempo Richtung Süden. Rothenburgsort war der Stadtteil, der zwischen den Vier- und Marschlanden und der Innenstadt lag. Dorthin, wo auch Nils' Smartphone in der Nacht seiner Flucht zuletzt ein Signal abgegeben hatte.

«Wohin genau?», fragte Meyra Leo, der noch in der Leitung war.

«Ich hab dir grade die genauen Ortungsdaten geschickt.»

Meyra schielte auf ihr Tablet, das so in der Halterung hing, dass sie es auch während der Fahrt im Blick hatte. Der Standort von Nils' Smartphone lag in einer Gartenanlage, eingezwängt zwischen Bahngleisen, dem Ring 2 und einem Kanal, dessen Namen sie so auf die Schnelle nicht entziffern konnte.

«Bewegt sich das Smartphone?», fragte Meyra.

«Momentan nicht.»

«Und wie genau ist die Ortung da in der Gegend?», wollte sie noch von Leo wissen.

«Ist nicht Innenstadt. Die Signalmasten ... so wie die stehen ... hm ...», murmelte er nachdenklich. «50 bis 80 Meter, würde ich sagen.»

«Okay, danke», sagte Meyra, bevor sie Leo wegdrückte. Diesmal hatte er sich den Dank ausnahmsweise verdient.

Kurz überlegte sie, Bette zu benachrichtigen, entschied sich aber dagegen. Sie hatten sie dazugeholt, damit sie sie bei Gesprächen mit den Vier- und Marschländern unterstützte, zu denen Bette einen viel besseren Zugang hatte als Meyra oder Thorben. Einen Flüchtigen zu jagen war dagegen nicht Teil der Idee gewesen. Denn mit etwas Glück fand Meyra gleich nicht nur Nils' Telefon, sondern auch Nils selbst. Und wer wusste, wie er reagieren würde. Menschen waren unberechenbar, wenn sie Angst hatten und in die

Enge getrieben wurden. Statt also Bette anzurufen, forderte sie Verstärkung vom Streifendienst an.

Mit Blaulicht und zusätzlich eingeschalteter Sirene schaffte Meyra die Strecke nach Rothenburgsort, für die sie sonst um diese Zeit weit über eine halbe Stunde gebraucht hätte, in gerade mal 15 Minuten. Die Zufahrt zur Gartenanlage lag ganz in der Nähe des Kraftwerks Tiefstack mit seinen weiß rauchenden Schornsteinen. Meyra parkte vor der Schranke. Kaum war sie ausgestiegen, hielt ein Wagen der Streife hinter ihrem. Eine Frau und zwei Männer stiegen aus, alle drei uniformiert.

Sie grüßten sich, und nach Meyras kurzer Unterweisung gingen sie los.

Meyra hatte ihr Tablet mitgenommen, überprüfte noch mal ihren Standort. Wenn der Ortungsradius wirklich nur maximal 80 Meter betrug, musste sich das Telefon im hinteren Teil der Gartenanlage befinden, in der Nähe des Wassers.

Sie folgten erst dem Hauptweg, bogen dann nach links in einen schmaleren Weg ab, Richtung Kanal. Durch die Hecken und das viele Nadelgehölz konnten sie das Gebiet nicht überschauen. Meyra war ganz mulmig zumute. Solche Anlagen deprimierten sie immer, vor allem im Winter. Nasse Wiesen, kahle Beete, blattlose Hecken, Holzhütten. Grau, Braun, Rostrot. Kein Mensch weit und breit.

Plötzlich blieb die Kollegin stehen, drehte sich im Kreis, schnupperte. «Sagt mal, riecht ihr das?»

Ja, dachte Meyra. «Verbranntes Plastik.»

Niemand konnte sagen, wo der Geruch herkam. Sie teilten sich auf. Die Männer gingen nach rechts, Meyra und die Kollegin hielten sich weiter links. Mit jedem Schritt wurde der Geruch penetranter.

Ein Blick auf ihr Tablet verriet Meyra, dass sie sich jetzt fast in dem 80-Meter-Radius der Ortung befanden.

Und dann, hinter der nächsten Kurve, öffnete sich der schmale Weg, und sie standen auf einer offenen Wiese.

Zuerst sah Meyra nur die Wagen, die hier parkten: Spurensicherung, Brandschutz, ein Einsatzleitwagen der Feuerwehr. Dann fiel ihr Blick auf den Garten, der auf der anderen Seite der Wiese lag.

Die Laube war nur noch ein verkohltes Gerippe.

«Scheiße!», entfuhr es Meyra, und sie sprintete los, die Kollegin dicht hinter sich.

War das Nils' Tat? War er vielleicht sogar in der Laube gewesen? Nein! Nein! Wie kam sie jetzt darauf? Aber seine Nachricht, dieses *Ich kann nicht mehr* – konnte das nicht auch ein Abschiedsgruß gewesen sein?

Atemlos kam Meyra bei der Laube an und sah, dass nicht nur eine, sondern zwei benachbarte Lauben ausgebrannt waren. Asche, nass vom Löschwasser, klebte auf Steinen und Resten von Teppichboden, auf einer Terrasse lag eine geschmolzene Plastikliege. Gut ein Dutzend Einsatzkräfte gingen verteilt auf die beiden Parzellen konzentriert ihrer Arbeit nach, jeder für sich. Meyra erkannte niemanden und trat daher auf den erstbesten Mann zu, der an seiner Jacke als Brandschutzexperte erkennbar war. Er war der Typ altersloser Beamter, glatt rasiert, Kragen bis oben zugeknöpft.

Meyra zückte ihren Ausweis und hielt ihn ihm hin. «Kommissarin Bacha. Morddezernat.»

«Ah. Gut, dass Sie da sind», sagte er mit kratziger Stimme. «Ich hätte Sie sonst gleich angerufen. Mir wurde gesagt, Sie wollen über alle Brandstiftungen in der Gegend informiert werden.»

Wieso Meyra schon da war, ohne dass er sie benachrichtigt hatte, schien er sich nicht zu fragen.

«Ich bin übrigens Patrick Müller», schob er hinterher. «Ich glaube, wir hatten noch nicht das Vergnügen.»

Meyra deutete ein Kopfschütteln an. «Es war also Brandstiftung?», ging sie sofort zu dem über, was sie wissen wollte.

«Auf jeden Fall.»

«Verletzte, Tote?»

«Weder noch», sagte Müller, und Meyra atmete auf. Immerhin.

Dann schilderte Müller ihr das Geschehen, soweit er es schon rekonstruieren konnte. Die Kollegin, die sich bisher im Hintergrund gehalten hatte, stellte sich jetzt zu ihnen.

Ein Autofahrer habe die Flammen von der Straße aus bemerkt und um 02.20 Uhr den Notruf abgesetzt. Keine zehn Minuten nachdem Nils seiner Mutter geschrieben hatte, dachte Meyra. Die beiden Lauben, so Müller weiter, seien unabhängig voneinander angezündet worden. Das sah Meyra jetzt auch. Die Rhododendren, die zwischen den Hütten wuchsen, waren unversehrt.

Die Feuer seien beide Male von außen gelegt worden. Ob vorher eingebrochen wurde, konnte Müller nicht sagen. Als Brandbeschleuniger war Benzin verwendet worden. Genau wie immer bei Nils, dachte Meyra.

Müller wandte sich von der Laube ab zum Garten «Sehen Sie die Kamera da?» Er zeigte auf eine Birke am hinteren Rand der Parzelle. In gut zweieinhalb Meter Höhe hing ein kleiner grauer Kasten. «Eine Wildtierkamera mit Bewegungssensor. Vorne am Eingang hängt noch eine. Die SIM-Karten wurden entfernt. Wir haben den Besitzer der Laube erreicht, er ist für die Wintermonate in Spanien, hat uns aber versichert, dass in beiden Kameras Karten gewesen seien. Unterhalb des Baumes sind Abdrücke im Boden, die zu einer Leiter passen, die an der Laubenwand hängt. Und an der feuchter Matsch klebt.»

Wer auch immer für diese Brände verantwortlich war, hatte also anscheinend dafür gesorgt, keine Beweise zu hinterlassen. Schlau, dachte Meyra, und vorausschauend. Beides Eigenschaften, die sie nicht so recht mit Nils zusammenbekam.

«Kommen Sie», sagte Müller und marschierte über die nasse Wiese, in der etwa alle 40 Zentimeter eine rote Markierungsfahne im Boden steckte. «Sehen Sie hier. Das sind Fußspuren. Leider sehr verwischt auf dem nassen Boden. Vermutlich von Gummistiefeln. Etwa Größe 44 bis 45.»

Männerfüße, dachte Meyra. Oder Frauenfüße in zu großen Gummistiefeln. «Wo führen sie hin?»

«Bis in den Knick konnten wir sie verfolgen. Unter den Bäumen wird der Boden dann trockener, und die Abdrücke verlieren sich.» Er zeigte auf ein Fähnchen, dass in einem Haufen Laub steckte. «Aber hier haben wir noch was gefunden, das Sie interessieren wird.» Er machte eine Pause, als wolle er die Spannung steigern.

Diese Hinhaltetechnik fand Meyra ziemlich unangebracht.

«Ein Smartphone», sagte er schließlich.

«Kann ich es sehen?» Konnte es das von Nils sein?

«Warten Sie kurz hier. Ich hol es», sagte Müller und entfernte sich über die Wiese Richtung Gartenpforte. Meyra schaute sich um. Einen Zaun, der die Parzelle nach hinten abtrennte, gab es nicht. Die Wiese ging direkt in den Knick über, in dem dichte Tannen wuchsen. Meyra schob sich mit zusammengekniffenen Augen zwischen den Ästen hindurch in der Hoffnung, dass es zu dieser Jahreszeit noch keine Zecken gab. Sie hasste diese kleinen Blutsauger.

Hinter den Tannen war es nur noch einen guten Meter bis zum Kanal. Meyra trat dicht an die Kante und sah hinunter. Eine Leiter war in die Spundwand eingelassen, ungefähr drei Meter bis zum Wasser. Hinunterzukommen wäre kein Problem. Fußspuren konnte Meyra auf dem Eis allerdings nicht ausmachen.

Mal angenommen, der Brandstifter – sei es nun Nils oder nicht – hatte das Smartphone verloren, als er vom Tatort floh. Wohin war er gerannt? Das Eis taute, es wäre lebensgefährlich gewesen, es zu betreten. Aber vielleicht nicht unmöglich. Sie würde auf jeden Fall die Wasserwacht kontaktieren, das war deren Revier.

«Frau Bacha», hörte sie Müller rufen und zwängte sich durch die Tannen zurück zu ihm.

Er hielt ihr einen durchsichtigen Asservatenbeutel hin, in dem ein schwarzes Smartphone steckte. Meyra zog ihr Telefon aus der Tasche und wählte Nils' Nummer.

Das Smartphone im Asservatenbeutel klingelte.

39. BETTE

Bette musste nicht lange überlegen, wen aus dem Schützenverein sie um Hilfe bitten sollte. Sie rief Maik an. Sie waren nicht befreundet, kannten sich aber noch aus ihrer Schulzeit, und sie wusste, dass er aktiv im Verein mitarbeitete. Er hatte auf jeden Fall Zugang zum Büro und könnte etwas über Georg herausfinden. Sie sagte ihm, dass sie ihn gerne treffen wolle. Am liebsten jetzt gleich, im Vereinshaus. Es gehe um eine Ermittlung. Er würde wissen, dass sie gerade wieder mit der Polizei zusammenarbeitete und in welcher Sache. Dass der Dorfklatsch auch bei ihm angekommen war, bestätigte er, indem er nicht weiter nachfragte, sondern einfach nur versprach, in zwanzig Minuten da zu sein.

Bevor sie aufbrach, schaute sie noch einmal schnell zu Tyler ins Zimmer. Er war wach, bemerkte sie aber nicht. Mit geschlossenen Augen lag er auf dem Bett, Kopfhörer auf den Ohren. Seine Füße wippten auf und ab, und Bette konnte das Wummern des Beats hören. Neben Tyler lag Anton, die Schnauze über seiner Brust. Kein Wunder, dass der Hund so gerne hier oben war, wenn er ihn in sein Bett ließ. Erst als Anton aufsprang, um sie zu begrüßen, bemerkte Tyler Bettes Anwesenheit.

Er richtete sich auf, stützte sich auf den Ellbogen ab.

«Hey», sagte er verwundert. Bette kam für gewöhnlich nicht in sein Zimmer.

«Ich wollte nur sagen, dass ich mal eine Stunde weg bin. Anton lass ich dir hier. Nur wenn was ist.»

Er sah sie aus schmalen Augen an. «Du bist nervös wegen gestern Nacht, oder? Wegen der Drohungen.»

«Na ja, sagen wir, ich bin lieber vorsichtig.»

«Und deshalb lässt du mir Anton zum Schutz da? Der würde jeden Eindringling freudig abschlecken.» Tyler sagte das scherzhaft, aber es klang etwas mit, das Bette verriet, dass auch er nicht ganz so cool war, wie er tat.

«Anton bekommt immerhin mit, wenn sich jemand anschleicht. Anders als du, wenn du deine Musik auf den Ohren hast.»

Tyler verzog seinen Mund zu einem gezwungenen Lächeln. Bette tat es leid, dass sie ihn mit der Bemerkung möglicherweise zusätzlich beunruhigt hatte, aber sie machte sich nun mal Sorgen. Und das sollte er ruhig wissen. Vielleicht machte ihn das wachsamer.

Der Schützenverein war nur wenige Fußminuten von Bettes Haus entfernt. Er lag gegenüber der Kirche. Diesmal nahm Bette aber nicht den Weg durch das kleine Wäldchen, sondern blieb auf der Straße, bemüht, den Pfützen auszuweichen, die sich in den Mulden und Schlaglöchern des alten Kopfsteinpflasters gebildet hatten. Vorne an der Ecke legte sie einen Schritt zu und ging so schnell wie möglich an Ernas Haus vorbei. Nicht dass sie noch herausstürmte und versuchte sie auszuhorchen, wie sie es so gerne tat. Das fehlte ihr jetzt grade noch.

Der Schnee war mittlerweile so gut wie weggetaut, und von den Bäumen, die die Straße säumten, tropfte es. Das Brack an der Kirche allerdings war noch zugefroren, und mitten auf dem Eis stand ein Schlitten. Hoffentlich kam kein Kind auf die Idee, ihn zurückzuholen. Auch wenn das Eis noch fest aussah, würde es sicher brechen. Irgendjemand hatte ein Schild in den Rasen am Ufer gerammt: *Achtung. Einbruchgefahr!* Daneben war ein Totenkopf gemalt, damit es jeder verstand.

Als Bette den abschüssigen Schotterweg zum Schützenplatz hinunterging, stieg Maik gerade aus seinem SUV. Er war ein massiger Mann, gelernter Schlachter, arbeitete aber in der Verwaltung der Handelskammer.

«Moin», sagte er mit tiefer Stimme.

«Moin», erwiderte Bette.

«Du ermittelst wegen Georgs Tod?» Es klang wie eine Feststellung, weshalb Bette auch nicht darauf antwortete.

Stattdessen sagte sie: «Ich würde gerne einen Blick in eure Mitgliederlisten werfen.»

«Kein Problem», sagte Maik. «Komm mit.»

Sie folgte ihm an der großen Halle vorbei, in der sich der 50-Meter-Schießstand befand, und in das kleinere Nebengebäude. Von einem dunklen Gang mit Pokalvitrinen ging ein Raum ab, der wie ein Archiv aussah. An den Wänden waren Regale bis unter die Decke hochgezogen, vollgestellt mit Aktenordnern. Es roch nach altem Papier und Staub.

«Hast du ein konkretes Jahr, nach dem du suchst?», fragte Maik und fuhr mit der Hand an den Ordnern entlang.

«Ich würde gerne mit 1984 anfangen», sagte sie. Das war das Jahr von Ediths Verschwinden.

Maik zog den Ordner für sie aus dem Regal und legte ihn auf den Tisch in der Raummitte. Er war so vollgestopft, dass die Klappe hochstand. Bette schlug sie auf, lauter vergilbte Papiere, noch mit Schreibmaschine getippt.

«Darf ich fragen, wonach du suchst?»

«Georg war früher Mitglied», sagte sie.

«Sein Tod steht aber doch nicht im Zusammenhang mit seiner Mitgliedschaft im Schützenverein?» Maik klang besorgt und plötzlich auch misstrauisch.

«Nein, nein, gar nicht», sagte Bette schnell. «Das ist reine Routine. Wir suchen nach allen Daten und Informationen über Georg. Er soll ausgetreten sein, nachdem seine Frau ihn verlassen hat. Das Datum fehlt uns noch.»

«Ah. Okay», sagte Maik und gab ein nachdenkliches Brummen von sich. «Also, die Austritte findest du immer ganz hinten, hinter dem letzten Reiter.»

Sein Misstrauen schien verflogen, und Bette dachte, dass er anscheinend nichts von der zweiten Leiche erfahren hatte, nichts von Ediths tragischem Tod. Das hatte sich also ausnahmsweise mal nicht gleich rumgesprochen.

Bette wälzte die Papiere über die Metallringe. Es gab nur fünf Einträge zu Austritten im Jahr 1984. Georg war nicht darunter. Hinter allen Namen war ein Kreuz vermerkt.

«Normalerweise trittst du aus, wenn du stirbst», erklärte Maik trocken.

Georgs Namen fanden sie im Ordner des Folgejahres. Er war zum 1. April ausgetreten, also erst etwa ein Jahr nach Ediths Verschwinden. Warum so spät? Hatte er die Kündigungsfristen verpasst, oder hatte er nicht gewollt, dass andere einen Zusammenhang sahen, und deshalb gewartet?

«Könntest du dich für mich mal unter den älteren Mitgliedern umhören, mit wem Georg damals eng war?»

«Das kann ich dir vielleicht auch so sagen.» Maik holte einen zweiten Ordner aus dem Regal, der mit Trainingslisten beschriftet war. Er schlug ihn auf, fuhr mit dem Finger eine Namensliste ab, blätterte um, tat dasselbe auf mehreren Seiten.

«Hier», sagte er. «Georg gehörte zu einer Gruppe, die sich regelmäßig zum Training getroffen hat.»

Bette versuchte, die handschriftlichen Listen zu entziffern. Acht Namen, immer dieselben.

Bette kannte die Männer alle oder hatte sie gekannt. Drei von ihnen, Georg inklusive, lebten nicht mehr. Walfred Schmitz war in einem Pflegeheim untergebracht und, soweit Bette wusste, dement. Vier der Männer wohnten noch in Ochsenwerder.

Vielleicht konnten sie ihr Genaueres dazu sagen, warum Georg ausgetreten war, oder zumindest, was er für einen Grund genannt hatte. Und mit etwas Glück erinnerten sie sich auch an die Waffen, die er besessen hatte. Bette würde zwar auch Meyra bitten, in der Waffenbehörde nachzufragen, aber da das in den 1980er-Jahren mit dem Waffenbesitz noch nicht so streng genommen worden war, war auf deren Dokumentation kein allzu großer Verlass. Viele Waffenbesitzer hatten einfach nicht alle ihre Waffen registrieren lassen. Dahinter hatte kein ernsthaft böser Wille gesteckt und auch selten ein krimineller Hintergrund – es war reine Bequemlichkeit gewesen. Anstatt auf die Waffenbehörde würde Bette in dem Fall also lieber auf das Gedächtnis ein paar alter Männer zurückgreifen.

Sie beschloss, mit Uwe anzufangen. Er wohnte im Dorferweg, wohin sie gut zu Fuß gehen konnte, gleich bei Ottos Gasthof um die Ecke. Als sie den Elversweg hinunterlief, drang das hohe Surren der Windräder, die weit hinten auf einem der Felder standen, zu ihr herüber. Sie fand das Geräusch ausgesprochen unangenehm, schon weil es immer und ständig da war. Ein nerviges Surren im Hintergrund. Sie konnte nur froh sein, dass sie es von ihrem Garten aus nicht hörte. Es würde sie in den Wahnsinn treiben.

Sie holte ihr Handy aus der Tasche, um sich zu vergewissern, dass sie genug Zeit bis zu ihrem nächsten Schlafschub hatte, aber der Akku war leer. Verdammt auch. Dass sie das nie hinbekam, ihn rechtzeitig aufzuladen. Schon als sie noch im Job gewesen war, war sie in dieser Hinsicht zum Ärger und Unverständnis ihrer Mitarbeiter nie besonders zuverlässig gewesen. Vielleicht lag es an ihrer Abneigung gegen diese ewige Erreichbarkeit, die sie insgeheim hegte. Vielleicht war sie auch einfach nur zu nachlässig. Sie versuchte, die Uhrzeit zu schätzen. Eine Stunde hatte sie sicher noch, so spät konnte es nicht sein.

Uwe wohnte alleine in einem einstöckigen weiß getünchten Haus, das ab dem Frühling von einem herrlich blühenden Garten umgeben war. Zu dieser Jahreszeit allerdings wirkte es etwas trostlos.

Es dauerte einen Moment, bis Uwe auf ihr Klingeln hin öffnete, und dann sah er sie an, als wisse er nicht, wer sie war, und ihr wurde flau. Er war doch jetzt hoffentlich nicht der Nächste, der senil wurde. Sie hatte diesen kleinen fast zarten Mann mit dem herzlichen Lachen immer gemocht. Doch schließlich breitete sich ein Strahlen auf seinem Gesicht aus. «Bette, du. Wie schön. Komm rein», sagte er, und Bette atmete auf.

Sie folgte ihm in die Küche, wo er ihr zwei Tassen und

eine Dose dänische Kekse in die Hand drückte. Er selbst griff sich eine Thermoskanne, schüttelte sie neben seinem Ohr und nickte zufrieden. Es schien noch was drin zu sein. «Ich mach morgens immer gleich eine ganze Kanne Kaffee, das reicht dann für den Tag. Hab allerdings schon Milch drin. Geht das für dich?»

«Sicher», sagte Bette, die ihren Kaffee eigentlich lieber schwarz trank. Aber sie wollte ihm keine Umstände machen.

Sie gingen rüber ins Wohnzimmer, und Bette fiel jetzt Uwes trippelnder Gang auf. Das war im Sommer, als sie ihn zuletzt gesehen hatte, noch nicht so gewesen. Was ein paar Monate in seinem Alter doch für die Gesundheit ausmachen konnten.

«Hast du jemanden, der für dich einkaufen fährt?», fragte sie.

«Ich bin gut versorgt. Mach dir um mich mal keine Sorgen.» Er ließ sich in einen Sessel sinken, auf dem eine dieser Gesundheitsunterlagen aus Holzkugeln lag, wie man sie oft bei Taxifahrern sah. Bette schenkte ihnen beiden Kaffee ein und setzte sich dann ihm gegenüber aufs Sofa. Die Gardinen waren weit aufgezogen, und es war angenehm hell im Raum. Das Fenster ging nach hinten raus, mit Blick über die gegen die Rehe eingezäunten und jetzt noch winterlich brach liegenden Gemüsegärten von Uwe und seinen Nachbarn.

Bette trank einen Schluck von dem nur noch lauwarmen Kaffee und versuchte erst einmal ein lockeres Gespräch anzufangen, nachzuhören, wie es Uwe ging, ob er nicht doch etwas zusätzliche Unterstützung bräuchte, aber er winkte gleich wieder ab und ging von sich aus zu dem Thema über, weshalb sie eigentlich gekommen war: Georg.

«Es ist furchtbar», sagte er und schüttelte den Kopf, als könne er nicht glauben, was passiert war.

«Ja», sagte Bette nur. Was sollte sie sonst dazu sagen? Es war furchtbar.

«Habt ihr schon eine Spur?», fragte Uwe. Er wusste also auch, dass sie in die Ermittlung involviert war, was Bette beruhigte – dann hatte er wirklich Kontakt zur Außenwelt und saß nicht, wie sie eben kurz befürchtet hatte, nur immer alleine hier herum.

«Noch nicht», sagte sie.

«Alle sagen, es war dieser Brandstifter», setzte Uwe nach.

«Hör nicht auf das Gerede», wiegelte sie ab.

«Er soll noch ein Junge sein, oder? Wie alt ist er?»

Bette überging die Frage. «Weshalb ich hier bin: Georg war doch früher im Schützenverein. Erinnerst du dich?»

«Sach mal ... Ich mag alt sein, aber nicht tüddelig.» Uwe lachte auf, hustete dann trocken und trank von seinem Kaffee. «Wir waren vielleicht eine Truppe. Alle haben uns die acht Musketiere genannt. Haben uns jeden Donnerstag auf dem Schießstand getroffen, manchmal auch noch am Wochenende.»

An seinem unfokussierten Blick konnte Bette erkennen, dass er mit seinen Gedanken in die Vergangenheit huschte. Um seinen Mund lag ein schelmisches Lächeln, das ihn fast jungenhaft aussehen ließ.

Bette wartete einen Moment, ließ ihm die Erinnerungen, bis sie schließlich fragte: «Wieso ist Georg ausgetreten?»

Uwe runzelte nachdenklich die Stirn. «Ist er das? Keine Ahnung. Er ist einfach nicht mehr gekommen.»

«Ab wann ist er nicht mehr gekommen?»

«Na, als Edith ihn sitzen gelassen hat. Mit dem Kind. Kaum zu glauben, eine Mutter, die ihr Kind einfach so zurücklässt.» Er schüttelte ungläubig den Kopf.

«Hat Georg das so erzählt?»

Uwe stülpte die Unterlippe vor, nickte. «Denk schon. Ja.»

Die Frage, die Bette sich nun stellte, war: Hatte er absichtlich ein Gerücht in die Welt gesetzt? Oder hatte er selbst geglaubt, Edith habe ihn sitzen lassen?

«Zuerst dachten wir noch, Georg braucht ein bisschen Zeit», fuhr Uwe fort. «Muss erst mal seinen Stolz runterschlucken. Sich dran gewöhnen. So eben. Aber er ist dann gar nicht mehr gekommen. Auch später nicht. Nicht zum Schießen und nicht mal zum Bier danach.»

«Es war also wirklich direkt nach Ediths Verschwinden, dass er bei euch aufgehört hat?», vergewisserte Bette sich.

«Ja. Und ich muss sagen, ich hab es Georg schon was übel genommen. Wir alle haben das.» Uwe schnalzte etwas abfällig mit der Zunge.

«Hat er denn gesagt, warum er nicht mehr schießen will?»

«Er müsse sich um Martha kümmern, hat er gesagt. Dabei hätt er sie doch mitbringen können, draußen auf dem Platz waren immer Kinder. Haben da gespielt. Oder einen Babysitter besorgen. Da hätt sich schon jemand gefunden.»

«Hatte es vielleicht noch einen anderen Grund, dass er nicht mehr kam?»

Uwe dachte kurz nach, sagte dann nur knapp: «Nee. Denk nicht.»

«Und die Waffen?», machte Bette gleich weiter. «Mit was für Waffen hat er geschossen?»

«Seine Waffen? Das ist so lange her. Er hatte einige. Aber welche, da überfragst du mich.»

«Waffen für 308er Munition?»

«Kann gut sein, die sind ziemlich beliebt. Solche Repetiergewehre hängen in jedem zweiten Waffenschrank. Sind gute Jagdgewehre.»

«Hast du eine Idee, was Georg mit seinen Waffen gemacht hat? Nachdem er aufgehört hat?»

«Hat er sie nicht behalten?»

«Martha sagt, es waren niemals Waffen auf dem Schwarzackerhof», sagte Bette. «Hat Georg sie vielleicht im Verein weitergereicht, an einen von euch? Oder verkauft?

«Nee, das wüsst ich.» Uwe schlug sich mit den Händen auf die Oberschenkel, hievte sich hoch. «So! Und jetzt mach ich uns mal ein paar Schnittchen. Mit schön Leberwurst, ne!»

Bette stand auch auf, um ihm zur Hand zu gehen. Nicht dass sie großen Appetit auf Leberwurstschnittchen hatte, aber sie konnte jetzt auch nicht einfach sofort wieder gehen.

«Du bleibst man schön sitzen», sagte Uwe. «Ich mach das schon.»

Bette ließ sich wieder in den Sessel sinken, sie wollte sich nicht aufdrängen, dann würde Uwe sich noch bevormundet fühlen. Aus der Küche hörte sie ihn mit Besteck und Tellern hantieren, und plötzlich, ohne Vorwarnung, ergriff die Müdigkeit Besitz von ihr.

40. BETTE

Langsam wurde es schon wieder dunkel, es musste bald fünf sein. Bette saß mit angezogenen Knien neben Uwe auf seinem grünen Deutz-Traktor, ein echter Oldtimer, Baujahr 1966. Ein Auto besaß Uwe nicht mehr, aber von seinem robusten alten Deutz konnte er sich nicht trennen. Der nasskalte Wind blies Bette ins Gesicht und kroch ihr durch die Kleidung. Ihre kalten Hände hatte sie schon unter ihren Po geschoben, aber wärmer wurden sie dadurch auch kaum. Im Schritttempo fuhren sie über die Ochsenwerder Landstraße. Bis zu Bette nach Hause würden sie so noch mindestens eine Viertelstunde brauchen. Wenn sie bis dahin nicht erfror. Der Traktor hatte kein Verdeck und nicht mal einen Windschutz.

Nachdem Bette am Mittag nach geschlagenen zwei Stunden Schlaf in Uwes Sessel endlich aufgewacht war, hatte Uwe seine alten Schützenfreunde zusammengetrommelt, und Bette hatte den Tag mit den selbst ernannten Musketieren verbracht. Oder besser gesagt, mit vier der einst acht: Hilbig, Herrmann, Ernst und Uwe. Allerdings hatte Bette im Gespräch mit ihnen eher an die Greise vom Opernbalkon der *Muppet Show* denken müssen als an Musketiere.

Getroffen hatten sie sich bei Hilbig am Overwerder Hauptdeich. Er hatte am meisten Platz in seiner Hofküche, und vor allem hatte er eine Schwiegertochter, die sich erbarmte, einen Braten für sie alle in den Ofen zu schieben. Bette hatte versucht, sich loszueisen, nachdem sie ihre Fragen zu Georg gestellt hatte, aber da war das Fleisch schon im Ofen gewesen, und sie hatte keine Chance mehr gehabt. Eigentlich fand sie es auch nur gerecht, den alten Herren im Gegenzug für ihre Informationen ein bisschen Gesellschaft zu leisten.

Was Georgs Waffen anging, waren sich die Männer uneins gewesen. Hilbig meinte, Georg habe auf jeden Fall eine Langwaffe für Kaliber 308 besessen, Ernst behauptete, er habe keine gehabt, und Herrmann konnte sich genau wie Uwe nicht erinnern. Einig waren sich dagegen alle, dass Georg mehrere Waffen besessen hatte. Es seien mindestens um die zehn gewesen. Gute und teils teure Stücke. Wo sie verblieben waren, wussten sie nicht, aber Ernst warf in den Raum, dass Walter sie vielleicht hatte.

Diese Möglichkeit war Bette auch schon durch den Kopf gegangen. Die Waffe, mit der Walter letztens Krähen erschossen hatte, konnte auf keinen Fall die Schrotflinte gewesen sein, die er Meyra präsentiert hatte. Damit hätte er die Krähe über Lores Grundstück niemals erwischt. Nicht auf die Entfernung. Und auch die aufgerissene Brust der Krähe, die auf seinem Hof gelegen hatte – das hatte nun wirklich nicht nach Schrotkugeln ausgesehen. Sie musste Meyra noch mal darauf ansetzen oder, besser noch, Thorben. Vielleicht kam der bei Walter weiter.

Ansonsten hatten Hilbig, Ernst und Herrmann nur das bestätigt, was Uwe auch schon erzählt hatte: dass Georg nach Ediths Verschwinden nicht mehr zum Schießtraining gekommen war und Martha als Grund dafür genannt hatte. Dabei hatten die grummeligen, etwas nörgelnden Kommentare der Männer auf Bette so gewirkt, als seien sie eifersüchtig auf Martha und nähmen ihr Georgs Abwesenheit übel. Auch nach all den Jahren noch.

Als Uwe nun endlich von der Landstraße abbog und kurz darauf vor Bettes Reetkate hielt, kam Tyler zu ihnen raus. Er musste sie kommen gehört haben, was kein Wunder war bei dem Lärm, den der Traktor machte.

«Bette», rief Tyler über das Rattern des Motors hinweg. Er wirkte durcheinander, ganz untypisch für ihn. Bette war sofort alarmiert. Sie sprang von ihrem Sitz zu ihm runter. Bevor sie aber fragen konnte, was los war, sagte er schon: «Es tut mir echt total leid. Ich war mit Anton spazieren ... und ...»

«Ist was mit Anton?» Bette blieb fast das Herz stehen, aber dann sah sie den Hund in der Tür stehen. Er schien wohlauf.

Sie legte Tyler die Hände auf die Schultern. «Jetzt mal langsam. Was ist los?»

«Ich hab den Wagen am Tatenberger Deich stehen lassen», sagte Tyler nun etwas ruhiger. «Bin dann mit Anton spazieren. Und als wir zurückkamen, war der Wagen platt.»

Erst jetzt fiel Bette auf, dass ihr Peugeot nicht vor dem Haus stand.

«Das ist doch nicht so schlimm», sagte sie, irritiert, dass er deshalb so aus der Fassung war.

«Aufgeschlitzt», schob er hinterher. «Alle vier Reifen.»

«Oh Schiet.» Bettes rechtes Augenlid zuckte plötzlich nervös.

Tyler schaute sie gequält an, und Bette war klar, wie sehr die Tatsache, dass jemand mutwillig alle Reifen zerstochen hatte, ihn erschrak. Eine erneute Drohung? Wieder kroch diese Mischung aus Unbehagen und Wut in ihr hoch. Wer auch immer sie da aus der Ermittlung zwingen wollte, war jetzt nicht nur sie, sondern auch Tyler angegangen.

«Es tut mir so leid. Das wird sicher teuer», sagte Tyler.

«Vergiss das Geld», sagte sie. Darum ging es gerade wirklich nicht. «Kannst du irgendwo anders wohnen?»

«Was?» Tyler runzelte die Stirn, schaute sie entrüstet an. «Nein. Wieso sollte ich?»

«Ich will dich aus der Schusslinie wissen», sagte Bette mit Nachdruck.

«Was heißt Schusslinie», hielt Tyler dagegen. «Jetzt übertreibst du. Wer auch immer das war, wollte mich doch nicht umbringen.»

«Ach? Und wie kannst du dir da so sicher sein?»

«Dann hätte er die Bremsen durchgeschnitten oder die Radschrauben gelockert. Reifen durchstechen, das ist doch nur was, um Angst zu machen. Außerdem hat der es auf dich abgesehen, nicht auf mich. Es war Zufall, dass ich den Wagen geparkt habe.»

«Du bist der Einzige, der den Wagen fährt», sagte Bette.

«Aber es ist deiner.»

Bette seufzte schwer. Sie hatte keine Geduld für eine lange Diskussion mit Tyler, und sie wusste, er würde sich nicht so einfach wegschicken lassen.

Sie musste sich jetzt erst mal um das Praktische kümmern. «Wo steht der Wagen?»

«Am Deich, seitlich beim Bootshafen.»

Hatte der Reifenstecher zufällig den Wagen dort entdeckt, oder war er Tyler gefolgt? Walter wohnte nicht weit von dort, aber auch Henrik oder jeder andere würde auf dem Weg in die Innenstadt oder auch nur zum Baumarkt an der Stelle vorbeikommen.

«Uwe», rief sie zum Traktor hoch. «Tyler hatte eine Autopanne. Beim Bootshafen am Tatenberger Deich.» Sie zeigte in Richtung Norden. «Kannst du ihn abschleppen?»

«Klar.» Er hob den Daumen, warf den Motor, den er gerade erst ausgestellt hatte, wieder an, fuhr bis zum Wendekreis durch und drehte.

«Bring den Wagen zu Jörg», sagte Bette zu Tyler. Jörg hatte eine Werkstatt am Ruschorter Hauptdeich, das war nicht weit, und er machte gute Arbeit.

«Okay», sagte Tyler, holte schnell seine Jacke und kletterte auf den Traktor. Bette sah den beiden hinterher, bis sie um die Ecke verschwanden.

Sie selbst fuhr nicht mit. Nicht dass sie noch schlafend vom Traktor fiel. Ihr Rhythmus war durcheinander, was bedeutete, dass sie nur noch schlecht abschätzen konnte, wann der nächste Schlafschub sie einholen würde. Uwe hatte es vorhin nur gut gemeint, als er sie so lange schlafen ließ. Von ihrer Narkolepsie wusste er, aber er hatte nicht gewusst, dass sie nach 30 Minuten wieder wach sein sollte, um ihren Rhythmus beizubehalten. Diese Information sollte sie vielleicht auch mal im Ort streuen.

41. MARTHA

Draußen war es schon dunkel. Der Wind fegte um das Haus, und irgendwo klapperte eine Tür. Martha ging im Wohnzimmer auf und ab, knetete ihre Hände, strich sich eine Haarsträhne aus dem Gesicht, die ihr wieder und wieder in die Augen fiel. Sie wusste nicht, wohin mit sich. Gleich würde Henrik nach Hause kommen, mit Elsa und Luisa, die er bei seiner Mutter in Pinneberg abgeholt hatte.

Sie ließ sich auf das Sofa sinken, vergrub ihr Gesicht in den Händen. Wie sollte sie den beiden nur erklären, was geschehen war. Und vor allem: Was sollten sie ihnen sagen. Alles? Oder nur Teile?

Dass ihr Opa gestorben war, mussten sie auf jeden Fall erfahren. Bislang wussten sie nur, dass sein Hofhaus abgebrannt war.

Aber mussten Elsa und Luisa auch erfahren, dass ihr Opa ermordet worden war? Luisa war doch erst vier und Elsa auch nur zwei Jahre älter.

Und was war mit Edith? Sollte sie ihnen auch von ihrer erschossenen Großmutter erzählen? Einer Großmutter, über die kaum je gesprochen worden war.

Aber wenn sie ihnen nicht alles sagten und sie es irgendwo anders aufschnappten – das wäre dann ein doppelter Schock.

Sie solle ehrlich sein, hatte Bette gesagt, und Martha musste sich eingestehen, dass sie recht hatte. Denn war es nicht das, was sie gerade selbst so in die Verzweiflung trieb?

Die Lügen, die ihr ihr Leben lang aufgetischt worden waren. Von ihrer verschwundenen Mutter. Und wer wusste schon, wovon sonst noch. Diesen Fehler durfte sie nicht wiederholen. Auch nicht, um ihre Töchter zu schützen.

Sie nahm den Eisbären in die Hand, der neben ihr auf dem Sofa lag. Henrik hatte ihn gebraucht über das Internet besorgt. Per Expresssendung irgendwo aus Süddeutschland. Er sah wirklich genauso aus wie Alaska, ihr alter Teddy, der auf dem Schwarzackerhof verbrannt war und um den die Mädchen sich solche Sorgen gemacht hatten. Wiederholt hatten sie nach ihm gefragt. Als sei er ein Symbol für all das, was verloren gegangen war. Martha strich ihm über das leicht angegraute Kunstfell. Wer sich wohl freiwillig von dem alten Kuscheltier getrennt hatte? Bei dem Gedanken, dass er vielleicht aus dem Nachlass eines oder einer Verstorbenen war, lief ihr eine Gänsehaut über den Rücken. Schnell legte sie den Ersatz-Alaska weg und rieb ihre Hände über die Jeans, als wären sie dreckig.

In dem Moment hörte sie den Wagen vorfahren, sprang auf, eilte zur Haustür, öffnete. Da flogen ihr Elsa und Luisa schon in die Arme. «Maaamaaa», riefen sie gleichzeitig.

Martha drückte sie an sich, küsste sie. «Da seid ihr ja endlich. Hab ich euch vermisst, meine Schätzchen.» Und das meinte sie ernst, natürlich meinte sie es ernst, auch wenn sie jetzt, wo sie die beiden in den Armen hielt, noch mehr Angst vor dem hatte, was auf sie zukam. Jetzt gab es kein Zurück mehr. Sie mussten mit ihnen reden, die ganze Wahrheit erzählen, bevor sie irgendwo Halbwahrheiten aufschnappten.

Sie trug Elsa und Luisa ins Haus, setzte sie ab, half ihnen

mit den Schuhen und Jacken. Sie gab auch Henrik einen Kuss, als er mit den Taschen durch die Tür kam.

Luisa war schon ins Wohnzimmer gerannt. «Alaska», schrie sie aufgeregt.

«Ihr habt ihn gerettet», rief Elsa, die ihr nachgelaufen war.

«Siehst du», flüsterte Henrik und sah sie liebevoll an. «Sie bemerken den Unterschied gar nicht.»

Martha presste die Lippen zusammen, nickte mit einem gequälten Lächeln. Noch so eine Lüge.

«Lass sie in dem Glauben, dass es Alaska ist», sagte Henrik, als habe er ihre Gedanken gelesen. «Wenn es ihnen doch hilft.» Damit umarmte er sie einmal kurz und fest. «Das wird schon. Ich mach uns einen heißen Kakao, dann erzählen wir ihnen alles.»

Während Henrik in der Küche verschwand, ging Martha zu ihren Töchtern ins Wohnzimmer und setzte sich aufs Sofa. Luisa, Alaska fest im Arm, sprang auf ihren Schoß, und Elsa kuschelte sich von der Seite an. Aus der Küche strömte der Geruch heißer Milch, und sie hörte, wie Henrik die Tassen aus dem Schrank holte und, dem Rascheln nach zu urteilen, auch eine Packung Kekse. Ein wohlig warmes Gefühl kroch durch Marthas Körper. Egal was passiert war, sie hatten immer noch sich.

42. BETTE

Kaum hatte Bette ihr Smartphone an den Strom gesteckt, waren die Nachrichten eingegangen. Meyra hatte wiederholt versucht, sie zu erreichen. Ohne lange die Mailbox abzuhören, rief Bette sie zurück, wobei sie den Küchenstuhl so nah an die Steckdose rückte, dass das Telefon weiter laden konnte.

«Bette! Endlich», meldete Meyra sich und redete gleich weiter, wobei sie so schnell sprach, dass Bette sich sehr konzentrieren musste, um ihr zu folgen. Es hatte wieder gebrannt, zwei Lauben in einer Gartenanlage, und alles wies auf Nils hin. Der Brandbeschleuniger und die Tatsache, dass Nils' Smartphone am Tatort gefunden wurde.

Bette schluckte ihr Bedauern runter. Sie hatte wirklich gehofft, dass der Junge das mit den Brandstiftungen hinter sich gelassen hatte. Denn dass er den Schwarzackerhof angezündet hatte, konnte sie sich nicht vorstellen. Es machte einfach keinen Sinn, nicht in Anbetracht des Mordes an Georg. Wieso hätte Nils plötzlich einen Mord begehen sollen? Und wieso an Georg?

«Bei den Lauben hingen Wildtierkameras, aber die Speicherkarten wurden entfernt, sonst wüssten wir mit Sicherheit, ob es Nils war», fügte Meyra noch an und erzählte von der SMS, die Nils seiner Mutter, nur wenige Minuten bevor das Feuer gemeldet worden war, geschickt hatte.

«Gibt es irgendeine Spur von ihm? Wo er jetzt ist?», fragte Bette.

«Die Fußspuren führen Richtung Kanal, da wurde auch das Smartphone gefunden. Aber die von der Wasserwacht meinen, keine Chance, dass das Eis noch einen erwachsenen Mann getragen hätte. Und sie haben alles abgesucht. Keine Einbruchspuren.»

«Möglich, dass er sich in einer der anderen Lauben versteckt, irgendwo in der Gartenanlage», sagte Bette. Wenn Nils es innerhalb der letzten Tage nur die paar Kilometer von zu Hause bis in diese Gartenanlage geschafft hatte, würde sie mal tippen, dass er immer noch in der Nähe war. In sicherer Nähe von dem, was er kannte. So schätzte sie ihn ein.

«Ich hab alles durchsuchen lassen, jede einzelne Laube. Einige waren aufgebrochen. Aber ich gehe nicht davon aus, dass das Nils war.»

«Und wieso nicht?», hinterfragte Bette diese Annahme.

«Da hingen teilweise auch Wildtierkameras. Und wir haben Fotos sicherstellen können. Mal abgesehen von ein paar Rehen, sind darauf immer dieselben drei Männer zu sehen. Es ist zu erkennen, wie sie Wasserrohre und Regenrinnen wegschaffen.»

Metalldiebe, dachte Bette. Das würde Mats interessieren. Er sollte sich mal erkundigen, ob es auch in Gudruns Gartenverein solche Kameras gab.

«Ihre Gesichter kann man nicht erkennen», fuhr Meyra fort. «Aber ihrem Körperbau nach war keiner von ihnen Nils. Dafür waren sie zu klein, zu bullig, zu gedrungen.» Dann, nach einer kurzen Pause, schob Meyra hinterher: «Irgendetwas irritiert mich. Etwas stimmt nicht.»

«Wie meinst du das?», wollte Bette wissen.

«Zuerst einmal, wieso hätte Nils die Lauben abbrennen sollen?»

«Stressabbau?», schlug Bette vor. Für viele Brandstifter hatte das Legen eines Feuers so eine Wirkung.

«Aber wenn er sich doch dadurch verrät? Ich meine, er flieht, und dann macht er uns durch ein Feuer auf sich aufmerksam?»

«Na ja, Nils denkt da vielleicht nicht so logisch», wandte Bette ein. «Oder weitsichtig.»

«Ja, das hätte ich eigentlich auch von ihm gedacht. Aber jetzt tut er genau das. Und das ist es, was mich irritiert. Er entfernt Speicherkarten aus Kameras. Kameras, in die diese Einbrecher einfach so reinlaufen. Und die sind sicher professioneller als er. Und dann sorgt Nils auch noch dafür, dass wir sein Smartphone nicht orten können. Die ganze Zeit nicht, dann aber plötzlich doch – genau als die Lauben brennen. Und jetzt ist er schon wieder spurlos verschwunden.»

«Du meinst, so geplant, wie er sich jetzt verhält, das passt nicht zu ihm.»

«Überhaupt nicht.»

Bette dachte darüber nach. Was Meyra da sagte, war gut beobachtet und klang sehr plausibel. Nur was sollten sie daraus schlussfolgern? «Das müsste doch heißen, dass jemand Nils hilft.» Die einzigen beiden Personen, denen sie das zutraute, weil sie eine ausreichend enge Beziehung zu ihm hatten, waren seine Mutter und Henrik. Wobei Henrik es kaum wagen würde, Nils hinter Marthas Rücken zu helfen. Nicht in dieser Situation. Er wusste, wie sehr sie das verletzen würde. Immerhin war Nils ein Verdächtiger im Brandfall um den Schwarzackerhof und damit auch im Mordfall ihres Vaters.

Blieb also Marie Büsing. Bette teilte ihre Überlegungen mit Meyra, die das ähnlich sah.

«Ich frage mich», sagte Meyra dann, «ob das alles nicht ein Ablenkungsmanöver ist. Die beiden Laubenbrände, das Telefon. Es könnte einfach der Versuch sein, eine falsche Spur zu legen. Mal angenommen, das war Marie Büsing. Dann ist Nils vielleicht ganz woanders. Ich werde sie morgen ins Präsidium holen lassen. Kannst du dazukommen?»

«Morgen geht es bei mir leider gar nicht», sagte Bette. «Ich muss ins Schlaflabor.» Diese vierteljährlichen Termine wegen ihrer Narkolepsie konnte sie nicht absagen. Sie waren schwer genug zu bekommen.

«Ah. Sicher. Das geht natürlich vor», sagte Meyra, klang aber enttäuscht, was Bette verstand, sie aber auch störte. Es ging hier um ihre Gesundheit. Bevor sie auflegte, erwähnte sie noch Georg Langes Mitgliedschaft im Schützenverein und bat Meyra, seine Waffenregistrierungen bei der zuständigen Behörde anzufordern. «Und dann soll MT doch noch mal versuchen, mit Walter Lange zu sprechen.» Thorben durfte gerne mal etwas aktiver in diesem Fall werden, fand Bette, auch wenn ihre Motivation, ihn auf Walter anzusetzen, eine andere war. «Möglich, dass Walter einen Mann ernster nimmt als uns.»

Meyra schnaubte empört, kommentierte das aber nicht weiter. Sie war pragmatisch genug einzusehen, dass Bette recht haben könnte.

«Er soll ihn fragen, ob er die Waffen seines Bruders damals übernommen hat», sagte Bette weiter. «Wenn das Gewehr, mit dem Edith erschossen wurde, von Georg Lange war, hat Walter es jetzt vielleicht. MT soll ihn auf jeden Fall dahingehend befragen. Auch noch mal zu dem Feuer bei sich, aber vor allem zu den Waffen. Notfalls mit der Androhung einer Hausdurchsuchung.»

43. MARCU

Bäuchlings lag Marcu auf der Couch, drückte sein Gesicht in das Kissen, schlug mit den Fäusten auf den Bezug. Er ging sich selbst so unglaublich auf den Nerv. Er war doch immer schnell, irgendwas zu entscheiden, etwas zu unternehmen, etwas zu ändern, wenn es ihm nicht passte. Nur jetzt hatte er keine Ahnung, was er machen sollte. Fuck auch. So lief das nicht. Er musste was unternehmen. Oder sollte er einfach nichts tun? Stillhalten. Ruhig sein. Abwarten, bis der Tote unter dem Eis gefunden wurde. Warten, bis der Mörder einsah, dass er – Marcu – keine Gefahr für ihn war. Sich bis dahin einfach in der Laube verbarrikadieren. Hier war er am sichersten. Wie sollte der Mörder auf die Idee kommen, dass er mitten im Winter hier draußen wohnte? Und selbst wenn, dann müsste er alle Lauben absuchen, und in der Gegend gab es Hunderte davon.

Wasser könnte er sich abkochen, das musste er nicht kaufen und auch nicht irgendwo abzapfen. Im Garten gab es eine Regenwassertonne, die bis oben hin voll war. Noch etwas eingefroren, aber das würde schon irgendwie gehen.

Die Frage war allerdings, wie lange seine Essensvorräte reichten. Er stand auf, öffnete den Schrank, nahm alle Lebensmittel heraus und legte sie nebeneinander auf den Boden. Ein 2,5-Kilo-Sack Kartoffeln, der noch fast voll war, sechs Yum-Yum-Suppen, Paprikachips, Toast, eine halbe Flasche Öl, zwei Pakete Spaghetti, Erbsen und Thunfisch aus der Dose. Im Kühlschrank war außerdem noch ein halbes Päckchen Butter, Salami, Eier.

Ein paar Tage sollte das reichen, länger nicht. Er müsste auf jeden Fall noch einmal los. 25,66 Euro hatte er noch, für die könnte er im Supermarkt Öl, Nudeln und so was einkaufen. Gemüse, Kartoffeln und Eier würde er wieder bei einem der Bauernstände holen. Kurz dachte er daran, andere Lauben aufzubrechen. Sicher fand sich da auch Essbares. Dosensuppen und so Zeugs. Aber die Gefahr, dass auch nur ein Laubenbesitzer den Aufbruch bemerkte und die anderen alarmierte, war ihm zu groß. Am Ende tauchte auch noch sein Laubenbesitzer auf, um zu checken, ob alles okay war. Nein, das war keine gute Idee. Er käme auch so eine Weile über die Runden. Vielleicht lang genug, bis sich alles beruhigt hatte. Nur woher sollte er wissen, dass sich alles beruhigt hatte? Er bekam hier ja nicht gerade viel mit. Aber eigentlich auch egal, er musste einfach durchhalten, bis es wärmer wurde, dann würde er hier abhauen, Richtung Süden. Ab Ende März könnte er auch mal auf der Straße übernachten, ohne gleich Gefahr zu laufen zu erfrieren. Das waren nur noch ein paar Wochen. Trotzdem. Mehrere Wochen hier in der Hütte. Ihm würde die Decke auf den Kopf fallen. Doch das war immer noch besser, als tot zu sein.

44. BETTE

Den Mittwoch verbrachte Bette fast vollständig im Schlaflabor. Mit dem üblichen Ergebnis. Die Medikamente waren bereits bestmöglich eingestellt. Der Arzt gab ihr nur zum x-ten Mal den Rat, einen regelmäßigen Schlafrhythmus einzuhalten, um Schlafattacken zuvorzukommen.

Normalerweise war sie immer frustriert und zornig, wenn sie die Praxis verließ. Zornig auf den Arzt, ihren Körper und den Rest der Welt. Heute stellte sie allerdings überrascht fest, dass es ihr eigentlich ganz gut ging. Vielleicht hatte sie sich mittlerweile an den Gedanken gewöhnt, dass sie diese Krankheit niemals wieder loswerden würde, sondern sich irgendwie arrangieren musste? Schön wäre es. Oder es gab einfach zu viel anderes, das sie beschäftigte. Kaum im Treppenhaus des Ärztehauses, rief sie Tyler an.

«Hallo. Bette hier», meldete sie sich.

«Das sehe ich», sagte er in einem Tonfall, der gleichzeitig gereizt wie auch amüsiert klang. «Und bevor du fragst, ja, hier ist alles in Ordnung.»

«Gut», sagte Bette erleichtert und dachte, dass sie sich schon benahm wie eine alte Glucke. Ob Marie Büsing sich so fühlte? Ständig besorgt. Ständig ängstlich. «Dann bis später.»

«Okay», sagte Tyler mit einem demonstrativen Seufzen und legte auf. Bette sah an ihren Telefonverbindungen, dass sie ihn heute geschlagene fünf Mal angerufen hatte. Wann immer sie zwischenzeitlich hatte warten müssen und trotz strikten Handyverbots in der Praxis. Etwas übertrieben war das vermutlich wirklich.

Als sie aus dem Ärztehaus trat, war es halb vier, und sie beschloss, noch ein paar Meter zu laufen. Bevor sie sich ein Taxi suchte, wollte sie in Ruhe ihre Mailbox abhören. Außerdem brauchte sie noch etwas frische Luft und Bewegung nach dem ganzen Rumgesitze und vor allem Rumgeliege in der Praxis. Ausnahmsweise schien sogar mal die Sonne.

Das Schlaflabor lag in der Eimsbütteler Osterstraße, einer beliebten Einkaufsstraße, gesäumt von vielen Cafés und auch kleineren Geschäften, nicht nur den großen Ketten. Normalerweise war hier immer viel los, jetzt lag eine seltsame Ruhe über allem. Die meisten Läden waren geschlossen, Cafés und Bistros boten immerhin Take-away an, aber nirgends gab es auch nur einen besetzten Tisch. In Ochsenwerder hatte Bette das Gefühl, dass die Pandemie sie kaum tangierte. Draußen bei ihnen veränderte sie den Lebensrhythmus einfach nicht so krass wie in der Stadt, zumindest nicht so sichtbar.

Drei Nachrichten, alle drei von Meyra.

In der ersten vom späten Vormittag teilte Meyra ihr mit, dass MT die Pächter des Pferdehofes noch einmal ganz offiziell vernommen hatte, für die Akten sozusagen. Neues hätte sich da nicht ergeben. Meyra hatte zudem mit den beiden Anwohnern gesprochen, die laut Bernd geholfen hatten, Georg aus dem brennenden Haus zu holen. Beide hatten das bestätigt. Sie hätten auch gesagt, dass sie Georg ohne Bernd in dem da schon verrauchten Haus nicht gefunden hätten. Er war der Einzige von ihnen gewesen, der sich im Haus ausgekannt und gewusst hatte, wo das Schlafzimmer lag. Hier fragte Bette sich, ob Bernd aufgrund der Uhrzeit davon ausgegangen war, dass Georg im Bett lag. Oder hatte er gewusst, dass Georg im Schlafzimmer zu finden war, weil er gewusst hatte, dass er tot war? Bette spann den Gedanken weiter. Angenommen, Bernd war derjenige, der Georg erstickt und dann das Feuer gelegt hatte, um seinen Erstickungstod zu vertuschen. Dann hätte er bei der Suche vielleicht seine Hilfe vorgetäuscht, aber den kleinen Rettungstrupp nicht zu Georg geführt. Nein, dachte Bette, Bernd war nicht der Täter. Er hatte ein Mordmotiv, und vielleicht war er auch froh, dass es Georg erwischt hatte, aber es war nicht durch seine Hand geschehen.

Das Fazit von Meyras zweiter Nachricht, eingegangen um kurz vor eins, war, dass sie sich nach dem heutigen Gespräch mit Marie Büsing nicht mehr vorstellen konnte, dass sie ihrem Sohn geholfen hatte unterzutauchen. Die Frau habe keine Ahnung, wo er sich aufhalte. Ihre Verzweiflung und ihre Angst um Nils schienen nicht gespielt gewesen zu sein. Womit sich die Theorie, Marie Büsing habe die Lauben beim Kraftwerk angezündet, um von Nils' wahrem Aufenthaltsort abzulenken, hinfällig war. Oder zumindest in den Hintergrund trat. Es konnte natürlich immer noch sein, dass Nils' Mutter einfach eine gute Schauspielerin war.

Ihre dritte Nachricht hatte Meyra eben erst hinterlassen, kurz bevor Bette im Schlaflabor fertig gewesen war. Es war die längste und ausführlichste.

Die Waffenbehörde hatte die Unterlagen zu Georg Langes Waffenregistrierungen geschickt. Eine Langwaffe Kaliber 308 war nicht darunter. Allerdings waren insgesamt auch nur drei Waffen gemeldet, was nicht zu den Aussagen der alten Musketiere passte, dass Georg um die zehn Waffen besessen hatte. Die Frage war: Hatte Georg sie aus Bequemlichkeit nicht registrieren lassen, vielleicht auch aus Sturheit, in der Ansicht, dass es die Behörde einen Dreck anging – auch das ein Argument, das Bette schon des Öfteren von Männern dieser Generation gehört hatte –, oder gab es einen anderen Grund? Und vor allem, wo waren die Waffen?

Bei Walter, so Meyra, waren sie nicht.

Zwischen ihre ansonsten sachliche Ausführung, die Meyra ihr auf die Mailbox gesprochen hatte, schob sie einen kleinen spitzen Kommentar ein: «MTs Mannsein hat bei Walter Lange übrigens nichts gebracht.» Walter habe weiter stur geschwiegen, woraufhin MT seine Drohung einer Hausdurchsuchung umgehend umgesetzt habe. Ohne langes Geplänkel. Gefunden hatten sie allerdings nur eine einzige Schusswaffe, die Schrotflinte, die Walter ihnen letztens schon gezeigt hatte. Und die auch auf ihn registriert war. Sonst nichts.

Walter, dachte Bette. Nie im Leben hast du mit der Schrotflinte die Krähen erschossen. Du musst andere Waffen haben. Wo sind sie? Wieso versteckst du sie vor uns? Und wieso nur bist du so starrsinnig und redest nicht?

Noch ganz in Gedanken, ging Bette in Richtung Heußweg in der Hoffnung, an der Kreuzung ein Taxi zu erwischen. Auf dem Weg schaute sie bei der Buchhandlung Lüders ins Schaufenster, wo ihr ein hübsches grau gebundenes Buch in die Augen fiel. Es hieß einfach nur *Krähen – ein Porträt*. Daneben lag eine Beschreibung: *Die Mythen, die die Krähen von jeher begleiten, sind ebenso dunkel wie sie und handeln fast immer von Übel und Tod. Selbst die zunehmende Erforschung ihrer herausragenden Intelligenz konnte sie nicht von ihrem schlechten Ruf befreien. Im Gegenteil: Dass Krähen über ein Gedächtnisvermögen verfügen, das sogar jede menschliche Kapazität übersteigt, scheint nur ein weiterer Ausweis ihrer Unheimlichkeit zu sein.*

Das Buch würde sie mitnehmen. Vielleicht sollte sie Walter wegen Tierquälerei anzeigen, wegen des sinnlosen Abschusses dieser schlauen Vögel. Oder ihm anbieten, es nicht zu tun, wenn er im Gegenzug endlich redete. Sie lächelte in sich hinein. Die Idee, Walter zu erpressen, gefiel ihr. Das Problem war nur: Es würde ihn vermutlich nicht jucken. Es wäre ihm schlichtweg wurscht.

Gegen halb fünf war Bette zu Hause. Es dämmerte schon wieder. Sie wollte gerade die Tür aufschließen, als ein Auto vor ihrer Gartenpforte hielt. Überrascht sah sie, dass es Nesrin war.

Ihre ehemalige Kollegin und Freundin kam öfter zum Spazieren raus, aber nicht jetzt im Winter.

«Was machst du denn hier?», rief Bette und ging ihr entgegen. Nesrin trug einen knallgelben langen Mantel, und unter ihrer grünen Mütze schauten Strähnen ihrer langen dunklen Haare hervor. Bette sähe in so farbenfroher Kleidung aus wie ein Clown, aber Nesrin konnte sie tragen. Es stand ihr ausgezeichnet.

«Ich dachte, ich schau einfach mal vorbei», sagte sie und umarmte Bette. «Wie geht es dir?»

«Gut», sagte Bette und schaute ihre Freundin dann aufmerksam an. «Nicht dass ich mich nicht freuen würde, aber verrätst du mir, warum du wirklich den ganzen Weg hier rausgekommen bist?»

Nesrin verzog ihren Mund zu einem entschuldigenden Lächeln. «Arno hat mir was zugeflüstert.»

Nee, Arno, echt, dachte Bette. Hatte er Nesrin also von den Drohungen ihr gegenüber erzählt. Das ärgerte sie. Nicht weil sie befürchtete, Nesrin würde es Thorben stecken, sondern weil Nesrin es ihm eben nicht sagen würde und dadurch Probleme bekommen konnte. Sie war wegen Bettes Alleingängen schon zu oft Risiken für sie eingegangen.

«Er macht sich nur Sorgen», sagte Nesrin, die Bettes Gedanken vermutlich an ihrer grimmigen Mimik abgelesen hatte. «Und ich auch.»

«Müsst ihr nicht», sagte Bette unwirsch. «Hier ist alles gut.»

«Na dann.» Nesrin klang nicht überzeugt. «Arno lässt dir übrigens ausrichten, dass er nichts Brauchbares auf dem Brief gefunden hat. Keine DNA, keine Fingerabdrücke. Nur Handschuhabdrücke. Dem geriffelten Muster und den, wenn auch nur minimalen Spuren von Erde nach ein Gartenhandschuh.»

«Sehr hilfreich», sagte Bette. «Die tragen wir hier draußen ja alle ständig.»

Nesrin lachte auf. «Sollen wir ein Stück laufen? Wo ich schon da bin.»

«Gerne. Ich sag nur schnell Tyler Bescheid.» Dass sie sich noch mal vergewissern wollte, dass bei ihm alles in Ordnung und keine weitere Drohung eingegangen war, verriet sie Nesrin nicht.

Eine Minute später war sie wieder draußen. Ohne Anton, der bellend hinter der Tür zurückblieb.

«Willst du Anton gar nicht mitnehmen?», fragte Nesrin.

«Nee. Tyler war eben mit ihm draußen», griff Bette schnell auf eine Notlüge zurück. Sie wollte den Hund zur Sicherheit weiter bei Tyler lassen. Aber auch das musste Nesrin nicht wissen. Es würde sie nur zusätzlich beunruhigen.

Nesrin hakte sich bei ihr unter, und sie gingen Richtung Ortskern. Hinter den Fenstern brannten Lichter, auf der Straße waren sie alleine, und außer dem Wind, der die kahlen Äste der Bäume zum Knarzen brachte, und ein paar Möwen, die sich um ein totgefahrenes Kaninchen stritten, war nichts zu hören.

«Fühlst du dich eigentlich mittlerweile wohl hier draußen?», fragte Nesrin.

Bette zuckte mit den Schultern. «Mal so, mal so.»

Sie waren jetzt am Brack vor der Kirche. Der Schlitten hing immer noch auf dem Eis.

«Ich hab übrigens noch was für dich», sagte Nesrin. «Diese Metalldiebe, wegen der du mich angerufen hast. Mir war das gar nicht klar, aber das ist grade ein Riesenthema. Es wurde sogar eine eigene Soko eingerichtet.»

«Eine Sonderkommission? Wegen ein paar geklauter Wasserhähne in Schrebergärten?» Bette runzelte die Stirn. «Ist das nicht etwas unverhältnismäßig bei eurer engen Personallage?»

«Na ja. Es geht schon um mehr als ein paar Wasserhähne. Da scheinen gut organisierte Gruppen unterwegs zu sein. Extrem viel wird von Baustellen geklaut. In großem Stil.

Aber auch aus Kirchen und von Friedhöfen. Kreuze, Skulpturen, Teile von Kupferdächern. Sogar eine 400-Kilo-Friedhofsglocke wurde schon wegtransportiert.»

Wow, dachte Bette, das war fast beeindruckend. «Die Fotos der Metalldiebe, die Meyra in der Gartenanlage am Kraftwerk Tiefstack gesichert hat, die kennst du, oder?»

«Sicher», sagte Nesrin. «Die hab ich gleich an die Soko weitergeleitet. Aber apropos: Konnte Mats noch was rausfinden? Zu den Einbrüchen hier bei euch?»

«Nein. Nichts.» Bette hatte ihn, gleich nachdem Meyra ihr von den Wildtierkameras berichtet hatte, darauf angesetzt. Aber in Gudruns Gartenkolonie hatte niemand solche Kameras.

Sie bogen jetzt rechts ab in die kopfsteingepflasterte Straße zwischen Kirche und Pastorat, hinter dem wieder das Brack mit dem Schlitten zu sehen war. Von dem etwas erhöhten Standpunkt auf der Kirchwarft aus war gut zu erkennen, wie dünn das Eis nur noch war – grau, nass und rissig.

«Gestern gab es drei Festnahmen», erzählte Nesrin weiter. «Dank eines Schrotthändlers aus Billwerder, dem verdächtige Ware angeboten wurde. Drei Männer. Sie verweigern die Aussage. Aber es kann wohl davon ausgegangen werden, dass sie jüngst in eine Auseinandersetzung von rivalisierenden Gruppen geraten sind. Der eine hat eine Schussverletzung im Oberschenkel. Nur ein paar Tage alt und eher provisorisch verarztet. Zu seinem Glück nur ein Streifschuss. Muss trotzdem laut der Kollegen eine ziemlich blutige Angelegenheit gewesen sein.»

Blutige Angelegenheit – bei den Worten schoss Bette ein

Gedanke durch den Kopf: das Blut auf Walters Hof, bei der Schrotthalde. Konnte es sein, dass der vermeintliche Metalldieb, wie die Soko das annahm, gar nicht von der Konkurrenz verletzt worden war, sondern von jemandem, der sein Hab und Gut verteidigte? Walter oder jemand wie Walter. «Du weißt nicht zufällig, wann genau der Mann angeschossen wurde?», fragte Bette.

«Nein. Keine Meldung von Ärzten oder Krankenhäusern zu einer Schussverletzung. Und wie gesagt, der Mann verweigert die Aussage.»

Natürlich tat er das, egal was passiert war, er würde damit immer auch gegen sich selbst aussagen.

Sie nahmen den Pfad, der unter hohen Linden an der alten steinernen Friedhofsmauer entlangführte. Rechts lag offener Acker, und nur über dem Horizont hing noch ein Lichtstreifen, ansonsten war es mittlerweile dunkel. Irgendwann, dachte Bette, würde sie Walter noch mal nach dem Blut im Schnee bei ihm auf dem Hof fragen – und was es mit den toten Krähen wirklich auf sich hatte. Aber gerade hatte sie weit wichtigere Themen mit ihm zu klären.

45. MARCU

In der Nacht schlief Marcu schlecht. Er war nicht wirklich müde. Er hatte ja schon den ganzen Tag nur rumgelegen. Aber das alleine war es nicht. Er schreckte einfach beim kleinsten Geräusch auf, immer in der Angst, dass dieser Mörder plötzlich an der Laube stand. So wie jetzt wieder. Irgendetwas knirschte da draußen, wie Schritte auf sandigem Stein. Er hielt den Atem an, lauschte angestrengt. Da schlich doch jemand um die Laube.

Er musste sich auf seinen Atem konzentrieren, damit die Panik, die in ihm aufstieg, ihn nicht lähmte. Vorsichtig, um bloß selbst keinen Laut zu machen, schob er seine Hand unter das Kopfkissen, zog den Hammer hervor, den er dort versteckt hatte, stand auf und schlich ans Fenster.

Durch einen Spalt zwischen den Zeitungsseiten spähte er nach draußen. Sein Atem raste, sein Herz schlug so heftig, dass es wehtat.

Alles dunkel. Nichts bewegte sich. Zumindest nichts, was er sehen konnte. Und jetzt hörte er auch nichts mehr. Mal abgesehen vom Pochen seines eigenen Pulses. Vielleicht hatte er sich die Schritte nur eingebildet. Das war möglich. Angst ließ einen Dinge wahrnehmen, die nicht da waren. Ja, so musste es sein.

Eine Weile stand er noch still da, um ganz sicherzugehen, bevor er zurück unter seine Decke schlüpfte. Den Hammer hielt er weiter umklammert.

Und dann hörte er den Ruf einer Eule. Wenn eine Eule

ruft, naht der Tod, hatte seine Oma früher immer gesagt. Sein ganzer Körper verkrampfte sich, und Tränen schossen ihm in die Augen.

Er wollte nicht sterben.

46. BETTE

Am Morgen wachte Bette davon auf, dass Anton ihre nur angelehnte Schlafzimmertür aufdrückte. Er legte den Kopf schief, sah sie an und gab ein winselndes Geräusch von sich, das Bette verriet, dass er nach draußen wollte.

«Ich komm schon», sagte sie, setzte sich auf und stellte die nackten Füße auf den Boden. Mann, war das kalt. Schnell schlüpfte sie in ihre Klamotten von gestern und ging nach unten. Als sie die Hintertür öffnete, rannte Anton sofort los.

Hinein ins Nichts.

Dicker weißgrauer Nebel lag über allem. Keine zwei Meter weit konnte Bette sehen.

Sie holte Jacke und Boots und folgte Anton nach draußen.

Sie liebte es, wenn alles dumpf klang, wie weit weg, man sich nur noch nach Gefühl fortbewegte und alle Sinne, die das Sehen ausglichen, geschärft waren. Von der Wiese her drang Antons Bellen zu ihr herüber. Sie ging darauf zu, spürte Grasbüschel und Maulwurfshügel unter ihren Füßen, sog die feuchte Luft ein.

Und dann blieb sie abrupt stehen.

Da war ein leises, schabendes Geräusch, das hier nicht hingehörte. Wie von einem Seil, das zu lose um einen Mast gewickelt war und unaufhörlich hin und her ratschte.

«Anton», sagte sie leise. Er hatte aufgehört zu bellen, war plötzlich neben ihr, schob seine warme Schnauze in ihre Hand.

Sie versuchte durch den weißen Dunst irgendetwas zu erkennen, ging langsam auf dieses fremde Geräusch zu. Anton blieb neben ihr, knurrte jetzt.

Und dann sah sie es. Verzerrt und unscharf im Nebel.

Ihr Atem stockte, ihre Hände erschlafften.

Was zum Teufel war das?

In der Wiese steckte ein Baumstamm, sicher um die drei Meter hoch, knorrig und noch mit Ästen, die von ihm abzweigten. Und von den Ästen hingen dicke Schnüre, und daran befestigt baumelten ... ja, was war das? Plüschtiere?

Oder ... Bette kniff die Augen zusammen. Oder waren das etwa ... Sie ging näher heran und hatte das Gefühl, alles in ihr fiel erschrocken und entsetzt in sich zusammen.

Das waren Tiere, echte Tiere. Tote Tiere.

Hasen, Ratten, Krähen, eine Nutria. Festgezurrt an den Hinterläufen.

Ein Tote-Tiere-Mobile.

47. MARCU

Kein Auge hatte Marcu mehr zugetan. Und das wegen einer blöden Eule. Von wegen wenn eine Eule ruft, naht der Tod. Das war doch Schwachsinn. Als ob er so was glauben würde.

Mittlerweile war es hell, wenn auch kaum Licht durch die Ritzen zwischen den Zeitungen fiel. Sicher würde es wieder einer dieser grauen Tage werden. Marcu stand auf und öffnete die Tür, um rauszuschauen.

Dichter Nebel hing über dem Boden. Es war, als hätten sich dicke Wolken auf die Erde gesenkt. Total undurchdringlich. «Yes!» Marcu schlug sich begeistert mit der Faust in die offene Hand. Das war seine Chance.

Niemand würde ihn sehen, wenn er jetzt losfuhr. Einkaufen. Essen besorgen. Er musste sich nur beeilen, bevor der Nebel sich lichtete. Hastig schulterte er den Rucksack.

Draußen packte er das Rad und trug es durch den Knick zum Weg rüber. Der Schnee war geschmolzen, aber er wollte auch keine matschigen Radspuren auf den Wegplatten hinterlassen und sich dadurch verraten.

Er fuhr den Hauptweg runter, den er so gut wie nicht sehen konnte, dessen Verlauf er aber genau kannte. Er fuhr hinein ins Weiß, und es war, als flöge er durch eine Wolke. Er hätte schreien können vor Freude. Natürlich hielt er die Klappe, klar, denn auch wenn man ihn nicht sehen konnte, würde man ihn hören. Aber er streckte beide Arme aus, wie um den Nebel zu umarmen, fuhr ein Stück freihändig und juchzte in sich hinein.

Zum ersten Mal seit Tagen fühlte er sich sicher. So richtig sicher. Versteckt hinter nasser, weißer, dicker Luft.

Wo sollte er zuerst hin? Zu einem der Bauern oder in den Supermarkt?

Zum Supermarkt, entschied er. Das war der weiteste Weg. Und der hatte nur tagsüber auf. Bei den Bauernständen könnte er notfalls auch nachts noch etwas holen, wenn es dunkel war.

48. BETTE

Die Ratten mit gebrochenem Genick, die Nutria und der Hase bäuchlings aufgeschlitzt, die Krähen von Schrotkugeln durchsiebt. Walter! Dieser Irre. War er jetzt völlig übergeschnappt?

Skurril und makaber – dieses Mobile konnte nur von ihm sein. Wer sonst käme auf eine so morbide Idee? Wer sonst tötete mal eben einen Haufen Tiere? Und für Walter wäre es auch kein Problem, den Stamm in den harten Winterboden zu rammen. Genug Kraft hatte er, davon war Bette überzeugt. Und wahnsinnig genug war er auch. Wobei sie sich fragte: War er auch im pathologischen Sinn wahnsinnig?

War Walter der Mörder, den sie suchten? Hatte er seinen Bruder oder seine Schwägerin getötet? Oder beide? Was mochte sein Motiv sein? Und warum bitte fürchtete er sich mehr vor Bette als vor der Polizei? Was war es, das ausgerechnet sie ans Licht bringen könnte?

Sie wusste, sie sollte sofort die 110 anrufen, Thorben und Meyra informieren, Arno noch mal herbestellen.

Aber sie stand ewig vor diesem sinistren Tote-Tiere-Mobile und konnte sich nicht dazu durchringen. Sie war fassungslos, entsetzt und wütend – ja, vor allem unglaublich wütend. Was nahm Walter sich heraus, ihr so etwas vor die Tür zu stellen? Dachte er wirklich, er könnte sie davon abhalten weiterzumachen? Dass sie sich einfach zurückzog aus den Ermittlungen? Er mochte sie nicht gut kennen, aber er kannte sie doch lange genug und hatte sicher auch ausreichend über sie gehört, um zu wissen, dass ein solches Verhalten sie nur noch hartnäckiger werden ließ. Was Sturheit anging, konnte sie mit ihm mithalten.

Sie ballte die Hände zu Fäusten.

Sie würde Walter die Tiere zurückbringen. Und sie würde ihn zur Rede stellen. Das war jetzt eine Sache zwischen ihnen beiden.

Sie brachte Anton, der abwechselnd winselnd und bellend um den Stamm rannte, ins Haus, holte sich das große Opinel aus der Küche und den Handwagen aus dem Schuppen. Dann schnitt sie die Tiere runter.

Als sie eine gute halbe Stunde später den Handkarren auf Walters Hof zog, war sie völlig außer Atem. Vor lauter Ärger war sie viel zu schnell gegangen, abreagiert hatte sie sich trotzdem kein bisschen. Der Nebel hatte sich mittlerweile gelichtet, und sie entdeckte Walter auf der Wiese unten in Ufernähe. Zielstrebig ging sie auf ihn zu. Er war dabei, mit einem Spaten ein Loch auszuheben, und schaute nicht auf, als sie sich ihm näherte. Dabei machte der Handkarren bei jeder Radumdrehung ein klackendes Geräusch. Er musste sie also gehört haben.

Bette zerrte den Karren bis ganz dicht an ihn heran.

«Die kannst du gleich mit verbuddeln!», sagte sie laut und deutlich, damit er sie nicht weiter ignorieren konnte, packte den Karren und kippte Walter die Kadaver vor die Füße.

Walter sah die Tiere an, dann sie, und ein amüsiertes Lächeln zuckte um seinen Mund.

«Findest du das lustig?», fuhr sie ihn an.

Walter zog nichtssagend die Schultern hoch.

«Wieso diese Drohungen?», machte sie weiter. «Wieso anonym? Du bist doch sonst keiner, der sich mit seiner Meinung versteckt.»

Er stieß den Spaten so fest in den Boden, dass er stehen blieb. «Was willst du, Bette?» Sein Blick hatte jetzt etwas Herausforderndes. Kurz tastete sie nach dem Opinel, das sie sich in den Hosenbund geschoben hatte. Es war noch da.

«Was *ich* will?» Bette zog die Brauen hoch. «Was willst du?»

«Dass du aufhörst rumzuschnüffeln», sagte Walter. «Musst dich nicht immer in alles einmischen. Bringt keinem was.»

Bette war sprachlos. Er versuchte nicht mal so zu tun, als wären die Drohungen nicht von ihm. «Denkst du, du kannst mir Angst machen? Mit deinen albernen Aktionen?»

«Albern?» Er lachte auf. «Ich hab dich gesehen, am Fenster, als ich die Böller geworfen hab.» Seine raue Stimme klang in Bettes Ohren jetzt regelrecht boshaft. «Wie ein verschrecktes Huhn hast du da gestanden.»

Bette öffnete den Mund, wollte etwas sagen, hatte aber plötzlich vergessen, was. Für einen Moment verschlug ihr Walters Dreistigkeit die Sprache. Dann sagte sie: «Anonyme Drohungen, wie ein feiger Hund.» Sie legte so viel Verachtung wie nur möglich in ihre Stimme.

«Nur eine freundliche Bitte.» Er lächelte wieder.

«Du hast Edith erschossen, oder?», rutschte es ihr heraus. Taktisch nicht besonders clever, aber jetzt war es gesagt. «Und Georg hat dir geholfen, die Tat zu vertuschen. Oder war es andersherum?»

Walter kniff so sehr die Augen zusammen, dass sie zwischen seinen Falten fast verschwanden. Seine Kiefer mahlten. Sie kam der Sache näher.

«Ich versteh nur nicht, warum Georg sterben musste», fuhr sie fort. «Und dann der Brand auf dem Schwarzackerhof. War doch klar, dass Edith dann gefunden wird. Das kannst du nicht gewollt haben.» Denn wäre der Hof nicht abgebrannt, hätten sie Edith niemals gefunden.

«Du denkst, das war ich? Dass ich Georg getötet hab?», stieß Walter durch zusammengebissene Zähne hervor.

«Warst du's nicht? Aber Edith, das schon, oder wie? Erzähl mir, was damals passiert ist.»

«Einen Dreck werd ich tun.»

«Aber du weißt es? Du kennst die Wahrheit!»

Walter schnaubte. «Die Wahrheit. Die ist noch beschissener als alle Lügen.»

Bette entging nicht, dass er bebte. Ohne seinen Blick von Bette abzulassen, packte Walter den Spatenstiel mit beiden Händen, zog ihn aus dem Boden, kam auf sie zu. Näher. Zu nah.

In dem Moment durchzuckte es Bette erschrocken. So offensichtlich, wie das mit dem Tote-Tiere-Mobile war, musste Walter davon ausgegangen sein, dass sie zuallererst auf ihn kam. Nach den erschossenen Krähen waren das ein riesiger Wink mit dem Zaunpfahl. Das hier war eine Falle. Er hatte ihr eine Falle gestellt. Und sie war vor lauter Wut hineingetappt. Was wollte er jetzt machen? Zuschlagen? Bettes Puls schoss hoch, hämmerte heftig in ihrem Hals. Die Kraft war aus ihren Händen gewichen. Sie konnte jetzt erst mal gar nichts tun. Nicht ihr Messer ziehen. Nicht Walter den Spaten entreißen. Instinktiv machte sie einen Schritt zurück, und im selben Moment merkte sie, wie sich die Müdigkeit in ihr ausbreitete. Nicht jetzt. Bitte nicht jetzt! Aber es war zu spät. Um sie herum wurde es schwarz.

49. MEYRA

Der Nebel hatte sich aufgelöst, und es sah fast so aus, als würden sie heute noch einen blauen Himmel bekommen. Auf dem Weg in die Vier- und Marschlande fuhr Meyra durch den Drive-in oben in Moorfleet und holte sich einen Latte. Sie wollte zum Schwarzackerhof, sich noch einmal umsehen, ihre Fantasie spielen lassen. Vielleicht hatte sie etwas übersehen, oder ihr würde eine Idee kommen, wie sie weiter vorgehen sollte, oder sie würde einfach nur die frische Luft atmen und danach wieder einen freien Kopf haben. Das wäre auch schon mal was. Bei ihrem derzeitigen Arbeitspensum hatte sie das Gefühl, kaum noch klar denken zu können.

Sie trank ihren Kaffee am Steuer und war fast an der Tatenberger Schleuse, als ihr Telefon klingelte. Ihr Display verriet ihr, dass es Hinz Niemann war, der den Feuerwehreinsatz beim Brand am Schwarzackerhof geleitet hatte.

«Frau Bacha», schallte kurz darauf seine Stimme durch die Freisprechanlage, «ich dachte, ich ruf Sie an. Weil Sie doch in der Gegend ermitteln. Wir haben hier einen Einsatz in Tatenberg, Höhe Ruderstrecke. In der Dove-Elbe wurde eine tote Person gemeldet.»

Nicht noch eine Leiche. «Wurde sie schon identifiziert?», fragte Meyra. Eine tote Person hieß weder, dass es einen Zusammenhang mit ihren Ermittlungen gab, noch, dass sie es mit noch einem Mord zu tun hatten.

«Nein. Wir haben die gemeldete Person noch nicht einmal gefunden. Die Suche gestaltet sich wegen der Eisdecke auf dem Gewässer als nicht ganz einfach», sagte er und berichtete ihr, dass sein Trupp vor etwa einer Stunde zwei zwölfjährige Jungen von einer Eisscholle gerettet hatte. Die beiden waren hinter ihrem Hund her aufs Gewässer gelaufen, und das Eis um sie herum war gebrochen. «Zum Glück hatten sie ihre Smartphones dabei und konnten sofort Hilfe rufen», sagte Niemann und schob hinterher: «Sind diese Scheißteile doch auch bei Kindern mal zu was gut.»

Meyra verkniff sich einen Kommentar. Sie mochte dieses unterschwellige Gemecker über Smartphones in den Händen von Kindern und Jugendlichen nicht. Als ob Erwachsene sie sinnvoller einsetzen würden. Von wegen. Aber das war jetzt nicht das Thema.

«Meinen Sie, auf die Aussage der Jungs ist Verlass?», fragte sie stattdessen.

«Ich kenn die beiden. Sie wohnen bei mir um die Ecke. Die reden keinen Stuss», sagte Niemann.

«In ein paar Minuten bin ich bei Ihnen», sagte Meyra, die ja quasi schon auf dem Weg war.

«Perfekt. Dann warte ich, und wir fahren zusammen mit der Wasserwacht raus.»

Das war es dann erst mal mit dem Schwarzackerhof. Aber Nein sagen konnte sie auch schlecht. Es war richtig, dass Niemann sie angerufen hatte, und vielleicht gab es wirklich einen Zusammenhang, wobei sie allerdings sehr hoffte, dass es sich um einen eingebrochenen Eiswanderer oder Angler handelte. Einen Unfall. Keine weitere Verkomplizierung ihrer laufenden Ermittlung.

Meyra rief noch Bette an, damit sie informiert war, erreichte sie aber nicht und hinterließ mal wieder nur eine Nachricht.

Die Wiese zwischen Dove-Elbe und Deich war zugeparkt mit Einsatzfahrzeugen. Meyra ging sofort zum Ufer runter.

Trotz blauem Himmel hing über der Dove-Elbe noch ein dichter diesiger Schleier, was die Sicht über das hier ziemlich breite Gewässer relativ einschränkte.

Meyra sah sich suchend um und entdeckte Niemann, wie er mit zwei anderen Männern ein kleines Motorboot eine betongegossene Rampe runter auf das Eis schob, das unter dem Gewicht des Bootes sofort brach. Es krachte und platschte, und ein Schwall Wasser schwappte über den silbernen Rumpf, als das Boot eintauchte.

Meyra ging auf Niemann zu, der ihr zum Gruß nur knapp zunickte, sichtlich angespannt. Er sprang an Bord und hielt ihr die Hand hin, um ihr rüberzuhelfen. Meyra nahm dankend an, sonst wäre sie vermutlich im Wasser gelandet, so wie das Boot schwankte.

Außer ihnen kam noch ein junger Mann an Bord, dessen Uniform ihn als Wasserschutzpolizisten auswies. Er übernahm das Steuer und fuhr sofort los. Unter dem Bug des Metallrumpfes, der seiner Form nach vermutlich genau für so etwas ausgelegt war, brach das Eis und hinterließ hinter ihnen eine Fahrrinne, in der das Wasser Wellen schlug. Drei fette grau-braune Gänse schlitterten laut schimpfend zur Seite.

Sie fuhren erst einmal geradeaus, sowohl der Steuermann wie auch Niemann hielten dabei den Blick auf das Eis gerichtet. Niemann hatte zudem eine lange Hakenstange gefasst, um schnell reagieren zu können. Durch die Wasserbewegungen, die das Boot verursachte, bestand die Gefahr, dass die Leiche weggetrieben oder unter Wasser gedrückt wurde.

Meyra entdeckte zwei weitere Boote, die schon draußen waren. Eines lag in etwa da, wo die Gose-Elbe einmündete, das andere kurz vor der zweiten der drei kleinen Inseln.

«Konnten die Jungen eingrenzen, wo sie die Person gesehen haben?», fragte Meyra.

Ohne den Blick von dem brechenden Eis und der Wasseroberfläche zu lassen, antwortete Niemann: «Nicht wirklich. Auf dem Eis verliert man schnell die Orientierung, erst recht bei dem Nebel, und die Jungs waren total aufgeregt. Ich meine, sie wären ja selbst fast untergegangen.»

Ja, klar, dachte Meyra, das hätte sie sich eigentlich fast denken können. Sie bereute, überhaupt mit rausgefahren zu sein. Alles absuchen, auf gut Glück. Das konnte ewig dauern. Es hätte auch gereicht, wenn sie nach einer Leichenbergung hergekommen wäre. Falls das mit der toten Person denn überhaupt stimmte. Vielleicht hatten die Jungen sich in ihrer Aufregung auch getäuscht.

«Unser einziger Anhaltspunkt ist der Weg, den die beiden vermutlich zurückgelegt haben», sagte Niemann weiter. «Vom Eis geholt haben wir sie da vorne zwischen der ersten und zweiten Insel. Und ihrer Aussage nach sind sie vom Uferweg auf die Dove rauf. Da, in Höhe des grünen Containerturms.»

Meyra drehte sich nach dem Turm um, der auf Metallpfählen ein paar Meter vom Ufer entfernt im Wasser stand. Kurz, ganz kurz, dachte sie etwas sehnsüchtig an den letzten Sommer, sonnig und ziemlich warm, in dem sie hin und wieder mit Tyler hier schwimmen gewesen und auch von dort oben gesprungen war.

«Da haben sie es aber weit geschafft, ohne einzubrechen», sagte sie. Die Strecke betrug locker 300 Meter.

«Die beiden Jungs sind recht klein und kaum schwerer als ihr Golden Retriever, dem sie hinterher sind. Und dann hatten sie wohl einfach Glück.»

Meyra hielt ihren Blick noch einen Moment aufs Ufer gerichtet, während sie immer weiter auf die Dove-Elbe rausfuhren. Mittlerweile waren nicht wenige Schaulustige eingetroffen, und Meyra entdeckte zwischen den Einsatzfahrzeugen sogar einen Übertragungswagen vom NDR. Etwas abseits stand eine Gestalt alleine auf dem Deich, ein Mann, groß, die Arme vor der Brust verschränkt. Wenn Meyra nicht alles täuschte, war das Walter Lange. Sie hatte das Gefühl, ihre Blicke träfen sich, auch wenn das auf die Entfernung kaum möglich war, und ein unangenehmer Schauder fuhr ihr über die Haut. Dieser Mann war ihr wirklich unheimlich.

50. BETTE

Noch bevor Bette die Augen öffnete, nahm sie den Geruch von Äpfeln wahr und von Feuchtigkeit, wie in einem alten Keller. Sie blinzelte, es war düster um sie herum, nur durch einen schmalen vergitterten Luftschacht am oberen Rand einer Wand fiel minimal Licht herein.

Sie lag auf einer Pritsche, eine Decke aus grober Wolle über sich. Vor Müdigkeit noch ganz benommen, schob sie sie beiseite und setzte sich auf. Sie rieb sich mit der Hand über die Stirn und versuchte zusammenzubekommen, was passiert war.

Genau in dem Moment, als Walter mit dem Spaten auf sie zugetreten war, hatte sie eine Schlafattacke erlitten. Damit hatte sie nicht gerechnet, nicht so früh am Morgen. Sie war ja kaum wach gewesen.

Und dann?

Es wäre Walters beste Chance gewesen, sie aus dem Weg zu räumen. Aber anstatt sie zu töten, wie sie es einen Augenblick lang wirklich erwartet hatte, hatte er sie hierhergeschafft. Und sie war dabei nicht aufgewacht. Jetzt erst bemerkte sie, dass sie nass und voller Erde war, und stellte sich vor, wie er sie über den Boden geschleift hatte.

Sie sah sich um, der Raum war karg. Vor der Längswand standen hohe Obsthorden, Lattengestelle zum Lagern von Äpfeln. Früchte lagen keine darin, aber jetzt meinte sie zumindest zu wissen, wo sie sich befand. Das musste der Raum im Erdgeschoss von Walters Hofhaus sein. In der

Nacht der Krähenjagd hatte sie auf der Suche nach ihm dort hineingeschaut. Es war die zweite Tür unten rechts im Flur. Der Raum hatte auch so stark nach Äpfeln gerochen. Nur an eine Pritsche konnte sie sich nicht erinnern, und es irritierte sie etwas, dass Walter sie extra für sie aufgestellt haben sollte, genauso wie es sie irritierte, dass er sie zugedeckt hatte. Das hatte fast etwas Fürsorgliches und wollte nicht so recht zu seinem sonstigen Verhalten passen. Diese Drohversuche ihr gegenüber, die totale Verweigerung zu kooperieren. Und die Gewaltbereitschaft, die er ihr gegenüber vorhin eindeutig signalisiert hatte.

Sie stand auf, ging mit steifen Beinen zur Tür und drückte die Klinke. Abgeschlossen.

Nein!

Sie rüttelte daran. Nichts.

«Walter», brüllte sie, «Walter!», bekam aber keine Antwort.

Er hatte sie eingesperrt! Er hatte sie tatsächlich eingesperrt.

Sie tastete ihre Jacke nach ihrem Handy ab. Es war weg. Und ihr Messer auch. Schiet. Sollte das jetzt etwa Walters Methode sein, sie aus dem Weg zu räumen? Nicht mit Waffengewalt, sondern indem er sie hier verrotten ließ. Wie hatte sie nur so dumm sein können, niemandem Bescheid zu geben, wo sie hin war. Wo war ihre Professionalität geblieben? Da war sie nun Mitte 50, und immer noch setzte ihr Verstand aus, wenn sie wütend wurde.

Wenn Walter auch nur einen der Morde begangen hatte, sei es, seine Schwägerin zu erschießen, sei es, seinen Bruder zu ersticken – dann konnte sie sich wohl kaum erhoffen, dass er davor zurückschrecken würde, sie, Bette, eine entfernte Bekannte, umzubringen.

Sie rüttelte noch mal an der Tür, die jetzt in ihrem Rahmen leicht ruckelte, mehr aber auch nicht. Sie sah sich nach irgendwas um, mit dem sie sie aufstemmen könnte, aber da war nichts. Die Hölzer, mit denen die Obsthorden gebaut waren, waren alle viel zu dick, als dass sie damit in die Ritze zwischen Türblatt und Rahmen gekommen wäre. Auf dem Boden lag ein Holzscheit, wie die, die man im Kamin verheizte. Bette hob es auf, schaute, ob sie irgendwo ein Stück herausbrechen konnte. Nein. Frustriert ließ sie es wieder zu Boden fallen.

Plötzlich verspürte sie einen quälenden Durst. Was würde sie für ein Glas Wasser geben. Sie schob die Pritsche vor den Luftschacht. Vielleicht entdeckte sie da einen Weg, wie sie hier rauskam. Die Sonne schien. In der Ferne sah sie den Deich, zu weit, als dass man ihre Schreie hören würde. Sie sparte sie sich für eine bessere Gelegenheit auf. Vielleicht hatte sie Glück. Vielleicht tauchten Meyra oder Thorben noch mal auf. Oder Martha. Irgendwer.

Verflucht auch, wo hatte sie sich da nur hineinmanövriert.

51. MARCU

Marcu wartete, dass die Spaghetti gar wurden. Es ging ihm gerade fast richtig gut. Er war draußen gewesen, und nichts war passiert. Noch im Nebel hatte er es bis zum Supermarkt und zurück geschafft. Niemand hatte ihn sehen können. Und im Laden war es auch voll okay gewesen. Da waren ein paar alte Leute gewesen, so gebrechlich, dass sie unmöglich noch jemand ins Eis stoßen konnten, eine schwangere Frau und ein Vater mit einem kleinen Mädchen, das trotz Gequengel keine Schokolade bekommen hatte. Dann die Kassiererin, außerdem ein Mädchen, das Dosen in Regale geräumt und ihn nicht mal eines Blickes gewürdigt hatte, und zwei Jungen in seinem Alter, die es aber auch nicht gewesen sein konnten. Der Mörder war auf jeden Fall größer als sie gewesen.

Heute Abend, wenn es dunkel war, würde er beim Bauernstand, der am nächsten bei der Laube war, schauen, was er da noch bekam. Und dann wäre er erst mal eine Weile versorgt.

Jetzt kippte er die Spaghetti ab, häufte sich einen Teller voll, setzte sich damit auf den Boden und packte das *Mensch-ärgere-Dich-nicht*-Spiel aus. Das konnte er auch gegen sich selbst spielen. Drüben in Ochsenwerder gab es so einen Tauschwagen, der aussah wie von einem Zirkus, aus Holz und mit großen Rädern und bunten Fähnchengirlanden. Da konnte man sich Sachen mitnehmen. Ein bisschen wie auf dem Flohmarkt, nur kostenlos – das war dann nicht mal geklaut. Da hatte er vorhin noch schnell angehalten.

Sonst war er da immer nur hin, um Bücher zu holen. Nicht zum Lesen, das war nicht sein Ding. Mit Buchstaben hatte er sich immer schwergetan. Er hatte mit den Seiten seine Schuhe getrocknet. Aber die Spiele, die er da heute abgestaubt hatte, waren cool. Er hatte auch noch ein normales Kartenspiel gefunden und Schach, sogar mit einer Anleitung. Ein bisschen wusste er, wie es ging, aber nicht mehr so richtig, und eigentlich hatte es ihm auch nie so viel Spaß gemacht. Irgendwie ganz schön anstrengend fürs Hirn. Aber wenn er sich jetzt hier verbarrikadierte, war es genau das, was er brauchte. Ein funktionierendes Smartphone hatte er ja leider nicht. Und mit Schach konnte man sich bestimmt gut ablenken. Länger als mit *Mensch ärgere Dich nicht*. Sonst würde er vor Langeweile noch wahnsinnig werden.

52. BETTE

Bette wusste nicht, wie lange sie schon auf der Pritsche stand und Ausschau hielt, ob sich nicht irgendjemand dem Hof näherte, jemand, den sie auf sich aufmerksam machen konnte, als sie Geräusche im Flur hörte – ein Husten und schlurfende Schritte auf Steinboden. Walter. Das konnte nur er sein. Was hatte er vor? Und vor allem, was hatte sie zu befürchten?

Sie musste ruhig bleiben, sie musste ihre Emotionen unter Kontrolle behalten, um nicht gleich wieder eine Kataplexie zu bekommen. Sie brauchte ihre Hände, wenn sie sich wehren wollte. Sie sprang von der Pritsche, griff sich das Holzscheit, das auf dem Boden lag. Dann rief sie: «Walter! Lass mich hier raus.» Sie würde sofort auf Angriff gehen, dann hatte sie eine Chance gegen ihn. «Walter!»

Sie rechnete schon mit einem höhnischen Lachen oder einem bösen Kommentar durch die geschlossene Tür, aber stattdessen öffnete Walter.

Sie hielt das Holz fest umklammert, holte aus, überlegte, wo sie treffen musste. Am besten an der Schläfe.

«Du bist immer noch da?» Walter starrte sie perplex an, und sein Erstaunen brachte sie aus dem Konzept.

«Wie hätt ich denn rauskommen sollen?», konterte sie.

«Durch die Tür?» Walter verzog den Mund zu einem eigenartigen Lächeln, das fast entschuldigend aussah. «Musst halt kräftig ziehen. Die geht von innen was schwer auf.»

«Nicht wahr jetzt.» Er hatte gar nicht abgeschlossen? Sie

war nur zu blöd gewesen, die Tür aufzubekommen? Bette ließ das Scheit sinken, blieb aber wachsam.

«Natürlich hab ich dich nicht eingeschlossen.» Walter klang fast erbost. «Was denkst du denn von mir?»

«Nichts Gutes. Wenn du's so genau wissen willst.»

«Na ja, hab ich mir eigentlich schon gedacht», sagte Walter und schob dann hinterher: «Wasser?»

Ein Friedensangebot, das Bette nicht ausschlug. Misstrauisch war sie allerdings immer noch und behielt das Holzscheit fest umklammert, als sie Walter in die Küche folgte, wo ihr Opinel auf dem Tisch lag. Er deutete mit dem Kinn darauf, damit sie es nahm.

Nun hatte sie ein Messer in der einen und ein Holzscheit in der anderen Hand. Sie setzte sich. Walter füllte ihr einen Becher mit Leitungswasser und schnitt eine Scheibe Brot ab. Hart, aber besser als nichts. Sie hatte nicht gefrühstückt, bevor sie los war.

«Wie lange war ich dadrin?», fragte sie. Sie hatte jedes Zeitgefühl verloren.

Walter sah auf seine Armbanduhr. «Gleich halb zwölf.»

Fast zweieinhalb Stunden also.

«Kann ich auch mein Handy wiederhaben?» Sie würde Tyler anrufen, dass er sie abholte, notfalls mit Mats' Wagen, falls ihrer noch in der Werkstatt war. Einschlafen wollte sie hier auf keinen Fall noch mal.

Walter runzelte die Stirn. «Ich hab dein Handy nicht.»

«Und wo ist es dann?»

«Vielleicht irgendwo in die Wiese gefallen», schlug er vor.

Möglich. Sie würde gleich danach suchen. Jetzt wollte sie

aber noch die Gelegenheit dieser sicherlich nicht ewig anhaltenden Friedenspause nutzen.

«Wieso diese Drohungen gegen mich? Bitte erklär's mir», bat sie ihn.

Er sah auf seine Hände, schüttelte wie zu sich selbst den Kopf, als gäbe es etwas, das er selbst nicht fassen konnte. Und mit einem Mal überkam Bette wieder dieses Gefühl, Mitleid mit ihm haben zu müssen. Wie letztens, als sie ihm die Nachricht von Georgs Tod überbracht hatte. Dann sagte er mehr zu sich selbst als zu Bette. «Ich hab mein Leben lang niemanden umgebracht.»

«Warum dann die Drohungen?», fragte Bette erneut. Sie traute Walter nicht, egal was er behauptete. «Warum soll ich nicht ermitteln?»

«Edith», sagte er mit brüchiger Stimme. «Sie ist so lange weg. Ihr Verschwinden hat allen so wehgetan. Reiß die alten Wunden nicht auf. Das nutzt doch keinem was.»

«Aber du wusstest, dass sie tot ist, oder? Du wusstest die ganze Zeit, dass Edith dort in der Kühlkammer liegt.»

Bei dem Drohanruf konnte Walter unmöglich schon mitbekommen haben, dass sie Edith gefunden hatten. Doch nach dem Brand auf dem Schwarzackerhof musste er geahnt haben, dass sie sie finden würden.

Walter lehnte sich zurück, sah sie jetzt an. Argwohn und Ablehnung waren in seinen Blick zurückgekehrt. «Finde lieber Georgs Mörder», sagte er nun scharf. «Und den Brandstifter.»

«Und Edith? Das kehren wir so unter den Teppich?»

«Lass die alten Geschichten, Bette. Ist auch für Martha nicht gut.»

«Wenn du auch nur einen Funken Zuneigung für Martha empfindest, sag ihr, was passiert ist. Sie braucht die Wahrheit!»

«Das sagt sie so», blockte Walter ihren Einwand ab.

Bette wusste nicht so recht, wie sie darauf reagieren sollte – sie war nicht komplett anderer Meinung –, und brauchte einen Moment, bis sie sagte: «Weißt du, was ich denke? Einer von euch beiden, Georg oder du, hat Edith auf dem Gewissen. Und da Georg tot ist und man, wie du selbst zu Martha gesagt hast, ihm nichts mehr kann, könntest du doch mit mir sprechen. Wenn er es denn war. Aber das tust du nicht, was den Verdacht ziemlich auf dich lenkt.»

Walter schnaubte. «Du hast ja keine Ahnung, was du da redest.»

«Wie wär's, du übernimmst mal Verantwortung?»

Walter sah sie nur mit hochgezogenen Brauen an und schnaubte abermals.

Bette stand auf und wandte sich zur Tür. Die Friedenspause war vorüber. Das war's. Sie würde jetzt ihr Handy suchen und schauen, dass sie nach Hause kam.

«Bette», rief Walter ihr hinterher, und sie drehte sich etwas widerwillig noch mal zu ihm um.

«Sie haben den Jungen gefunden.» Er sprach nüchtern, aber da schwang auch wieder ein trauriger Ton mit.

«Welchen Jungen?», fragte Bette.

«Den kleinen Brandstifter.»

«Nils?» Jetzt war sie baff. «Woher weißt du das?»

Walters Nasenflügel zuckten, und für einen Moment verlor sich sein Blick.

«Er war ein guter Junge. 'n bisschen blöd, aber nicht

böse. War manchmal hier. Hat Sachen gebaut aus meinem Schrott. Irgendein komisches Zeugs, kleine Figuren. Ungeschickt war er nich.»

«Was heißt *war*?»

«Er ist tot.»

53. MEYRA

Meyra hatte Nils entdeckt. Das Gesicht blau und zu einer Grimasse verzerrt. Als sie ihn bargen, steckte sein halber Körper und vor allem der Kopf noch im Eis fest. Wie ein Fisch, der zum Verkauf auslag, hatte Meyra gedacht und sich fast übergeben. Sie war nur froh, dass es nicht ihr Boot war, das Nils an Land brachte.

Sie, Niemann und der junge Kollege von der Wasserwacht fuhren noch etwas das Gebiet ab, suchten nach Spuren, Dingen wie Kleidungsstücken, Stofffetzen, Trinkflaschen – irgendetwas, das von Nils sein könnte und ihnen half, sich ein genaueres Bild von den Geschehnissen zu machen. Aber sie fanden nichts. Als sie eine gute Stunde später am Ufer anlegten, waren sowohl Thorben als auch der Rechtsmediziner Dr. Haller längst da. Nur Bette hatte sich noch immer nicht gemeldet. Meyra rief sie noch mal an. Erfolglos. Sie ärgerte sich darüber. Oder sollte sie sich Sorgen machen? Vielleicht war Bette schlafend zusammengebrochen und lag irgendwo in der Kälte.

An Land nahm das übliche Prozedere wie nach jedem Todesfall seinen Gang. Obwohl nein, dachte Meyra. Einen Unterschied gab es. Der Tote wurde aus zweierlei Sicht betrachtet. Haller untersuchte einfach ein Todesopfer, Thorben versuchte einen Fall festzuzurren – wie er sich ausdrückte. Denn aus seiner Sicht war Nils hier nicht nur Todesopfer, sondern zuallererst Mörder. Meyra versuchte, ihre eigene Theorie, was Nils' Schuld betraf, einzubringen und Widersprüche in Thorbens Schlussfolgerungen aufzuzeigen, kam aber nicht gegen ihn an. Schließlich wandte sie sich frustriert ab. Sie ertrug Thorbens Selbstzufriedenheit nicht, der jegliche Kritik an sich abprallen ließ, ohne auch nur eine Sekunde darüber nachzudenken.

Sie ging ein Stück am Ufer entlang, hielt Ausschau, ob sie Walter Lange noch mal irgendwo sah. Sie hätte zu gerne gewusst, was er hier gemacht hatte. Dieser Eigenbrötler schien ihr, so unsympathisch er ihr auch war, kein neugieriger Gaffer zu sein. Aber statt des alten Mannes entdeckte sie Bette oben auf dem Deich. Meyra ging ihr schnell entgegen.

Bette war von oben bis unten voller Matsch, als sei sie gestürzt. Sogar in ihren Haaren klebten Erdstücke. «Was ist passiert?», fragte Meyra.

«Unwichtig», sagte Bette, was Meyra enttäuschte. Wenn sie eine Schlafattacke gehabt hatte, und danach sah es für sie aus, konnte sie ihr das doch sagen.

«Ich hab mehrmals versucht, dich anzurufen.» Meyra hörte selbst, wie vorwurfsvoll das klang, und bemühte sich, ihre Gefühle runterzuschlucken. Sie waren gerade unangebracht.

«Ihr habt Nils gefunden. Tot», sagte Bette.

Sie wusste es also schon. War ja klar.

Meyra fasste zusammen, was sie von Dr. Haller erfahren hatte: Nils war ertrunken. Keine Hinweise auf Gewalteinwirkung. Und was den Todeszeitpunkt anging, hatte Haller sich aufgrund der eisigen Temperaturen nicht festlegen wollen. «Für MT ist der Fall damit erst mal abgehakt.»

«Was soll das denn heißen?», fragte Bette überrascht.

«Er ist überzeugt, dass Nils den Schwarzackerhof in Brand gesetzt und Georg getötet hat. Wir sollen das jetzt nur noch festzurren.»

Bette zog die Brauen hoch. «Festzurren?»

«Sein Ausdruck, nicht meiner», schob Meyra schnell nach. «MT geht davon aus, dass Nils geflohen ist, weil er schuldig ist. Und dass er auf der Flucht eine Abkürzung über das Eis genommen hat und eingebrochen ist.»

«Aber er ist seit Sonntag weg. Das passt dann doch nicht zu den Laubenbränden und der SMS vom Dienstag», warf Bette ein.

«Das hab ich auch gesagt. Aber MT meint, dann habe Nils eben nach den Bränden zurück zu seiner Mutter gewollt. Und ist dann auf dem Weg nach Hause eingebrochen.» Was wiederum nicht zu dem Zustand passte, in dem sie ihn geborgen hatten, dachte Meyra. So niedrig waren die Temperaturen nicht mehr. Hätte Nils in den zwei Tagen zwischen dem Laubenbrand am Dienstag und heute wirklich noch so im Eis festfrieren können? Das würde sie Haller noch mal fragen müssen.

«Was glaubst du denn», fragte Bette, «was mit Nils passiert ist?»

«Ich glaube, Nils ist gestorben, gleich nachdem er von zu Hause weg ist», sagte Meyra. «Deshalb haben wir ihn nicht gefunden und nicht, weil er so geschickt untergetaucht ist. Ich bin gestern noch mal die Nachrichten auf seinem Smartphone durchgegangen. Hab mir da erst nicht viel bei gedacht. Aber jetzt ... In allen Nachrichten sind Rechtschreibfehler, und niemals hat er Satzzeichen gesetzt. Außer in den letzten beiden Nachrichten.»

«Vielleicht hat er das automatische Rechtschreibprogramm entdeckt?», schlug Bette vor.

«Satzzeichen werden da gar nicht angeboten. Nicht auf dem Telefonmodell von Nils.»

«Und was schließt du daraus?», hakte Bette nach.

«Dass jemand seine Flucht fingiert hat. Jemand, der wusste, dass er tot ist, und uns weismachen wollte, dass er lebt.»

Kurz versuchte sie ihre Gedanken zu ordnen, dann fuhr sie fort. «Die beiden SMS und die Brände in den Lauben. Da wollte jemand, dass wir die Verbindung zu Nils ziehen. Deshalb auch zwei Brände. Bloß nicht zu klein, bloß nicht zu unauffällig. Das Feuer sollte auf jeden Fall entdeckt werden. Ebenso wie Nils' Smartphone am Tatort.»

«Hast du das MT so gesagt?», fragte Bette nach.

«Ich hab's versucht», sagte Meyra halb genervt, halb kleinlaut. «Bin damit aber nicht zu ihm durchgedrungen. Er ist überzeugt, dass Nils der Mörder ist, und was anderes will er nicht hören.»

«Denkst du, Nils wurde umgebracht?», fragte Bette geradeheraus.

Was das anging, war sie sich nicht so sicher. «Vielleicht war Nils' Ertrinkungstod ein Zufall, den der Täter genutzt hat. Vielleicht hat er auch nachgeholfen. Aber das ist vielleicht gar nicht das Ausschlaggebende.»

«Und was wäre ausschlaggebend?»

«Dass, wer auch immer Nils' Flucht fingiert hat, wollte, dass wir ihn für den Täter halten. Für denjenigen, der den Schwarzackerhof angezündet und Georg ermordet hat. Und das macht doch nur Sinn, wenn diese Person von sich selbst ablenken will. Wenn diese Person der Mörder ist. Oder die Mörderin.»

54. BETTE

Normalerweise vermied Bette es, auf den Dachboden zu steigen. Zu viele Erinnerungen versteckten sich da oben. Und sie war kein Mensch für das Nostalgische. Aber an diesem Abend öffnete sie die Luke, die sich in Höhe von Tylers Zimmer im oberen Flur befand, und zog die Leiter aus.

Es war ein beschissener Tag gewesen, anders konnte sie es nicht ausdrücken.

Nils war tot. Und sie hatte sich so unglaublich idiotisch benommen, so idiotisch, dass es ihr peinlich war – einfach zu Walter zu marschieren, ihn zur Rede zu stellen, ohne irgendwem Bescheid zu geben. Und das, obwohl sie ihm so misstraute, ihm sogar Mord zutraute. Und dann hatte sie es an der Dove-Elbe nicht einmal Meyra gegenüber erwähnt, obwohl sie sogar gefragt hatte, was passiert sei. Aber ihr Verhalten war ihr wirklich unangenehm. Zu ihrer Entschuldigung konnte sie allerdings anbringen, dass sie zu dem Zeitpunkt, zu dem Nils gerade tot aufgefunden worden war, nicht mit langen Erklärungen zu den Drohungen kommen wollte, die sie von Walter erhalten hatte. Denn die, davon war sie überzeugt, hatten weder etwas mit Nils' Tod noch mit dem Mord an Georg zu tun.

Der Einzige, der heute zufrieden aus dem Tag gegangen war, war Mark Thorben. Sie hatte an der Dove-Elbe noch mal mit ihm gesprochen, Meyras Argumente wiederholt, aber er war nicht von seiner Theorie, dass Nils der Mörder von Georg war, abzubringen gewesen. Und es war ja auch ganz praktisch für ihn, dachte Bette. Nils war tot, da konnte er keinen Einspruch mehr erheben. Fall gelöst. Zumindest für die Akten.

Allerdings, und das musste sie Thorben zugutehalten, hatte er Meyra nicht untersagt, weiter ihrer eigenen Theorie zu folgen. Sie durfte an dem Fall dranbleiben und gegebenenfalls Thorbens Ansicht widerlegen.

Wie man allerdings bei der Suche nach Georgs Mörder – wenn es denn nicht Nils war – weitermachen sollte, da hatte Bette momentan keine wirkliche Idee. Und sie hatte für sich beschlossen, das jetzt auch vorwiegend Meyra zu überlassen. Sie würde mit Edith weitermachen.

Wenn das die Ermittlung war, von der Walter sie mit seinen Drohungen hatte abhalten wollen, dann musste es da irgendetwas geben, von dem er fürchtete, dass sie es ausgraben könnte.

Und wenn es etwas gab, zu dem sie auf jeden Fall einen besseren Zugang hatte als die Polizei, dann waren es alte Geschichten. Details. Nebensächlichkeiten.

Sie musste mehr herausfinden über damals, über die Zeit, als Edith verschwunden war, über ihre Lebensumstände. Und damit war sie wieder bei den Tagebüchern ihrer Mutter, in die sie eigentlich nicht hatte hineinschauen wollen. Aber ihre Mutter und Edith waren eng befreundet gewesen. Welchen besseren Weg gab es also, mehr über Edith zu erfahren. Das konnte sie nur wegen ihrer persönlichen Befindlichkeiten nicht weiter ignorieren. Privat hin oder her. Vielleicht würde sie in den Büchern einen Hinweis finden, der sie weiterbrachte oder etwas von dem verriet, über das Walter sich weigerte zu sprechen.

Bette kletterte also die Stiege hinauf. Im schummrigen Licht der Glühbirne tanzte der Staub und kitzelte ihr in der Nase, und sie konnte den leichten Schauder spüren, den sie als Kind hier oben immer empfunden hatte.

Es war ein Dachboden, wie es ihn nur in alten Häusern gab. Boden und Balken knarrten, der Wind pfiff oder heulte – je nachdem. Im Sommer nisteten hier Wespen und auch kleinere Vögel, die, geschmeidig, wie sie waren, irgendwo durchs Reet schlüpften, Mäuse huschten umher, und wenn man Pech hatte, zog auch mal ein Marder ein, der einem dann nachts wortwörtlich auf dem Kopf herumturnte. Holzkisten und Pappkartons stapelten sich bis unter die Dachbalken, dazwischen standen ein metallenes Bettgestell, ein Sessel, diverse Lampen, ein überdimensionales Kastenradio, sogar ein Bauernschrank, wobei es Bette seit jeher ein Rätsel war, wie er hier hochgeschafft worden war. Wohl kaum durch die schmale Bodenluke.

Etwas ratlos stand sie da und schaute auf das Durcheinander. Ihre Eltern waren nicht das gewesen, was man heute als Messies bezeichnen würde, aber sie hatten der Kriegsgeneration angehört, die nichts wegwarf, was man vielleicht irgendwann noch einmal gebrauchen konnte. Und sei es nur als Brennmaterial. Deshalb war sie sich auch so gut wie sicher, dass die Sachen ihrer Mutter noch irgendwo hier oben waren.

Sie atmete tief durch und öffnete den erstbesten Pappkarton.

In der Kiste lagen gläserne Babyfläschchen, die roten Sauger aus sichtlich porösem Gummi. Bette lachte auf. Die Flaschen mussten noch von ihr sein, über 50 Jahre alt.

In den nächsten Kisten, die sie öffnete, waren Backschüsseln, Rührbesen, Bettwäsche, alte *Brigitte*-Magazine und der *Landwirt – Fachzeitschrift für die bäuerliche Familie.* Dann mottenzerfressene Handtücher, Bälle, Gläser mit Murmeln, Flummis und etwas, das wohl mal Kaugummis gewesen waren.

Nein, so wahllos Kisten zu öffnen machte keinen Sinn, da würde sie morgen noch suchen. Gebeugt und mit eingezogenem Kopf ging sie um die Kartonstapel herum, hielt Ausschau nach irgendetwas, das sie an ihre Mutter erinnerte, und entdeckte schließlich ganz hinten in der Ecke eine Metalltruhe, die früher neben der Bettseite ihrer Mutter gestanden hatte. Keine aufwendig dekorierte Truhe, eher so ein Teil, das man auch als Koffer hätte benutzen können. Schlicht und mit Ösen für ein Vorhängeschloss, das allerdings fehlte. Sie zog die Kiste aus der Ecke heraus und bis nach vorne zum Sessel, um sie zu öffnen.

Zuoberst lag ein gestrickter grüner Schal, den sie sofort als den Lieblingsschal ihrer Mutter erkannte. Sie griff danach, spürte die immer noch weiche Wolle unter ihren Fingern. Sie merkte, wie ihr schwer zumute wurde, und dachte, dass sie sich bis heute nie wirklich die Zeit genommen hatte, sich mit dem Tod ihrer Eltern auseinanderzusetzen.

Schnell legte sie den Schal zurück, schaute den Inhalt der Kiste durch und fand unter Schmuckschatullen und weiteren Halstüchern die Tagebücher. Die Rücken der in schwarzes Leinen gebundenen Bücher waren mit Monatsangaben und Jahreszahlen beschriftet.

Bette nahm das Buch *Dezember 1983 – Mai 1984* heraus – der Zeitraum, in dem Edith verschwunden war.

Sie setzte sich in den Sessel, legte das Buch in ihren Schoß, zögerte, schlug es schließlich auf. Sie musste es ja nicht wirklich lesen, sondern nur nach Erwähnungen von Edith überfliegen.

Ihre Mutter hatte mit schwarzem Füller geschrieben, große, geschwungene Buchstaben. Das musste ihre Schönschrift sein. Ihre Alltagsschrift, die Bette von Einkaufszetteln oder Rezepten kannte, hatte sie ganz anders in Erinnerung.

Und dann fing Bette an zu lesen.

Sie beschränkte sich doch nicht ganz darauf, nur nach Einträgen zu Edith zu suchen, sondern blieb auch an anderen Stellen hängen. Dem Eintrag vom 15. Dezember zum Beispiel: *Ich habe Bette erlaubt, bis um zehn Uhr auf eine Fete in Kirchwerder zu gehen. Das war ihr dann aber nicht lang genug, und sie ist gleich zu Hause geblieben. Muffig war sie, wie so oft momentan. Aber mit 17 ist das ja normal. Und dann ist sie durchs Fenster weg, über die alte Strickleiter, und erst in der Morgendämmerung zurückgekommen. Ich habe nichts gesagt. Ich erinnere mich noch, wie ich früher manchmal weggeschlichen bin. Aber bei mir gab es dann Prügel vom Vater. So will ich nicht sein. Hab mich eigentlich auch amüsiert.*

Bette musste schmunzeln. Hatte ihre Mutter das also gewusst und nie was gesagt. Sie erinnerte sich noch gut an diese Party. Und an die anderen Nächte, in denen die Strickleiter zum Einsatz kam.

Im nächsten Eintrag vom 17. Dezember wurde Edith erwähnt: *Heute war ich mit Edith und Martha auf dem Weihnachtsmarkt am Rathaus. Mit kleinen Kindern macht das wirklich Spaß. Danach waren wir im Café. Martha ist auf ihrem Stuhl eingeschlafen, und wir hatten mal so richtig schön Ruhe zu reden. Edith ist in letzter Zeit nicht glücklich. Ehrlich gesagt schon sehr lange nicht. Ich würde ihr so gerne helfen, weiß nur nicht, wie. Und sie weiß es auch nicht.*

Dann der 26. Dezember: *Weihnachten war schön.*

Ja, dachte Bette mit einem Lächeln, manchmal reicht so ein einfacher Satz, um alles zu sagen. Plötzlich war sie froh, die Notizen ihrer Mutter zu lesen. Da war nichts Anzügliches drin, keine bösen Worte, sie hatte einfach Dinge festgehalten, die ihr wichtig waren.

15. Januar: *Ich finde ja, so geht das nicht weiter. Der dauernde Streit zwischen Edith und Georg. Das ist auch für Martha nicht gut. Dann doch lieber getrennte Eltern, die sich beide kümmern, als ewige Streithähne, die sich nur zum Zusammenbleiben zwingen.*

28. Januar: *Edith sucht jetzt nach einem gebrauchten Bulli. Sie möchte mal so richtig reisen und Martha ein bisschen von der Welt zeigen. Sie möchte nach Italien, vielleicht sogar bis Griechenland. Georg will ja nie weiter als Österreich.*

Oh mein Gott, Venedig oder Rom, wie herrlich. Wenn Edith sich wirklich so ein Auto kauft, würde ich da gerne mal mitfahren. Auch wenn immer im Bus zu schlafen sicher nicht bequem ist.

15. Februar: *Letzte Woche war Edith in Berlin. Ohne Georg Bescheid zu geben, Martha hat sie zu uns gebracht. Sie schaut wirklich immer, dass es ihr gut geht. Aber sie schaut eben auch nach sich. Die meisten hier können das nicht nachvollziehen, ich finde es aber richtig und auch ein bisschen beneidenswert, dass sie das durchsetzt.*

Sie hat mir gesagt, sie müsse mal raus, sonst würde ihr die Decke auf den Kopf fallen und ihn ihr noch zertrümmern. Davon hätte dann niemand was. Und in Berlin hat sie tatsächlich in Kreuzberg in einem besetzten Haus gewohnt, nur ein paar Tage lang, aber trotzdem – wie aufregend.

27. Februar: *Bei Edith eskaliert gerade alles. Sie überlegt ernsthaft, mit Martha wegzugehen. Ich hoffe, sie bleibt. Ich würde sie so vermissen. Aber ich verstehe sie auch.*

Je mehr Bette las, desto bewusster wurde ihr, dass Edith zu lebenshungrig für Georg gewesen war, sie aber niemals Martha im Stich gelassen hätte. Vielleicht würde Bette Martha das Tagebuch mal lesen lassen oder Teile daraus kopieren. Dass sie sich ein Bild von ihrer Mutter machen konnte.

55. MARCU

Diese Angst würde ihn noch in den Wahnsinn treiben. Marcu saß aufrecht im Bett, starrte ins Dunkel, pechschwarz war es um ihn herum. Er lauschte. Was hatte ihn diesmal geweckt? Das Rascheln einer Maus? Der Schrei einer Gans?

Er ließ sich zurück ins Kissen sinken. Da war nichts, sagte er sich. Gar nichts.

Oder doch? Spürte er da eine Luftbewegung? Stand die Tür etwa einen Spaltbreit offen? Er wagte nicht, sich zu rühren. Hielt den Atem an. Er konnte nicht sagen, wieso er sich so sicher war. Aber er war nicht alleine. Diesmal nicht. Diesmal bildete er es sich nicht ein.

Da war jemand.

Er sprang auf. Er musste raus hier!

Wie aus dem Nichts traf ihn ein Schlag mitten ins Gesicht. Eine Faust oder ein Ellbogen. Er taumelte, schlug mit dem Kopf gegen die Wand, schnappte nach Luft. Und dann sah er den Mann, nicht mehr als ein dunkler Schemen, aber auf jeden Fall viel größer als er selbst.

Der Mörder.

Jetzt würde er auch ihn töten.

Deshalb war er hier.

In Marcus Kopf wirbelten die absurdesten Gedanken durcheinander. Ganz vorneweg die Frage, wie er ihn gefunden hatte. Obwohl das doch egal war. Er war hier. Es war zu spät.

Ein zweiter Schlag traf Marcu, diesmal gegen die Schläfe.

Ihm schwindelte. Und plötzlich wusste er es. Der Rucksack. Der orangefarbene Rucksack. Das war sein Fehler gewesen. Er hatte ihn auf dem Eis dabeigehabt und im Supermarkt auch wieder. Wieso hatte er daran nicht gedacht? Musste er deshalb jetzt sterben? Wegen einem scheiß Rucksack?

Er schlug um sich, traf ins Leere. Stolperte nach vorne. In dem Moment warf sich der Mann gegen ihn, fiel mit ihm auf die Couch und drückte ihn in die Matratze, setzte sich auf ihn, hielt ihn unten. Marcu wand sich, und schrie, so laut er konnte, wobei er wusste, dass es sinnlos war. Niemand würde ihn hören. Hier war weit und breit kein Mensch außer ihnen beiden.

Er versuchte, den Mann von sich wegzuschieben, aber der hielt ihn fest umklammert, drückte ihn weiter fest in die Matratze. Immerhin schaffte Marcu es, einen Arm zu befreien, fuhr dem Mörder über das Gesicht, versuchte, ihn zu kratzen, aber er war durch eine Maske geschützt. Sie fühlte sich an wie diese Sturmmasken. Oder eine Hooliganmaske. Jetzt keuchte der Mann. Er wurde langsam atemlos.

Marcu hoffte schon, dass er nur länger durchhalten musste. Nur nicht aufgeben, dann würde der Kerl vor ihm zusammenbrechen. Im nächsten Moment spürte er das Kissen auf seinem Gesicht. Hart und staubig. Es musste eines der großen Sofakissen sein. Marcu riss den Mund auf, wollte atmen, saugte aber nur den Stoff ein, spürte ihn trocken auf seiner Zunge. Er strampelte mit den Füßen, versuchte sich aufzubäumen. Erfolglos. Wie lange hatte er noch? Zehn Sekunden? Zwanzig? Er fing an, im Kopf mitzuzählen, und fragte sich verzweifelt, was das werden sollte. Der Countdown zu seinem Tod? Als er schon kurz davor war aufzugeben, fiel ihm der Hammer ein. Den hatte er in seiner Panik ganz vergessen. Er musste doch hier irgendwo liegen. Mit der freien Hand tastete er um sich, hoffte, dass seinem Angreifer das in der Dunkelheit entging.

Wo war das verfluchte Teil? Gleich würde er ohnmächtig werden, schneller, er musste schneller machen, und als er schon meinte, sein Kopf würde gleich vor Atemnot bersten, denn so fühlte es sich an, spürte er das kalte Metall unter seinen Fingerspitzen. Er zog es heran, bekam den Stiel zu fassen. Und schlug zu. Mit der letzten Kraft, die ihm geblieben war.

Er wusste nicht, wo er traf. Aber er traf. Er spürte es, er hörte es. Ein Knacken.

Der Mann lockerte seinen Griff und brüllte. Es war ein einziger langer Schrei. Marcu drehte sich aus der Umklammerung, wirbelte herum und rannte los.

Raus aus der Laube, raus aus dem Garten.

Diesmal nahm er den Weg durch die Pforte. Nicht dass der Mann ihn hinter dem Knick abfing. Jetzt war es sowieso egal, wenn jemand seine Spuren sah, wenn er sein Versteck verriet, alles war egal, wenn er nur diesem Mörder entkam. Er sprintete, den Hauptweg runter, dann in den erstbesten Pfad, der links abging, und weiter, immer weiter.

Der Mann war hinter ihm, Marcu hörte die Schritte auf dem knirschigen Sandboden des Weges und das Platschen seiner Schuhe durch Pfützen. Wenn er ihn einholte, ihn schnappte, wäre es vorbei. Eine zweite Chance bekam er nicht.

Wo sollte er hin? Wo konnte er sich verstecken? Er musste ihn abhängen. Er kannte sich doch hier aus, wohin nur, wohin? In seinem Kopf liefen die Bilder der Wege ab, die er von hier aus einschlagen konnte. Das Brack, dieses kleine modrige Loch hinter den letzten Gärten, da könnte er reinspringen, untertauchen, die Luft anhalten, bis der Mann weg war. Aber vielleicht war es noch zugefroren. Und selbst wenn nicht, er würde sofort erfrieren. Er musste sich was anderes überlegen. Aber sein Kopf war wie leer gepustet. Er konnte keinen Gedanken fassen, sie flutschten ihm einfach immer wieder weg. Also sprintete er weiter, achtete nicht auf das Brennen in seiner Lunge und in den Beinen. Er nahm immer kleinere Wege zwischen den Lauben hindurch, links, rechts, links. Und dann war er aus der Gartenanlage raus. Vor ihm nichts als freies Feld und seitlich das große Treibhaus, vor dem tagsüber immer ein Mann in einem Plastikstuhl hockte, auch in der Kälte. Aber jetzt war der Stuhl leer.

Er drehte sich um, er hörte die Schritte seines Verfolgers, aber noch war er nicht zu sehen.

Marcu huschte hinter das Treibhaus, rannte zu dem langen Wassergraben, der hier den Acker zerschnitt, und sprang. Das flache Wasser war noch durchgefroren, und er robbte unter das halb verrottete Schilf vom letzten Sommer, das hier in dicken braunen Büscheln hing. Dann hörte er den schnaufenden Atem des Mannes.

Marcu krallte sich mit den Fingern so gut es ging im harten lehmigen Boden fest, presste sich seitlich in den Graben, um bloß nicht wegzurutschen. Er wagte nicht zu atmen. Die Schritte waren jetzt direkt über ihm. Und das Schnaufen, dieses widerliche Schnaufen.

56. BETTE

Bette war es auf dem Dachboden dann doch zu ungemütlich geworden, und sie hatte das Tagebuch ihrer Mutter mit ins Bett genommen, wo sie schließlich darüber eingeschlafen war. Als sie in der Nacht aufwachte, brannte das Licht noch, und das Buch war auf den Boden gerutscht, aufgeschlagen und mit dem Rücken nach oben. Sie hob es auf, machte es sich mit einem Kissen im Rücken bequem und versuchte, die Seite wiederzufinden, bis zu der sie gekommen war. In den Schlaf finden würde sie jetzt sowieso erst mal nicht mehr.

Sie suchte noch nach der Seite, als Anton aufgeregt bellend aus Tylers Zimmer und nach unten rannte. Und dann hörte Bette es klopfen.

Eilig zog sie sich Hose und Pulli über. Im Flur stieß sie mit einem vollkommen verschlafenen Tyler zusammen.

«Wie spät ist es?», murmelte der.

«Drei ungefähr.»

Tyler rieb sich stöhnend die Augen.

Ohne Licht zu machen, gingen sie die Treppe runter. Anton stand bellend an der Hintertür.

«Wer ist da?», rief Bette, ohne eine Antwort zu bekommen. Es klopfte nur wieder.

Tyler griff sich den alten Baseballschläger aus dem Regenschirmständer. Die Drohungen hatten ihn nervös gemacht, dachte Bette, vor allem die zerstochenen Reifen. Sonst wäre er von Antons Bellen nicht aufgewacht. Normalerweise schlief er wie ein Stein, da konnte man ihm eine Sirene ans Ohr halten.

Sie hatte es gestern verpasst, ihm zu erzählen, dass Walter hinter den Drohungen steckte und das nun ein Ende hatte. Obwohl ganz ausschließen konnte sie nicht, dass das da draußen schon wieder Walter war. Ihm gegenüber war sie weiter äußerst misstrauisch, auch wenn er behauptet hatte, niemals jemanden getötet zu haben.

«Walter, bist du das?», rief sie, aber falls derjenige da draußen antwortete, übertönte Anton es mit seinem lauten Bellen.

«Anton, schhhh.» Bette fasste ihn am Halsband, zog ihn zurück und rief noch einmal: «Wer ist da?»

Und dann hörte sie ein «Bitte». Keinen Namen, kein *Aufmachen*, einfach nur ein verzweifelt klingendes *Bitte*.

Sie drehte den Schlüssel und zog vorsichtig die Tür auf, froh, Tyler mit dem Baseballschläger neben sich zu wissen.

Jemand stolperte ihr entgegen, ein Junge, er musste an der Tür gelehnt haben. Kein Kind mehr, ein Teenager, voller Matsch und klatschnass. Er hatte Schuhe an, Hose und Pulli, aber keine Jacke. Sein Atem rasselte, als sei er gerannt, aber sein Gesicht war nicht gerötet, sondern kreidebleich.

«Sam?», fragte Tyler überrascht.

«Ihr kennt euch?», fragte Bette, die immer noch Anton hielt, der zu dem Jungen hinzerrte.

«Er hat mein Portemonnaie geklaut», flüsterte Tyler ihr zu, wobei er aber überhaupt nicht vorwurfsvoll klang, auch er nahm die Not des Jungen wahr. Die überwog gerade alles. Unübersehbar.

«Marcu. Ich heiße ...», sagte der Junge und hustete. Er

konnte sich kaum noch auf den Beinen halten, sackte gegen die Wand. «Er ist ... hinter mir ... sucht mich.» Weiter kam er nicht. Seine Stimme brach. Anton riss sich los und schleckte ihm die Hände ab.

Sollte das etwa eine Falle sein? Der Junge war ein Dieb. Nein, dachte Bette bei sich. Das war keine Falle. Er war ernsthaft in Panik. Er war vor irgendjemandem weggerannt, und wer auch immer das war, sie hatte wenig Bedürfnis, dessen Bekanntschaft zu machen.

«Wir müssen ihn von der Tür wegschaffen. Ins Wohnzimmer», sagte sie zu Tyler. «Und ihn warm bekommen.» Der Junge musste vollkommen durchgefroren sein. Tyler packte ihn unter den Achseln und zog ihn hoch.

Bette schaute noch einmal nach draußen, über den Hof und den Garten. Aber es war zu dunkel, um viel zu erkennen. Dann machte sie schnell die Tür zu, drehte den Schlüssel und drückte noch mal die Klinke, um ganz sicherzugehen, dass abgeschlossen war.

57. MARTHA

Martha wachte davon auf, dass eine Hand ihr über die Haare fuhr, dann über die Wange – sachte und sehr zärtlich.

«Henrik», murmelte sie, ohne die Augen zu öffnen. Er lag dicht neben ihr, sie roch ihn, sie spürte ihn.

Er nahm seine Hand weg, küsste sie auf die Wange. Sie lag da und genoss es. Noch ganz benommen vom Schlaf. Er fuhr ihr mit seiner Hand den Hals hinunter, über die Schulter, den Arm.

Eingemummelt unter der Decke und mit einem wohligen Gefühl, das sie schon ganz vergessen zu haben meinte, dachte sie zum ersten Mal seit Tagen, es würde schon alles gut werden. Es musste. Bald wäre dieser Albtraum vorbei, und sie würde zu ihrem Leben zurückkehren. Zu Henrik. Zu Elsa und Luisa. Sie waren doch ihr Leben. Nicht die Vergangenheit, die Lügen, dieser ganze Mist. Nur bei dem Gedanken daran spürte sie schon wieder diese Wut in sich hochkriechen, doch da küsste Henrik sie, und sie entspannte sich wieder. Einen Moment lagen sie so da, still nebeneinander, dann schob Henrik seine Füße unter ihre Decke, und sie schrie auf.

Henrik lachte.

«Was sind denn das für Eisklumpen?», fragte sie entrüstet und musste auch lachen.

«Werden irgendwie nicht warm», sagte er.

«Dann mach dir eine Wärmflasche.»

«Ich hab doch dich, mein Schatz.» Damit presste er ihr

einen dicken schmatzenden Kuss auf die Wange und seine Füße gegen ihre Waden.

«Deswegen weckst du mich? Damit ich deine Eisfüße wärme?», fragte sie gespielt empört.

«Und um dir zu sagen, dass ich dich liebe.»

Sie seufzte. Na gut, er hatte gewonnen. Sollte er sie als Wärmflasche missbrauchen.

«Wie wär's, wenn wir morgen in den Wald fahren?», sagte Henrik. «Ein Ausflug, mal rauskommen. Hm? Das wäre doch schön.»

«Ich weiß nicht. Ich ... Ich glaub, das ist mir noch zu viel.»

«Es würde Elsa und Luisa sicher guttun», schob er hinterher. «Und dir auch. Vielleicht ins Niendorfer Gehege.»

Ja, vielleicht, dachte sie, den Mädchen zuliebe. Es wäre zumindest mal ein erster Schritt hin zur Normalität.

58. BETTE

Tyler hatte Marcu aufs Sofa bugsiert und war dann nach oben, um trockene Klamotten zu holen. Bette zog die Gardinen zu. So wie sie die Situation einschätzte, schien es ihr besser, dass erst mal niemand den Jungen hier sah. Unauffällig musterte sie ihn. Höchstens 15 Jahre alt, schmächtig, fast zart. Bette fielen die Schrammen auf seinen Wangen auf und getrocknetes Blut über der Schläfe. Was mochte ihm nur zugestoßen sein, das ihn dazu gebracht hatte, ausgerechnet Hilfe bei demjenigen zu suchen, den er beklaut hatte?

Tyler kam mit Pulli und Jogginghose zurück, und Bette griff nach ihrem Telefon. Sie musste Hilfe rufen.

«Keine Polizei», sagte Marcu da, wenn auch sehr leise.

«Wenn jemand hinter dir her ist», sagte Bette mit weichem, aber nachdrücklichem Ton, «müssen wir die Polizei rufen. Zu deinem Schutz.»

«Nein», sagte Marcu, jetzt lauter und entschlossen.

Bette seufzte in sich hinein. Wenn sie gegen seinen Willen den Notruf rief, würde er kein Wort mehr sagen, vielleicht sogar abhauen – womit ihm auch nicht geholfen wäre.

Also sagte sie nach kurzem Zögern: «Okay. Keine Polizei.»

Tyler schienen diese Worte aus Bettes Mund nicht so recht zu behagen, etwas gequält verzog er den Mund, als wolle er sagen: *Was versprichst du da? Du bist doch genau genommen selbst die Polizei.* Aber Tyler wusste auch, er konnte sich auf sie verlassen. Sie würde alles tun, um dem

Jungen zu helfen, aber dafür mussten sie ihn zum Reden bringen. Wen sie später einschalteten, konnten sie dann immer noch sehen.

Jetzt sollte Tyler dem Jungen erst mal helfen, sich umzuziehen. Sie selbst verzog sich so lange in die Küche.

Sie wärmte eine Rinderbrühe auf, die noch vom Abendessen im Kühlschrank stand, kochte Wasser für Tee und eine Wärmflasche. Als sie mit alldem zurück ins Wohnzimmer kam, brannte das Feuer, und es war schon einigermaßen warm. Marcu saß auf dem Sofa, die Decke eng um sich gewickelt. Anton lag zu seinen Füßen.

Tyler hatte sich einen Sessel dicht vor das Sofa gezogen und redete auf den Jungen ein, seine Stimme ganz ruhig und sanft. So sprach er sonst nur mit Anton oder der Katze von gegenüber. «Okay, du heißt also Marcu und nicht Sam. Aber wirklich, mach dir keinen Kopf, knick das mit dem Geld. Echt. Unwichtig. Erzähl mir lieber, was passiert ist.»

Marcus Augen huschten unruhig durch den Raum, blieben an Bette hängen, die noch mit dem Tablett in den Händen in der Tür stand. Tyler entging das nicht.

«Du kannst uns vertrauen. Uns beiden», sagte er zu Marcu.

Bette stieg über die nassen Klamotten, die auf dem Boden lagen, und stellte das Tablett auf den Beistelltisch. «Brühe und Tee, dass dir wieder warm wird.» Sie hielt Marcu die Wärmflasche hin, und als er sich nicht rührte und sie weiter nur anstarrte, legte sie sie neben ihn auf das Sofa. «Ich bin übrigens Bette.» Sie hatte sich noch gar nicht vorgestellt.

Dann zog sie sich den anderen Sessel heran, allerdings nicht ganz so nah an Marcu wie Tyler. Sie wollte vermeiden,

den Jungen noch mehr zu verschrecken. Und das würde sie, wenn sie ihm zu sehr auf die Pelle rückte.

«Also, weshalb bist du hier?», fragte Tyler noch mal, und Bette dachte, dass es vermutlich sogar sein Gutes hatte, dass Marcu Tylers Geldbörse inklusive der Ausweise hatte mitgehen lassen. So hatte er zumindest hergefunden.

Marcu sagte immer noch nichts, saß steif da und schielte misstrauisch auf Bette.

«Du kannst Bette wirklich vertrauen», wiederholte Tyler. «Ehrenwort. Schau mich an. Ich bin zu Hause rausgeflogen. Weil ...» Er wischte mit der Hand durch die Luft. «Ach, egal. Auf jeden Fall hat Bette mich aufgenommen. Ist cool bei ihr.»

Gemeinsamkeiten herausstellen, und seien sie noch so weit hergeholt, dachte Bette. Ein schlauer Schachzug. Und tatsächlich, Marcu nickte vage, als habe er verstanden, sagte jedoch weiterhin nichts. Er wirkte wie in Schockstarre.

Aber Tyler gab nicht auf, sondern versuchte es hartnäckig weiter. «Okay, dann rat ich mal. Du bist ausgerissen. Und versteckst dich irgendwo hier in der Gegend. Da kommen eigentlich nur die Schrebergärten infrage. Hab ich recht?»

Immer noch keine Antwort. Stattdessen ließ ein metallenes Quietschen den Jungen zusammenzucken.

«Sind nur die Fensterläden», sagte Tyler, der das Geräusch genau wie Bette schon kannte. Die alten Scharniere hielten dem Wind nur noch mäßig stand.

Anton erhob sich, sprang zu Marcu auf das Sofa, legte sich neben ihn, Brust und Kopf auf seinen Beinen. Der Junge entspannte sich sichtlich. Bette wusste von sich selbst, wie beruhigend es sein konnte, Antons warmen Tierkörper zu spüren und seinen gleichmäßigen Atem.

Marcu zog seine Hände unter der Decke hervor, legte sie auf Antons Bauch. Bette fiel auf, dass er seine linke Hand zur Faust geballt hatte, als verstecke er darin etwas. Oder als hielte er etwas fest, das ihm wichtig war.

«Was hast du da in der Hand?», fragte sie behutsam. Es konnte auch eine Waffe sein, vielleicht ein kleines Messer. Auch wenn sie das nicht glaubte, es wäre möglich, dass er ihnen hier etwas vorspielte. Und das musste sie ausschließen.

Marcu öffnete ganz kurz die Faust, sodass Bette sehen konnte, was es war, und schloss sie wieder. Eine leere Patronenhülse.

«Hat die dein Verfolger abgeschossen?», fragte Bette erschrocken.

Marcu schüttelte den Kopf. «Hab ich gefunden.»

«Heute?», hakte Bette nach.

Marcu schüttelte den Kopf und murmelte: «Ist mein Glücksbringer.»

Ein ungewöhnlicher Glücksbringer, dachte Bette, aber nichts, worüber sie sich jetzt gerade Gedanken machen musste.

«Erzählst du uns nun, was passiert ist?» Tyler beugte sich vor und schob eine Hand in Antons struppiges Fell, als würde er durch den Hund zu Marcu durchdringen. Was vielleicht sogar der Fall war. Auf jeden Fall setzte Marcu an zu reden.

«Der Mann ... Mörder ... wegen der Eisplatte ... töten ... hinter mir ... als ... gerannt ... im Graben ...» Er haspelte und sprach so schnell, dass nur Bruchstücke von dem, was er sagte, bei Bette ankamen. Bruchstücke, die sie nicht zusammenbekam.

«Du glaubst also, jemand will dich umbringen?», fasste Tyler zusammen, was er herausgehört hatte. Er klang nun doch etwas ungläubig. Nachts von jemandem verfolgt zu werden und zu behaupten, dass dieser Jemand einen umbringen wollte, waren dann doch zwei ganz verschiedene Dinge.

«Er hat es schon versucht.» Eine einzelne Träne lief Marcu die Wange hinunter. «Er wollte mich ersticken. Mit einem Kissen.»

Mit einem Kissen? Zwei Mordversuche innerhalb nur weniger Tage, einer davon erfolgreich, und beide Male war dem Opfer ein Kissen ins Gesicht gedrückt worden?

Bette fuhr Tyler mit der Hand über den Arm, um ihm zu bedeuten, dass sie jetzt übernehmen würde.

Er lehnte sich zurück, und sie meinte, die Erleichterung bei ihm zu spüren.

«Wann war das?», fragte Bette Marcu. «Wann hat der Mann versucht, dich umzubringen?»

«Vorhin. Heute Nacht.»

«Und wo hat er dich angegriffen?»

«In meiner Laube, also, nicht meine. Ich wohn da nur gerade», versuchte er sich zu erklären. Hatte Tyler also recht damit gehabt, dass er ein Ausreißer und in einem Schrebergarten untergekommen war.

«Ich hab im Bett gelegen. Da war der Mann plötzlich da.» Marcu sprach immer noch schnell, aber man konnte ihn nun einigermaßen verstehen. «Ich dachte, ich sterbe, aber dann konnte ich entkommen.»

«Ist er dir gefolgt?»

Marcu nickte, schob dann schnell, wie um Bette und Tyler zu beruhigen, hinterher: «Aber nicht bis hier. Ich hab ihn abgehängt. Hab mich in so einem Graben versteckt. Im Schilf. Er war da, ganz nah, ich hab ihn gehört, seinen Atem, seine Schritte. Aber er hat mich nicht gefunden. Und dann ist er weg.»

Verdammt auch. Wenn das wirklich stimmte. Sie musste die Polizei rufen. Es ging nicht anders, ob es Marcu passte oder nicht. Aber vorher wollte sie seine Geschichte zu Ende hören.

«Kannst du den Mann beschreiben?», fragte Bette.

«Er hatte eine Sturmmaske über dem Gesicht. Und er war viel größer als ich. Noch ein bisschen größer als Tyler.»

Also mindestens 1,85 Meter, dachte Bette. «Die Schrammen in deinem Gesicht, hat er dir die zugefügt?» Sie fragte das in der Hoffnung, vielleicht eine Chance auf DNA zu haben.

Marcu fuhr sich mit der Hand über die Wangen, tastete nach den Schrammen, als bemerkte er sie erst jetzt, schüttelte dann den Kopf. «Er hatte Handschuhe an.»

Bette seufzte leise. «Fällt dir sonst irgendwas ein, wie wir ihn identifizieren können? Irgendwas, woran man ihn erkennen könnte? Außer seiner Größe.»

«Ich glaub, also ...», stammelte er. «Ich hab ihm einen Knochen gebrochen.» Kurz schien er erschrocken über seine eigene Tat, dann huschte ein Ausdruck von Stolz – oder Genugtuung? – über Marcus Gesicht. «Mit einem Hammer. Es hat geknackt, und so wie er gebrüllt hat ... Nur deshalb konnte ich abhauen.»

Ein Bruch, verursacht durch einen Hammer. Ein Rechtsmediziner könnte so eine Bruchursache doch mit etwas Glück sicher nachweisen, wenn man die Krankenhäuser im Umkreis nach einem solchen Patienten befragte.

«Wo hast du ihn getroffen?»

Marcu zuckte mit den Achseln. «Eher oben. Schulter, Arm oder so.»

Okay, dachte Bette. Sie suchten also einen Mann mit einem Knochenbruch im oberen Körperbereich. Bette würde Nesrin bitten, Ärzte und Krankenhäuser abzutelefonieren.

«Wie zum Henker bist du so schnell an einen Hammer gekommen?», mischte Tyler sich jetzt wieder ein. «Ich meine, wenn du im Bett lagst, als er dich angegriffen hat.»

Bette dachte bei sich: Weil es bei den Lauben stockdunkel ist und sich jeder normale Mensch irgendeine Waffe unters Kopfkissen schiebt, wenn er da draußen alleine übernachtet.

«Den hatte ich bei mir. Falls er mich findet», sagte Marcu.

Mit dieser Antwort hatte Bette jetzt nicht gerechnet.

«Du wusstest, dass der Mann bei dir auftauchen würde?», fragte Tyler überrascht. «Warum das?»

So leise, dass Bette zuerst dachte, sie habe sich verhört, sagte Marcu: «Ich hab gesehen, wie er jemanden ermordet hat.»

«Von was für einem Mord sprichst du?», fragte Bette nun wirklich alarmiert. Das wären dann gleich zwei Kapitalverbrechen. Der Versuch, Marcu zu töten, und ein Mord.

Marcu streichelte Anton, wobei seine linke Hand weiterhin zur Faust zusammengedrückt war. Der Tee und die Suppe wurden langsam kalt.

Einen Moment noch saß Marcu still da und kraulte Anton, dann setzte er an zu erzählen, diesmal ohne jedes Gehaspel.

Er erzählte, dass er gesehen habe, wie ein Mann in der Dove-Elbe ertrunken war. Zwischen der ersten und der zweiten Insel. Vor fünf Nächten sei das gewesen, also in der Nacht vom Samstag auf den Sonntag.

Bette dachte sofort an Nils.

«Er war nicht alleine», sagte Marcu weiter. «Da war noch ein Mann, aber der hat nur zugesehen, ihm nicht geholfen.» Das sei ihm komisch vorgekommen, nicht richtig, und er sei weggerannt, aber am nächsten Tag wiedergekommen, um den Toten unter dem Eis zu suchen. Und er hatte ihn auch gefunden. Das Loch sei präpariert gewesen, eine Eisplatte war ausgesägt – groß wie ein Kanaldeckel – und später wieder in das Loch geschoben worden. Da habe sich eine richtige Narbe auf dem Eis gebildet.

«Das war Mord», sagte Marcu ganz aufgewühlt. «Und ich hab es gesehen. Und der Mörder hat mich gesehen.»

Bette hatte das Gefühl, ihr Blutdruck schoss in ungesunde Höhen. Das hier war eine Wendung, die sie so nicht erwartet hatte, auch wenn Meyra schon ansatzweise in diese Richtung gedacht hatte. Die Nacht vom Samstag auf den Sonntag, da war Nils verschwunden. Auch der Ort, den Marcu beschrieb, stimmte so ziemlich mit dem Fundort von Nils' Leichnam überein. Die Rettungskräfte hatten gestern die ganze Gegend dort abgesucht – und der einzige Tote, den sie geborgen hatten, war Nils Büsing.

«Kannst du sagen, wie der Tote aussah?», versuchte Bette, ihren Verdacht zu untermauern. Ein Foto von Nils wollte sie Marcu nicht zeigen. Der tote Nils glich nicht dem Nils, der auf den Fahndungsfotos in der Zeitung abgebildet war. Und wenn sie Marcu eines der Leichenfotos zeigte, die Dr. Haller ihr aufs Telefon geschickt hatte, würde das Marcus Misstrauen nur erneut schüren. Wer außer der Polizei hatte schon Leichenfotos auf seinem Handy? Vielleicht noch Mörder, die ihre Opfer fotografierten.

Marcu presste die Lippen aufeinander, schüttelte den Kopf. Das Bild des Toten in seinem Kopf verschreckte ihn, das war klar, aber Bette war sich sicher, er hatte es genau vor Augen. Er musste es nur in Worte fassen.

«Hatte er helle Haare? Oder dunkle?» Sie bot Marcu beide Möglichkeiten an, um ihn gar nicht erst durch ihre Wortwahl in eine Richtung zu drängen.

«Heller, glaub ich, nicht schwarz, aber im Wasser, ich weiß nicht. Sein Gesicht war so verzerrt. Als würde er schreien, die Augen waren weit aufgerissen.» Ja, dachte Bette. So hatte Nils auf jeden Fall ausgesehen. «Und die Kleidung, konntest du da was erkennen?»

«Ich hab nur auf das Gesicht geachtet. Ich konnte nicht ...» Er schluckte hörbar. Seine eine Hand hatte sich mittlerweile fest in Antons Fell verkrampft, aber der Hund ließ es geschehen.

«Ist schon gut», sagte Bette beruhigend und versuchte, die Informationen einzuordnen, die er da eben geliefert hatte. Wenn der Tote Nils war, wovon sie erst mal ausging, dann war er also auf dem Eis gewesen in der Nacht, in der er verschwunden war. Und er war noch in derselben Nacht gestorben – allerdings war es kein Unfall gewesen, sondern eine geplante Tötung. Die Nachrichten, die seine Mutter später von ihm bekommen hatte, hätte dann also, wie Meyra schon vermutet hatte, nicht er geschrieben. Und die Laubenbrände oben beim Kraftwerk gingen ebenso wenig auf sein Konto. Was dann doch bedeuten musste, dass derjenige, der Nils umgebracht und seine Flucht fingiert hatte, den Verdacht auf ihn schieben wollte. Er wollte es so aussehen lassen, als hätte Nils Georg getötet und den Schwarzackerhof in Brand gesteckt. Und das wiederum ergab nur Sinn, wenn derjenige, der für Nils' Tod verantwortlich war, auch Georg getötet hatte. Und nun war er hinter Marcu her. Weil er ein Zeuge war. Vermutlich der Einzige, der aussagen konnte, dass Nils' Tod kein Unfall und das Loch präpariert gewesen war. Etwas, das die Rettungskräfte nicht mehr hatten erkennen können, da das Eis zu dem Zeitpunkt schon zu weit abgeschmolzen gewesen war.

Bette atmete schwer aus, stützte den Kopf in die Hände. Als sie sich wieder Marcu zuwandte, reichte Tyler ihm gerade die Suppe, die sie in eine große Tasse gefüllt hatte. Marcu hatte jetzt wieder etwas Farbe im Gesicht, was vielleicht an der Wärme lag oder daran, dass er sich alles von der Seele geredet hatte.

Bevor sie den Jungen in Ruhe ließ, musste Bette noch eine Frage loswerden. Eine Frage, vor deren Antwort sie sich fürchtete.

«Marcu, diese beiden Männer, als sie über das Eis gegangen sind. Wie sah das für dich aus, die beiden zusammen?»

Marcu runzelte die Stirn, schluckte die Suppe in seinem Mund runter. «Ich weiß nicht. Sie sahen aus wie Spaziergänger.»

«Hat der eine den anderen gezwungen, mit ihm zu gehen?»

Marcu schüttelte den Kopf.

«Keine Bedrohungssituation?»

Wieder schüttelte Marcu den Kopf.

Bette wurde flau. Das war die Antwort, die sie nicht hatte hören wollen. Denn wem, welchem Mann, hatte Nils so sehr vertraut, dass er mitten in der Nacht und so kurz nach dem Brand auf dem Schwarzackerhof, über den er ja regelrecht in Panik geraten war, auf die Dove-Elbe rausging? Spazieren, mitten in der Nacht. Und das in dieser Situation.

Da fiel ihr nur eine Person ein.

59. BETTE

Bette hatte nicht die Polizei gerufen. Es war ihre Pflicht, es ging hier um Kapitalverbrechen, und Marcu war in Gefahr, aber sie hatte es trotzdem nicht getan. Sie hatte lediglich Mats rübergeholt, damit sie einer mehr im Haus waren, falls Marcus Aufenthaltsort seinem Verfolger doch nicht entgangen war und er auftauchen sollte.

Marcu schlief auf einer Matratze bei Tyler im Zimmer, zusammen mit Anton. Für Mats hatte Bette die Gästeliege im Wohnzimmer aufgestellt. Sie selbst hatte nur kurz ihrem Schlafbedürfnis nachgegeben und war in der Dämmerung schon wieder aufgestanden.

Mit den zugezogenen Gardinen kam Bette sich wie in einer Festung vor. Eingebunkert und verbarrikadiert in ihrem eigenen Haus. Es war kein gutes Gefühl. Sie setzte sich zu Mats, der auch nicht mehr schlief, vielleicht gar nicht geschlafen hatte, und sagte ihm, sie müsse noch etwas abklären, bevor sie die Polizei rief. Er solle bitte so lange auf Marcu aufpassen und niemanden, auch niemand Bekannten, einlassen. Mehr verriet sie Mats nicht. Bevor sie irgendjemandem gegenüber ihren Verdacht äußerte, wollte sie sich absolut sicher sein. Martha zuliebe.

Aber mit wem hätte Nils da nachts über die Dove-Elbe spazieren sollen, wenn nicht mit Henrik?

Oder andersherum gefragt: Wer wäre nachts mit Nils über das gefrorene Eis spaziert? Wer wäre überhaupt mit ihm spazieren gegangen? Mal abgesehen von seiner Mutter.

Und das zu einem Zeitpunkt, als Nils schon wieder unter Verdacht stand, ein Feuer gelegt zu haben. Niemand sonst hier draußen hatte doch mehr als nur das Nötigste mit dem armen Kerl gesprochen.

Henrik, es konnte nur Henrik gewesen sein. Das würde auch seinen Anruf bei Nils in der Brandnacht erklären. Von wegen checken, ob er zu Hause war. Henrik hatte ihn mit seinem Anruf zum Brandort gelockt, in die Menge der Schaulustigen, und so den Verdacht auf ihn gelenkt.

Sie hoffte inständig, dass ihre Schlussfolgerung falsch war. Dass Henrik es nicht gewesen war. Was sollte Henrik für ein Motiv gehabt haben, Georg zu töten? Oder hatte er einfach genug davon gehabt, von seinem Schwiegervater nicht ernst genommen zu werden? Hatte das gereicht, um ihn umzubringen? Es wollte ihr einfach nicht in den Kopf gehen. Martha und Henrik, sie hatten immer so gut miteinander gewirkt.

Bette nahm den Bus und war um kurz nach halb neun in Fünfhausen. Von der Bushaltestelle lief sie den Durchdeich hoch, in der Hand eine Tüte mit Salzkringeln, ihre Notration, die sie noch im Tiefkühlfach gehabt hatte. Der Himmel war grau, die Wolken hingen tief, aber es war ungewöhnlich windstill. Zwei Kinder fuhren mit ihren Rollern um die Wette, ansonsten sah und traf Bette niemanden.

Der Durchdeich machte eine Kurve, und dann stand Bette auch schon vor dem gelben Backsteinhaus. Da, wo letztens noch der Schneemann gestanden hatte, parkte jetzt Marthas gelber Polo. Henriks Wagen stand im offenen Carport.

Kurz blieb sie stehen, schaute auf das Familienheim. Das Herz schlug ihr bis zum Hals. Sie wollte das hier nicht. Sie wollte nicht dafür verantwortlich sein, dass auch das letzte bisschen von Marthas Leben, so wie sie es gekannt hatte, wegbrach. Aber sollte sie Martha mit der nächsten Lüge leben lassen? Und dann noch mit so einer?

Wenn Henrik wirklich der Schuldige war, dann konnte sie doch unmöglich weiter mit ihm zusammenleben und denken, alles sei gut.

Mit zittriger Hand klingelte Bette und hörte sofort die hellen Stimmen der Mädchen hinter der Tür. Es war Elsa, die öffnete, hinter ihr schob sich Luisa in die Tür, und dann tauchte Martha auf.

Bette zwang sich zu einem Lächeln und hielt die Tüte mit den Brötchen hoch. «Moin. Ich dachte, ich bring euch was Gutes zum Frühstück vorbei.» Oh mein Gott, sie fühlte sich so mies, so zu tun, als käme sie auf ein nettes Frühstück vorbei, nur um Martha und Henrik auszuhorchen. Aber wie sonst sollte sie unauffällig ihren Verdacht untermauern – oder eben aus dem Weg räumen?

«Das ist aber nett. Komm rein», sagte Martha. Sie wirkte noch erschöpfter als zuletzt. Die Mädchen rannten ins Wohnzimmer, durch die offene Tür sah Bette, wie sie auf das Sofa hüpften und sich juchzend mit Kissen abschlugen.

Martha und sie gingen in die Küche.

«Die beiden sind gestern Nachmittag zurückgekommen», sagte Martha, öffnete die Tüte mit den Salzkringeln und legte sie zum Aufbacken in den Ofen.

«Hast du schon mit ihnen gesprochen?», fragte Bette und vermied absichtlich den Plural. Sie brachte es gerade nicht über sich, Henrik einzubinden. Martha entging das zum Glück.

«Ja», sagte sie. «Und ich bin froh, dass wir es ihnen gesagt haben. Es ist nur ...» In ihren Augen lag eine Traurigkeit, die Bette im Herzen wehtat. Zumal ihr bewusst war, dass es noch schlimmer werden würde für Martha, dass ihr der Boden unter den Füßen vollkommen weggerissen werden würde, wenn sie erfuhr, was Bette meinte, herausgefunden zu haben.

Martha wandte sich ab, schenkte Kaffee ein, aber Bette entging nicht, dass sie sich die Tränen aus dem Gesicht wischte.

«Es ist bestimmt richtig, dass du ihnen die Wahrheit gesagt hast. Auch wenn sie wehtut», sagte Bette und dachte, wie absurd es war, Martha zu trösten, während sie dabei war, ihren Mann zu überführen. Es kam ihr verlogen vor, aber es war immer noch besser, als gleich mit der Polizei anzurauschen, was sie eigentlich zwingend hätte tun müssen.

Martha drehte sich ihr wieder zu, nickte mit zusammengepressten Lippen. «Du hörst sie ja. Sie können immer noch lachen.»

Bei dieser Aussage, die kein Vorwurf war, sondern aus der Erleichterung sprach, zog sich alles in Bette zusammen. Würden Elsa und Luisa auch noch lachen können, wenn ihr Vater wegen zweifachen Mordes, Mordversuch und Brandstiftung verhaftet werden würde?

Bette trank von dem Kaffee, den Martha ihr hingestellt hatte, dann sagte sie: «Ich wollte dich noch mal wegen des Abends vor dem Brand fragen. Gegen zehn seid ihr vom Schwarzackerhof weg. Nachdem du dich mit deinem Vater wegen des geplanten Landverkaufs gestritten hast. Richtig?»

«Ja», sagte Martha.

«Und dann?»

«Wieso fragst du das?», wollte Martha wissen.

«Ich versuch mir nur ein Bild zu machen, das ist alles. Manchmal sind es die unauffälligsten Details, die einen weiterbringen.» Oh Mann, was redete sie da nur?

«Henrik ist gefahren», sagte Martha. «Ich war viel zu aufgewühlt. Zu Hause haben wir die Mädchen in ihre Betten getragen. Sie waren ja schon eingeschlafen.»

«Und sie sind nicht wieder aufgewacht?»

«Nee.» Ein Lächeln huschte über Marthas Gesicht. «Wenn sie einmal schlafen, schlafen sie. Nachts wachen sie nur auf, wenn sie krank sind. Aber sonst ... Du könntest sie auf eine Musikbox legen, und sie würden nicht aufwachen.»

Wie Tyler, dachte Bette. «Und ihr? Seid ihr auch gleich schlafen gegangen?»

Martha schüttelte den Kopf. «Wir haben noch hier unten zusammengesessen. Einen Wein getrunken. Ich musste erst mal runterkommen. Ich war total erledigt. Dieser Streit ... Ich war so fertig, irgendwann bin ich einfach auf dem Sofa eingeschlafen.»

«Du hast also die ganze Nacht hier unten geschlafen?»

«Wie ein Stein», sagte Martha und schob leise hinterher: «Ich hab nicht mal das Klingeln gehört, als die Feuerwehr kam. Die wollten mich ja holen wegen dem Feuer bei Papa. Henrik musste mich wecken, so weggetreten war ich.»

Bette fluchte innerlich, trank ihren Kaffee aus, einfach um irgendetwas zu tun zu haben, eine Ausrede für ihr Schweigen. Henrik hätte den Brand ohne Weiteres legen können. Martha hatte geschlafen, sie hätte nicht bemerkt, wenn Henrik weg gewesen wäre. Und bis zu dem Moment, wo die Kollegen der Feuerwehr hier gewesen waren, um Martha abzuholen, wäre er wieder zu Hause gewesen.

«Wo ist Henrik jetzt?», fragte Bette wie beiläufig.

«Er duscht noch», sagte Martha. «Spätestens wenn der Duft des warmen Hefeteigs oben bei ihm ankommt, wird er auftauchen.»

Und tatsächlich. Fünf Minuten später streckte Henrik seinen Kopf in die Küche. «Das riecht vielleicht gut. Bekomme ich auch was ab?» Er grinste wie ein Junge, sah allerdings extrem müde aus, hatte dunkle Ringe unter den Augen. Aber weder trug er einen Kopfverband noch einen Gips um Arm oder Handgelenk. Bette atmete auf. Wenn Henrik nicht verletzt war, konnte er eigentlich auch nicht derjenige sein, der Marcu angegriffen hatte. Nicht wenn der Junge seinem Angreifer wirklich etwas gebrochen hatte. Vielleicht war doch alles nur ein Irrtum.

«Sicher», sagte Martha und gab ihm einen Kuss, den er erwiderte.

Henrik ging zum Schrank und nahm Teller heraus. Im selben Moment sog er lautstark die Luft durch die Zähne.

«Lass das», sagte Martha. «Du sollst deinen Arm still halten!» Sie nahm ihm die Teller ab, und Henrik ließ sich vorsichtig neben Bette auf einen Stuhl sinken. Schweißperlen standen auf seiner Stirn.

«Was hast du?», fragte Bette, jetzt hoch konzentriert. Und wachsam.

«Ach, nicht so wichtig», wiegelte Henrik ab.

«Er ist im Treibhaus gestürzt», mischte Martha sich ein. «Ich sag Henrik immer, er soll erst mit der Arbeit anfangen, wenn es hell ist. Oder wenn er endlich mal das Licht repariert hat. Aber so, im Dunkeln, das konnte nur schiefgehen. Und dann auch noch so was. Über eine auf dem Boden liegende Leiter stolpern. Mal ehrlich, die hatte da echt nichts zu suchen.»

«Nächstes Mal bin ich schlauer. Versprochen», sagte Henrik mit einem schweren Seufzen und einem entschuldigenden Lächeln. «Ich wollte heute Morgen einfach was schaffen, bevor die Mädchen wach sind. Wir wollten doch ins Niendorfer Gehege.»

«Na, das hat sich ja jetzt wohl erledigt», sagte Martha. «Mit dem Arm musst du zum Arzt.»

Gebannt hörte Bette zu.

«Ach was. Ist nicht so wild. Natürlich können wir fahren. Ich hol mir noch ein paar Ibu aus der Apotheke, dann geht das schon», wehrte Henrik ab. «Bei 'nem Schlüsselbeinbruch kann man eh nichts machen. Das wächst von selbst wieder zusammen.»

Das Adrenalin schoss Bette durch den Körper. Das war's also. «Darf ich mal sehen?» Ohne Henriks Antwort abzuwarten, schob sie Henriks Hemd ein Stück beiseite. Auf dem Schlüsselbein prangte ein Hämatom. Der Größe nach konnte es tatsächlich von einem Hammer herrühren.

60. MARCU

Marcu wachte von dem Geruch von gebratenem Speck auf. Er hatte lange nicht mehr so gut geschlafen. Tyler und Anton im selben Raum zu wissen, hatte ihm seine Angst genommen. Und dass Tyler ihm wirklich half, ihn nicht angemacht hatte wegen der Geldbörse – Marcu konnte es immer noch nicht fassen.

Eine Weile blieb er noch liegen, fürchtete ein bisschen, aus einem schönen Traum aufzuwachen, wenn er aufstand. Aber dann zog es ihn doch nach unten. Er hatte Hunger.

Tyler und Mats, dieser Nachbar, der in der Nacht noch rübergekommen war, saßen schon am Küchentisch und frühstückten. Anton stand bettelnd daneben. Marcu streichelte ihm über den Kopf, aber der Hund hatte nur Augen für den Speck.

«Moin», sagte Mats, und Tyler schob ihm ungefragt Rührei auf den Teller.

«Wo ist Bette?», fragte Marcu.

«Sie will was überprüfen, wegen deinem Verfolger», sagte Mats.

«Weiß sie, wer es ist?»

«Mir hat sie nichts gesagt», sagte Mats, und auch Tyler zog nur die Schultern hoch. Marcu hatte, bevor er ins Bett war, das Gefühl gehabt, Bette wusste – oder ahnte zumindest –, wer der Mann war. Gefragt hatte er sie nicht. Es hätte nichts gebracht. Er kannte niemanden hier draußen.

Ein Name würde ihm gar nichts sagen. Aber sie würde sich schon kümmern, sie hatte es ihm versprochen.

Sie aßen, ohne sich weiter zu unterhalten. Es war ein angenehmes Schweigen. Marcu hatte nicht das Gefühl, aus Höflichkeit irgendwas sagen zu müssen, er konnte einfach sein Essen genießen und seinen Gedanken nachhängen, und Mats und Tyler schien es nicht anders zu gehen.

«So», sagte Mats, als er fertig war, und schob seinen Teller von sich weg. «Ich muss dann jetzt doch mal in die Werkstatt. Noch einen Stuhl fertig leimen.»

Marcu merkte, wie er sich sofort versteifte. Er wollte nicht, dass Mats ging, traute sich aber auch nicht so richtig, das auszusprechen. Was, wenn der Mörder ihm gestern doch gefolgt war und herkam? Würden Tyler und er alleine gegen ihn ankommen?

Als habe Mats ihm seine Unruhe angemerkt, sagte er zu ihm: «Am besten, du kommst mit in die Werkstatt. Drüben bei mir sucht sicher keiner nach dir.»

Marcu überlegte. Selbst wenn der Mann ihm weiter gefolgt war, würde er ihn bestimmt nicht beim Nachbarn vermuten. Er nickte.

Bevor sie das Haus verließen, checkte Tyler, ob die Luft rein war, obwohl Marcu klar war, dass es hier ausreichend Verstecke gab, die man so schnell gar nicht überblicken konnte. Aber dieser Killer hätte doch kaum die ganze Nacht hier gewartet, bis es hell wurde. Dann hätte er doch schon früher angegriffen.

Sie gingen hinten durch den Garten rüber zu Mats, der wirklich gleich nebenan wohnte. Die Werkstatt befand sich in einem Anbau zum Wohnhaus. Ein großer Raum mit hoher Decke und Oberlicht. An Haken an den Wänden hingen Sägen, Meißel, Hobel und andere Werkzeuge, die Marcu nicht benennen konnte. Es roch nach Leim, Ölen und Holzspänen. Marcu fühlte sich sofort wohl.

61. BETTE

Kaum war Bette eben in Fünfhausen ins Taxi gestiegen, hatte sie schon geschlafen. Der Fahrer weckte sie, als er vor ihrem Haus hielt. Zu Fuß hätte sie es niemals den ganzen Weg zurückgeschafft. Nicht ohne Schlafattacke. Henrik hatte ihr angeboten, sie zu fahren, was sie abgelehnt hatte. Sie konnte unmöglich mit ihm in einem Wagen sitzen. Er hatte mehrere Menschenleben auf dem Gewissen, er war gefährlich. Sie wusste nicht einmal sicher, ob er nicht etwas ahnte, ob er wusste, dass sie ihn entlarvt hatte. Und was, wenn Henrik sie absetzte und dabei aus irgendeinem dummen Zufall Marcu bei ihr sah? Das Risiko durfte sie nicht eingehen.

Bette hatte sich damit rausgeredet, dass sie zu Fuß gehen wolle, und war dann zur Apotheke gelaufen, wo sie sich ein Taxi hinbestellte.

In der Wartezeit hatte sie Meyra angerufen, ihr alle Details durchgegeben und auch Marcu erwähnt. Seine Identität konnte sie nun nicht mehr geheim halten, hatte Meyra aber gebeten, behutsam vorzugehen und ihn bei ihr zu Hause zu vernehmen. Alleine, ohne Thorben oder uniformierte Beamten neben sich.

Aber zuerst mussten sie Henrik festnehmen und verhören und alle Beweise sichern, was hieß, dass sie einen Durchsuchungsbeschluss brauchten. In diesem Fall war Bette sich sicher, dass Meyra den unverzüglich bekommen würde. Es würde jetzt alles sehr schnell gehen. Die Maschinerie war angelaufen.

Bette hätte Martha, Elsa und Luisa gerne noch den Tag im Niendorfer Gehege ermöglicht. Ein letzter Ausflug mit Henrik. Noch einmal glückliche Kleinfamilie spielen. Aber das war unmöglich. Henrik war eine Gefahr. Akut für Marcu, und wer wusste, für wen noch. Zudem war jede weitere Minute, die Martha Henrik vertraute, eine zu viel.

Als Bette aus dem Taxi stieg, schoss Anton durch den Garten nach vorne zur Pforte, mit fliegenden Ohren. Wortwörtlich. Tyler kam gemächlich hinter ihm her.

«Ihr solltet doch drinnen bleiben», fuhr Bette ihn an.

Wie oft hatte sie sich schon vorgenommen, nicht immer gleich loszumeckern, aber wenn sie sich ärgerte, konnte sie nur schwer an sich halten. Und es ging hier verdammt noch mal um die Sicherheit des Jungen. «Wo ist Marcu? Er ist nicht auch draußen, oder?»

«Der ist mit Mats rüber in die Werkstatt.»

«Was?» Noch war Henrik nicht verhaftet. Noch konnte er hier auftauchen. Den Zeugen aus dem Weg räumen. Bette traute ihm alles zu – jemandem, der seinen eigenen Schwiegervater erstickt und sich so gut verstellt hatte, dass niemand auch nur etwas ahnte. Jemand, der mit allen Mitteln, einen weiteren Mord eingeschlossen, versucht hatte, Nils als den Verdächtigen dastehen zu lassen. Und dann auch noch einen minderjährigen Mordzeugen aus dem Weg räumen wollte.

«Bette, sie sind hinten durch den Garten», versuchte Tyler Mats und Marcu zu verteidigen. «Wer hätte Marcu denn sehen sollen?»

«Das willst du gar nicht wissen», stieß sie wütend hervor, ging über die Wiese und stapfte über den mit Rosen bewachsenen Erdwall, der Mats' von ihrem Garten trennte. Tyler rannte ihr hinterher.

«Hast du rausgefunden, wer hinter Marcu her ist?», fragte er.

«Ja», sagte sie schroff und stieß die Tür zur Werkstatt auf, ohne das weiter auszuführen. Marcu stand an der Werkbank und hobelte irgendwas, Mats leimte ein Stuhlbein.

«Ich hab euch gebeten, im Haus zu bleiben», fuhr sie nun auch Mats an. Marcu schaute erschrocken auf.

Mats hob entwaffnend die Hände. «Was regst du dich so auf? Hier bei mir ist es mindestens so sicher wie bei dir. Und ich pass schon auf.»

«Denkst du, ja?»

«Ja, denk ich.»

Bette trat so heftig gegen einen herumstehenden Holzkubus, dass ihre Wut sich zwar abmilderte, sie aber vor Schmerz aufschrie.

Mats legte die Stirn in Falten. «Sach mal! Alles in Ordnung?»

«Nein, nichts ist in Ordnung! Gar nichts.» Bette ließ sich in die Hocke sinken, stützte die Ellbogen auf die Knie, legte ihr Gesicht in die Hände: resigniert, erschöpft und müde. Sie fragte sich, wie sie Martha je wieder unter die Augen treten sollte. Wenn Martha sie nicht mehr sehen wollte, sie würde es verstehen.

62. MEYRA

Genau eine Stunde und zwanzig Minuten nachdem Bette sie angerufen hatte, war Meyra mit einem Einsatzkommando in Fünfhausen. Spurensicherer und ITler waren auch dabei. Nur Thorben war nicht mitgekommen. Er war nach Blankenese gefahren, wegen der Ermittlung um den toten Reeder. Und diesmal war Meyra froh, dass für ihren Chef dieser andere Fall vorging. Sonst hätte sie das, was sie vorhatte, nicht so durchziehen können, wie sie es wollte und wie sie es für richtig hielt.

Und das war, die beiden kleinen Mädchen wegzubringen, bevor sie ihren Vater festnahmen und mit ihrem Durchsuchungsbeschluss alles durcheinanderbrachten. Bevor überhaupt auch nur einer der uniformierten Beamten ins Haus kam. Sie würde gleich erst einmal nur mit einer Kinderpsychologin, Inga Henz, klingeln und Elsa und Luisa unter einem Vorwand mitnehmen. Natürlich würden die Mädchen erfahren müssen, dass ihr Vater verhaftet war. Zu sehen, wie er in Handschellen abgeführt wurde, war aber ganz sicher nicht der richtige Weg.

Martha dagegen sollte zu Hause bleiben. Meyra wollte, dass sie bei dem Einsatz zugegen war. Es bestand immer noch die Möglichkeit, dass sie von Henriks Taten wusste, und Meyra wollte sehen, wie sie auf die Festnahme reagierte.

Sie ließ die Einsatzwagen ein gutes Stück die Straße runter in Höhe des Supermarktes warten. Wie immer hatte sie darauf geachtet, dass auch Frauen im Team waren. Ihrer Erfahrung nach hatte das grundsätzlich eine deeskalierende Wirkung. Und wer wusste, was passieren würde, wenn sie Henrik Klein stellten. Meyra konnte es beim besten Willen nicht einschätzen. Würde dieser Mann, der bisher so soft fast weichlich auf sie gewirkt hatte, sich einfach festnehmen lassen, oder würde er sich zur Wehr setzen, würde seine andere Seite – die, die vermutlich zwei Leben auf dem Gewissen hatte – übernehmen?

Als verdecktes Back-up positionierte Meyra vier Einsatzkräfte rund um das Haus für den Fall, dass Henrik Klein Verdacht schöpfte und versuchte zu fliehen oder sie angriff. Sie waren dunkel gekleidet und hatten klare Anweisung, sich so aufzustellen, dass sie auf keinen Fall vom Haus aus gesehen wurden und auch nicht von den beiden Mädchen, wenn Meyra und Inga Henz mit ihnen rauskamen.

Meyra hatte es wirklich nicht glauben können, als Bette am Telefon behauptet hatte, Marthas Ehemann Henrik sei der Mörder. Dass er seinen Schwiegervater erstickt, den Hof angezündet, später Nils auf das Eis und zu einem präparierten Loch gelockt und zugesehen hatte, wie der junge Mann unterging. Und dass er außerdem versucht hatte, einen Jungen zu töten, weil der den Mord auf dem Eis beobachtet hatte. Aber die Hinweise, die Bette ihr mitgeteilt hatte, überzeugten Meyra. Henrik Kleins Motiv kannten sie noch nicht, zumindest nicht für den ersten Mord, den an seinem Schwiegervater Georg Lange. Die weiteren Taten waren ja vermutlich eine Folge der ersten, aber wenn Henrik ihr gesuchter Täter war, dann würden sie auch rausfinden, warum er Georg Lange getötet hatte.

Es war Martha, die auf ihr Klingeln hin öffnete.

«Frau Bacha», sagte sie überrascht und nickte zum Gruß Meyras Begleitung zu. «Gibt es etwas Neues?»

Meyra meinte, kaum atmen zu können. Am liebsten wäre sie umgedreht, um nicht diese Familie auseinanderreißen zu müssen, aber sie hatte keine Wahl. Sie räusperte sich. «Darf ich vorstellen, das ist Inga Henz. Sie ist unsere Kinderpsychologin und würde gerne ...»

«Wer ist es denn?», rief eine Männerstimme aus dem Hintergrund.

«Noch mal die Polizei», rief Martha zurück und sagte an sie beide gewandt: «Wollen Sie nicht hereinkommen?»

Sie traten in den Flur. Jetzt konnte Meyra hören, dass Henrik mit den Mädchen in der oberen Etage war.

«Setzen wir uns in die Küche», sagte Martha.

«Danke, aber ...», übernahm nun Inga das Wort. «Weshalb wir hier sind. Ich würde sehr gerne ihre Töchter auf einen kleinen Spaziergang mitnehmen. Es soll hier ein schönes Brack geben. Da könnten wir hinlaufen.»

«Ja, das Sandbrack.» Martha nickte, runzelte dann die Stirn. «Aber ... jetzt? Wir sind eigentlich gerade im Aufbruch. Elsa und Luisa putzen nur noch die Zähne.»

Inga Henz sah Martha an, hielt ihren Blick, sagte dann ganz ruhig: «Bitte, ich denke, es wäre wichtig. Ich möchte das nur ungern verschieben.»

«Worüber wollen Sie denn mit den beiden reden?»

«Ich möchte gerne herausfinden, wie sie das alles verkraften, den Brand, den Tod ihres Großvaters», sagte Inga Henz. «Von Bette Hansen wissen wir, dass Sie ihnen gesagt haben, was geschehen ist. Und es ist wichtig, zeitnah mit den Kindern zu reden und ihre Gefühle zu thematisieren.»

Martha rieb sich mit den Daumen die Schläfen.

Inga Henz lächelte Martha an, versuchte sichtlich, sie für sich einzunehmen. «Und noch etwas: Es wäre wichtig, dass ich mit den beiden alleine spreche.»

«Nein!», widersprach Martha jetzt sofort. «Also wenn, wäre ich dann schon gerne dabei.»

«Bitte, vertrauen Sie mir», sagte Inga Henz. «Kinder öffnen sich Fremden oft mehr, wenn sie nicht ihre Eltern neben sich wissen, für die sie sich dann sogar irgendwie verantwortlich fühlen. Es würde sie nur noch mehr belasten. Sie würden das Gefühl haben, allen gerecht werden zu müssen.»

Hilfe suchend schaute Martha zu Meyra, als sei Meyras Meinung ausschlaggebend für ihre Entscheidung. Meyra wusste, dass Inga tatsächlich mit den Kindern reden wollte, es war also nicht nur eine Lüge, wenn auch nicht die ganze Wahrheit. Und die würde so viel schwerer für die Kinder sein als der Tod des Opas. Aber daran konnte Meyra nun nicht denken. Sie musste sich auf die Festnahme konzentrieren – und Martha überzeugen, dass die Kinder mit Inga gehen konnten.

«Bitte», sagte sie daher so eindringlich wie nur möglich, den Blick fest auf ihr Gegenüber gerichtet, «lassen Sie Ihre Töchter einen Moment mit Frau Henz gehen.» Sie fragte sich, ob Martha in diesem Moment ansatzweise ahnte, dass der so dringende Spaziergang mit ihren Töchtern ein Vorwand war. Dass etwas nicht stimmte. Vielleicht sogar, dass sie die Mädchen außer Hörweite bringen wollten. Marthas Haltung hatte etwas Abwehrendes. Aber was immer sie dachte, sie stimmte nun zu.

Als Elsa und Luisa wenig später die Treppe runterstürmten, war Henrik hinter ihnen. Meyra musste sich sehr zusammenreißen, um so zu tun, als wäre nichts.

Die Psychologin ging in die Knie, auf Augenhöhe mit den Mädchen. «Hey, ihr beiden. Ich bin Inga.»

Meyra hatte keine Ahnung, wie sie es schaffte, dass die Mädchen bereitwillig mit ihr gingen. Ob es an ihrem warmherzigen Lächeln lag oder an dem, was sie noch sagte. Meyra hörte gar nicht mehr richtig zu. Sie war mit ihren Gedanken schon bei dem Einsatz, der gleich folgen würde. Sie begleitete die drei noch bis zu dem Pfad, der rechts von der Straße ab zum Brack führte, und als sie außer Sicht waren, gab sie die Anweisung an ihr Team durch: Zugriff.

63. MARTHA

Martha war kalt. Durch die offene Terrassentür zog es. Aber sie sagte nichts, bat nicht darum, dass jemand die Tür schloss. Sie brachte kein Wort über die Lippen. Und sie stand auch nicht auf, um es selbst zu tun. Sie saß einfach nur starr da, auf einem der Esstischstühle, die Hände im Schoß, den Blick in den Raum gerichtet – auf Sessel, Sofa, die Wolldecke, die auf den Boden gerutscht war, auf Alaska, der unter der Heizung lag. Sie sah Spinnfäden unter der Decke, Wollmäuse unter dem Sessel, den Abdruck einer Kinderhand auf dem Fensterglas. Details, auf die sie sonst nie achtete. Um sie herum liefen Männer und Frauen in weißer Schutzkleidung, trugen Dinge weg. Ein Telefon, das Adressbuch, ihren Laptop ...

Sie hatte das Gefühl zu fallen, in ein endlos tiefes Loch, unter ihr oder in ihr drinnen. Und sie konnte sich nirgends festhalten. Alles um sie herum drehte sich und flackerte – wie unter einer kaputten Neonröhre.

Das war ein Irrtum. Ein absurder Irrtum.

Henrik war kein Mörder.

Henrik war doch ihr Mann, sie liebte ihn. Sie wollte ihr Leben mit ihm verbringen. Sie hatten die Kinder zusammen.

Aber Henrik war eben weggerannt. Wieso war er weggelaufen, wenn er doch unschuldig war? Er hätte diesen Polizisten doch erklären können, dass alles nur ein Irrtum war, dass sie einen Fehler machten. Stattdessen hatte Henrik diese junge Beamtin, die ihm den Haftbefehl hinhielt und ihre Beschuldigungen runterratterte, einfach zur Seite gestoßen. Sie war gestürzt, und Henrik war rausgerannt. Durch die Terrassentür war er weg, auf Socken. Hoffentlich erkältete er sich nicht, dachte sie und gleich darauf: Was für ein absurder Gedanke.

Noch während ihr all das durch den Kopf ging, sah sie zwei Männer in schwarzer Kampfmontur, die Henrik durch den Garten zum Haus zerrten. Hatten sie ihn also eingeholt. Er war noch nie der Sportlichste gewesen und schon gar kein Läufer.

Sein Gesicht war dunkelrot angelaufen. Er wand sich, trat, brüllte, nur einzelne abgehackte Laute, keine Worte. Die Männer drehten ihm die Arme auf den Rücken.

Martha wollte aufspringen, schreien: *Lassen Sie ihn los. Er hat das Schlüsselbein gebrochen. Sie tun ihm weh. Loslassen!*

Aber das tat sie nicht. Sie saß weiter nur starr da.

Sie hatte Henrik noch niemals so aufgebracht, so zornig erlebt. Es war, als wäre der Mann da zwischen den Polizisten gar nicht ihr Henrik. Ihr sanfter, geduldiger, einfühlsamer Mann.

Sie brachten ihn ins Wohnzimmer, blieben vor ihr stehen. Henrik, immer noch im Polizeigriff, wand sich jetzt nicht mehr, schrie auch nicht mehr. Er sah sie nur an. Und als ihre Blicke sich trafen, erwischte die plötzliche Erkenntnis sie wie ein heftiger, schmerzender Schlag. Das, was diese Polizistin ihm da eben vorgeworfen hatte, stimmte.

Henrik *hatte* den Schwarzackerhof abgefackelt.

Henrik *hatte* Nils umgebracht.

Henrik *hatte* ihren Vater getötet. Er hatte ihn mit einem

Kissen erstickt. Sie stellte es sich vor, Georg, wie er überrascht war, seinen eigenen Schwiegersohn mit dem Kissen zu sehen, wie er nicht verstand und dann doch, und dieser Gedanke war unerträglich für Martha. Sie konnte es nicht aushalten. Und Elsa und Luisa! Ihr Vater hatte ihren Opa umgebracht, ihr Vater war ein Mörder, ihr Vater würde im Gefängnis verschwinden.

Henrik hatte Elsa und Luisa den Vater genommen.

Wie konnte er nur?

Sie wollte ihn zur Rede stellen, aufspringen, auf ihn einschlagen, ihm die Luft rauben, wie er es bei ihrem Vater getan hatte, ihm Schmerzen zufügen. Aber es war wie in ihrem Albtraum. Sie war gelähmt, konnte sich nicht rühren. Fast war sie überrascht, dass noch Luft in ihre Lunge kam und wieder entwich. Ein und aus, ein und aus. Wie der Blasebalg, mit dem sie immer das Kaminfeuer anfachte.

Henrik hatte Schweißperlen auf der Stirn, sie liefen ihm die Schläfe hinunter und über den Hals, vorne bis in den Ausschnitt des Pullis. Sie konnte ihren Blick nicht von diesen sich quälend langsam über die blasse unreine Haut laufenden Tropfen ablassen, obwohl sie fast gewürgt hätte, so sehr ekelten sie sie an.

«Ich hab das für uns getan!», hörte sie Henrik sagen, sehr laut, zu laut. Die Worte schmerzten in ihren Ohren. Sie sah ihn nicht an, fixierte nur weiter die Schweißtropfen.

«Martha! Nur für uns hab ich das getan. Hörst du! Für dich. Ich weiß doch, wie sehr du an dem Land hängst. Ich musste es doch für dich retten. Georg hätte verkauft.»

Er konnte doch nicht meinen, dass er ihren Vater für sie umgebracht hatte. Für sie? Um ihr einen Gefallen zu tun?

«Georg hätte alle unsere Träume zunichtegemacht», sagte Henrik weiter.

Träume? Welche Träume? Sie hatten doch alles gehabt. Sie hatte sich nichts erträumt, sie war zufrieden gewesen.

Und das war jetzt alles dahin.

Noch mehr Leute in weißen Schutzanzügen stapften von draußen in den Flur. Als sie die Haustür öffneten, ließ der Windzug die Terrassentür zuschlagen. Endlich. Ihr war so kalt.

«Unser Plan mit dem Ökotourismus. Das wäre alles nichts geworden. Wir brauchen das Land doch. Er kann es nicht einfach verkaufen.»

Tourismus auf dem Schwarzackerhof? Das war doch kein Plan gewesen, das war eine seiner tausend Ideen. Ideen, die ihr immer wie aufgeregt flatternde Fledermäuse vorgekommen waren – schön, aber nicht zu fassen.

«Die Hütten unten an der Gose-Elbe. Das wollten wir doch immer.»

Sie hatte sofort die Bilder vor Augen von dem, was sie sich da von Zeit zu Zeit ausgemalt hatten. Holzhütten mit Solarpaneelen auf den Dächern, Lagerfeuer, selbst gezimmerte Flöße, mit denen man über Gose und Dove schippern, vielleicht sogar darauf übernachten konnte, Workshops zu biologischem Gartenbau und Bienenzucht im Hofhaus. Aber das waren doch Hirngespinste gewesen. Nichts als Hirngespinste. Das hatten sie doch niemals wirklich ernsthaft vorgehabt.

Das hatte sie zumindest gedacht. Aber Henrik hatte es ernst gemeint, das wurde ihr nun klar, und ihr wurde noch kälter dabei. Hatte er deshalb die ganzen Unterlagen gesammelt, die von der Versicherung und so? Ihr Vater hatte sie ihm vielleicht gar nicht gegeben, sondern Henrik hatte sie sich einfach genommen. Hatte sie sich gesichert, weil er das alles schon durchgeplant hatte. Und sie hatte es nicht bemerkt. Wie blind war sie gewesen? Oder wie gut hatte er das vor ihr versteckt? Einen kurzen Moment erlaubte sie sich, an Henrik zu denken, den Mann, den sie zu kennen geglaubt hatte. Wenn Henrik bereit war, den Plan vor ihr geheim zu halten, wenn er für seinen Plan zu töten bereit war, wie unglücklich muss er in ihrem gemeinsamen Leben gewesen sein – und wie verzweifelt?

So sehr, dass er zum Mörder wurde. Aber ... Hier stockten ihre Gedanken. Sie brachte das alles nicht zusammen. Es passte nicht. Es passte nicht zu Henrik. Der, der da vor ihr stand, war ein anderer, musste ein anderer sein. Krank, eiskalt, brutal. Nicht ihr Henrik.

Es war doch nicht sie, die etwas übersehen hatte, sie war nicht schuld daran. Er war der Schuldige, er hatte Martha getäuscht, sie immer wieder getäuscht.

«Ohne das Land wäre unser Traum nie wahr geworden. Wie sollte das ohne Land gehen», redete Henrik weiter, redete einfach über ihre Gedanken hinweg, und sie merkte, wie sie das wütend machte. Er sollte sie verdammt noch mal ausdenken lassen. Aber das tat er nicht. «Wenn Georg es verkauft hätte, und das hätte er. Nie wieder hätten wir so ein Grundstück bekommen. Nicht mal mit deinem ganzen Erbe. Mit dem Zugang zum Wasser. Schwimmen. Paddeln. Otter beobachten, die Floßtouren, es wäre alles hinfällig gewesen.»

Henriks Worte drangen jetzt nur noch dumpf zu ihr

durch. Wie durch Wasser. Aber sie hörte sie, hörte immer noch alles, was er da von sich gab. «Georg war dabei, all die Pläne zu zerstören. Uns all das zu nehmen», versuchte er sich weiter zu erklären. Aber da gab es nichts zu erklären, nicht für sie. Er sollte aufhören!

«Dein Vater, er hat mich doch nie ernst genommen. Aber ich hätte es ihm schon noch bewiesen, ihm gezeigt, dass ich es ohne ihn schaffe, ohne sein Geld», sagte er dann. «Das Tourismusprojekt wäre ein Erfolg geworden. Ich sag es dir.»

Was redete er da nur?

«Ich wollte doch endlich mal was aufbauen, das du auch respektierst. Ich wollte, dass du mich respektierst.»

Das hatte sie doch immer getan. Das hatte sie!

«Aber es ging immer nur um dich und deinen Vater. Immer hast du zu ihm gehalten. Nie hast du meine Partei ergriffen.»

Beschimpfte er sie da gerade?

Nein, nein, nein! Sie wollte nicht mehr, sie konnte nicht mehr, sie versuchte seine Worte auszublenden. Und dann wurden sie wirklich immer leiser, kamen von immer weiter her, bis sie sie gar nicht mehr hörte. Sie sah nur noch, wie sein Mund sich bewegte, auf und zu schnappte, wie bei einem Fisch, der versuchte, auf dem Trockenen zu atmen.

Aber er hörte einfach nicht auf. Mund auf und zu, Mund auf und zu.

Sie erhob sich, ganz langsam, mit zitternden Knien. Ihr war schwindelig. Mit einer Hand stützte sie sich am Tisch ab, um nicht umzukippen. Sie hatte genug. Es reichte. Sie straffte ihre Schultern, und mit einer Stimme, die sich nicht wie ihre anhörte, die fest und ruhig und kalt war, so kalt, wie sie sich fühlte, sagte sie zu den Beamten: «Schaffen Sie ihn weg.»

64. BETTE

Über ihnen kreiste ein Raubvogel, und von der Dove-Elbe drang lautes Gänsegeschnatter herüber. Der Wind blies von Osten, trieb tiefgraue Wolkenberge vor sich her, und es war wieder kälter geworden. Vom Parkplatz am Deich nahmen sie den Weg an der Schranke vorbei und in die Gartenkolonie.

Marcu ging mit Tyler vor. Anton trottete dicht neben ihm, als würde er wissen, wie wichtig seine Nähe für den Jungen gerade war. Bette folgte mit Meyra und zwei Kolleginnen vom technischen Erkennungsdienst.

Es hatte einige Überredungskunst gebraucht, um Marcu dazu zu bekommen, sie zu der Laube zu führen, in der Henrik ihn angegriffen hatte. Sie mussten den Hammer sicherstellen, und vielleicht fanden sie noch andere Spuren, die Henriks Anwesenheit dort belegten.

Ohne Tyler hätte Bette das nicht geschafft, ihm vertraute der Junge. Tyler hatte Marcu auch davon abgehalten abzuhauen, als Bette ihm heute Vormittag gesagt hatte, er müsse nun doch gegenüber der Polizei aussagen. Da gäbe es keinen Weg drum herum, ob er wolle oder nicht. Denn seine Aussage war letztendlich die Grundlage für die Anschuldigungen gegen Henrik. Wenn er schwieg, konnte es sein, dass sie nicht genug gegen Henrik in der Hand hatten, und dann wäre Marcu auch nie sicher vor ihm. Denn es gab eine erhebliche Diskrepanz zwischen dem Wissen, dass jemand etwas getan hatte, und den Beweisen, die es benötigte, um die Person wirklich zu verurteilen.

Dass Henrik mit dem, was er Martha während seiner Festnahme gesagt hatte, mehr oder weniger ein Geständnis abgelegt hatte, zumindest in Bezug auf Georgs Tod, wusste Bette da noch nicht. Das hatte sie erst von Meyra erfahren, als die am frühen Nachmittag vorbeigekommen war, um Marcu zu vernehmen. Mit Details allerdings hatte Meyra sich zurückgehalten, solange sie nicht alleine gewesen waren.

Während sie nun also den breiten Hauptweg durch die Gartenkolonie hinuntergingen, ließen sie sich ein Stück zurückfallen, sodass Meyra ganz ausführlich erzählen konnte, was sie mittlerweile wussten.

«Der Bruch vom Schlüsselbein», setzte sie an, «ist nach Aussage des Rechtsmediziners noch frisch. Nicht älter als einen Tag. Und du hattest recht, das Hämatom über der Bruchstelle könnte wirklich von einem Hammer herrühren. Wenn wir den gleich finden, können wir das genau abgleichen.»

Außerdem, sagte Meyra weiter, hatten sie in Henriks Kosmetiktasche ein angebrochenes Fläschchen GHB gefunden. Möglich, dass er in der Brandnacht seiner Frau die K.-o.-Tropfen in ein Getränk getan hatte, damit er unbemerkt zum Schwarzackerhof rüberkonnte. Ebenso wie in der Nacht, als er Nils auf das Eis gelockt hatte. Vielleicht hatte er sogar seinen Töchtern etwas verabreicht. Wie Bette das einschätzte, machte so etwas für die Strafbemessung einen ausschlaggebenden Unterschied. Mit einer Tat im Affekt könnte dann auf jeden Fall nicht argumentiert werden. Im Blut der Betroffenen nachweisen konnte man das so viele Tage später leider nicht mehr. Umso wichtiger war es, dass sie möglichst viele andere Beweise gegen Henrik zusammentrugen.

«Ich denke, so oder so bekommen wir ihn dran», sagte Meyra. «Er hat sich bei der Festnahme wirklich um Kopf und Kragen geredet.»

Kurz dachte Bette, ihr wäre es lieber, gar nicht zu wissen, was Henrik im Detail von sich gegeben hatte. Aber natürlich wollte sie es gleichzeitig auch hören, also ließ sie Meyra weiterreden.

«Zuerst hat Henrik immer wieder gesagt, er habe das alles für Martha getan und weil sie doch das Land für das Ökotourismusprojekt brauchten», sagte Meyra. Dieses Tourismusprojekt, das Henrik sich für den Schwarzackerhof erträumt hatte, hatte Meyra vorhin schon erwähnt.

«Ich hatte aber nicht den Eindruck, dass es irgendwie ein Versuch war, sich bei seiner Frau zu entschuldigen, es war eher, als erwartete Henrik Beistand von ihr, Unterstützung, Verständnis.» Meyra schüttelte den Kopf, als sei sie immer noch fassungslos. Was sie vermutlich auch war. Auf ihren Wangen hatte sie wieder diese roten Flecken.

«Und dann hat er ihr Vorwürfe gemacht. Ihr Vater habe ihn nie ernst genommen, und sie habe immer zu ihrem Vater gehalten. Nie seine Partei ergriffen. Und dass er endlich mal was aufbauen wollte, das sie auch respektierte.»

«Er wollte sich Martha gegenüber beweisen?», hakte Bette konsterniert nach.

«Hörte sich ganz so an», sagte Meyra. «Er hat gesagt, er wollte etwas alleine schaffen, ohne das Geld seines Schwiegervaters.»

Hieß dass, Georg wäre nicht tot, wenn er den geplanten

Landverkauf verschwiegen hätte? Hatte er wirklich sterben müssen, weil sein Schwiegersohn von ökologischen Holzhütten träumte, die er wochenweise an stadtmüde Urlauber vermietete? Und davon, endlich etwas alleine zu schaffen? Was wiederum reichlich vermessen war, wenn er sich dazu Georgs Land aneignete, noch dazu durch Mord.

Meyra seufzte und sagte: «Immer wieder hat Henrik gesagt, Georg sei dabei gewesen, all ihre Pläne zu zerstören.»

«Warte mal», sagte Bette. «Hast du gerade gesagt *ihre* Pläne? Martha hat mir nie was von einem Projekt mit Tourismus erzählt. Euch gegenüber? Wusste sie davon?»

«Sie hat die ganze Zeit nichts gesagt. Sie hat nur stumm dagesessen, wie weggetreten», sagte Meyra. «Ich stand etwas seitlich, konnte aber ihr Gesicht sehen, als Henrik auf sie eingeredet hat. Sie hat nicht mal mit der Wimper gezuckt. Es war, als kämen seine Worte gar nicht bei ihr an. Oder als ginge es sie nichts an. Aber dann ist sie plötzlich aufgestanden und hat gesagt, wir sollen ihn wegschaffen. Das war alles: *Schaffen Sie ihn weg.*»

Vor ihnen bogen Marcu, Tyler und die beiden Kolleginnen von der Spurensicherung rechts ab, und sie folgten ihnen mit größer werdendem Abstand.

Durch kahle Hecken hindurch sah Bette auf Lebensbäume, viel Nadelgehölz und feuchte Rasenflächen, auf denen das Wasser teilweise so hoch stand, dass auf einer Parzelle sogar ein Entenpärchen durch das Nass paddelte. Im Sommer ging sie ganz gerne hier spazieren, jetzt, zu dieser Jahreszeit und bei dem Wetter, fühlte sie sich eher wie auf einem Friedhof, nur dass die Parzellen hier noch ein wenig größer waren. Aber vielleicht war dieser negative Blick auch ihrer Stimmung geschuldet. Sie fühlte sich elend. Wann immer sie bisher dazu beigetragen hatte, einen Fall zu lösen, hatte sich so etwas wie Zufriedenheit oder zumindest Erleichterung darüber eingestellt. Diesmal jedoch war sie davon weit entfernt.

Marcu war stehen geblieben und zeigte auf eine Laube, deren dunkelgrüne Farbe blätterte und auf deren feuchtem Holz schon kleine Pilze wuchsen.

Das war sie also.

«Fangen Sie doch schon mal an», sagte Meyra zu den Kolleginnen von der Spurensicherung und dann an Tyler und Marcu gewandt: «Und ihr beide, wie wär's, ihr lauft mit Anton eine Runde. Hier stört der Hund jetzt nur.»

Marcu nickte sofort, eindeutig erleichtert wegzukommen. Seit sie bei der Laube standen, trat er unruhig von einem Bein auf das andere. Kein Wunder, dachte Bette, er wäre hier fast zu Tode gekommen.

Tyler legte Marcu eine Hand auf den Rücken und schob ihn sachte den Weg hinunter, weg von hier.

Meyra und Bette folgten den Kolleginnen über moosbewachsene Gehwegplatten auf die Parzelle, die Laube betraten sie allerdings nicht. Da würden sie nur mögliche Spuren zerstören.

Die beiden Fenster der Hütte waren von innen mit Zeitungsseiten abgeklebt. Bette legte den Kopf schief und las die Überschriften: *Radwege nur unter Gefahr nutzbar, St. Pauli plant eine Torfabrik, Schluss mit dem Lärm im Meer*.

Meyras Smartphone klingelte.

«Es ist Nesrin», sagte sie und stellte auf laut, wobei sie Nesrin kurz darüber in Kenntnis setzte, dass Bette zuhörte.

«Ich hab die ersten Infos von der IT», kam Nesrin sofort zur Sache. «Es gibt keine Hinweise darauf, dass Martha an diesem Ökoprojekt mitgewirkt hat, auf ihrem Rechner war darüber nichts zu finden. Und im Haus auch nicht. Bei Henrik auf dem Rechner dagegen haben die ITler ziemlich ausführliche Infos zu dem Projekt gefunden. Das scheint mehr als eine vage Idee für die ferne Zukunft gewesen zu sein. Sie konnten weit fortgeschrittene Baupläne sicherstellen. Nicht irgendwelche privaten Zeichnungen von ihm, sondern richtige Entwürfe von einem Architekturbüro. 15 Holzhütten, Essbereich, Sanitäranlagen ... Und das Land, das Henrik für das Bauvorhaben eingeplant hat, ist das vom Schwarzackerhof. Das Hofhaus ist auch mit einbezogen, unter anderem mit Workshop-Räumen.»

«Aber Moment», warf Bette ein. «Georg war fit, er hätte noch Jahre leben können. Wieso hat Henrik das so akribisch geplant, ohne seinen Schwiegervater mit einzubeziehen? Das ist doch absurd.»

«Es sieht ganz danach aus», sagte Nesrin da schon weiter, «als hätte er nicht vorgehabt zu warten, bis sein Schwiegervater eines natürlichen Todes stirbt. Was Computer angeht, war Henrik zu unserem Glück ein Dilettant. Die ITler haben Anfragen zu einem Auftragsmord im Darknet gefunden, die auf Henriks Rechner zurückzuverfolgen sind.»

«Was?», entfuhr es Bette, und sie spürte, wie Meyra sich neben ihr versteifte.

«Du meinst», sagte Bette, «er hätte Georg auch getötet oder töten lassen, wenn er nicht hätte verkaufen wollen, nur um zeitnah an das Grundstück zu kommen?»

«Ja», sagte Nesrin. «Es sieht ganz so aus. Spontan war

der Mord nur, weil Henrik Klein plötzlich unter Zeitdruck stand. Er war sozusagen eine spontane Reaktion auf den angekündigten Landverkauf. Umgebracht hätte Henrik Klein seinen Schwiegervater so oder so, das war der Plan.»

Bette schloss die Augen, lauschte dem Wind und den Gänsen, die sie bis hierher hörte. Henrik hatte sie alle getäuscht mit seiner Weichheit, seiner pseudosozialen Einstellung, seinem Öko-Idealismus. So gut, dass niemand, nicht einmal seine Frau, etwas gemerkt hatte.

65. BETTE

Am Samstag, nur einen Tag nachdem Henrik festgenommen worden war, fing Walter Bette auf der Straße ab und reichte ihr einen Zehnerkarton Eier. «Als Entschuldigung für das gefühlte Eingesperrtsein in meiner Abstellkammer», sagte er. Bette nahm die Eier etwas irritiert an. Nicht weil es Eier waren, Lebensmittel anstatt Blumen zu verschenken war hier bei ihnen nicht unüblich, und Blumen hätten so gar nicht zu Walter gepasst. Nein, es war die Geste, die sie so überraschte. Bette war sich unsicher, wie sie sie deuten sollte. War es wirklich eine Entschuldigung? Oder ein kurioser Bestechungsversuch, damit sie ihre Ermittlung im Falle Edith doch noch aufgab? Sie misstraute Walter. Und das sagte sie ihm auch, woraufhin er sich die Eierpackung griff und wortlos wieder abzog. Das wiederum irritierte sie nicht, das war Walter.

Am Sonntag dann saß Bette bei Tante Lore, die wieder gesund war, in der Küche. Die Katze hatte sich auf ihrem Schoß eingerollt und schnurrte. Bette spürte das Vibrieren ihres kleinen warmen Körpers. Lore hatte Kerzen angezündet, gegen die graue Stimmung und gegen das graue Wetter, wie sie sagte. Die Wolken hingen tief und ließen kaum Licht durch, als würde es dämmern, dabei war es erst zwölf Uhr mittags. Bette fuhr mit den Händen über das in schwarzes Leinen gebundene Buch, das sie vor sich auf den Tisch gelegt hatte.

Sie hatte mit sich gehadert, das Tagebuch ihrer Mutter

mit herzubringen. So wie sie schon damit gehadert hatte, überhaupt hineinzusehen.

Vor all dem, was die letzten Tage passiert war, war Ediths Tod in den Hintergrund getreten. Aber Bette war dann doch immer noch zu sehr Kommissarin, um die Ermittlung nun einfach ins Leere laufen zu lassen.

Auch wenn Edith seit bald 40 Jahren tot war, Mord verjährte nicht. Nicht rechtlich und schon gar nicht, wie Bette fand, moralisch.

Aber das war nicht der einzige Grund, weshalb sie den Fall unbedingt aufgeklärt wissen wollte. Der andere Grund war Walter. Sie sah darin den einzigen Weg, ihn sich von der Pelle zu schaffen. Sie wollte nicht länger das Gefühl haben, dass er gleich wieder mit der nächsten Drohung um die Ecke kommen würde.

Meyra hatte nichts, wo sie in dem Mordfall um Ediths Tod weitermachen konnte. Sie, Bette, dagegen saß auf Informationen. Informationen, die ihre Mutter ihr hinterlassen hatte. Sie musste sie jetzt nur noch richtig auswerten. Und dabei hoffte sie auf Lores Hilfe.

«Also, was wolltest du mir zeigen?», fragte Lore und tat Bette ein Stück Frankfurter Kranz auf den Teller.

«Das ist eines der Tagebücher meiner Mutter, aus dem Jahr, in dem Edith verschwunden ist.»

«Und?», fragte Lore. «Hast du was gefunden, das dich weiterbringt?» Dass es ihr um Ediths Tod ging, hatte Bette schon am Telefon gesagt, als sie sich angekündigt hatte. Und da hatte sie Lore auch nach dem Streit zwischen Walter und Georg gefragt, aber wie alle anderen wusste auch sie dazu nichts zu sagen. Es war zum Mäusemelken.

«Ich les dir einfach mal was vor», sagte Bette und schlug das Tagebuch auf. Sie wollte, dass Lore sich ein eigenes Bild machte. «Am 1. Mai, also eine Woche nachdem Edith verschwunden ist, schreibt meine Mutter: *Ich habe mit Georg gesprochen. Er hat überall rumtelefoniert. Freunde, Verwandte, Hotels. Aber keine Spur von Edith. Ich mache mir wirklich Sorgen. Vielleicht ist ihr etwas zugestoßen. Aber Georg will keine Vermisstenanzeige aufgeben. Ich verstehe nicht, warum. Vielleicht sein männlicher Stolz, von wegen die Polizei würde nur sagen, seine Frau hat ihn verlassen. Pech gehabt. Den Stolz könnte er gerne mal runterschlucken. Edith zuliebe. Und vor allem wegen Martha.*»

Lore sagte nichts, als Bette geendet hatte, schaute nur konzentriert auf ihre Finger und wartete wohl, dass sie mehr las.

Bette blätterte um. «Dann hier. Der 3. Mai. *Edith ist immer noch nicht zurück. Und hat sich auch nirgends gemeldet. Wieso nicht? Das passt so gar nicht zu ihr. Sie lässt doch Martha nicht so einfach zurück, ohne ein Wort. Ich habe noch mal auf Georg eingeredet. Dass er zur Polizei geht. An ihm vorbei möchte ich keine Anzeige aufgeben.*»

Lore legte eine Hand auf Bettes Arm, drückte ihn leicht und sagte sanft. «Bettchen, dass Georg keine Vermisstenanzeige aufgeben wollte, sagt gar nichts. Vielleicht war es wirklich nur wegen seinem verletzten männlichen Stolz. Passen würde es zu ihm. Ediths Mörder muss er trotzdem nicht sein.»

«Warte», sagte Bette und blätterte zum Anfang des Buchs vor, auf den Januar, suchte den nächsten Abschnitt, den sie Lore vorlesen wollte. Sie hätte sich die Textstellen markieren sollen, aber sie hatte keine Zettel in das alte Buch pappen wollen.

Da war es. Der 10. März. «*Edith und ich haben gestern wieder lange geredet. Sie meint wirklich, sie hat genug Liebe für zwei Beziehungen. Das könnte schon irgendwie funktionieren. Aber Edith und ich mussten dann doch sehr lachen, als wir uns das ausgemalt haben. Eine schöne Vorstellung. Aber unrealistisch. Für so was ist Georg viel zu konservativ und zu besitzergreifend.*»

«Du meinst, Edith hatte einen Liebhaber?» Ein Lächeln huschte um Lores Mund. «Gegönnt hätte ich ihr das ja. Aber hatte sie wirklich einen, oder wünschte sie sich einen?»

«Ich denke, sie hatte einen», sagte Bette und dachte bei sich, wenn das Mordmotiv Eifersucht war, lenkte das den Verdacht umso mehr auf Georg. Edith wurde auf dem Schwarzackerhof gefunden, Georg musste von ihrer Leiche gewusst haben. Und er hätte wohl kaum seinen Widersacher für den Mord an seiner Frau gedeckt.

Bette schlug wieder die Seiten um, fuhr mit dem Finger über die Zeilen. «27. April, nur einen Tag nach Ediths Verschwinden. *Edith ist weg. Ohne Martha. Ich kann das kaum glauben. Ich bin gleich zu MW rübergelaufen. Er war zu Hause. Und er weiß auch nichts. Sagt er zumindest.*»

Lore nahm eine Gabel von ihrem Kuchen, kaute nachdenklich. Bette hatte keinen Appetit, so gut der Kuchen auch aussah.

«MW? Wer soll das sein?», fragte Lore.

«Ich dachte, du könntest mir da helfen. Es muss jemand aus der Gegend sein, wenn meine Mutter mal eben zu Fuß rüberlaufen konnte.»

«Mir fällt da Michael Werner ein, der wohnte in Tatenberg, war ein ziemlicher Verehrer von Edith. Aber sie fand ihn immer furchtbar, daran erinnere ich mich gut.» Sie kräuselte die Nase. «Er war aber auch wirklich furchtbar. Und lebt schon lange nicht mehr. Dann ist da noch Martin Winz, der war fesch. Aber wenn mich nicht alles täuscht, war der damals im Ausland. USA oder Kanada. Die Ecke.»

«Es muss doch noch mehr MWs geben.»

«Bestimmt, aber so auf Anhieb ...» Sie schüttelte den Kopf und fragte leicht skeptisch: «Und du meinst wirklich, dieser MW war Ediths Liebhaber?»

Bette las nun den Eintrag vom 4. Mai vor. *«Ich war heute noch mal bei MW. Er sagt auch, ich soll keine Anzeige aufgeben. Ich versteh das nicht. Aber vielleicht weiß MW, wo Edith ist, und sagt es nur nicht. Vielleicht reist er ihr bald unauffällig nach. Zutrauen würde ich es ihm. Und Martha nimmt er dann sicher einfach mit. Auch das würde ich ihm zutrauen. MW würde sonst wohin fahren für Edith. Und alles für sie tun.»*

66. MARTHA

Henrik hatte ihr Leben zum Einsturz gebracht. So endgültig, sie würde es nie fassen können. Aber eines wusste sie ganz sicher: Sie würde keine Lügen mehr akzeptieren. Keine Ausflüchte. Kein Schweigen.

«Walter!», brüllte Martha über den Hof ihres Onkels. «Waaalter!»

Sein Volvo und der Trecker standen in der Zufahrt. Er musste da sein. Er verließ doch niemals zu Fuß seinen Hof.

Sie wollte jetzt die Wahrheit. Die ganze Wahrheit. Auch die über ihre Mutter. Und dafür musste Walter reden. Denn so wie er sich verhielt, wusste er etwas über ihren Tod. Wenn nicht alles.

Sie rüttelte an der Haustür, die klemmte, trat fest mit dem Fuß dagegen, als sei das alte Holz schuld. Schuld an allem, was passiert war, was ihr den Halt unter den Füßen weggezogen hatte, was sie in diesen dunklen Schlund stürzen ließ.

Die Tür sprang auf. «Walter!», rief sie in den Flur.

Keine Antwort. Die Küchentür stand offen, alles dunkel. Alles still. Sie atmete schwer, taumelte, stützte sich mit einer Hand an der kahlen Wand ab, spürte den bröckeligen Putz unter ihren Fingern. Sie meinte, kaum mehr Luft zu bekommen. Dieser schmerzende Klumpen in ihrem Inneren dehnte sich immer weiter aus, er würde ihr noch den Verstand rauben. Ein einziges wirres Knäuel aus Wut, Trauer, Verzweiflung, Hass. Ja, auch Hass, *vor allem* Hass.

Ihr Blick fiel auf die Schrotflinte, die neben der Tür

lehnte. Das matte Licht, das von draußen reinfiel, schimmerte auf dem dunklen Metall. Sie nahm sie, spürte sie kalt unter ihren Fingern. Es tat gut, überraschend gut. Sie fühlte sich gleich viel entschlossener.

Sie würde Walter zum Reden bringen!

Zwar traute sie sich nicht zu abzudrücken, glaubte nicht, dass sie das konnte, aber das wusste Walter ja nicht.

Sie kippte den Lauf vom Schaft ab, überprüfte, ob das Gewehr geladen war. War es. Nicht dass er sie wegen einer ungeladenen Waffe auslachte. Das wäre so seine Art. Sie schnaubte schon beim Gedanken daran.

Die Waffe fest in den Händen, trat sie wieder nach draußen. Sie überquerte den Hof, sah sich um und entdeckte ihren Onkel am Ufer der Gose-Elbe. Schon drüben auf Lores Grundstück. Er hatte ihr den Rücken zugekehrt.

Sie rief nicht mehr nach ihm, und er schaute sich auch nicht um, als sie über die Wiese auf ihn zuging. Obwohl sie sich sicher war, dass er sie hörte, dass er längst wusste, dass sie da war. Er ignorierte sie. Und sie merkte, wie das all diese Wut und den Hass in ihr nur noch mehr schürte. Plötzlich war sie sich nicht mehr ganz so sicher, ob sie nicht doch abdrücken konnte.

Walter trug hohe Gummistiefel, stand im nassen Gras und zerrte an einem Fischnetz, das zwischen abgestorbenen Schilfhalmen und tauenden Eisbrocken festhing.

Martha blieb erst dicht hinter ihm stehen. So dicht, dass er ihren Atem spüren musste.

«Was ist mit meiner Mutter passiert?», fragte sie, selbst verwundert, wie klar ihre Stimme war. Seit Henriks Festnahme hatte sie kaum gesprochen.

Aber Walter drehte sich nicht um, schaute sie nicht an, sagte nur in abweisendem Tonfall: «Hab grad keine Zeit.»

Er zog das Netz aus dem Wasser. Eine Biberratte hatte sich darin verfangen. Die langen orangefarbenen Schneidezähne hingen zwischen den Schnüren fest, glänzten, der Rest des Tieres war aufgedunsen und halb verwest.

«Du redest jetzt mit mir!» Marthas Stimme kippte ins Aggressive, was Walter aber nicht zu bemerken schien, zumindest reagierte er nicht darauf.

Er packte die Ratte mit der bloßen Hand, zerrte sie aus dem Netz und warf sie achtlos ins Wasser. Vor Marthas Augen zuckte ein Bild auf. Ihre Mutter, ebenso achtlos in den Kühlraum geworfen. Martha biss die Zähne so fest aufeinander, dass es schmerzte. Dann hob sie die Waffe, wusste plötzlich, dass sie abdrücken konnte. Und hatte fast Angst vor sich selbst, dass sie es wirklich tun würde. Sie durfte das nicht. Sie musste an Elsa und Luisa denken. Sie brauchten sie. Es war nur eine Schrotflinte, aber aus der Nähe tötete sie mehr als Hasen.

«Dreh dich um!» Ihre Worte waren scharf.

Walter schnalzte nur mit der Zunge, hielt ihr weiter den Rücken zugekehrt, warf das Netz wieder aus. Als ob er mit dem zerrissenen Teil Fische fangen könnte.

Martha entsicherte das Gewehr. Es klackte metallen, ein unverkennbares Geräusch.

Walters Schultern hoben sich, als habe er vor Schreck tief eingeatmet. Und dann drehte er sich um, langsam, sehr, sehr langsam. Fast wie in Zeitlupe, dachte Martha.

Sie machte gleichzeitig einen Schritt zurück, drückte sich den Schaft in die Schulter, richtete den Lauf auf seine

Brust. Sie stand jetzt genau so weit von ihm entfernt, dass er ihr das Gewehr nicht aus der Hand schlagen konnte. Seine Hand zuckte schon. Sie sah es. «Wenn du nicht mit mir redest, ich schieße, ich sag's dir, ich schieße!»

Er starrte sie an, die Augen weit aufgerissen, voller Schreck und Entsetzen.

Er hatte Angst. Angst vor ihr. Sollte er ruhig.

«Was ist mit meiner Mutter passiert? Sag es mir.»

«Martha. Lass das. Bitte.» Seine Stimme war flehentlich. Das machte sie noch zorniger. Jetzt kam er angekrochen. Wo er Angst hatte.

«Nein, ich hab genug von deinem Schweigen, verflucht noch mal. Wer hat meine Mutter erschossen? Sag schon. War es Papa? Oder warst du es? Sag es mir!» Sie schrie jetzt. «Hast du meine Mutter erschossen? Hat Papa deswegen nie wieder mit dir geredet? Und dich trotzdem die ganze Zeit gedeckt?»

Aber war Walter ihrem Vater wirklich so wichtig gewesen? Wichtig genug, dass er ihn deckte? Die ganzen Jahre über, obwohl sie so zerstritten waren. Wichtig genug, um zu rechtfertigen, ihr, Martha, seiner Tochter, ein Leben lang die Lüge aufzutischen, ihre Mutter habe sie verlassen? Freiwillig. Wie hatte er ihr diesen Schmerz antun können? «Wieso? Wieso verdammt? Ich muss es wissen!»

Walter deutete nur ein Kopfschütteln an.

«Wer hat meine Mutter in diesen Schacht geworfen?» Sie würde jetzt keine Ruhe geben.

«Martha, lass gut sein.» Walters Stimme war brüchig, noch rauer als sonst und sehr leise. «Hör auf mit den Fragen.»

«Nein!»

«Du willst die Antwort nicht hören.»

«Wie kannst du das beurteilen?»

«Ich weiß es einfach. Vertrau mir.»

«Dir vertrauen?» Martha lachte bitter auf, die Kehle ganz kratzig. «Du und Papa. Ihr habt mich mein Leben lang angelogen. Und da soll ich dir noch vertrauen? Ich weiß nicht mal, warum ihr so zerstritten wart. War es wegen meiner Mutter? Wegen dem Mord an ihr? Sag schon.» Sie schluckte, redete dann schnell weiter, bevor ihre Stimme vollständig versagte. «Nichts habt ihr mir gesagt. Nichts!»

Walters Kiefer mahlten, die Lippen presste er fest zusammen, wie um ihr zu verdeutlichen, dass er auch weiterhin nicht vorhatte, ihr irgendwas zu sagen.

Martha drückte ab.

67. BETTE

Der Schuss hatte Lore nicht mal zusammenzucken lassen. Schüsse war sie von Walter gewohnt. Aber der Schmerzensschrei, der darauf folgte, hatte sie dann doch alarmiert. Bette war überrascht, wie schnell Lore in ihrem Alter noch laufen konnte, und das nach der Erkältung, die sie gerade durchgemacht hatte. Mit großen Schritten eilten sie über die Wiese, runter zur Gose-Elbe.

Da stand Martha. Der Rücken gerade, ein Gewehr im Anschlag. «Du leewe Tied!», stieß Lore neben ihr aus, als sie fast am Flussufer waren.

Vor Martha in der matschig nassen Wiese kniete Walter. Er war aschfahl und wie erstarrt, seine faltige Haut sah aus wie nasse Pappe. Er presste eine Hand auf seinen rechten Oberarm. Blut troff zwischen seinen Fingern hindurch.

«Martha, bitte», sagte Bette so behutsam wie nur möglich und näherte sich so von der Seite, dass Martha sie sehen konnte. Lore blieb etwas abseits stehen.

«Hau ab, Bette», schrie Martha.

Bette war klar, dass sie die Allerletzte war, die Martha gerade sehen wollte oder von der sie hören wollte, was sie zu tun hatte. Letztlich war sie es gewesen, die Henrik an die Polizei ausgeliefert hatte. Das würde Martha erst mal verkraften müssen. Aber darauf konnte Bette jetzt kaum Rücksicht nehmen. «Bitte, Martha», sagte sie noch mal.

«Nein!» Marthas Gesicht war krampfhaft verzerrt, und in ihren Augen lag etwas Entschlossenes, das Bette Angst machte. Martha würde noch mal schießen, wenn sie es für notwendig hielt. Da war Bette sich sicher. Sie sah es ihr an. Und dann würde sie nicht mehr nur Walters Arm treffen.

«Walter braucht einen Arzt», sagte Bette. Aus seiner Wunde sickerte immer mehr Blut. Er musste dringend versorgt werden.

Martha deutete nur ein Kopfschütteln an.

«Martha, das hier willst du doch nicht», versuchte Bette weiter auf sie einzureden und machte einen Schritt vor. Im selben Moment riss Martha das Gewehr herum, schoss in die Luft.

Bette fuhr zusammen, ihre Hände wieder kraftlos, zu nichts zu gebrauchen.

«Misch dich nicht ein!», fuhr Martha Bette an, das Gewehr sofort wieder auf Walter gerichtet.

«Martha», sagte Bette nochmals in dem hilflosen Versuch, das hier zu stoppen.

«Und du, du redest jetzt mit mir!», sagte Martha in schneidendem Ton zu ihrem Onkel. «Wer von euch beiden hat meine Mutter erschossen?»

Walter blieb stumm, das Gesicht weiß wie Kreide.

«Wer?», fragte Martha wieder und hob dabei das Gewehr minimal an, sodass es jetzt auf seinen Hals zielte, den Finger am Abzug.

Da machte Lore einen großen Schritt vor, und bevor Bette sie noch zurückhalten konnte, trat sie zwischen Martha und Walter, die Arme vor der Brust verschränkt, den Blick auf Martha gerichtet.

«Bei euch piept es wohl nicht richtig, bei euch beiden», schimpfte Lore, als schelte sie Kinder aus.

Für den Bruchteil einer Sekunde schien Martha überrascht, sie hatte anscheinend nicht mitbekommen, dass Lore auch da war. Sie lockerte ihren Griff, hatte sich dann aber sofort wieder unter Kontrolle. Keine Chance für Bette einzugreifen.

«Lore, geh aus dem Weg», sagte Martha.

«Nirgendwohin werd ich gehen.» Lores Stimme zitterte, aber nicht aus Angst, sondern aus Wut. So schien es zumindest Bette.

«Lore», sagte Walter von hinten, mit einer weichen Stimme, die so gar nicht zu ihm passen wollte. «Hör auf sie. Geh weg.»

«Du hältst man schön die Klappe», blaffte Lore ihn an, ohne ihren Blick von Martha abzulassen. «Und denk bloß nicht, ich mach das für dich, du alter Sturkopp.»

Wenn es nicht alles so furchtbar gewesen wäre, hätte Bette laut aufgelacht.

«Martha», sagte Lore weiter, jetzt in besänftigendem Tonfall. «Denk an deine Töchter. Sollen sie dich auch noch verlieren? Beide Eltern im Knast? Das kannst du nicht machen.»

Martha stand immer noch reglos, aber nach einem Moment, der sich wie eine Ewigkeit anfühlte und in dem alle Blicke gespannt auf Martha gerichtet waren, löste sich ihr Finger vom Abzug. Und dann sagte sie leise: «Ich muss die Wahrheit wissen.»

«Aber nicht so», sagte Lore.

«Wie denn dann?» Martha ließ die Waffe sinken, ihr ganzer Körper bebte.

Bette sah Lore an, dass sie verzweifelt nach einer guten

Antwort suchte. Sie selbst riss sich ihren Schal vom Hals, wollte ihn Walter auf den blutenden Arm pressen. Aber der machte mit dem Kopf eine ruppige, abwehrende Geste in Bettes Richtung und sagte dann zu Martha: «Ich habe Edith geliebt.»

Lore fuhr herum. Sie, Bette und Martha starrten Walter an.

Keine sagte etwas.

Das Schweigen zwischen ihnen war fast mit Händen greifbar.

Walter hatte Edith geliebt?

Bette konnte sich nicht vorstellen, dass er überhaupt je wen geliebt hatte. Das Wort Liebe aus seinem Mund hätte sie nur erwartet, wenn er es verächtlich meinte, aber das hatte er nicht getan. Er meinte es ernst.

Es war Lore, die schließlich das Schweigen brach: «Bist du das gewesen? Bist du MW?»

Walter schaute Lore an, und in seinem Blick lag eine abgrundtiefe Trauer, die Bette ihm niemals zugetraut hätte. Nicht mal, nachdem sie ihn weinend über den Tod seines Bruders erlebt hatte.

«So hat Edith mich immer genannt», sagte er mit belegter Stimme. «Matthias Walter. Mein Taufname.»

«Wieso jetzt MW?», fragte Martha irritiert, ohne eine Antwort zu erhalten. Von keinem von ihnen.

«Edith war die Frau deines Bruders», sagte Bette und hörte selbst, wie wertend das klang, auch wenn es gar nicht so gemeint war. Oder vielleicht doch?

«Ich habe sie trotzdem geliebt», sagte Walter.

«Und sie?», fragte Martha, so gut wie tonlos. Alles Laute

und Aggressive war aus ihrer Stimme gewichen. «Wen hat sie geliebt?»

Walter zuckte mit den Schultern, zog dabei die Luft ein. Er musste starke Schmerzen haben. Aber so wie er eben ihre Hilfe von sich gewiesen hatte, würde Bette sie ihm jetzt auch nicht aufdrängen.

«Ich glaube, sie hat uns beide geliebt», sagte er.

Martha runzelte die Stirn. «Euch beide? Dich und Papa?»

«Edith wollte sich nicht entscheiden. Mal schlief sie hier, mal zu Hause. Ich konnte damit leben, aber Georg ...» Walter schüttelte den Kopf und schob dann in zynischem Tonfall hinterher: «Was sollten denn die Nachbarn denken.»

Martha atmete laut aus, bestürzt. «Dann musste sie sterben, weil ... weil ihr euch nicht einigen konntet?»

Walter gab ein Brummen von sich, das Bette nicht zu deuten wusste. Martha anscheinend auch nicht. «Wer hat geschossen?», fragte sie. «Wer von euch beiden?»

«Keiner», sagte Walter jetzt sehr leise. «Aber es war unsere Schuld.»

«Wie jetzt? Wart ihr es nun oder nicht?»

«Es war unsere Schuld. Hörst du, Martha! Georgs und meine Schuld.»

Martha sah ihren Onkel fragend an.

«Es gab Streit, mal wieder», sagte er. «Georg und ich und Edith. Edith wollte sich nicht vereinnahmen lassen, von keinem von uns. Sie hat gesagt, sie würde gehen. Sie hätte genug. Genug von uns beiden. Und sie wollte dich mitnehmen.»

«Sie wollte mich mitnehmen?» Martha liefen jetzt die Tränen, es war ein stummes Weinen.

«Georg ist ausgerastet», sprach Walter weiter. «Und ich auch. Wir wollten nicht, dass sie geht. Oder dich mitnimmt. Es war laut, es wurde geschrien. Und dann standst du plötzlich auf der Treppe. Mit Georgs Gewehr in der Hand.» Hier verstummte Walter, schluckte, sein Kehlkopf hüpfte auf und ab.

«Ein Schuss hat sich gelöst. Es war ein Unglück. Und es war nicht deine Schuld. Hörst du! Es war nicht deine Schuld!»

«Aber ... nein», stammelte Martha, die erst zeitversetzt zu realisieren schien, was Walter da gesagt hatte. «Nein.» Hektisch schüttelte sie den Kopf. «Das kann so nicht passiert sein. Das wüsste ich doch. Ich würde mich doch erinnern.»

«Du warst noch so klein, da vergisst man. Und ich hab dich sofort rausgetragen. So schnell, du hast gar nicht verstanden, was passiert war. Georg ist bei Edith geblieben, bis sie ... Sie war nicht gleich tot.»

«Habt ihr keinen Krankenwagen gerufen?» Marthas Stimme kippte ins Schrille.

«Dazu war es zu spät.»

Das Gewehr rutschte Martha aus den Händen, fiel auf den Boden. Sie presste sich eine Hand vor den Mund, murmelte so etwas wie *mein Albtraum*, womit Bette aber nichts anzufangen wusste.

Walter schluckte wieder, dann sprach er langsam weiter, wobei es ihn hörbar schmerzte, die Worte über die Lippen zu bringen. «Noch in der Nacht haben wir deine Mutter begraben. Es war das Letzte, was wir gemeinsam getan haben. Danach konnten Georg und ich uns nicht mehr in die Augen schauen. Aber wir haben immer versucht, dich zu beschützen. Das musst du mir glauben.»

«Wie beschützen? Ihr habt mich belogen.» Die Wut war zurück in Marthas Stimme.

«Es tut mir so leid», sagte Walter. «Wir wollten dich niemals anlügen. Aber du solltest nicht als Mörderkind aufwachsen. Denn das hätten sie gesagt. So hätten sie dich genannt. Die Zeitungen. Die Leute. So sind die Menschen. Und außerdem hatte Georg die Waffe nicht richtig gesichert. Sie hätten dich ihm weggenommen. Das Jugendamt. Von wegen Gefährdung fürs Kind.» Walter hielt kurz inne, sein Gesicht war immer noch starr, aber jetzt liefen auch ihm die Tränen über die Wangen. «Aber das Wichtigste: Du, du selbst, du solltest dich nicht schuldig fühlen.»

Marthas Beine sackten weg, wie von einer unsichtbaren Kraft zu Boden gezogen. Sie stützte sich gerade noch so mit den Händen ab, um nicht ganz zu fallen. Sie kniete nun Walter gegenüber, kaum mehr als eine Armeslänge von ihm entfernt. Und dann stellte sie noch eine Frage.

«Ist Georg denn überhaupt mein Vater?» Sie flüsterte die Worte.

«Ja», sagte Walter jetzt wieder so knapp, wie es sonst seine Art war. Aber er wich Marthas Blick aus, und das unstete Flackern in seinen Augen verriet Bette, dass er sich nicht sicher war.

EPILOG

Der Himmel war strahlend blau und die Temperaturen mild. Es war das erste Märzwochenende, Vögel zwitscherten, und es roch schon herrlich nach Frühling. Sie waren raus zur Gose-Elbe gefahren: Marcu, Tyler, Mats und Bette. Den Wagen ließen sie an der Schleuse stehen, über die man den schmalen Flusslauf überqueren konnte, und nahmen den Pfad links entlang des Ufers.

Marcu hatte bei Mats im Schuppen Angeln und eine Werkzeugkiste gefunden, mit Haken, Ködern und was auch sonst man zum Fischefangen brauchte, und wollte das jetzt unbedingt ausprobieren. Seine Wangen glühten, und er lachte. Es war gut, ihn so zu sehen. Am liebsten hätte Bette ihm mit der Hand durch seine Haare gewuschelt und ihn an sich gedrückt, aber sie hielt sich zurück. Das würde ihm nicht gefallen.

Das Jugendamt hatte Marcu wieder in einer betreuten Wohngruppe unterbringen wollen, aber Bette hatte durchgesetzt, dass er bei Mats bleiben durfte.

Der Junge fühlte sich wohl bei ihm, und Mats genoss es, ihn bei sich zu haben. Seit seine Tochter mit seinem Enkel Fynn aus Ochsenwerder weggezogen war, war er manchmal schon recht einsam gewesen. Stunden und Tage verbrachten die beiden gemeinsam in seiner Werkstatt. Mats konnte gar nicht oft genug betonen, wie geschickt Marcu mit den Händen war, und sie planten schon, dass er bei ihm eine Ausbildung zum Tischler machte.

«Hier ist gut», sagte Marcu und stellte die Kiste mit dem Angelzubehör ab. Bette musste einmal tief durchatmen, als sie sah, welchen Platz er aussuchte. Er lag genau gegenüber der Stelle, an der Martha auf Walter geschossen hatte. Gut vier Wochen war das jetzt her.

Walter hatte keine Anzeige gegen Martha erhoben, natürlich nicht. Gegenüber dem Arzt, zu dem er sich widerwillig hatte schleppen lassen, hatte er behauptet, er habe sich aus Versehen selbst angeschossen. Es sei ein dummer Unfall gewesen. Und zu seinem Glück sah die Verletzung so aus, dass das sogar stimmen konnte, weshalb der Arzt sie nicht gemeldet hatte. Bei Fremdverschulden wäre das unumgänglich gewesen.

Während Marcu, Tyler und Mats nun ihre Angeln mit Ködern bestückten und auswarfen, hing Bette ihren Gedanken nach. Angeln war nichts für sie, aber sie schaute gerne einfach aufs Wasser.

Am gegenüberliegenden Ufer schob Walter mit einer Schubkarre, hochbeladen mit dunkler Erde, über die Wiese. Marcu winkte ihm zu.

Aus irgendeinem Grund hatte er Zutrauen zu Walter gefasst. Er besuchte ihn alle paar Tage, und Walter zeigte ihm dann, wie man Nutriafallen baute oder sonstige seltsame Konstruktionen aus Metall. Material genug hatte Walter schon wieder gesammelt, sein Lager füllte sich stetig.

Kennengelernt hatten die beiden sich, weil Marcu Tyler von den drei Männern erzählt hatte, die er auf diesem Hof an der Gose-Elbe beobachtet hatte, und von den Schüssen und den toten Krähen. Tyler, dem sofort klar gewesen war, dass es sich um Walters Hof handeln musste, war mit Marcu rausgefahren. Zwar hatte er ihm versichert, dass es Walter gut ging, dass er nicht, wie Marcu befürchtete, tot in seinem Haus lag. Aber Marcu hatte sich mit eigenen Augen vergewissern wollen, und vor allem hatte er Walter fragen wollen, was in der Nacht passiert war. Die Bilder verfolgten ihn.

Und so hatte dann auch Bette endlich erfahren, was es mit den toten Krähen und den Blutflecken in Walters Hof auf sich hatte.

Die Männer waren Metalldiebe gewesen. Walter hatte sie von seinem Hof verjagt und dabei einem der Männer einen Streifschuss verpasst. Die toten Krähen waren dabei nichts als ein Ablenkungsmanöver gewesen, eine mögliche Ausrede, falls jemand wegen der ersten Schüsse nachfragen sollte. In der folgenden Nacht brannte seine Schrotthalde nieder. Walter ging davon aus, dass das die Rache der Metalldiebe war.

Mit dem Mord an Georg und dem Brand auf dem Schwarzackerhof hatte all das nichts zu tun. Allerdings mit Ediths Tod. Denn die Waffe, mit der Walter in der besagten Nacht geschossen hatte, war dieselbe, mit der Martha ihre Mutter getötet hatte.

«Marcu», sagte Bette. «Hast du die Patronenhülse dabei?»

Sie meinte die, die er in der Nacht der Krähenjagd aufgelesen hatte und seitdem immer mit sich rumtrug.

Marcu nickte. Natürlich hatte er sie dabei.

«Darf ich sie haben?», bat Bette.

Marcu schaute sie von der Seite her an, jetzt misstrauisch.

«Wozu?», wollte er wissen.

«Bitte.» Bette lächelte, ein zaghafter Überredungsversuch.

«Aber du lieferst Walter nicht der Polizei aus?» So wie er das sagte, klang es sehr skeptisch. Von Edith wusste Marcu nichts, aber er wusste natürlich, dass die Hülse aus dem Gewehr stammte, mit dem Walter den Metalldieb angeschossen hatte. Er war ja in der Nacht dabei gewesen.

«Mach ich nicht. Versprochen. Mein heiliges Ehrenwort», sagte Bette und hob ihre Finger.

Einen Moment noch sah Marcu sie mit hochgezogenen Brauen an, hielt ihren Blick, versuchte auszuloten, ob er das, was sie gesagt hatte, wirklich glauben sollte. Schließlich zog er aber die Hülse aus seiner Hosentasche und hielt sie Bette in der offenen Hand hin. Und sie nahm sie an sich.

Während die anderen weiter ihre Angeln aushielten, ging Bette am Fluss entlang und bis zum Ende der Landzunge, bis dahin, wo die Gose- in die Dove-Elbe mündete.

Sie fragte sich, ob Martha sich noch umentscheiden würde. Bisher war es so, dass sie die Wahrheit über den Tod ihrer Mutter nicht öffentlich machen wollte. Und Bette würde einen Teufel tun, sich einzumischen. Das war allein Marthas Entscheidung: Wollte sie, dass alle wussten, dass sie ihre Mutter erschossen hatte, oder wollte sie es nicht. Womit konnte sie leben?

Es hing sicher auch davon ab, wo sie leben würde. Ob sie hier in der Gegend bleiben oder weggehen würde. Erst mal war sie mit ihren Töchtern in ein Kurheim gefahren, um sich zu erholen und professionell betreuen zu lassen.

Aus strafrechtlicher Sicht hätte die Wahrheit sowieso keine Folgen. Martha war wegen ihres damaligen Alters strafunmündig, und auch Walter hatte sich nicht strafbar gemacht. Mal abgesehen davon, dass er die Waffe an sich genommen hatte. An der Tötung selbst war er nicht beteiligt gewesen, und für das Verstecken der Leiche musste er keine Verfolgung wegen Strafvereitelung fürchten. Es gab ja keine schuldhafte Haupttat. Zudem blieb Strafvereitelung zugunsten eines Angehörigen – sogar wenn es Mord gewesen wäre – straffrei.

Es tat Bette nur etwas leid für Meyra, die sich vermutlich noch eine Weile die Zähne an diesem Fall ausbeißen würde. Aber über kurz oder lang würde der Fall dann bei den Cold Cases landen.

Wenn Martha alles für sich behalten wollte, würde Bette das akzeptieren. Lore, die ja auch dabei gewesen war, als Walter Martha alles erzählt hatte, sah das genauso. Und der einzige physische Hinweis auf das, was vor 37 Jahren passiert war, war die Patronenhülse in Bettes Hand.

Das Gewehr, das ebenfalls noch als Beweis herhalten könnte, hatte Walter entsorgt. Das hätte er schon damals tun sollen, hatte er aber nicht. Sammler war Sammler.

Bette nahm die Patronenhülse zwischen Daumen und Zeigefinger, hielt sie sich vor die Augen, betrachtete die Bäume und den Himmel, die sich in dem bronzefarbenen Metall spiegelten. Dann holte sie aus und warf die Hülse, so weit sie nur konnte, raus in die Dove-Elbe, die hier dunkel war und sehr tief.

NACHWORT UND DANK

Schwarzacker spielt im Winter 2021. In diesem Jahr lag in Hamburg tatsächlich einmal so viel Schnee, dass man über Tage hinweg mit dem Schlitten die steilen Elbhänge hinuntersausen konnte. Für die Freigabe der Alster hat die Kälte allerdings nicht gereicht – weshalb es auch nicht wirklich ratsam gewesen wäre, über das Eis der Dove-Elbe zu laufen. Ich habe also die Temperaturen noch etwas absinken lassen, so weit, dass die Hamburger nicht nur verstaubte Schlitten, sondern endlich auch mal wieder ihre Schlittschuhe rausholen konnten. Hin und wieder brauchen Spannungsaufbau und Dramaturgie ein Abweichen von der Realität.

Und wo wir schon dabei sind: Natürlich ist die Geschichte fiktiv, und alle Ähnlichkeiten mit Ereignissen und Personen sind zufällig. Eine Person allerdings ist «echt». Otto Garbs, Musiker aus Leidenschaft und Wirt des Gasthofs Neudorf, der seit weit über hundert Jahren im Familienbesitz ist. Ich hätte es als Frevel empfunden, aus ihm eine Fiktion zu machen, und er hat mir freundlicherweise erlaubt, ihn namentlich zu nennen. Im Dezember 2022 ist Otto im Alter von 85 Jahren gestorben, und ich bin froh, ihn zumindest hier noch einmal kurz aufleben lassen zu können. Otto vorgestellt hat mir Inga Behncken, als sie mich für *Hinterland* durch Ochsenwerder geführt und mir den Ort nähergebracht hat. Danke dafür!

Bedanken möchte ich mich auch bei all jenen, die mir meine unzähligen Fragen beantwortet und die mich, wenn es mal wieder hakte, auf neue Ideen gebracht haben – nicht zuletzt auf die Federböller, die sich hier so gut machen: André Lützen, Boris Füting, Sabine Metzger, Sibylle Radtke, Sabine Gröger, Henner Krämer, Birgit Wulf, Kai Wulf, Andreas Rötzer, Gerhard und Petra Luttmer, Steffi Wurm, Tutje von Holdt-Schermuly, Juliane Schermuly-Petersen, Thomas Geyer, Marie Stegmann.

Zum Erscheinen des Buches haben Kritik und Ermutigungen gleichermaßen beigetragen. Hier gilt mein Dank ganz besonders meiner Agentin Petra Hermanns, meinen Lektorinnen Anne Tente und Carla Felgentreff sowie dem gesamten Team im Rowohlt Verlag. Ein extrem großer Dank gilt außerdem meiner Familie, die es ertragen musste, dass ich mit meinen Gedanken allzu oft in Ochsenwerder und nicht zu Hause war.

Und wer nun nach der Lektüre von *Schwarzacker* noch mehr über die so intelligenten und manchmal doch auch so unheimlichen Krähen erfahren möchte: Das Buch *Krähen – Ein Porträt*, das Bette sich kauft, ist in der Reihe «Naturkunden» im Matthes & Seitz Berlin Verlag erschienen.

Weitere Titel

Bette Hansen

Hinterland

Tiefergrund